KB123074

오늘이 무슨 날인지 아십니까?

오늘은 바로 당신이 마음껏 사랑하고, 충분히 사랑받고,

당신이 원하는 삶을 살아갈 인생의 첫 날입니다.

오늘의 주인공은 바로 당신입니다.

내일이라는 희망을 안고

오늘의 행복을 꿈꾸는 당신께 이 책을 드립니다.

_____

청소년을 위한 교양 인문학
- 인물편 -

초판 1쇄 인쇄_2022년 5월 25일 | 초판 1쇄 발행_2022년 5월 30일
지은이_김태균 | 펴낸이_오광수 외 1인 | 펴낸곳_새론북스
주소_서울시 용산구 한강대로 76길 11-12 5층 501호
전화_(02) 3275-1339 | FAX_(02) 3275-1340 | 출판등록_제2016-000037호
E-mail_jinsungok@empas.com
ISBN 978—89—93536—67—6 (03800)
※ 책값은 뒤표지에 있습니다.
※ 새론북스는 도서출판 꿈과희망의 계열사입니다.

김태균 지음

청소년을 위한
교양 인문학

인물편

새론북스

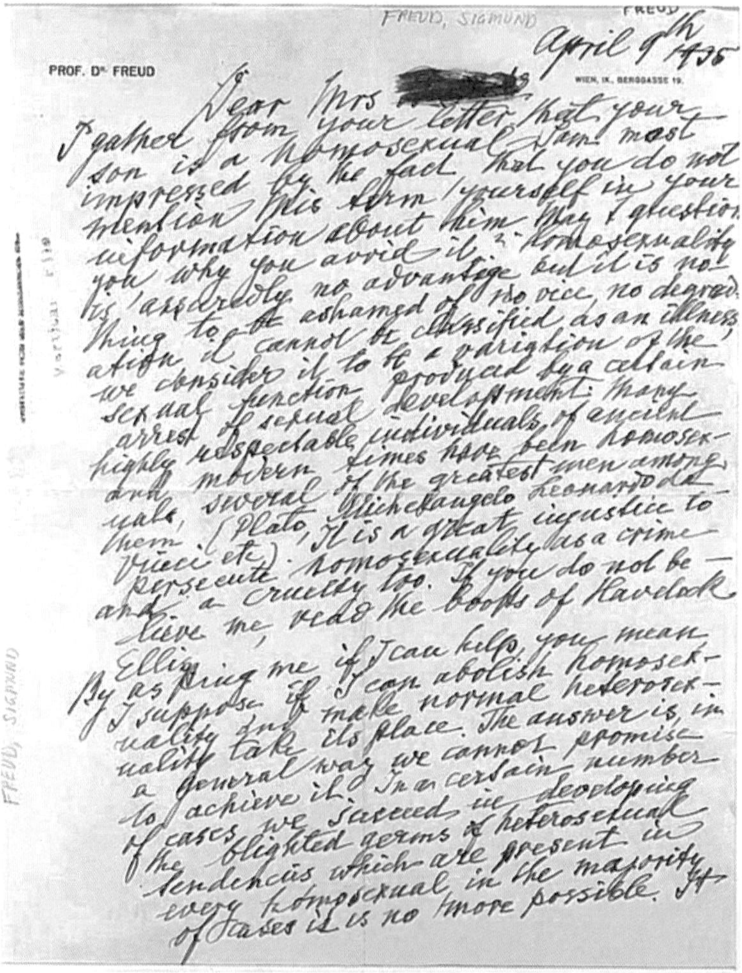

• S i g m u n d F r e u d •

프로이트의 편지

is a question of the quality and the age of the
individual. The issues of treatment cannot
be predicted.
What analysis can do for your son runs in a
different line. If he is unhappy, neurotic
torn by conflicts inhibited in his social
life, analysis may bring him harmony,
peace of mind, full efficiency whether
he remains a homosexual or gets changed.
If you make up your mind he should have
analysis with me — I don't expect you
will — he has to come over to Vienna.
I have no intention of leaving here.
However don't neglect to give me your
answer.   Sincerely yours with kind
wishes   Freud

P.S. I did not not find it difficult to read
your handwriting. Hope you will not
find my writing and my English a
harder task.

Dear DR. KINSEY:

HEREWITH I enclose a letter from a Great and Good man
which you may retain.

From a Grateful Mother

"우리들의 체내에 깊은 마음속에는 어떤 강력한 힘이 있다.
그것은 우리가 의식하는 마음과는 별개의 것으로,
끊임없이 활동을 계속하여, 사고와 감정과 행동의 근원이 되고 있다."
프로이트의 한 마디

어린 시절 에디슨

전신기

28살의 에디슨

"나는 지금까지 그야말로 우연한 기회에 어떤 값어치가 있는 일을 성취시킨 적이 있다.
나의 여러 가지 발명 중에 그 어느 것도 우연히 얻어진 것은 없었다.
그것은 꾸준하고 성실히 일을 함으로써 이룩된 것이다."
에디슨의 한 마디

·A r i s t o t e l e s·

"오늘 내가 죽어도 세상은 바뀌지 않는다. 하지만 내가 살아 있는 한 세상은 바뀐다."

아리스토텔레스의 한 마디

아리스토텔레스의 『논리학』

·Socrates·

자크 루이 다비드의 '소크라테스의 죽음' 속에서 소크라테스는 독배를 잡으려고 하고 있다.

"자기 부모를 섬길 줄 모르는 사람과는 벗하지 마라.
왜냐하면 그는 인간의 첫 걸음을 벗어났기 때문이다."
소크라테스의 한 마디

아인슈타인

"나는 간소하면서 아무 허세도 없는 생활이야말로 모든 사람에게 최상의 것,
육체를 위해서나 정신을 위해서나 최상의 것이라고 생각한다."
아인슈타인의 한 마디

· W i l l i a m S h a k e s p e a r e ·

셰익스피어

"인간이 가장 먼저 해야 할 일은
자기 자신에게 진실해야 한다는 것이다.
스스로는 진실치 못하면서 남이 자기에게
어찌 진실하기를 바라겠는가.
만약 스스로에게 진실하다면,
밤이 낮을 따르듯
대개의 일이 순리대로 풀릴 것이다.
진실처럼 아름다운 것은 없다.
진실을 구하라. 진실로 무장하라."

셰익스피어의 한 마디

• Johann Wolfgang von Goethe •

괴테

"과오는 인간에게만 있다.
인간에게 있어서 과오는
자기 자신이나 타인,
사물에의 올바른 관계를
찾아내지 않은 데서 비롯된다.
과오나 허물은 일식이나 월식과 같아서
평소에도 그 모습을 나타내고 있으나
보이지 않다가, 비로소 그것을 고치면
모두가 우러러보는 하나의 신비한 현상이 된다."

괴테의 한 마디

가우디는 무늬를 새긴 벽돌이나 돌, 화려한 자기 타일 및 꽃이나 파충류 모양을
세공한 금속을 붙여 생동감을 주었다.

카사 밀라(Casa Mila)

가우디는 '자연에서 태어나고 자연이 베풀어 주는 매우 균형적인 자연적 구조'를 그대로 살려냈다. 그의 기하학적이고 포스트 모던적인 건축물들은 얼핏 구조적으로 불안해 보이지만, 그는 컴퓨터는커녕 전자계산기도 없던 시대에 고도의 장인정신과 인내심으로 이를 극복해 냈다.

• A n t o n i o G a u d i i C o r n e t •

사그라다 파밀리아(성聖가족)교회

하늘을 향해 치솟은 네 개의 탑과 생동감 넘치는 우아한 조각으로 장식된 이 교회는
착공한 지 115년이 지났고, 완성되려면 앞으로도 200여 년이 더 걸린다고 한다.

• A n t o n i o G a u d i i C o r n e t •

가우디는 '독창성이라는 것은 근본으로 돌아가는 것이다' 라는 유명한 말을 했는
데, 이것은 모든 것의 근원이 자연에서 시작된다는 그의 생각을 드러내고 있다.

· L e o n a r d o   d a   V i n c i ·

레오나르도 다 빈치의 "최후의 만찬"

① ② ③　　④ ⑤ ⑥　　⑦　　⑧ ⑨ ⑩　　⑪ ⑫ ⑬

① 바르톨로메오(바돌로매)　　⑥ 요한　　⑪ 마태오(마태)
② 대 야고보(요한의 큰형)(야고보)　　⑦ 예수　　⑫ 유다 타대오(다대오)
③ 안드레아(베드로 동생)(안드레)　　⑧ 토마스(도마)　　⑬ 시몬
④ 유다　　⑨ 소 야고보(예수의 동생)
⑤ 베드로　　⑩ 필립보(빌립)　　※ 번호는 얼굴 순서입니다 ※

• L e o n a r d o da V i n c i •

모나리자

"무슨 일이든 시작을 조심하라.
첫 걸음이 미래의 일을 결정하는 경우가 많기 때문에 중요한 것이다.
또 참아야 할 일은 처음부터 참아라.
나중에 참기란 더 어렵고 큰 고통이 따르게 된다."
레오나르도 다 빈치의 한 마디

아침 산책길에서 찰리는 눈먼 소녀에게 주머니를 털어 꽃을 사준다. 소녀는 찰리가 부자인 줄 오해하지만 찰리는 가난한 떠돌이라는 것을 밝히지 못한다. 찰리는 술에 취한 백만장자를 구해 주어 많은 돈을 얻게 된다. 찰리는 그 돈으로 눈먼 소녀의 눈을 뜨게 해준다. 몇 달 후 찰리가 초라한 모습으로 지나가자 소녀는 찰리에게 돈을 쥐어주게 된다. 그 소녀는 손끝의 감각으로 찰리가 바로 그 친절한 부자였다는 사실을 깨닫는다. _시티라이트_

• C h a r l e s   S p e n c e r   C h a p l i n •

"우리는 너무 많이 생각하고, 너무 조금 느낀다.
인생은 가까이 보면 비극이지만, 멀리서 보면 희극이다."

찰리 채플린의 The kid

나폴레옹 1세

"승리는 노력과 사랑에 의해서만 얻어진다.
승리는 가장 끈기있게 노력하는 사람에게 간다.
어떤 고난의 한 가운데 있더라도 노력으로 정복해야 한다.
그것뿐이다.
이것이 진정한 승리의 길이다."

나폴레옹 1세의 한 마디

페르시아의 다리우스 3세와 싸운 이수스 전투에서 활약하는 알렉산드로스 대왕

"하늘에 두 개의 태양이 있을 수 없듯이 지구에 두 명의 주인이 있을 수 없다."

알렉산드로스 대왕의 한 마디

ㄱ ㅁ ㅎ ㅗ ㅇ ㄷ ㅜ

김홍도의 고기잡이

"알면 보이고 보이면 사랑하게 되나니 그때 보이는 것은 이미 예전과 같지 않으리라."

김홍도의 한 마디

김홍도의 점심

김홍도의 자화상

하루 일을 끝내고 먹는 꿀맛나는 점심 시간!
여인네는 자연스레 아기에게 젖을 물리고,
강아지도 먹고 싶다는 듯이 사람들을 보고 있다.

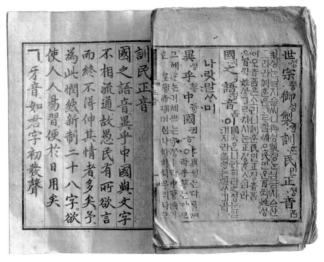

훈민정음

"남을 너그럽게 받아들이는 사람은 항상 사람들의 마음을 얻게 되고,
위엄과 무력으로 엄하게 다스리는 자는 항상 사람들의 노여움을 사게 된다."
세종대왕의 한 마디

세종대왕

신사임당의 초충도

"말을 할 때 신중하게 하라."

신사임당의 한 마디

· ㅅ │ ㄴ ㅅ ㅏ ㅇ │ ㅁ ㄷ ㅏ ㅇ ·

조선시대 천문관측기기의 하나로 오늘날의 각도기와 비슷하다. 간의

조선시대 해시계 **앙부일구**

천평일구 조선시대의 휴대용 해시계.
시표(時標)와 시반(時盤)이 수직을 이루도록 기둥에 추를 매달아
십자의 중심에 걸리게 하고, 남북을 정하기 위하여 지남침을 두었으며,
시표는 세선(細線)이 3각형을 이루어 접을 수 있게 하였다.

정남일구 조선시대 해시계

호기심과 열정으로 펼쳐진 인문학 세상

인류 발달의 출발은 어디서 시작됐을까? 바로 '호기심'과 '열정'이다.

호기심에 질문하고 이를 해결하기 위해 열정을 갖고 파고 들면서 답을 찾아 인류는 앞으로 나아갔다. 이 책은 호기심과 열정으로 세상을 바꾸는 데 공헌한 인물들의 이야기이다.

어린 시절 마음껏 상상하고 펼쳐왔던 꿈의 세계는 학창시절을 지나 사회로 나가면서 현실에 부딪히고 많은 학생들이 이공계 쪽으로 방향을 틀곤 한다. 컴퓨터, 인터넷 세상이 우리 삶에 파고 들어와 스마트폰을 한손에 들고 다니는 모습이 일상화된 지금, 우리는 어떤 세상을 살고 있을까.

컴퓨터, 인터넷, 스마트폰은 기계이고 통신망이고 단말기이다. 사람들은 컴퓨터, 인터넷, 스마트폰을 통해 정보를 찾고, 소식도 주고 받고, 웹툰 세계에 빠져도 보고, 노래도 듣고, 심지어 나만의 방송을 만들기도 한다. 첨단 기술을 활용해서 사람들이 꿈꿔왔던 인문학 세상을 마음껏 펼치고 있는 것이다. 중요한 건 어떤 인문학 세상을 펼칠 것이냐 하는 것이다.

인간의 호기심과 열정은 이제 컴퓨터, 인터넷, 스마트폰을 총망라한 새로운 세상을 향하고 있다. 가상 세계와 현실 세계의 경계가 허물어지고 있는 메타버스! 지금까지와는 차원이 다른 세상을 펼치려 하고 있다.

가본 적 없고 어떤 세상이 펼쳐질지 모르지만 분명한 건 사람이 만들고 그 세상의 주인공 역시 사람이라는 것이다. 세상의 뿌리가 되고 나무가 되고 숲이 되는 그 중심에 사람이 있고, 사람을 연구하는 학문이 인문학이다.

10대는 너나할 것 없이 꿈 많고 호기심 많은 세대들이다. 그들에게는 어른들에게서 찾아보기 어려운 활화산처럼 타오르는 열정도 있다.

마그마처럼 타오르는 호기심어린 열정을 정제하고 하나의 에너지로 만들어나갔을 때 10대들이 꿈꾸던 목표와 이상은 현실의 모습으로 여러분 앞에 다가올 것이다.

이 책에서 만나는 역사 속의 인물들은 분명 호기심과 열정 하나만큼은 어느 누구보다 앞선다고 자부할 수 있다.

우리는 이 책에서 수많은 호기심과 열정을 갖고 있는 평범한, 때로는 사회에서 적응하지 못한 사람들이 어떤 과정을 통해 호기심과 열정을 하나의 살아 움직이는 에너지로 만들고 인문학 세상을 펼쳤는지 그 과정을 보게 될 것이다. 그들의 호기심은 땅 속의 어둠을 파헤치고, 열정은 하늘을 뚫어버릴 것 같은 강렬한 에너지를 갖고 있다.

이제 여러분도 넓은 세상에서 호기심과 열정으로 마음껏 꿈을 펼쳐보기 바란다.

1부
서양의 위대한 인물들

2부
서양 문화예술계의 위대한 인물들

3부
한국의 위대한 인물들

4부
동양의 위대한 인물들

I

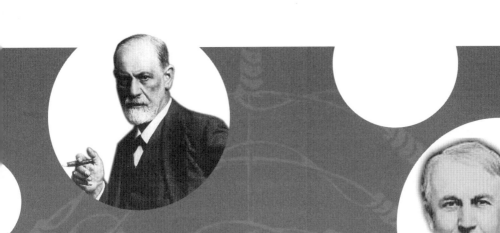

서양의

빌은 13세 되던 해, 시애틀의 명문 사립중고등학교인 '레이크사이드'에서 처음 컴퓨터를 접하게 된다 어머니들이 자선바자
에서 나온 수익금으로 학교에 마련해준 컴퓨터가 마냥 신기했던 빌은 컴퓨터 앞에서 단 1초도 떨어질 줄 몰랐다. 당시
컴퓨터는 모니터가 없어 타자기처럼 생긴 자판을 누른 다음 프린터가 시끄러운 자판을 누른 다음 프린터가 시끄러운 소리를
내며 결과를 종이에 찍어 보여줄 때까지 기다려야 하는 불편함이 있었지만빠진 빌은 전혀 문제삼지 않았다 러운 소리를 내
며 결과를 종이에 찍어 보여줄때까지 기다려야 하는 불편함이 있었지만 이미 컴퓨터에 푹 빠진 빌은 전혀 문제삼지 않았다

위대한 인물들

Bill Gates

인류 생활 판도를 바꾼 컴퓨터 황제

빌 게이츠 (William(Bill) H. Gates, 1955~)

{ "나는 힘이 센 강자도 아니고, 그렇다고 두뇌가 뛰어나지도 않습니다. 날마다 새롭게 변했을 뿐입니다. 'Change(변화)'의 G를 C로 바꿔 보십시오. 'Chance(기회)'가 되지 않습니까? 변화 속에 반드시 기회가 숨어 있습니다."

빌 게이츠(본명 : 윌리엄 헨리 게이츠 3세)는 1955년 10월 28일 미국 시애틀에서 변호사인 아버지와 교사인 어머니 사이에서 태어났다. 어린 시절부터 책 읽기를 좋아하고 백과사전을 줄줄 외울 정도로 집중력이 뛰어나, 주변의 많은 사람들은 빌을 일컬어 '신동'이라 불렀다.

빌은 열세 살 되던 해, 시애틀의 명문 사립중고등학교인 '레이크사이드'에서 처음 컴퓨터를 접하였다. 어머니들이 자선바자회에서 나온 수익금으로 학교에 마련해 준 컴퓨터가 마냥 신기했던 어린 빌은 컴퓨터 앞에서 단 1초도 떨어질 줄 몰랐다. 당시 컴퓨터는 모니터가 없어 타자기처럼 생긴 자판을 누른 다음 프린터가 시끄러운 소리를 내며 결과를 종이에 찍어 보여줄 때까지 기다려야 하는 불편함이 있었지만 이미 컴퓨터에 푹 빠진 빌은 전혀 문제삼지 않았다.

성장배경

빌 게이츠와 마이크로소프트(MS)

빌의 곁에는 늘 폴 앨런이 있었다. 폴 앨런은 빌보다 두 살 위였으며 빌과 함께 컴퓨터에 푹 빠진 또 다른 천재소년이었다. 빌은 실제 사용 가능한 프로그램을 만드는 데 더 흥미가 있었던 반면, 폴은 컴퓨터의 모든 부분을 제어하고 작동하는 데 필요한 언어 쪽에 천재적인 소질을 가지고 있었다. 물론 둘 다 컴퓨터에 관한 열정에 대해서는 둘째가라면 서러워할 정도였다.

빌과 폴이 컴퓨터의 매력에 도취되어 있을 그 무렵, 컴퓨터 업계는 IBM이라는 거대기업이 독점하다시피 하고 있는 상황이었다. 빌과 폴은 비록 어린 나이였지만, 장차 IBM을 앞지를 수 있는 실력을 키우기로 마음먹고 하루도 빠짐없이 컴퓨터 공부에 열중했다.

이런 열의에도 불구하고 그들에게 시련이 닥쳐오고 말았다. 학교 사정이 어려워져 컴퓨터를 만질 수 있는 기회를 잃게 된 것이다. 하지만 쉽게 물러설 빌과 폴이 아니었다.

"컴퓨터를 만질 수 없으면 그 시간을 대신해 컴퓨터에 관한 책을 읽으며 지식을 쌓아가자."

이렇게 서로를 위로하며 컴퓨터 공부에 더욱 박차를 가했다.

그러던 어느날 'C-큐브드'라는 회사에서 당시로서는 놀라운 성능을 자랑하던 PDP-10 컴퓨터를 갖고 IBM을 꺾겠다는 소문이 돌기 시작했다. PDP-10은 지금 보기에는 부담스러울 정도로 큰 덩치를 하고 있었지만, 방 세 개를 꽉 채우던 다른 대형 컴퓨터에 비해서는 확실히 놀랄 만큼 작았다.

이를 놓칠 빌과 폴이 아니었다. 둘은 즉시 '레이크사이드 프로그래밍 그룹'을 만들고 'C-큐브드'에 찾아가 계약을 맺고 본격적으로 일을 시작했다. 어린 나이에도 불구하고 뛰어난 실력을 갖고 있는 두 사람에게 회사는 아낌없는 후원을 해주었다.

그러나 지나친 자신감이 발동한 빌이 그만 넘어서는 안 될 선을 넘고 말았다. PDP-10의 결함을 모두 해결한 후 기고만장해진 빌은 상사 몰래 PDP-10의 암호장치를 풀다 시스템을 완전히 망가뜨리는 실수를 저지른 것이다. 결국 C-큐브드사에서 쫓겨나는 것으로 죄값을 치른 빌은 나름대로 자숙의 시간을 갖고, 대학 진학을 위해 뒤처진 학과 공부를 따라잡기 위해 노력했다. 집중력이 뛰어난 빌은 금세 떨어진 성적을 끌어올렸고, 1973년 하버드 대학에 입학하였다.

대학생 신분으로 1975년 회사를 차려 베이직 완성

하버드 대학생활 2년째, 빌에게 있어 놀라운 모험이 시작되었다. 1974년 봄 우연히 신문 가판대에서 인텔의 '8080칩'에 관한 기사를 접하였다.

여기서 잠깐!! 마이크로프로세서의 역사를 살펴볼 필요가 있다.

1971년 인텔이 최초로 '4004 마이크로프로세서'를 선보인 이래, 마이크로프로세서는 컴퓨팅 시스템을 제어하는 핵심기술로 인식되어 왔다. 1972년에 등장한 인텔 4004의 8비트 버전 인텔 8008(인텔이 만든 세계 최초의 8비트 마이크로프로세서)은 당시로서는 놀랄 만한 기술적 진보를 뜻하는 것이었다. 인텔은 계속해서 1974년에 인텔 8080을 출시하였으며, 모토로라에서는 6800과 6809, 모그텍에서는 6502 등의 8비트 마이크로프로세서가 제작되었다. 1970년대 후반, CPU산업도 8비트를 지나 16비트로 들어서게 된다. 인텔의 8086과 모토로라의 68000은 초창기의 16비트 마이크로프로세서인데, 8086은 IBM

Bill Gates

PC, 68000은 매킨토시에 채용되어 널리 보급되었다.

빌에게 인텔 8008은 커다란 파장을 일으켰다. 대형컴퓨터 시대는 끝났다고 확신한 빌은 만능기계의 엄청난 잠재성을 살려줄 소프트웨어가 크게 부각될 수밖에 없다고 굳게 믿고 소프트웨어에 승부를 걸기로 결정한다.

빌은 그 이듬해인 1975년 영원한 친구이자 파트너인 폴 앨런과 함께 젊은 패기 하나만으로 회사를 차렸고 베이직을 완성, 드디어 세계 최초의 중형컴퓨터 소프트웨어 회사 마이크로소프트(MS)가 탄생했다.

구멍가게처럼 벌인 사업이었기 때문에 처음에는 자금상의 어려움이 컸다. 하지만 지속적으로 소프트웨어 기술을 진보, 향상시키면서 회사는 빠른 속도로 성장해 나갔다. 그러던 1980년 무더운 여름날, 당시 컴퓨터 시장의 80%를 장악하고 있던 IBM에서 마이크로소프트 사에게 먼저 손을 뻗어왔다. IBM에서 자체 소프트웨어를 개발하는 대신 MS의 운영체계를 쓰기로 했다는 것이다.

MS는 시애틀의 한 회사에서 초기개발 단계에 있던 소프트웨어를 구입하고 기술자를 영입, 수정에 수정을 거듭한 끝에 'MS DOS'를 만들어냈다. 1981년 8월 이를 장착한 IMB PC가 시장을 강타했고 이로 인해 마이크로소프트는 엄청난 수익을 올렸다.

1983년 빌은 그림 위주의 운영체계를 다음 목표로 삼았다. 바로 '윈도'였다. 윈도 3.1에서 성공한 것을 시작으로 windows 95, 98, 2000, XP, 비스타, 7 등을 차례로 출시하였다. 시장을 독점한 MS사는 전세계 개인용 컴퓨터 시장에서 윈도 운영체제의 시장 점유율은 세계적으로 약 90%이다.

미국에서 가장 존경받는 기업인

세상에서 가장 많은 재산을 가진 사람 빌 게이츠. 많은 사람들이 알고 있듯이 빌 게이츠는 현재 세계의 컴퓨터 업계는 물론 다른 많은 분야에서 큰 영향력을 가지고 있는 사람이다. 자신이 선택한 '컴퓨터'라는 매체를 통해 자신만의 탁월한 비즈니스 센스와 미래를 내다보는 안목이 있었기 때문에 가능한 일이었다.

현재 그는 '소프트웨어의 황제', '세계 최고의 갑부', '소프트업계의 악마', '독점 사업가' 등 찬사와 비난을 함께 받고 있다. 그러나 그의 본 모습은 마이크로소프트라는 회사를 세계 최고의 기업으로 키운 탁월한 경영자에서 찾을 수 있다. 빌 게이츠는 IBM과의 거래가 PC의 역사를 바꿀 것이라는 사실을 정확하게 예측하고 있었고, 20세기 미국에서 가장 존경받는 기업인으로 선정됐다. 빌 게이츠는 벤처의 신화, 검소한 생활 태도 등의 대명사로 불릴 만큼 많은 사람들의 사랑과 존경을 받아 왔다. 반면 빌 게이츠는 마이크로소프트사의 독점적 지위와 윈도운영체제에 대한 불만을 가진 사람들로부터 미움도 동시에 받고 있다.

그러나 그는 누가 뭐라 해도 가장 성공한 기업인으로서 우뚝 서 있다. 그가 어떤 제품을 본따서 사업에 성공했는지, 어떤 편법으로 최고의 자리에 올랐는지 우리는 그것을 문제삼기 이전에, 그가 어떻게 성공했는지, 그가 어떻게 이렇게 많은 사람들에게 도움을 줄 수 있을 만한 위치에 올랐는지를 알아야 한다. 많은 사람들이 그를 '컴퓨터의 황제'라고 부르는 데는 그럴 만한 이유가 있기 때문이다.

Bill Gates

빌 게이츠가 청소년들에게 던진 10가지 인생 충고

1. 인생이란 원래 공평하지 못하다. 그런 현실에 대하여 불평할 생각 하지 말고 받아들여라.
2. 세상은 네 자신이 어떻게 생각하든 상관하지 않는다. 세상이 너희들한테 기대하는 것은 네가 스스로 만족한다고 느끼기 전에 무엇인가를 성취해서 보여줄 것을 기다리고 있다.
3. 대학 교육을 받지 않은 상태에서, 연봉 4만 달러가 될 것이라고는 상상도 하지 마라.
4. 학교 선생님이 까다롭다고 생각되거든, 사회에 나와서 직장 상사의 진짜 까다로운 맛을 한 번 느껴봐라.
5. 햄버거가게에서 일하는 것을 수치스럽게 생각하지 마라. 너희 할아버지는 그 일을 기회라고 생각하였다.
6. 네 인생을 네가 망치고 있으면서 부모 탓을 하지 마라. 불평만 일삼을 것이 아니라 잘못한 것에서 교훈을 얻어라.
7. 학교는 승자나 패자를 뚜렷이 가리지 않을지 모르나 사회 현실은 이와 다르다는 것을 명심해라.
8. 인생은 학기처럼 구분되어 있지도 않고, 여름 방학이라는 것은 아예 없다. 네가 스스로 알아서 하지 않으면 직장에서는 가르쳐주지 않는다.
9. TV는 현실이 아니다. 현실에서는 커피를 마셨으면 일을 시작하는 것이 옳다.

10. 공부밖에 할 줄 모르는 '바보' 한테 잘 보여라. 사회에 나온 다음에는 아마 '그 바보' 밑에서 일하게 될지도 모른다.

1955	미국 워싱턴주 시애틀 출생
1973	하버드대학 법학과 입학 후 수학과로 전과
1974	폴 앨런과 최초의 소형컴퓨터용 언어인 베이직(BASIC) 개발
1975	마이크로소프트사 설립(뉴멕시코주 앨버커키)
1995	윈도우즈95 출시로 퍼스널 컴퓨터 운영체제의 획기적인 전환을 가져옴
2003 ~ 현재	마이크로소프트사의 사장겸 회장 역임. 마이크로소프트 기술고문

Socrate

신념을 지키기 위해 죽음을 택한 '철학의 순교자'

소크라테스 (Socrates, BC 469~BC 399)

{ "자기 부모를 섬길 줄 모르는 사람과는 벗하지 마라. 왜냐하면 그는 인간의 첫 걸음을 벗어났기 때문이다."

소크라테스는 자신의 사상을 책으로 쓴 적이 없다. 더욱이 '소크라테스의 사상'이라고 할 만한 것이 과연 있는지도 의문이다. 그는 단지 시장거리를 누비며 끊임없이 사람들과 만나서 대화하며 사색했을 뿐이다. 소크라테스 자신이 확실히 알고 있었던 것은 "자신은 진리에 대해 아무것도 모른다."라는 것뿐이었다. 그러나 바로 이 점이 그를 '철학적 사유의 교과서'로 만든 것이다.

철학자들은 흔히 철학의 목적을 지식을 얻는 데 있는 것이 아니라 자신의 지식과 신념이 과연 제대로 된, 의미 있는 것인지를 검토하며 마음속 깊숙이 박혀 있는 독단과 선입견을 제거하는 데 있다고 말한다. 다시 말해 편견과 독선을 두려워하는 마음으로 세상과 삶에 대한 자신의 생각이 과연 올바른지 고민하고, 다른 이들과 이성적인 대화를 나눔으로써 더 나은 삶을 지향한다는 것이다. 바로 소크라테스는 이런 자세로 평생을 살았던 사람이다.

건강한 정신으로 밝게 보낸 유년 시절

소크라테스는 기원전 469년 아테네에서 태어났다. 아버지 소프로니코스는 석공이었고, 어머니 파이아레테는 애 잘 받기로 유명한 산파였다.

2500여 년 전 석공의 아들 소크라테스가 유년 시절을 어떻게 보냈는지에 대해서는 별로 알려진 바가 없다. 다만 그와 아주 친한 친구였던 크리톤이 남긴 증언에 따르면 소크라테스의 개성(?)있는 용모는 이미 어린 시절부터 사람들의 이목을 끌기에 충분했다고 한다. 몹시 거친 피부, 개구리같이 툭 튀어나온 눈, 거기에 두꺼운 입술과 주저앉은 코, 주위 친구들이 그의 못난 외모를 보고 놀려댔지만 소크라테스는 밝고 건강하기만 했다. 오히려 자신의 용모에 대해 놀리는 아이들을 보고 "길고 똑바른 코보다 뭉툭한 코가 냄새를 더 잘 맡는다."고 자랑했다고 한다. 또 그는 타고난 건강 체질이었기 때문에 잔병치레 없이 건강한 유년 시절을 보냈다고 전해진다.

소크라테스가 청년으로 성장했을 무렵 아테네는 페리클레스란 현명한 정치가의 지도 아래 최고의 번영을 누리고 있었다. 경제가 발전하면 문화도 함께 발전하는 법. 지혜로운 사람들이 하나둘 아테네로 모여들기 시작했다. 시민들은 아침부터 저녁까지 끊임없이 토론을 즐겼고 여기에서 나온 의견이 국가의 정책과 각종 재판의 판정에 직접적인 영향을 미치곤 했다.

이들 가운데 지금의 기준으로 본다면 변호사와 논술 강사, 철학자를 한데 합쳐 놓은 것처럼 여러 분야에 능통한 사람을 '소피스트'라고 불렀는데, 이들은 주로 재판에서 벌어지는 논쟁이나 연설에 필요한 기술을 가르쳤으며 경우에 따라선 법정에 직접 서 돈을 벌기도 했다.

인간 사이의 갈등을 판정해 줄
절대적인 진리를 찾아 고민하는 젊은이

소크라테스는 당시 젊은이들이 흔히 그랬던 것처럼 법정과 시장 거리를 누비며 소피스트들의 논변을 듣고 배웠다. 또한 그는 아낙사고라스의 제자로부터 철학을 배우기도 했다. 때문에 그가 인간의 일을 판정할 때의 기준이 소피스트들의 주장처럼 상대적인 것이 아니라 자연을 연구할 때처럼 절대적이지 않은지 고민한 것은 어찌 보면 당연한 일이다. 만약 인간 사이의 갈등을 판정해 줄 절대적인 진리가 있고 이것을 알 수 있다면, 나아가 이 진리가 이끄는 대로 살아갈 수만 있다면 사람들은 훨씬 행복해질 수 있을 것이다. 소크라테스가 알고자 했던 것은 바로 이런 진리였다. 따라서 소크라테스는 당시 현명하다고 정평이 난 학자들을 붙잡고 과연 이 진리가 무엇인지 어떻게 하면 얻을 수 있는지를 끊임없이 묻고 다녔다. 하지만 결과는 매번 실망스러웠다. 누구도 소크라테스의 질문에 명쾌한 답변을 줄 수 없었다. 물음을 던지면 던질수록 아무것도 모르며 단지 아는 척하고 있다는 것만이 드러날 뿐이었다.

이런 가운데 소크라테스가 깨달음을 얻는 사건이 생긴다. 당시 델포이에는 아폴로 신을 모시는 신전이 있었고 사람들은 어떠한 일이 있을 때마다 그곳에서 신의 명령을 얻곤 했다. 한 번은 그의 친구 카에레폰이 델포이 신전에 가서 이 세상에 소크라테스보다 더 현명한 사람이 있는지를 물어보았다. 그 대답은 "No"였다. 카에레폰은 가서 이 사실을 소크라테스에게 알렸고 그는 친구의 말을 믿지 않았다.

결국 소크라테스 본인이 직접 신전을 찾아 가장 현명한 사람이 누구인지 물었다. 그 대답은 "소크라테스 바로 너 자신이다."였다. 이에 놀란 소크라테스는 신전의 문을 나서다가 기둥에 새겨진 '너 자신을 알라(Gnoti seauton)'는 문구를 보게 된다. 이 문구를 보고 그는 비로소 깨닫는다.

그가 알고 있던 유일한 사실은 자신이 진리에 대해 아무것도 모른다는 사실뿐이었다. 그러나 바로 이 사실 때문에 그는 가장 현명한 사람이었던 것이다. 현명해 보이는 다른 이들도 소크라테스와 마찬가지로 진리에 대해 아무것도 모르지만 그들은 자신이 진리를 알고 있다고 믿으며 확신에 차서 행동하고 있는 것일 뿐이었다. 이때부터 소크라테스는 사람들의 '무지'를 깨우치는 데 일생을 걸게 된다.

'지혜를 낳는 산파'라고 자칭했던 사람

소크라테스는 매우 용감했다. 이 점은 그가 참가했던 전투의 일화에서 엿볼 수 있다. 그는 포티다이아 전투에서 위험을 무릅쓰고 부상당한 전우를 구출해 냈으며, 일리온 전투에서는 모두가 도망쳐 버린 가운데서도 유일하게 남은 졸병으로 장군과 함께 '침착하게 우군과 적군을 둘러보면서' 태연하게 전쟁터를 걸어갔다고 한다. 이는 소크라테스가 얼마나 용감한 사람인지를 잘 보여주는 사례라고 할 수 있다.

'전쟁터에서는 적에게 용감해야 한다', '법을 잘 지켜야 한다'와 같은 말들은 누구나 지켜야 할 도덕 규범이다. 그러나 순종하며 무조건 따르는 것은 오히려 해로움을 가져올 수도 있다. 소크라테스는 끊임없이 사람들을 붙잡고 정의와 용기가 과연 무엇이고, 진정으로 정의로운 판단과 용기 있는 행동이 무엇인지 깨우치려 했다. 그러나 그가 한 일은 설교도, 책을 쓰는 것도 아니었다. 단지 만나는 사람들과 대화를 통해 공유하려고 했을 뿐이다.

Socrates

이런 점에서 소크라테스는 '지혜를 낳는 산파'라고 자칭했다. 산파가 하는 역할은 아이 낳기를 도와주는 것이지 직접 애를 낳는 것이 아니다. 마찬가지로 소크라테스도 지혜를 제시해 주는 것이 아니라 대화하는 사람이 스스로 지혜를 깨닫도록 도와줄 뿐이다. 이런 의미에서 소크라테스의 대화 방법을 '산파술'이라고 부르기도 한다.

이런 소크라테스의 행동이 항상 시민들에게 환영받은 것은 아니다. 사람들은 자기가 듣고 싶어 하는 것만을 듣는 경향이 있기 때문에 듣기 싫은 물음만 골라서 던지며 자기 자신이 모른다는 것을 드러내도록 대화를 이끄는 소크라테스가 간혹 이상해 보이기도 했다. 그럼에도 소크라테스는 사람들이 무지에 빠져 맹목적으로 행동하지 않도록 끊임없이 질문을 해댔다.

'괴짜' 수준을 넘어 '위험 인물', 결국 독약을 마시고 죽음 택해

그는 시간이 갈수록 점점 유명해지기 시작했다. 많은 젊은이들이 그의 산파술로 깨달음을 얻고 제자가 되었다. '서양 철학의 아버지'로 불리는 플라톤도 그 중 하나이다. 심지어 어떤 젊은이들은 그를 흉내내어 남들을 가르치려고까지 했다. 하지만 유명해지면 반대 세력도 생기는 법.

날이 갈수록 '괴짜' 수준을 넘어서 권력자들에게 '위험 인물'로 여겨지기 시작했다. 소크라테스의 가르침은 결국 젊은이들에게 권력자의 권위와 지혜에 대해 물음을 던지며 비판할 능력을 키우는 것이었기 때문이다. 따라서 권력을 가진 자들의 조용한 압력이 시작되었다. 스파르타의 조종으로 집권한 30인의 참주들은 그에게 가르침을 중단할 것을 명령했으며, 이후 다시 나타난 민주정에서도 권력자들은 그가 자신들의 입장에 야합할 것을 권하지만 소크라테스는 단호히 거절하곤 했다. 악과 타협하지 않고 오로지 진리만을 좇는 자세를 널리 퍼뜨리는 그의 태도는, 비판할 줄 모르는 어리석은 다수의 사람들 때문에 집권할 수 있었던 권력자들에게는 점점 큰 위협으로 작용했던 것이다.

기원전 399년, 마침내 그는 세 명의 시민에게서 '젊은이들을 타락시키고 신을 믿지 않는다'는 죄명으로 고소를 당하고 500인 법정에서 재판을 받게 되었다. 소크라테스의 쩔쩔매는 모습을 기대했던 고소인들의 예상과는 달리 그는 당당하게 무죄를 주장했다. 이때의 그의 변론 내용은 제자 플라톤의 기록으로 지금까지 전해지고 있다. 『소크라테스의 변명』이 바로 그것이다.

너무도 당당한 모습에 반감을 샀는지 어리석은 아테네 사람들은 소크라테스에게 360 대 240이라는 표차로 유죄를 선고했다. 유죄 이후에 형량을 선고받는 데에 있어서도 소크라테스는 판결을 받아들이고 관대한 처벌을 바라기는커녕, 오히려 자신은 국가에 기여한 공로로 영빈관에서 평생 식사를 제공받아야 할 사람이라고 주장하여 배심원들의 분노를 샀다. 그래서 이번에는 더욱 압도적인 표차로 사형을 언도받았다.

돈으로 그를 풀어내야겠다고 생각한 그의 제자들은 자신들의 돈을 모아 간수를 매수해 놓았다. 하지만 소크라테스는 친구들의 탈출 제안을 단호히 거절하였다. 그 이유는 평생 다른 이들에게 법을 지키라고 한 자신이 스스로 법을 어길 수는 없다는 이유였다. 결국 그는 독약을 마시고 숨을 거둔다. 그는 역사상 처음으로 자신의 신념을 지키기 위해 죽음을 택한 최초의 '철학의 순교자'였던 것이다.

Socrates

무지(無知)의 지(知)

소크라테스는 여느 때와 마찬가지로 아테네 폴리스의 광장에서 사람들과 논변을 즐기고 있던 중 한참 민주주의에 대해 토론을 하고 있는 트라시마코스라는 청년과 마주치게 되었다. 트라시마코스(이하 트라)는 당시 소피스트의 떠오르는 별이었다. 소크라테스가 그에게 물었다.

소크라테스(이하 소크) : 자네는 정의가 뭐라고 생각하나?

트라 : 강자의 이익이 정의입니다.

소크 : 강자도 물론 사람이겠지?

트라 : 예, 그렇지요.

소크 : 그럼 강자도 실수를 하겠군.

트라 : 예.

소크 : 그럼 강자의 잘못된 행동도 정의로운 것인가?

트라 : …….

이 대화가 오간 뒤 며칠 후 두 사람은 다시 만났다.

소크 : 자네 기분이 어떤가?

트라 : 우울합니다. (저번의 논쟁에서 대답을 못했기 때문에…….)

소크 : 우울하다는 것은 무엇인가?

트라 : (……) 침울하다는 것입니다.

소크 : 침울하다는 것은 무엇인가?

트라 : (……) 기분이 더럽단 것입니다.

소크 : 기분이 더럽다? 그것은 무엇인가?

트라 : (얼굴이 빨개지면서) 모르겠습니다.

소크 : 그래. 자네는 그래도 낫네. 자네가 모른다는 것을 알고 있
지 않은가?

여기서 소크라테스는 '무지의 지'(너 자신을 알라)를 강조한 것
이다.

비록 트라시마코스가 유능한 소피스트였어도 정작 자신이 느
끼는 감정에 대한 생각도 잘 알지 못했던 것이다.

BC 469	아테네에서 출생
BC 399	세 명의 시민에게서 '젊은이들을 타락시키고 신을 믿지 않는다'는 죄명으로 고소를 당하고 유죄 판결을 받고 독약으로 생을 마감함

무의식의 발견자이자 정신분석의 창시자

지그문트 프로이트 (Sigmund Freud, 1856~1939)

{ "우리들의 체내의 깊은 마음속에는 어떤 강력한 힘이 있다. 그 것은 우리의 의식하는 마음과는 별개의 것으로, 끊임없이 활동을 계속하여, 사고와 감정과 행동의 근원이 되고 있다."

프로이트는 정신분석을 통해 인간 행동의 이해와 유아기 성욕의 발견뿐만 아니라 모든 분야에 걸쳐 강력한 영향을 주었다. 인류에게 무의식 세계의 문을 열어서 무의식 세계의 실상을 보여준 것은 굉장한 업적이라 할 수 있다. 정신과적으로도 정신질환 치료에 새로운 장을 열어 주었다.

1856년 5월 6일, 지그문트 프로이트는 지금은 체코슬로바키아에 속하고 당시에는 오스트리아-헝가리 제국에 속해 있던 모라비아 지방의 프라이베르크에서 유대인의 아들로 태어났다. 프로이트의 아버지 야콥 프로이트는 상당히 성공한 양모 상인이었다. 야콥은 40세가 되던 해 아말리에 나타존이란 여성과 재혼해 여덟 명의 자녀를 두었는데, 프로이트는 장남으로 어머니의 사랑을 독차지하며 자랐다.

괴테의 시 읽고 의대에 진학

프로이트는 어릴 적부터 총명해 주위 사람들은 그가 장차 훌륭한 인물이 될 것이라는 칭찬을 아끼지 않았다. 프로이트는 이에 대한 회답으로 일기장에 이렇게 기록했다.

"의심할 여지없이 줄곧 사랑을 독차지하며 어머니의 사랑을 듬뿍 받고 자란 남자는 일생 동안 정복자와 같은 마음, 다시 말해 성공에 대한 확신을 지니고 살고 그런 확신은 대개 진짜 성공으로 이어진다."

그가 열 살 때, 아버지가 유대인이었기 때문에 공원을 산책하면서 기독교인에게 모욕을 당했다. 프로이트는 그 동안 항상 우상과 같았던 아버지의 비굴한 모습에 몹시 실망했다.

어린 시절 프로이트가 숭배하던 영웅이 반군주제를 주장했던 올리버 크롬웰과 카르타고의 장군 한니발이었다는 점은 제국주의 치하의 빈에 대한 프로이트의 혐오감이 얼마나 뿌리 깊은 것인가를 잘 보여주고 있다. 당시 오스트리아는 로마 가톨릭 국가로 프로이트와 같은 셈족(유대민족의 뿌리)을 배척했는데, 한니발 장군은 로마인들과 맞서 싸웠던 셈족의 지도자이기 때문이다. 프로이트는 고등학교 때까지 수석을 놓치지 않을 만큼 공부를 잘했다. 당시 유대인들 중에는 장관이 된 사람도 있었는데 프로이트도 장관이 되고 싶어서 법대에 가려고 생각했다.

그러나 프로이트는 괴테의 시 '자연'을 읽고 그대로 방향을 바꿨다.

"자연은 아름답고도 풍성한 어머니이며 그 자식인 인류에게 만물의 근원인 자연의 비밀에 대해 탐색할 수 있는 특권을 부여하고 있다."라는 내용은 프로이트의 자연에 대한 과학적 탐구욕을 자극하였다.

프로이트는 1880년대 초 그의 인생에서 중요한 브로이어 박사를 만났다. 프로이트보다 14년 연상이며 마음씨 좋고 유능한 의사인 브로이어는 26세의 젊은 프로이트에게 최면술과 카타르시스로 치료한 아주 흥미로운 환자인 '안나 오(Anna O)'에 관한 얘기를 들려주었다. 이들은 후에 함께 히스테리의 병인을 연구하여 유명한 『히스테리 연구』(Breuer J. & Freud S, 1895)를 출판하였다. 이것이 프로이트의 첫 작품이다.

서른 살에 결혼하고 신경과 의사로 활동

29세인 1885년, 프로이트는 생애에 큰 영향을 준 프랑스 유학의 기회를 잡았다. 그는 파리에 있는 살페트리에 병원의 샤르코 교수 밑에서 4개월 동안 연수를 받았다. 프로이트는 샤르코 교수가 최면을 통해 환자를 고치는 것을 보고 매우 놀랐다. 최면을 통해서 손, 발의 마비가 풀리기도 하고 마비를 일으키기도 하는 것이었다. 신경에 이상이 없어도 사지에 마비가 올 수 있다는 것은 신기한 일이었으며, 당시에는 그런 환자를 꾀병을 부리는 것으로 여겨왔지만 그때 비로소 정신이 육체를 지배하는 것을 눈으로 확인했던 것이다. 또한 샤르코 박사가 이런 증세들의 결정적인 원인이 성 문제라고 한 말을 듣고 깊은 인상을 받았으며, 후에 프로이트도 신경증의 병인이 성적 욕구 불만 때문이라고 생각했다.

30세가 된 프로이트는 결혼했고, 신경과 의사로 개업도 했다. 히스테리 환자들에게 흥미를 느낀 프로이트는 최면술을 사용해 정신적 손상을 준 기억들이 숨어 있는 비의식 속에서 그것들을 찾아내어 회상하게 함으로써 치료하였다. 치료의 효과는 매우 좋았다. 1895년 39세 때, 프로이트는 많은 증례들을 모아 브로이어와 공저로 『히스테리

연구』라는 책을 썼으며, 이것이 정신분석의 시작이었다. 프로이트는 환자의 과거 기억에서 심리적 손상을 준 사건들을 찾아내는 데 집중했는데 신경증을 일으키는 손상은 거의가 성적인 흥분과 관계된 것이었다.

프로이트는 히스테리의 원인은 성욕에서 비롯된다고 생각했기 때문에 범 성욕주의자라고 불려지기 시작했다. 이로 인해 브로이어와 결별하게 되었다. 하지만 시간이 지날수록 그는 최면술에 실망하기 시작했다. 최면에 걸리지 않는 사람이 있었고, 프로이트 자신이 최면을 잘 거는 타입이 아니라는 것도 알았다. 그래서 프로이트는 환자를 긴 의자에 눕게 하고 환자가 볼 수 없는 자리에 앉았다. 그리고 마음에 떠오르는 생각을 말하라고 했다. 이 기법이 '자유연상법'이다.

자신의 꿈과 환자들의 꿈 분석해 『꿈의 해석』 출판

1895년 7월 프로이트는 '이르마 주사의 꿈'을 꾸게 된다. 이는 프로이트가 철저하게 분석을 행한 최초의 꿈이었다. 여기에서 그는 꿈이란 원하는 바를 충족시켜주는 하나의 도구라는 결론을 얻었다.

그가 최초의 유일한 정신분석가였기 때문에 프로이트는 스스로 자기분석을 시작했다. 자기분석 끝에 프로이트는 그의 비의식에 아버지를 죽이고 어머니와 자고 싶은 소망이 있었고, 이것에 대한 죄책감과 두려움을 느꼈기 때문에 신경증에 빠지게 되었다는 것을 알았다. 여기서 그는 소포클레스의 비극 '오이디푸스 왕'이 생각났으며, 이러한 갈등을 '오이디푸스 콤플렉스' (Oedious complex)라고 불렀고 모든 신경증의 중심에 이 갈등이 있다고 했다.

프로이트는 자기분석과 임상적인 경험을 바탕으로 하여 히스테리

Freud

의 원인을 성적 외상설에서부터 유아성욕설로 전환시켰다. 프로이트는 자신의 꿈과 환자들의 꿈을 분석하고 그리고 자기분석을 토대로 하여 1899년 11월에 『꿈의 해석』을 출판했다.

또 하나의 중요한 논문은 『성욕이론에 관한 세 가지 에세이』였다. 여기서 '유아기 성욕'이 이론적으로 확실해진다. 이는 아기들도 성욕을 가지고 있다는 이론인데, 당시로서는 매우 부도덕한 주장이라는 비난을 받았다.

프로이트는 유아기 성욕설에서, 성욕이란 인간의 타고난 본능에서 나오는 것으로 이 본능욕구를 처리하는 방법에 따라 각 개인의 성격이 달라진다고 주장했다. 이때부터 정신분석 이론을 '욕구 심리학' 혹은 '이드 심리학'이라 부른다.

프로이트가 45세 되는 1901년, '일상생활의 정신병리'라는 흥미로운 논문을 발표했다. 신경증 환자뿐만 아니라 일반인들도 비의식충동의 영향을 받아 말실수나 상징적인 행동들과 증세 행동 등을 보인다는 것이다. 프로이트는 환자의 정신병리를 떠나서 이제 모든 인간의 심리에 접근했다.

이듬해 3월 그는 빈 대학의 원외교수가 되었다. 오랫동안 추천받지 못하다가 젊은 시절부터 품고 있던 꿈이 결국에는 실현되었던 것이다. 이 시기부터 프로이트의 이론은 조금씩 인정을 받았고 점차 보급되기 시작하였다. 그해 10월에 프로이트는 슈테켈, 카이네, 라이트넬, 애들러 등의 4명과 함께 '심리학 수요연구회'를 만들었다.

가난과 악화된 병세에도 정신분석에 열중

1914년 7월 오스트리아의 황태자 부부가 세르비아인의 청년에 의해 암살된 것을 계기로 제1차 세계대전이 일어났다. 환자들의 수가 줄자 프로이트의 생활이 점차 어렵게 되었다. 1919년 프로이트 나이 63세에 제1차 세계대전이 끝났다. 이 해에 제자였던 빅토르 타우스크(루 살로메와 사랑에 빠짐)가 자살을 하고, 그 다음해 1월에는 전쟁 중에 프로이트에게 식량 원조를 해주었던 제자 프로잉트가 사망했다. 그로부터 5일 후 둘째딸 소피가 두 명의 자녀를 남긴 채 26세의 나이에 죽자 프로이트는 엄청난 충격을 받게 된다. 또한 2년 후에 프로이트가 가장 귀여워하던 소피의 아들 하이넬레를 결핵으로 잃고 말았다. 프로이트의 생애 가운데 눈물을 흘린 적이 있다고 알려진 것은 이때 뿐이라고 한다.

전쟁을 겪으면서 프로이트는 인간의 공격성에 관심을 갖게 되었다. 1920년 64세에 그는 『쾌락 원칙을 넘어서』에서 죽음의 본능을 소개하는데, 인간에게는 종족 유지나 개체 유지 같은 삶의 본능만 있는 것이 아니라 죽고 싶어 하는, 죽어서 본래의 상태로 돌아가려는 본능도 있다는 것이다. 즉, 열반의 상태, 평화의 상태로 돌아가려는 본능이 있다는 것이다. 이 이론 또한 많은 논란을 불러 일으켰다.

1923년 프로이트는 턱에 암이 생겨 수술을 받았다. 이후 그는 사망할 때까지 모두 33번의 수술을 받았다.

해를 거듭할수록 프로이트에 대한 평가는 높아져갔다. 로망 롤랑, 아인슈타인 등 저명인사들까지도 그를 방문하였다. 프로이트는 1930년 독일의 괴테문학상을 수상하였다. 수상식에는 그의 셋째 딸 안나가 대리로 출석하여 수상 연설을 하였다.

1937년 프로이트는 『인간 모세와 일신교』의 제1부와 제2부를 출판했고, 제3부는 1938년 오스티리아가 독일에 합병되자 나치의 압박으로 영국으로 망명한 후 그해 8월에 암스테르담에서 출판했다.

1939년 2월 프로이트는 암이 재발하여 병세가 더욱 악화되고 더이상 수술이 불가능하게 되었다. 프로이트는 고통이 매우 심했지만 집필과 분석 작업을 위해 아스피린 외에는 진통제를 먹지 않았다. 말년에는 말조차 할 수 없어서 글로써 의사소통을 했다. 프로이트는 무신론자였기 때문에 하나님의 위로도 받을 수 없었다. 죽음의 고통이 끝나고 평화가 온다는 생각은 이런 고통스러운 상황을 끝내고 싶은 마음이 반영되었을 것이다. 그는 모르핀을 맞고 안락사했다.

프로이트가 주장한 성격의 구조

본능(Id)

성격의 원형이며 본질적인 체계로서 본능을 포함하고 있으며, 태어날 때부터 타고나는 것이고, 정신에너지의 저장고이다. 본능은 일생동안 그 기능과 분별력이 유아적인 수준에 머물러 있으며, 외부 세계와 단절되어 있어 법칙, 논리, 이성 또는 가치에 대해 전혀 알지 못하므로 시간이나 경험에 따라서도 변화하지 않는다. 본능은 고통을 피하고 쾌락을 추구하는 쾌락원칙에 입각하여 작동하며, 본능적 충동을 만족시켜 주고 긴장을 감소시켜 줄 수 있는 대상에 정신에너지를 투입하는 것을 '대상선택'이라고 한다. 또한 본능은 1차적 사고를 하게 되는데 1차적 사고과정이란 본능 또는 무의식에서 유래되는 것으로 신체적 긴장을 느슨하게 해주는데 필요한 대상의 기억표상을 만드는 과정이다.

자아(Ego)

외부세계의 직접적인 영향에 의해 수정된 본능의 일부이다. 성격의 조직적이고 합리적이며 현실 지향적 체계로서, 성격의 집행자이며 경영자이다. 자아는 본능과 초자아 사이의 갈등을 조정하고 본능을 통제하는 데 사용되게 된다. 자아는 본능적 충동을 충족시킬 수 있는 바람직한 대상과 방법이 발견될 때까지 정신에너지의 맹목적인 방출을 늦추고 만족을 지연시키는 현실원칙에 입각하여 작동된다. 자아는 2차적 사고과정을 하게 되는데, 1차적 사고과정이 대상의 표상을 만드는 것이라면 자아는 실제로 그러한 대상을 발견하는 데 작동하는 것이다. 2차적 사고과정은 긴장 감소를 위해 수립한 행동계획의 실현 가능성을 판단하는데 이것을 '현실검증'이라고 한다. 현실검증을 통하여 충동을 더욱 잘 지배할 수 있게 되며, 환상과 현실을 구분할 수 있는 능력이 강화된다.

초자아(Super ego)

성격의 도덕적인 부분이며 심판자로서 자아와 함께 작용하여 개인이 자신의 행동을 통제할 수 있게 해준다. 성격발달의 심리적 작용인 동일시 과정이 초자아를 형성해서 에너지를 공급하는 작용을 한다. 즉, 부모나 양육자의 말이나 행동 등에 담겨져 있는 가치, 신념, 행동 등을 내면화하는 과정에서 형성되는 것이다. 초자아는 자아이상과 양심이라는 두 개의 하위 체계로 구성된다. 자아이상은 부모가 도덕적으로 바람직한 것이라고 생각하는 것으로서, 부모의 칭찬에 의해 형성되는 부분이다. 이에 반해 양심은 부모가 도덕적으로 나쁘다고 하는 것으로서, 부모의 처벌에 의해 형성된다.

1856	지금은 체코슬로바키아에 속한 모라비아 지방의 프라이베르크 출생
1880년대 초	브로이어 박사를 만남
1895	히스테리의 병인을 연구하여 유명한 『히스테리연구』(Breuer J. & Freud S, 1895) 출간
1899	자신의 꿈과 환자들의 꿈을 분석하고 그리고 자기분석을 토대로 한 『꿈의 해석』을 출간
1901	「일상생활의 정신병리」라는 논문을 발표
1920	『쾌락 원칙을 넘어서』를 저술하면서 죽음의 본능을 소개
1930	독일의 괴테문학상을 수상
1937~1938	『인간 모세와 일신교』의 제1부와 제2부, 제3부 출간
1939	턱 밑의 종양으로 고통받다가 모르핀을 맞고 안락사

Galileo Galilei

'그래도 지구는 돈다' 지동설의 아버지

갈릴레오 갈릴레이 (Galileo Galilei, 1564~1642)

 "어찌하여 그대는 타인의 보고만 믿고 자기 눈으로 관찰하거나 보려고 하지 않는가."

이 우주는 우선 언어를 이해하는 방법을 배우고, 언어로 기록되어 있는 글자를 해독하는 방법을 배우지 않으면 이해할 수 없다. 우주는 수학이라는 언어로 기록되어 있는데, 그 글자들은 기하학적인 형태를 지니고 있으며, 그것들이 없다면 우리 인간은 우주를 단 한 구석도 이해하지 못하고 어두운 미로 속을 헤매게 될 것이다.

갈릴레오는 스스로 유대인이 아니라고 밝혔지만 그의 이름은 분명 성서에 나오는 '갈릴리'라는 지명을 따른 것이다. 그리고 갈릴레오 갈릴레이라고 성과 이름이 비슷한 것은 그가 태어난 토스카나 지방에서 장남에게 성과 비슷한 이름을 지어주는 풍습을 따른 것이다. 이탈리아 사람들은 워낙 그를 사랑하기 때문에, 성이 아닌 '갈릴레오'라는 이름으로 그를 부른다.

성장배경

긴 줄의 흔들림 원리에서 과학을 찾다

갈릴레오는 1564년 이탈리아 피사에서 음악가인 빈센초 갈릴레이의 아들로 태어났다. 갈릴레오의 아버지 빈센초는 몰락한 귀족으로 음악과 수학을 좋아했다. 아버지의 영향을 이어 받은 갈릴레오는 어린 시절부터 여러 분야에서 재능을 보였다.

플로렌스 부근의 발롬브로사의 수도원에서 교육을 받은 갈릴레오는 1581년에 의학 공부를 위해 피사대학에 입학하였다.

갈릴레오는 대학 시절의 첫 해를 피사 성에서 보냈다. 평소 관찰력이 뛰어난 그는 긴 줄에 매달린 등이 흔들리는 것을 주의 깊게 관찰했고, 또 그것이 흔들리는 정도에 상관없이 항상 일정한 주기로 흔들리는 것을 목격했다. 이후 갈릴레오는 이를 실험적으로 증명하였고 이 흔들림의 원리가 시계의 시간 조절에 쓰여질 수 있음을 제안하기도 하였다.

흔들 운동을 관찰할 때까지 갈릴레오는 이렇다할 수학 교육을 받은 적이 없었다. 그러다가 우연히 듣게 된 기하학이 그의 관심을 끌었다. 하지만 갈릴레오는 1584년 경제적인 사정으로 학위를 받지 못하고 피사대학을 중퇴한 후 피렌체에 있던 가족과 합류하였다. 이곳에서 그는 아버지 친구이자 토스카나 궁정수학자인 오스틸리오 리치에게 본격적으로 수학과 과학을 배우면서 대단한 흥미를 느꼈다. 이때 발표한 고체의 질량 중심에 관한 논문은 그에게 피사대학교의 수학 강사 자리를 마련해 주었다.

코페르니쿠스 학설을 따른 갈릴레오

피사대학의 교수가 되어 대학의 강단에 선 갈릴레오는 코페르니쿠스의 학설을 열렬히 지지했다. 코페르니쿠스는 지동설을 주장해 지구는 행성의 하나로 자전하면서 태양 주위를 공전한다는 우주관을 믿고 전파한 학자다.

이후 갈릴레오는 파도바대학에서 초청하여 파도바대학으로 옮긴 후 그곳에서 천문학에 관해 연구하였다. 그가 천문학에 지대한 관심을 보인 흔적은 1596년 우주론에 관한 최초의 저서인 『우주의 신비』를 저술한 케플러에게 보낸 편지 내용에서도 찾을 수 있다.

"진리의 탐구에 있어서 이처럼 위대한 동맹자를 찾을 수 있었던 저는 얼마나 행복한지 모르겠습니다. 진실을 향해서 나가고 잘못된 철학적 사변을 던져버릴 용기가 있는 사람을 거의 찾아볼 수 없습니다. 그러나 지금은 이런 현실을 탓할 때가 아닙니다. 당신의 위대한 연구에 성공을 기원합니다. 저는 여러 해 전부터 당신의 신봉자이기 때문에 당신의 성공을 더욱 더 바랍니다. 당신의 학설은 많은 현상의 원인을 해명해 주었습니다. 저는 일반 사람들의 견해를 깨뜨리기 위해 많은 근거를 수집했지만 세상에 그것을 발표할 용기가 부족합니다. 사실 당신과 같은 생각을 가진 사람들이 좀 더 많다면 저는 감히 그것을 공표했을 것입니다."

파도바대학은 갈릴레오에게 명예는 주었지만, 경제적인 풍요는 가져다 주지 못했다. 이후 갈릴레오는 운동이론에 관한 연구를 시작했다. 이로써 무게가 다른 물체는 서로 다른 속력으로 낙하한다는 아리스토텔레스식의 주장을 처음으로 반박하는 그의 주장이 나오게 되었다.

경제적인 어려움 때문에 그는 1592년 파도바대학의 수학 과장직을 맡아 18년 동안 재직하면서 훌륭한 업적들을 많이 내었다. 파도바

대학에서 그는 운동에 대한 연구를 계속했고, 1604년경 이론적으로 낙체가 등가속 운동을 하는 것을 증명하였다. 또 그는 포물선낙하 법칙을 찾았다. 그가 기울어진 피사의 사탑에서 물체를 떨어뜨렸다는 이야기는 실제에 근거하지 않는다.

역학을 과학의 차원으로 승격시키다

1604년 새로운 별이 나타났다. 갈릴레오는 이 별은 달 아래 세계를 넘어 별 사이에서 일어나는 것이라고 주장했다. 이러한 주장은 당시 스콜라 철학자들에게 비난을 받았다. 왜냐하면 스콜라 철학자들은 아리스토텔레스가 주장하듯이 하늘은 불변이며, 변하는 현상은 달 아래에서만 일어난다고 믿었기 때문이었다.

이후 자신이 발명한 망원경을 통해 목성의 네 위성을 발견한 갈릴레오는 파격적인 주장을 하였다. 모든 천체는 지구를 중심으로 돈다는 기존 관념을 깨뜨린 것이다. 목성 주위를 도는 네 위성을 '갈릴레오 위성'이라고도 부른다. 그밖에도 천문학상의 발견으로는 항성의 수가 육안으로 보기보다는 많은 것, 달에 산이나 골짜기가 있다는 것, 태양의 흑점(Sunspot), 성운(Nebula)이 있는 것 등을 발견하였다.

갈릴레오는 1610년 여름 파도바를 떠나서, 연구에 몰두하기 위해 토스카나 대공의 첫 번째 철학자이자 수학자가 되었다. 그의 업적 중에 가장 중요한 것은 의심할 여지없이 역학을 과학의 차원으로 승격시킨 것이다. 갈릴레오 이전에도 몇몇 가치있는 현상의 발견과 정리의 증명이 있었지만, 역학적 양으로서 힘을 도입한 것은 갈릴레오가 처음이었다. 비록 그는 운동과 힘의 상관관계를 법칙으로 구성하지는 못했지만, 동역학에 관한 저술의 여러 곳에서 그가 가까이에 가 있었다는 증거를 찾을 수가 있다. 갈릴레오는 낙하법칙, 물체의 평형과 경사면에서의 운동, 포물체 운동 등을 연구하였고, 포물체 운동에서는 그의 운동량에 대한 정의와 함께 후에 뉴턴에 의해 기술된 운동법칙에 대한 지식을 가지고 있었음을 알려준다. 결국 그는 뉴턴에 앞서 그의 길을 닦은 셈이다. 이 놀랄 만한 업적은 물리학의 문제에 대한 그의 수학적인 해석 방법의 적용에서 기인했다고 할 수 있다.

갈릴레오는 그동안 따로따로 나뉘어져 있던 수학과 물리학이 힘을 합하게 될 것을 감지한 첫 번째의 사람이었다.

종교재판을 받게 되는 과학자

갈릴레오는 흑점 발견 이후 그 실체의 구명을 둘러싸고 예수회 신부이면서 천문학자인 크리스토퍼 샤이너와 논쟁을 벌여, 그 내용을 '태양 흑점에 관한 서한'에서 발표하였다. 이 무렵부터 갈릴레오는 자신의 천문관측 결과에 의거해, 코페르니쿠스의 지동설에 대한 믿음을 굳히는데, 이것이 로마 교황청의 반발을 사기 시작하였다. 성서와 지동설과의 모순성에 관하여 제자들에게, 그리고 자신이 섬기는 토스카나 대공의 어머니에게 편지 형식으로 자기의 생각을 써 보냈는데, 이로 말미암아 로마의 '이단심문소'로부터 직접 소환되지는 않았지만 재판이 열려, 앞으로 지동설은 일절 말하지 말라는 경고를 받았다.(제1차 재판)

1618년에 3개의 혜성이 나타나자 그 본성을 둘러싸고 심한 논쟁이 벌어졌는데, 그 경과를 『황금계량자』라는 책으로 1623년에 발표하였다. 여기서 직접적으로 지동설과 천동설의 문제를 언급하지는 않았지만 천동설을 주장하는 측의 방법적인 오류를 예리하게 지적하였으

Galileo Galilei

며, 우주는 수학문자로 쓰인 책이라는 유명한 말을 함으로써 자기의 수량적인 자연과학관을 대담하게 내세웠다.

그 후 숙원이었던 『프톨레마이오스와 코페르니쿠스의 2대 세계체계에 관한 대화』의 집필에 힘써, 제1차 재판의 경고에 저촉되지 않는 형식으로 지동설을 확립하려고 하였다. 이 책은 1632년 2월에 발간되었지만 7월에 교황청에 의해 금서 목록에 올랐으며, 갈릴레오는 로마의 '이단심문소'의 명령으로 1633년 1월에 로마로 소환되었다. 4월부터 심문관으로부터 몇 차례의 신문을 받고, 몇 가지 위법 행위가 있었음을 인정했고 6월에 판결이 내려졌다. 그는 그것을 받아들여 앞으로는 절대로 이단행위를 하지 않겠다고 서약해야 했다.

이때 갈릴레오는 "그래도 지구는 돈다."라는 말을 했다고 전해져 왔지만 갈릴레오가 실제 재판 당시 이 말을 '했냐, 안 했냐'를 놓고 논란의 여지가 끊이지 않고 있다.

하지만 분명한 사실은 그는 위대한 수학자이자 철학자이며, 천문학자였다는 것이다.

종교재판 결과, 자택연금을 선고받은 그는 세상을 떠나기 전까지 8년간 줄곧 연금 상태에 있었다. 비록 연금 상태에 있기는 했지만 그의 정신활동은 마지막까지 계속되었다. 1634년에 그는 마지막 대작인 『두 개의 신 과학에 관한 수학적 논증과 증명』의 저술에 힘썼으며, 일단 정리되자 네덜란드에서 출판하였다. 이어 속편 집필에 착수하였지만, 완성하지 못하고 1642년 1월 8일 세상을 떠났다. 신을 모독한 인물로 교황청의 눈 밖에 난 그는 피렌체에 있는 산타크로체 성당 한 구석의 쪽방에 묻혔다가 95년 후인 1737년에 본당으로 이장하였다.

갈릴레오의 위대한 발견 Big3

단진자(Simple Pendulum)

갈릴레오가 대학에 다닐 때 성당에 매달린 등이 흔들리는 모습을 보고 규칙성을 발견했다. 의대생인 갈릴레오는 맥박을 타이머처럼 이용해서 등이 한쪽으로 갔다가 원래 위치로 돌아오는 시간(주기)이 진폭과 관계없이 일정하다는 것을 알아냈다. 그 후 진자(실에 매달려 좌우로 흔들리는 추)의 주기는 중력이 일정한 장소에서는 진폭의 크기나 추의 질량과는 관계 없다는 것을 알아냈는데, 이것을 단진자의 등시성이라 하며, 시계의 진자는 이 원리를 이용한 것이다.

천문학_갈릴레오 위성(Galilean Satelites)

목성의 위성 중 가장 먼저 발견된 4개의 위성으로 1610년 갈릴레오가 손수 만든 망원경을 사용하여 처음으로 발견하였기 때문에 그러한 이름이 붙었다. 목성의 제1위성 이오(Io), 제2위성 유로파(Europa), 제3위성 가니메데(Ganymede), 제4위성 칼리스토(Callisto)이다. 이들 위성은 매우 밝아서 쌍안경으로도 잘 보인다. 이들 가운데 가니메데는 태양계의 위성 중 가장 커서 그 질량이 지구의 위성인 달의 2배나 된다. 이들은 목성의 궤도면과 거의 일치하는 궤도면을 공전하고 있어, 주기적으로 목성면 위를 통과한다.

Galileo Galilei

태양 흑점(Sunspot)

태양의 광구에 나타나는 검은 반점으로 크기는 망원경으로 겨우 보이는 지름 1,500km의 작은 것부터 십만여km에 이르는 것까지 다양하다. 수명은 작은 것은 1일 이내, 큰 것은 변화하면서 수개월에 이른다. 태양 흑점의 가장 중요한 특징은 온도가 낮다는 것과 강한 자기장을 갖는다는 것인데, 자기력선의 방향은 대략 태양면에 수직이며, 안쪽으로 들어갈수록 강하고, 바깥쪽에서는 수평 방향으로 밖으로 퍼져 있다. 태양 흑점의 온도가 주위에 비하여 낮은 까닭은 강한 자기장 때문에 에너지(열) 전달이 방해되는 데 있다.

아버지와 딸, 그리고 사랑

갈릴레오는 '현대 과학의 아버지'라고 불리는 과학의 거장이다. 하지만 그는 과학자이기 이전에 한 가정의 가장이자 아버지였다. 갈릴레오의 일생 가운데서 그를 항상 걱정하고 사랑했던 사람이 있었다. 대부분 우리들에게는 알려지지 않은 갈릴레오의 딸 마리아 첼레스테이다. 갈릴레오는 부인과 혼인신고를 하지 않았기 때문에 자신의 두 딸과 한 아들은 사생아로 남게 된다. 어려서부터 수녀원에 들어가 생활한 두 딸 중 첫째 딸인 첼레스테는 갈릴레오의 지적 능력을 물려받았을 뿐아니라 근면 성실하기까지한 아버지를 진심으로 사랑했던 딸이었다. 세속과 분리되어 수녀원에서 지내던 첼레스테는 아버지 갈릴레오와 일상적인 일들과 안부를 끊임없이 편지로 나누었다. 비록 갈릴레오가 딸에게 보낸 편지들은 남아 있지 않지만, 첼레스테가 아버지에게 보낸 편지는 후세에 많은 사람들에게 진한 감동을 남겼다.

편지에는 진정으로 아버지를 걱정하고 사랑하는 애틋한 감정들이 배어 있었으며, 그녀의 어투 하나하나 그리고 정성들여 쓴 글씨 하나하나에서 바쁜 수녀원 생활 가운데서도 아버지에게 정성을 다하려고 하는 딸의 마음이 담겨 있기 때문이다. 그녀는 갈릴레오의 영원한 지지자였으며, 정신적 교감의 대상이었다. 바로 그녀의 이런 정성어린 관심과 애정이 갈릴레오가 말년에 종교재판에 휩쓸리고 어려운 처지에 처했어도 이겨낼 수 있게 하였으며, 당시 유행하던 페스트의 위협에서도 벗어날 수 있게 해주었다고 해도 과언이 아닐 것이다.

인생

1564	이탈리아 피사에서 음악가인 빈센초 갈릴레이의 아들로 출생
1604	이론적으로 떨어지는 물체가 등가속운동을 하는 것을 증명
1623	『황금계량자』라는 책을 발표, 천동설을 주장하는 측의 방법적인 오류를 예리하게 지적하여 1차 종교재판을 받음
1632	『프톨레마이오스와 코페르니쿠스의 2대 세계체계에 관한 대화』의 집필, 제1차 재판의 경고에 저촉되지 않는 형식으로 지동설을 확립
1634	『두 개의 신 과학에 관한 수학적 논증과 증명』을 저술하여 네덜란드에서 출간
1642	『두 개의 신 과학에 관한 수학적 논증과 증명』 속편 집필 중 완성하지 못하고 사망

Newto

근대 이론 과학의 선구자

아이작 뉴턴 (Isaac Newton, 1642~1727)

"분발하라. 분발하면 약한 것이 강해지고 적은 것이 풍부해질 수 있다.
나의 소년 시절은 신체적으로나 정신적으로 허약하고 빈약하였다.
나는 가장 건강하고 공부 잘하는 아이를 이겨보리라고 결심하고 분발한 결과 몸이 건강해졌을 뿐아니라 학교 성적도 상당히 올라갔다."

뉴턴은 과학사상 가장 위대한 과학자 중 한 사람이다. 이 무렵의 시인 포프는 "자연과 자연의 법칙은 어둠 속에 감추어져 있었다. 신은 알렸다-뉴턴이여 나와라. 그러자 낮과 같이 밝게 빛나게 되었다."고 서술하고 있다.

아이작 뉴턴은 1642년 영국 링컨셔의 울즈소프 마을에서 태어났다. 아버지는 뉴턴이 세상에 태어나기 전에 죽었고, 어머니는 다른 남자와 재혼하였다. 뉴턴은 어머니의 사랑을 모조리 앗아간 의붓아버지가 무척 미웠다. 어린 시절의 이런 모성 결핍이 그의 심리적 성장 과정에 커다란 영향을 미쳤다고 한다.

논문을 발표할 때마다 그가 보인 심리적 불안감과 그를 비판하는 사람들에 대해서 그가 보여주었던 지극히 비이성적이고 격렬한 반응 등은 어린 시절의 모성 결핍에서 기인한 것으로 여겨지고 있다.

수학과 철학에 미쳐 있던 청년 시절

1661년 뉴턴은 케임브리지 대학의 트리니티 칼리지에 입학해 과학혁명에 근간이 되는 다양한 연구들을 접하게 되었다. 우선 그는 데카르트의 기하학과 기계적 철학, 가상디의 원자론, 보일의 화학을 공부했다. 심지어 케임브리지 플라톤주의자 헨리 모어(Henry More)를 통해 연금술사와 마술사들이 주로 믿었던 신비주의 사상인 헤르메티시즘도 접했는데, 뉴턴의 제2법칙인 힘의 법칙($F=ma$)을 헤르메티시즘의 관점에서 해석하기도 하였다.

1664년에는 트리니티 칼리지의 장학생으로 뽑혔다. 그리하여 이듬해에 학사 학위를 취득하고 나면 자신의 연구에 몰두할 수 있었다. 그러나 흑사병 때문에 뜻대로 되지 않았다. 1665년 흑사병으로 인해 대학이 문을 닫게 되어 2년 간 고향에 내려가 있었는데, 그 당시 생활을 그는 이렇게 회고했다.

"그때처럼 발명과 수학과 철학에 미쳐 있던 적은 내 생애에 다시 없었다."

실제로 이 시기에 뉴턴은 데카르트의 기하학에서 배운 바를 응용해 초보적인 '미적분학'을 개발했다. 수학의 한 갈래인 미적분학은 변화율을 측정하는 도구로 쓰이고 있다. 뉴턴의 '미분법'은 수백 년 만에 처음으로 아리스토텔레스 물리학을 파고 들면서, 새로이 등장한 문제를 푸는 데 없어서는 안 될 기초 자료가 되었다.

1669년 케임브리지 대학에서 루카스좌 수학교수가 된 그는 광학에 대해서 강의했다. 이때부터 그는 이미 빛이 하나의 색이 아니라 여러 색이 혼합된 것이라고 생각했다. 무엇보다도 이 시기에 반사망원경을 발명해서 학계에서 과학자로서도 명성을 분명하게 쌓았다.

1672년 빛과 색깔에 관한 논문을 왕립학회에 발표한 뉴턴은 당시 왕립학회에서 영향력이 있던 후크(Robert Hooke)와 격한 논쟁을 벌였다. 후크와 벌인 논쟁 이후 뉴턴은 외부와 관계를 끊고 격리 생활을 하면서 연금술과 같은 신비주의 전통의 학문에 탐닉하기도 했다.

고전역학의 완성판이라 불리는 위대한 『프린키피아』

1679년경 후크로부터 역제곱 법칙에 관한 편지를 받은 뉴턴은 이 역제곱 법칙을 행성운동에 이용해 행성의 운동 문제를 해결하였다. 이 놀라운 발견에 감탄한 핼리(Edmond Halley)는 이를 보다 분명히 하기 위해 작은 책으로 출판하도록 뉴턴에게 권유했다. 핼리의 권유를 받은 뉴턴은 처음에는 작은 논문을 쓸 생각이었지만 왕립학회로부터 출판 약속을 받은 뒤 이보다 더 긴 분량의 책을 쓰기로 마음먹었다. 그 뒤 18개월 동안 집필에 전념한 뉴턴은 1687년 고전역학의 완성판이라고 불리는『프린키피아』라는 3권의 책을 출판하게 되었다.

왕립학회에『프린키피아』제1권의 완성된 원고가 접수되었을 때, 후크는 뉴턴이 자신의 생각을 표절했다고 주장했다. 후크 입장에서 자신과 비교해, 구김 없이 잘 나가는 뉴턴이 곱게 보일 리가 없었다. 하지만 광학에 관한 글에서 후크와 격렬한 논쟁을 한 쓰라린 경험이 있었던 뉴턴은 이 정도의 아량도 보여주지 않았다. 후크의 표절 주장에도 불구하고 뉴턴은 자신의 원고를 계속 집필해 갔으며, 심지어 자신의 원고에서 후크에 대한 거의 모든 인용을 삭제해 버렸다.

『프린키피아』초판은 라틴어로 씌어진 510쪽 분량의 방대한 책이다. 이 책에서 뉴턴은 운동에 관한 논의를 정의, 공리, 법칙, 정리, 보조정리, 명제 등으로 분류해서 체계적이고 이론적으로 전개하고 있다.

제1권은 진공 중의 입자의 운동을 다룬 책이다. 이 책의 앞 부분에 관성의 법칙, 힘과 가속도에 관한 뉴턴의 운동 법칙, 작용 반작용의 법칙 등 유명한 뉴턴의 운동의 3법칙이 등장한다.

제2권은 유체역학 분야에 해당하는 것으로, 저항이 있는 매질 (medium, 파동을 매개하는 물질) 내의 운동을 다루고 있다. 나중에 틀린 이론으로 판명된 이 책의 내용에서 뉴턴은 소용돌이 운동의 원심력에 의해서 행성의 운동을 설명했던 데카르트의 이론을 간접적으로 반박하고 있다.

제3권은 천체 역학에 관한 내용이다. 여기서 뉴턴은 경험 법칙이었던 케플러의 법칙을 역제곱에 비례하는 힘을 가정함으로써 증명하고, 이를 바탕으로 지구의 세차운동(precessional motion, 회전체의 회전축이 움직이지 않는 어떤 축의 둘레를 도는 현상), 달의 운동의 불규칙성, 조석 운동, 혜성의 운동 등을 기하학적으로 설명했다.

뉴턴의 『프린키피아』는 출판과 동시에 굉장한 성공을 거두었다. 학계에 커다란 충격을 주었고, 동시에 뉴턴에게 국제적 명성을 가져다 주었다.

학문적인 활동 이외에도 뉴턴은 1696년부터 조폐국에서 일하면서 위조지폐 방지에 커다란 역할을 했다. 이 당시 왕립 조폐국은 태만과 도박의 근거지였다. 무수히 많은 위조 화폐가 시중에 나돌아 전체 경제에 해악을 미치고 있었다. 그래서 위조할 수 없는 합금을 만들어낼 수 있고, 그 관청을 총체적으로 개혁할 수 있는 화학자이자 조직책이 필요했던 것이다.

조폐국에서 일하던 뉴턴이라는 존재는 당시 런던의 위조 지폐범들

Newton

에게 공포의 대상이었으며, 실제로 그가 재직하던 때에는 많은 위조 지폐범들이 교수대로 보내졌다. 그의 명성은 높아져 조폐국장까지 승진하였다.

실험 연구에 몰두한 그 "나는 가설을 만들지 않는다."

1703년 출판된 『광학』은 『프린키피아』와 쌍벽을 이루는 뉴턴의 저서다. 『광학』은 빛의 다양한 성질에 대해 저술한 책으로 1672년경에 이미 거의 완성되었지만 1703년 왕립학회에서 힘이 있던 후크가 죽고 자신이 왕립학회의 회장이 된 다음 자신의 권위가 커질 때 출판하였다. 수학적이고 이론적인 측면이 강했던 『프린키피아』와는 달리 이 책은 실험적인 성격이 강했다. 뉴턴은 이 책에서 빛을 입자로 보고, 새로운 실험 도구인 프리즘을 이용해서 빛의 반사, 굴절, 분산을 비롯해서 색에 대한 다양한 성질에 대해 연구했다.

이 책의 주요한 특징 가운데 하나로는 뉴턴은 데카르트와는 달리 색깔에 대한 거시적 현상만을 언급하고 미시적 메커니즘에 대해서는 논의하지 않았다는 것을 들 수 있다. 이런 태도는 그가 중력이 실제로 존재함을 강조하기 위해 『프린키피아』에서 언급한 "나는 가설을 만들지 않는다."는 말로 연관시켜 생각할 수 있다. 뉴턴은 데카르트주의자들이 가정했던 빛에 대한 미시적 메커니즘은 그 존재론적 근거가 불충분하다고 생각했고, 따라서 자신은 실험적으로 분명히 입증할 수 있는 거시적인 메커니즘만을 논의하려 했던 것이다.

뉴턴은 세상을 떠나기 전까지 수학, 물리학과 화학, 그리고 역학적 주제에 대한 논문들을 해마다 발표하며 연구를 게을리하지 않았다. 그리고 1727년, 그는 마지막으로 신문을 뒤적였고, 저녁에 의식을 잃고, 이틀 뒤 영원히 잠들었다.

뉴턴 역학

뉴턴의 운동법칙을 토대로 체계화된 역학으로 고전 물리학의 기초를 이루어, 19세기 말까지는 그 근본원리가 모든 역학 현상에 적용되는 것으로 생각되었다. 그러나 아인슈타인이 상대성이론을 확립하여, 뉴턴 역학의 시간과 공간의 절대성 개념에 근본적인 변혁을 초래하였고, 또 원자와 분자의 현상이 분명해짐에 따라 적용 범위가 제한되었다. 현재 상대성 역학에 대해 뉴턴의 법칙을 기초로 하는 역학을 뉴턴 역학이라 하고, 상대성 역학, 뉴턴 역학 등 양자 역학 이전의 역학을 양자 역학에 대해 고전 역학이라 한다.

반사망원경

뉴턴이 발명한 반사망원경의 원리는 통으로 들어온 빛은 금속제의 오목거울에서 반사하여 평면경으로 나아가고, 여기서 반사하여 접안렌즈를 통해 눈으로 들어온다. 나사로 오목거울과 평면경의 거리를 변화시켜 초점을 맞춘다. 이 형식은 지금도 '별을 보는 사람'들이 가장 많이 사용하고 있는데, 값이 싸고 제작도 쉽기 때문에 대부분의 관측파나 제작파들이 처음에 시도하는 망원경이다.

만유인력

모든 물체 사이에 보편적으로 작용하는 인력으로 케플러가 발견한

Newton

행성의 운동에 관한 세 법칙을 기본으로 하여 1665년 뉴턴이 귀납적으로 발견하였다. 뉴턴은 이 이론을 근거로 하여 그 당시 알려져 있던 행성의 운동을 해명했을 뿐만 아니라 조석의 문제와 혜성의 문제 등을 다루고, 자연계에서 일어나는 운동의 여러 현상을 만유인력과 운동법칙에 의해 통일적으로 파악하는 역학적 자연상을 전개하였다. 중력은 물체와 지구 사이에 작용하는 만유인력의 한 예이다.

"저절로 만들어진 것입니다."

뉴턴이 우주를 관찰하면서 태양계의 모형을 만들게 되었다. 모든 행성들이 적절한 주기에 맞춰서 자전과 공전을 하도록 만들었다. 지나가던 한 행인이 그것을 보고는 뉴턴에게 말했다.

"이야! 역시 자네는 훌륭한 과학자요. 이처럼 정교하게 태양계를 표현하다니. 자전과 공전 주기가 정확하게 일치하는군요."

뉴턴이 대답했다.

"그것을 만든 사람은 아무도 없습니다. 저절로 만들어진 것입니다."

"사람을 놀려도 너무 심하잖소? 이게 저절로 만들어졌다니요."

"당신은 이보다 훨씬 더 정교하고 질서 정연한 우주도 '저절로' 만들어졌다고 믿으면서, 겨우 이 모형 하나가 '저절로' 만들어졌다는 말도 못 믿습니까?"

1642	영국 링컨셔의 울즈소프 마을에서 출생
1664~1665	트리니티 칼리지의 장학생으로 선발되어 학사 학위 취득
1672	빛과 색깔에 관한 논문을 왕립학회에 발표
1687	고전역학의 완성판이라고 불리는 『프린키피아』라는 3권의 책을 출판
1696	조폐국에서 일하면서 위조지폐 방지에 커다란 역할을 함
1703	『광학』이라는 책을 출판
1665	만유인력의 법칙을 귀납적으로 발견
1727	의식을 잃고 이틀 후 사망

Sophie Germai

사회적 편견을 극복한 천재 수학자

소피 제르맹 (Marie-Sophie Germain, 1776~1831)

 { "누가 이상(진리)에 먼저 도달했는지는 중요한 게 아니다.
더 중요한 것은 그 이상(진리)이 어느 정도냐 하는 것이다."

소피 제르맹은 프랑스인으로 현대 수리 물리학의 창시자 중 한 명으로 손꼽히는 여성이다. 20세기 초반만 해도 여성을 받아들인 대학은 손에 꼽을 정도였고, 1930년대까지 여성 대학생은 5%를 넘지 못했다. 그러니 19세기는 여성의 학문적 능력이 인정받지 못하던 더욱 더 어려운 시기였다. 하지만 소피 제르맹은 이런 편견을 깨고 놀라운 업적을 쌓은 수학자로서 역사에 기록을 남겼다.

자연과학이 맹위를 떨치던 19세기 유럽에서도 당시 과학을 주도하고 있었던 사람들은 대부분이 남자들이었다. 여성들은 학문과는 거리가 멀었다. 소피 제르맹 역시 이런 사회적 분위기에서 자유롭지 못했다.

성 장 배 경

소피와 수학의 운명 같은 만남

1776년 파리에서 부호의 딸로 태어난 그녀는 유복하게 자라나며 충분한 교육을 받을 수 있었다. 하지만 수학만은 배울 수가 없었다. 그 당시 프랑스 사회는 수학처럼 어려운 학문은 여성이 이해할 수 없다는 편견이 있었고, 수학을 배우려는 것은 얌전하지 못한 행동으로 평가됐던 것이다.

그러나 소피와 수학의 만남은 정말 우연히 운명처럼 이루어졌다. 열세 살 되던 해, 그녀는 아버지의 서재에서 우연히 '수학의 역사'라는 책을 읽게 되었다. 그 책에는 로마 군사들이 침입해 왔는데도 아르키메데스는 의문에 대한 대답을 연구하기 위해 모래 위에서 도형을 그리고 있었고, 결국 아르키메데스는 로마 병사의 칼에 죽고 말았다는 내용이 적혀 있었다. 아르키메데스가 로마 병사의 손에 죽음을 당하던 순간까지 수학 문제 풀이에 몰두했다는 일화를 접한 소피는 수학이라는 학문이 한 인간에게 죽음에 대한 공포마저 잊게 할 수 있었다는 사실에 크게 감명을 받았다. 이를 계기로 소피는 수학을 공부하려는 열망에 불타기 시작했다. 하지만 사회적 분위기는 물론, 아버지마저도 그녀의 이런 결심을 받아들이지 못하고 반대할 뿐이었다. 결국 그녀는 매일같이 모든 가족들이 잠든 한밤중에 일어나 남 몰래 수학 공부를 계속하여 혼자 힘으로 미분학까지 공부할 수 있었다.

독학으로 수학을 공부하던 소피에게 한 가지 희망적인 소식이 들려왔다. 1794년 나폴레옹에 의해 파리 공과대학이 개교해 수학을 본격적으로 공부할 수 있는 기회가 다가온 것이다. 그러나 이 공과대학은 여학생의 입학을 허락하지 않았고, 그녀의 입학 신청은 거부되었다.

하지만 소피는 좌절하지 않았고, 이 대학의 수학교수인 라그랑주(J.

Lagrange)의 강의록을 구해서 혼자만의 외로운 공부를 계속했다. 소피는 힘들게 구한 강의록을 열심히 공부하는 한편, 이 강의록에다 자신만의 주석을 달고 의심가는 부분을 지적하여 그녀만의 보고서를 만들었다. 그리고 학생들 중 휴학중인 르 블랑이라는 학생의 이름을 빌려 라그랑주 교수에게 보냈다.

수학자들을 깜짝 놀라게 한 여학생

그녀의 보고서를 받아 본 라그랑주 교수는 너무도 적절하고 예리한 지적에 깜짝 놀랐다. 그는 르 블랑에 대해 감탄을 아끼지 않았는데, 뒤늦게 이 모든 것이 제르맹이라는 한 여자가 한 것임을 알고 더욱 놀랐다. 이 사실을 안 라그랑주는 곧 그녀의 집을 방문하여 크게 격려하는 동시에 당시의 많은 수학자들에게도 그녀를 소개해 주었다. 그녀의 천재성이 이때 겨우 인정받게 된 것이다.

그녀가 스물다섯 살 되던 해인 1801년 수학의 황제로 불리는 독일의 대수학자 가우스(Karl Fridrich Gauss)가 『정수론 연구(Dispositions of Arithmetics)』를 발표하였다. 소피는 이 책을 통해 정수론을 배우고 연구하였고, 자신이 연구한 내용을 역시 르 블랑이라는 이름으로 가우스에게 보냈다.

가우스와의 서신 왕래는 그녀의 능력을 인정받은 것 뿐아니라 그녀의 가장 큰 업적이 탄생하게 된 계기가 되었다. 유명한 '페르마의 마지막 정리'로 알려진 공식을 해결하는 방법을 제시한 것이다. '페르마의 마지막 정리'는 19세기에 들어서 정수론을 하는 수학자들로 하여금 도저히 풀리지 않는 난해한 문제로 악명을 떨치고 있었다.

17세기 프랑스의 수학자 페르마는 어느날 디오판토스의 『아리스

메티카』의 여백에 다음과 같은 글을 적었다.

'xn+yn=zn : n이 3 이상의 정수일 때, 이 방정식을 만족하는 정수해(방정식의 해 가운데 정수인 해) x, y, z는 존재하지 않는다. 나는 경이적인 방법으로 이 정리를 증명했다. 그러나 이 책의 여백이 너무 좁아 여기 옮기지는 않겠다.'

이것이 몇백 년 동안 수학자들을 괴롭혀온 '페르마의 마지막 정리'이다. 페르마의 마지막 정리가 탄생한 지 100년 만에 천재 수학자 오일러는 허수를 이용하여 n=3일 때와 n=4일 때(n이 4일 때의 증명은 페르마가 부분적으로 해놓았었다.)를 증명하였다. 그런데 이를 증명하기 위해 수많은 정수를 일일이 모두 증명할 수는 없었다. 모든 자연수는 소수의 곱셈으로 이루어졌다. 즉, 소수에 대한 페르마의 마지막 정리를 증명하면 되는 것이다. 그러나 이렇게 소수만 증명하면 된다고 해서 페르마의 마지막 정리가 만만해진 것은 아니다. 소수의 개수는 무한대이기 때문이다. 이렇게 수학자들을 괴롭히던 것을 소피 제르맹이 새로운 해결책을 제시해 큰 충격을 주었다. 그녀는 p가 소수일 때, 2p+1도 소수가 되는 소수들에(예를 들어 p=5일 때, 2p+1=11이므로 5는 제르맹이 말한 특별한 소수이다.) 한하여 페르마의 마지막 정리가 옳다는 것을 밝혀내 자신의 재능을 드러냈다.

가우스는 그녀의 연구 결과에 감탄해 답신을 보냈지만 그녀가 여성이라는 것을 눈치채지 못한 상태였다. 가우스가 소피의 정체를 알게된 것은 그로부터 수년 후, 우연한 계기 때문이었다. 1807년 가우스의 고향인 브라운슈바이크에 나폴레옹이 진주하게 되자, 소피는 아버지의 친구인 지휘관에게 편지를 보내 가우스의 신변을 지켜달라는 부탁을 하였다. 자신을 배려해 주는 이유를 알 수 없었던 가우스는 지휘관

Sophie Germain

에게 소피 제르맹이라는 사람이 부탁을 했다는 말만 들었을 뿐이었다. 물론 가우스는 그 이름을 알지 못했다. 이듬해 봄 소피는 가우스에게 본명으로 편지를 보내 자신이 여자이며, 르 블랑은 가명이었음을 밝혔다. 이 사실을 안 가우스는 이렇게 말했다.

"내가 존경하며 서한을 교환하여 온 상대자인 르 블랑씨가, 갑자기 그 유명한 여류수학자 제르맹으로 변신한 데 대한 나의 놀라움을 무엇으로 표현할 수 있을까?"

이후 소피는 가우스에 의하여 높이 평가되었고, 가우스와 학문적 친구로서 친밀한 관계를 갖게 되었다.

10여 년에 걸친 끈질긴 연구

1808년 소피는 또 다른 난제에 도전했다. 독일의 물리학자 클라드니(Ernst F. F. Chladni)가 진동하는 유리판 위의 모래들이 특정한 마디를 중심으로 대칭 무늬를 이룬다는 실험을 나폴레옹에게 시연하였고, 나폴레옹은 이 현상을 이론적으로 설명할 것을 과학자들에게 공모하였다. 당시 소피는 탄성학에 관심을 가지고 있었고 뒤늦게 이 콘테스트에 참가했다. 하지만 당시 대부분의 수학자들은 이 문제를 풀려는 시도도 하지 않았다. 라그랑주 교수가 수학적 방법으로는 이 문제를 풀기 힘들다고 말했기 때문이었다. 그녀는 새로운 통찰을 제시했지만, 새로운 가설을 끌어내지 못해 수상하지 못했다. 심사위원 중 한 사람이었던 라그랑주 교수는 그녀의 계산에서 오류를 바로잡고 새로운 방정식을 만들어 새로운 돌파구를 제시했지만, 그녀는 만족스러운 결과를 얻지 못한 채 연구에만 매달렸다. 그녀는 세 번째 도전한 콘테스트에서 결국 성공을 거두었는데, 이때는 무려 8년이 지난 1816년이었다. 이는 소피가 세계에서 가장 뛰어난 수학자임을 입증한 것이었다. 심사위원회는 '여성에게 상을 줄 수 없다'는 이유로 논쟁을 벌였지만, 그 문제를 해결한 사람이 그녀밖에 없었기에 결국 수상자로 결정할 수밖에 없었다고 한다. 그녀는 자신의 연구를 보충해 1825년 프랑스의 위원회에 제출하였지만, 이 역시 여자라는 이유로 무시당했다. 그녀의 연구는 1880년에야 다른 연구자의 손을 통해 출판되었다. 그녀의 금속체의 탄성에 관한 연구는 건축을 비롯한 여러 분야에 폭넓게 이용되고 있다.

죽음 직전까지 이어진 끝없는 학문 열정

그녀는 수학 뿐 아니라 다른 부문에서도 재능을 드러냈다. 평생 수학 연구를 하면서도 철학도 연구했는데, 그녀는 죽기 전 철학 에세이를 출판할 예정이었다. 그녀의 연구는 후에 최초의 사회학자이자 실증주의 철학자인 오귀스트 콩트(August Comte)에 의해 찬사를 받았다.

그녀는 1829년 유방암을 선고받았지만 1830년 혁명과 싸우면서 1831년 수이론과 표면의 뒤틀림에 대한 연구를 완성하였다. '평균곡률'이라는 유명한 개념을 곡면의 미분기하학에 도입한 것이다.

제르맹은 1831년 6월에 죽었는데, 그녀의 사망 증명서에는 수학자나 과학자가 아닌 불로소득자로 기록되었다. 천재적인 수학자였지만, 결국 사회적으로는 여성의 굴레를 벗지 못한 것이다. 그녀가 죽은 후 가우스는 그녀에게 명예박사를 줄 것을 괴팅겐 대학에 건의하였고, 여자라는 이유로 반대하던 대학은 결국 명예박사학위를 수여했다.

현재 파리에는 그녀의 이름을 붙인 제르맹 거리도 있고, 제르맹 여자고등학교도 있다. 프랑스 사람들의 기억 속에 영원히 남게 된 것이다.

Sophie Germain

정수론

페르마의 마지막 정리가 n이 100보다 작은 경우에 성립함을 증명

응용수학/이론 물리학

금속체의 탄성에 관한 연구로써 섬세한 분말을 탄성체 표면에 분사할 때 일어나는 표면의 진동에 관한 연구로 아카데미상을 수상하였고, 바이올린 현과 같은 진동현상의 수학적 설명을 해냈다.

제르맹 소수

소수는 1을 제외하고 오직 자기 자신만을 약수로 갖는 자연수이다. 소수를 작은 수부터 차례로 나열하면 '2, 3, 5, 7, 11, 13, 17, 19, 23, 29…' 이다. 이 소수 중 2를 곱해 1을 더하면 소수가 되는 것을 특별히 '소피 제르맹 소수' 라고 부른다. 1835년에 소피 제르맹은 이런 소수들에 대해 페르마의 마지막 정리가 참임을 증명했다. 곧바로 르장드르가 k=4, 8, 10, 14, 16일 경우에 kp+1이 소수인 홀수인 소수 p에 대해 성립함을 보임으로써 일반화했다.

"이런 책은 건강에도 좋지 않아."

소피 제르맹은 아버지의 반대로 수학을 체계적으로 배우지 못

하고 혼자 독학해야 했다. 자연히 밤 늦게 몰래 공부할 수밖에 없었다.

늦은 밤, 소피의 방에 불이 켜져 있자 어머니가 들어와 무엇을 하는지 물었다. 소피는 그저 책을 읽고 있다고 얼버무렸지만, 그녀가 읽던 책은 유클리드의 수학책이었다. 어머니는 책을 집어 들고 이렇게 말했다.

"이런 책은 건강에도 좋지 않고 마음의 양식이 되는 것도 아니란다."

그러나 소피는 수학을 너무나 사랑했고, 매일 밤 늦게까지 공부하기를 게을리하지 않았다.

어느날 공부하다가 피곤을 느낀 그녀가 책상 위에 엎드려 잠들었는데, 마침 그때 아버지가 방으로 들어와 수학 공부를 하고 있는 것을 발견했다고 한다. 그녀의 열성에 놀란 아버지는 결국 수학 공부를 허락했고, 소피는 마음껏 재능을 펼칠 수 있었다.

1776	프랑스 파리 출생
1789	수학에 관심을 가짐
1794	여자라는 이유로 대학 입학을 거부당함
1801	가우스와 편지를 주고 받음
1810	순수수학에서 응용수학으로 전환
1816	탄성체에 관한 연구로 아카데미상 수상, 이론물리학 연구
1831	55세로 사망, 사후 괴팅겐에서 명예박사학위를 받음

물리학을 가지고 논 독창적인 천재

리처드 파인만 (Richard Phillips Feynman, 1918~1988)

"자연은 자신의 모습(자연의 법칙)을 짜기 위해서 가장 긴 실을 사용한다. 그래서 자연이 짠 옷감의 작은 부분들은 전체 옷감의 조직이 어떤 것인지를 보여준다."

리처드 파인만은 흔히 아인슈타인 이후 최고의 천재로 평가되는 미국의 물리학자이다. 그는 인간이 만든 이론 중 가장 정확하다는 양자전기역학을 만든 최고의 과학자이면서, 연구 업적 외에도 톡톡 튀는 개성과 재미있는 일화와 함께 알려지면서 20세기 물리학자 가운데 가장 유명한 과학자로 꼽히고 있다. 자신의 업적을 '사물을 가지고 놀며, 시간을 낭비한 일에서부터 나왔다'고 말한 그의 독특함은 그의 업적과 조화되어 수많은 저서와 일화를 남겼다.

리처드 필립스 파인만은 1918년 5월 11일 뉴욕 시에서 루실 필립스 파인만과 멜빌 아서 파인만 사이에서 태어났다. 제복 사업을 했던 아버지는 파인만에게 제복을 입은 사람과 제복을 입지 않은 사람은 서로 아무런 차이가 없음을 가르쳤다. 그 가르침대로 파인만은 일생동안 권위와 명예를 거부하고 비웃으며 살았다.

사물에서 원리를 탐구한 그의 IQ는 125

세일즈맨이던 멜빌 파인만은 아들에게 자연에 대한 깊은 호기심을 물려주었다. 그는 왕성한 호기심으로 모든 것에 흥미를 가지고 탐구하는 성격이었다. 파로커웨이에서 성장한 리처드 파인만은 라디오를 수리하고 타자기를 고치며 온갖 종류의 퍼즐을 푸는 데 명수였다고 전해진다.

수학과 과학에 남다른 재능이 있었던 파인만은 다른 과목은 몹시 싫어해서 다른 물리학자들처럼 폭넓게 독서하거나 교양을 많이 쌓지도 않았다. 아인슈타인처럼 물리학의 천재로 꼽히지만 그의 천재성은 조금 다르게 나타났다. 그의 IQ는 그다지 높지 않은 125 정도로 알려져 있는데, 이후의 교양 수준을 본다면 IQ가 얼마나 단편적인 측정치인가를 알 수 있다. 그는 학문 뿐아니라 문화를 비롯한 다양한 분야에서 더 높은 성과를 거두었던 것이다. 그는 지능지수를 측정하는 데 문화적인 요소를 충분히 포함시켜야 한다는 것을 보여준 산 증인이다. 어린 시절 이런 파인만의 자질은 커서도 그대로 그의 성격과 연구에 드러났다.

1935년 매사추세츠 공과대학(MIT)에 들어간 파인만은 수학에서 불가사의한 소질을 드러냈다. 그는 이론물리학이 안고 있는 여러 가지 문제들을 해결하기 위한 수학적 연구를 상당히 많이 했다. 졸업 이후 프린스턴에 진학해 연구를 계속했다. 여기서도 그의 기발한 일화들이 전해오는데, 프린스턴 대학원 시절 파인만은 개미가 먹이를 발견하는 방법을 관찰한 다음 자신의 식료품 통을 개미들의 공격으로부터 방어하는 재주를 발휘하기도 했다. 또 재학 시절 무의식에 대한 리포트를 쓰기 위해 매일 밤 자기 꿈을 치밀하게 관찰하기도 했다. 주변의 모든 것이 꼭 풀어야만 직성이 풀리는 수수께끼로 보인 파인만은 호기심의 천재였던 것이다.

파인만은 1942년에 박사 학위를 받았는데 20대 초반에 이미 미국의 일류급 이론 물리학자로서 평가받았다. 그는 원자폭탄 작업에 충원되었고, 프린스턴에 있을 때 맨해튼 계획(제2차 세계대전 중에 이루어진 미국의 원자폭탄제조 계획)에 참여했다. 로스 알라모스로 옮겨졌을 때 그는 책임자로서 훌륭하게 일을 해냈다. 그는 임계질량(핵분열 물질이 연쇄 반응을 할 수 있는 최소의 질량)을 통한 중성자 분열과 관련된 복잡한 계산에 독창적인 기법들을 다양하게 도입했다. 또 한 곳에 안전하게 비축할 수 있는 방사성 물질의 양은 얼마인지를 정했고 개발 중인 폭탄의 이론적 측면에 대해 강연하기도 했다. 하지만 그의 독특한 기질은 또 다른 방법으로 드러났다. 핵폭탄 제조법에 대한 기밀문서가 담긴 금고를 10분 만에 뚝딱 열어버릴 정도로 금고 열쇠를 따는 데도 능숙해 그가 미국의 원자폭탄개발계획인 맨해튼 프로젝트 일원으로 근무하던 시절 동료 연구원들은 금고의 비밀번호를 바꾸느라 정신이 없었다. 또 그는 '화가들이란 대책 없는 사람들'이라면서도 화가 친구에게 그림을 배워 예명으로 그림을 팔기도 했다. 학문적 구분도, 관료주의도 그의 자유로운 천성을 방해하지 못했던 것이다.

접시 돌리기에서 얻은 노벨상 아이디어

파인만은 1945년부터 코넬 대학에서 일하면서 양자전기역학으로 관심을 돌렸다. 파인만이 양자전기역학을 수정한 것은 전후 물리학의 주요 사건이다. 그는 훗날 파인만 다이어그램으로 불리는 독특한 접근법을 써서 전자와 광양자를 연구하였는데 전자가 흡수하거나 방출하는 광양자를 추적할 수 있었다. 파인만 다이어그램은 그에게 노벨상을 가져다 주었지만, 이 아이디어는 엉뚱하게도 날아가는 접시를 생각하며 시간을 보낸 일에서 비롯됐다. 파인만은 물리학에 그래픽을 도입하는 독특한 방법으로 그동안 어렵게 계산해야만 했던 빛과 전자의 상호작용을 간단히 표현하는 방법을 생각해 낸 것이다. 파인만의 방법은 가장 단순하고 직관적이었으며 그의 다이어그램은 소립자와 관련된 문제들을 해결하는 데 광범하게 이용되었다. 이 방법의 결과로 양자전기역학은 완전히 새로 태어났으며, 오늘날에는 놀라운 정확도를 보여주고 있다.

1965년 파인만은 노벨물리학상을 받았다. 같은 시기에 비슷한 방법으로 양자전기역학을 재정식화한 줄리언 슈윙거(Julian Seymour Schwinger)와 도모나가 신이치로(Sin-Itero Tomonaga)와 함께였다.

파인만은 1951년 캘리포니아 공과대학으로 옮겨 세계적인 이론물리학자로 왕성하게 활동했다. 파인만은 친구이자 동료인 머리 겔만(Murray Gell-Mann)과 함께 1958년 약한 상호 작용에 관한 일반이론을 발전시켜 『페르미 상호 작용 이론』으로 처음 출간했다.

'양자전기역학'을 만들었지만 권위를 거부하다

그는 물리학자이면서도 일상에 항상 호기심이 많았고, 어떤 형식의 권위에도 복종하지 않았던 창조적이고 주체적인 정신의 소유자로 위대한 연구업적 외에도 재미있는 일화를 많이 남겼다. 노벨상 수상 소감을 묻기 위해 꼭두새벽에 전화한 기자에게 퉁명스럽게 "아침에 전화해도 되잖소."라고 쏘아붙인 일화는 유명하다.

인간이 만든 이론 가운데 가장 정확하다는 '양자전기역학'을 만든

Richard Feynman

리처드 파인만은 평생 권위를 싫어했다. 그는 쓸데없는 권위가 과학의 결과마저 바꾸어버릴 수 있는 독약이라는 사실을 잘 알고 있었다. 청바지 입고 강의하기를 좋아했던 그는 상아탑 속에 갇혀 있는 학문을 인류 모두를 위해 끄집어내는 것을 목표로 삼았다.

그는 캘리포니아 공과대학에서 물리학 개론을 강의했는데 강의 중에 봉고 드럼을 치기도 하였다. 그의 스타일은 생기 있고 유머가 넘쳤는데, 그러면서도 물리학의 폭넓은 주제를 놓치는 법이 없었다. 그의 강의는 나중에 『파인만 물리학 강의(The Feynman Lectures on Physics)』로 출간되었다. 그 책은 애초에 대학 차원의 교재로 만들어졌지만 독창성 때문에 기초 물리학의 모범적 저술이 되었다. 독자를 위한 여섯 차례의 강의는 1965년 『물리 법칙의 특성(The Character of Physical Law)』으로 처음 출간되었다. 특유의 파인만 강의 스타일 느낌을 담은 그 책은 중력, 과학과 수학의 관계, 에너지 보존 법칙, 대칭 법칙, 엔트로피 개념 등에 관한 기초적인 입문서이다.

1980년대 파인만은 캘리포니아 빅서의 에살렌 연구소에서 청중을 상대로 강의했다. 1985년 『파인만씨, 농담하는 거죠(Surely You're Joking, Mr. Feynman!)』라는 자서전적 회고록이 베스트셀러가 되어 대중들에게 널리 알려진 인물이 되었다.

1986년 1월 28일 7명의 승무원을 태운 우주왕복선 챌린저호가 발사 후 공중폭발하여 승무원 전원이 사망하였다. 파인만은 로저스 위원회에 참가하여 챌린저호의 폭발을 조사하는 정부측 심사위원으로 임명되었다. 파인만이 폭발의 주요 원인이 고무 덮개가 찬 기온으로 굳어진 데 있음을 알아내자, 그는 대중 매체의 머릿기사를 장식하게 되었다. 그는 청문회에서 극적이고 짧은 순간에, 그 재료에서 떼어낸

한 조각을 얼음물에 떨어뜨림으로써 고무가 어떻게 일순간 탄성을 잃어버리는지를 보여 주었다.

그러나 이처럼 왕성한 대중적 활동의 뒤에는 암이라는 무서운 병이 도사리고 있었다. 그는 1978년 처음 흔치 않은 유형의 암 종창을 진단받고 수술로 제거했다. 그러나 1986년 임파구에서 또 다른 형태의 암세포에 감염된 거대 혈청이 나타났고, 이듬해에는 복부에서 종창이 발견되었다. 그가 원자탄 작업에 참가했던 것이 원인이라고 생각할 수 있었지만, 그는 그런 생각을 전혀 하지 않고 죽기 전까지 왕성한 강의 활동을 계속했다. 그는 1987년 12월 휜 공간에 대한 강의를 마지막으로, 두 달 후인 1988년 2월 15일 숨을 거두었다. 죽음이 다가오는 순간에도 그는 장난기를 잃지 않았는데, "난 아직 죽지 않았어!"라며 장난기 어린 눈으로 웃었다고 전해진다.

파인만 다이어그램

파인만이 양자전기역학을 수정한 것은 전후 물리학의 주요 사건이다. 기존 이론이 틀린 것은 아니지만 언젠가 파인만이 설명한 대로 "계산하여 해를 구하려고 하면 너무나 풀기 어려운 복잡한 방정식으로 빠져든다. 제일 근사한 해를 얻을 수는 있지만, 수정하여 더 정확한 해를 구하려 하면 무한량들이 불쑥 튀어나오기 시작한다."는 것이다. 전자가 전자기장 안에서 예측 가능한 방식으로 작용하는 것은 틀림없지만, 양자역학의 용어로 그것을 설명하려면 기본적으로 무한수의 양성자—우리의 감각으로 인식할 수 없으므로 가상의 입자(Vurtual

Richard Feynman

particle)들로 알려진－의 방출과 흡수에 말려들게 된다. 볼프강 파울리와 베르너 하이젠베르크 같은 인물들이 숱한 시도를 거듭했지만 계산은 계속 불가능한 해를 산출했다. 그런데도 그 근거가 된 이론은 공격할 수가 없었다. 파인만의 독특한 접근법은 일련의 다이어그램(뒷날 파인만 다이어그램으로 불림)을 써서 전자가 흡수하거나 방출하는 광양자를 추적할 수 있었다. 이들은 양자전기역학이 기술하는 기본 운동들이다. 파인만 다이어그램은 추상적 계산을 구체화함으로써 숫자들을 '되틀 맞춤(Renormalization)'하고 필요 없는 무한대를 제거할 수 있었다. 이 '경로 적분(path integral)' 방법의 결과로 양자전기역학은 완전히 새로 태어났으며, 오늘날에는 10~9까지 놀라운 정확도를 가지고 계산할 수 있다. 1965년 파인만은 이것으로 노벨물리학상을 받았다.

— Feynman Lectures on Computation (Paperback) (2000, Perseus)

— Six Easy Pieces (1996, Perseus)

— The Feynman Lectures on Physics (1989, Addison-Wesley)

— 파인만의 여섯 가지 물리 이야기

'파인만 프라이즈'의 탄생

나노테크놀로지 분야의 권위있는 상인 '파인만 프라이즈'는 그만의 독특한 장난기가 배어 있는 상이다.

1959년 12월 29일, 미국 물리학회 주최로 캘리포니아 공과대학에서 열린 한 강연에서 파인만은 소형화의 미래를 설명하였다. 어렸을 때 아버지가 자신에게 읽어주던 브리태니커 백과사전을 핀 머리에다 적을 수 있는지를 이론적으로 따지는 걸 시작으로 강연은 시작되었다. 평범하고 익숙한 소재로 보통사람들도 쉽게 알아들을 수 있도록 애쓰는 파인만의 재치로 출발해, 강연 끝 무렵 또 다른 재치로 연설은 마무리되었다. 고교 경연대회를 열자는 것이었다.

한 고등학교에다 핀 머리에 '이거 어때?'라는 글을 적어 보낸다. 그러면 그 고등학교에서 핀을 되돌려 보내며 '이거 어때?'라는 글 'ㅇ'자 안에 다시 '아직 멀었어'라는 글을 써서 보내는 것이다. 그저 재미삼아 해보자는 것이다.

한술 더 떠 경제적 이득이 없어 참여가 미비할지도 모르니 자신이 상금을 걸겠다고 제안하였다. 어떤 책 한 쪽에 적힌 정보를 1/25,000로 축소 기록해서 전자 현미경으로 읽을 수 있게 한 최초의 사람에게 상금 1,000달러를 준다! 이렇게 해서 태어난 것이 바로 '파인만 나노테크놀로지 상' 경연대회다.

1915	5월 11일 미국 뉴욕에서 출생
1939	MIT공대 졸업
1941~45	미국 원자폭탄 계획에 참여
1942	프린스턴대 박사학위 취득
1945~50	코넬대 교수(이론물리학)
1950~59	캘리포니아 공대 교수
1954	알버트 아인슈타인상 수상
1965	양자전기역학의 초기 공식화에 대한 부정확성을 수정한 연구로 노벨 물리학상 수상
1988 2, 15	LA에서 사망

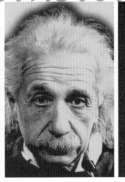

Einstein

세상을 뒤바꾼
세기의 과학천재

알버트 아인슈타인 (Albert Einstein, 1879~1955)

{ "나는 간소하면서 아무 허세도 없는 생활이야말로 모든 사람에게 최상의 것, 육체를 위해서나 정신을 위해서나 최상의 것이라고 생각한다."

우리는 아인슈타인 하면 상대성이론을 생각하고 상대성이론 하면 곧 아인슈타인을 떠올린다. 1905년에 발표한 특수상대성이론과 이를 확장하여 1915년에 발표한 일반상대성이론으로 우리는 뉴턴 이래 일반화된 것과는 전혀 다른 시공간의 개념을 갖게 되었고, 중력의 본질에 대해서도 이해할 수 있게 되었다. 이것은 분명 한 사람의 과학자가 할 수 있는 일 중 인류 역사에서 가장 빛나는 업적임에 틀림없다.

알버트 아인슈타인은 1879년 남 독일의 오래된 마을 울름에서 태어났다. 알버트는 내성적이고 순한 아이로 말을 배우는 것도 남보다 늦었다. 이와 같은 아인슈타인에게 평생 잊을 수 없는 것은 병으로 누워 있던 다섯 살 때에 아버지가 가지고 놀라고 준 나침반이었다. 아인슈타인은 흔들흔들 움직이는 자침의 배후에 사람의 힘을 훨씬 초월한 힘이 숨어 있다는 것을 느꼈다. 장차 자연 법칙의 탐구자가 될 밑바탕은 이미 이 무렵에 움트고 있었던 것이다.

성
장
배
경

정규교육에서 번번이 낙방, 미분, 적분 혼자 힘으로 배워

여섯 살이 된 아인슈타인은 초등학교에 입학했는데, 이때의 교육
은 지나치게 규칙으로 이루어지고 기계적이어서 흥미를 느끼지 못했
다. 열 살 때에 입학한 군국주의 교육 방식으로 이루어진 김나지움(독
일의 중등교육기관)도 너무 낮은 점수를 받아 졸업장도 받지 못하고
퇴학할 정도였다. 대신 그는 『유클리드 기하학』을 입수해서 혼자 힘
으로 이 책을 독파할 정도로 뛰어난 능력을 보였다. 이렇게 해서 아인
슈타인은 열여섯 살 무렵까지 미분, 적분을 혼자 힘으로 공부했다. 또
어머니가 강제로 시켜서 음악도 공부하게 되었는데, 이때 배운 바이
올린은 전 생애를 통해 그의 취미활동으로 자리 잡았다.

아인슈타인은 스위스에서 공부를 다시 시작했다. 김나지움을 중도
퇴학했기 때문에 학력 검정시험을 치러야 했는데 이마저도 낙방한 그
는 주립 학교를 통해 대학입학 자격을 얻을 수밖에 없었다. 지금은 천
재로 유명하지만, 정규 교육에서는 매번 실패를 겪었던 것이다. 주립
학교를 졸업한 그는 무사히 취리히의 연방공과대학에 입학, 4년 동안
물리학과 수학 공부에 몰두했다. 이 시기에 에른스트 마흐(E. Mach)
의 『역학의 발달』이라는 책은 아인슈타인에게 커다란 영향을 주었다.
이 책에 서술된 절대적인 시간이라든가 공간에 대한 마흐의 비판은
훗날 아인슈타인의 상대성이론을 탄생시키는 하나의 계기가 되었다.
그는 실험에 열중하여 대부분의 시간을 실험실에서 지냈으며, 극단적
인 절약으로 초라한 생활을 했다. 그러나 그는 가난 속에서도 쾌활함
과 친구들에 대한 마음만은 결코 잊는 법이 없었다. 또한 가끔 친구들
과 함께 이미 수준급에 오른 바이올린 실력을 드러내며 음악을 즐겼
다. 1900년 봄 연방공과대학을 졸업할 때 그는 조교로서 대학에 남아

연구에 전념하고 싶다고 밝혔지만, 교수들이 독립된 사고를 소중히 하고 권위를 따르지 않는 아인슈타인의 태도가 건방지다고 생각하여 이를 반대하자 그의 연구에 대한 꿈은 좌절되었다. 결국 그의 유년·청년 시절은 전부 전통적인 학문의 세계와 거리가 멀었던 것이다.

세계를 놀라게 한 상대성이론

연구의 꿈이 좌절된 그는 한동안 가정교사와 공업학교 선생 자리를 전전했다. 1902년 6월에 이르러 비로소 친구 아버지의 주선으로 베른에 있는 스위스 특허국에 안정된 자리를 얻을 수가 있었다. 특허국 기사로서의 아인슈타인의 일은 특허 신청서를 보고 그것이 특허를 낼 만한 가치가 있는지 어떤지를 판단하는 일이었다. 복잡한 문제 속에서 핵심을 집어내는 능력이 유난히 뛰어났던 아인슈타인에게는 어려운 일은 아니었다. 그는 정해진 일을 아주 짧은 시간에 해치우고 나서 나머지 시간은 느긋하게 물리학의 근본 문제에 관한 사색에 집중할 수가 있었다. 이 무렵 아인슈타인은 몇몇 친구들과 함께 물리학이나 철학에 관한 책을 읽고 서로 토론하는 모임을 계속 갖고 있었다. 이 모임에서의 진지한 토론 속에서, 아인슈타인은 물리학의 기초적 문제에 관한 깊은 사색을 거듭했다.

1905년에 아인슈타인은 독일의 유명한 월간 학술지 『물리학 연보』에 논문을 제출했고, 이 논문으로 나중에 취리히 대학교에서 박사학위를 받게 되었다. 같은 해 『물리학 연보』에 4개의 더 중요한 논문을 발표했고 이는 인간의 우주에 대한 견해를 영구히 바꾸어버리는, 새로운 학설을 제시했다. 이때 발표한 논문들은 모두 19세기의 물리학자들이 끊임없이 노력했는데도 불구하고 미해결인 채로 남겨져 있던

Einstein

어려운 문제를 풀어내 물리학의 역사에 새로운 길을 열어준 위대한 업적이었다.

특히 가장 유명한 것은 상대성이론을 확립한 논문이다. 뉴턴의 시대 이래 사람들의 머리 속에 박혀 있던 시간 · 공간 개념을 밑바닥부터 뒤집어 엎음으로써, 전세기의 80년대부터 물리학자들을 계속 괴롭혀 오던 문제를 동시에 해결한 것이다. 이 이론에서 '질량과 에너지의 $E=mc$(E는 에너지, m은 질량, c는 진공 속에서의 빛의 속도)라는 식에 따라, 서로 옮기고 변할 수가 있다'라는 결론을 얻는다. 후에 원자력의 해방의 열쇠가 된 것은, 바로 이 결론이었다.

아인슈타인의 상대성이론은 한동안 학계의 주목을 끌지 못하였다. 이름도 없는 특허국의 청년 기사의 논문의 가치를 처음으로 인정한 것은 막스 플랑크(Max Planck)였다. 플랑크는 1907년에 아인슈타인의 이론을 더욱 발전시켜, 그 중요성을 세상에 알렸다. 이것을 계기로 많은 물리학자들이 아인슈타인의 이론을 둘러싸고 토론을 하였고, 1908년에는 질량이 속도와 더불어 변화한다는 상대성이론의 결론이 실험을 통해 확인되었다.

이리하여 아인슈타인은 마침내 학계의 인정을 받아 1908년에 베를린 대학의 강사가 될 수 있었다. 그 후 급속히 명성이 올라감에 따라 아인슈타인은 유럽 각지의 대학으로부터 경쟁적으로 초청을 받기에 이르렀다.

일반상대성이론으로 또 한 번 세상을 뒤집다

이 무렵 아인슈타인은 1905년의 이론을 더욱 발전시킨 일반상대성이론을 만들어내려고 피나는 노력을 하였다.

일반상대성이론은 제1차 세계대전이 한창인 1915년에 완성되었다. 이 이론은 빛의 진로가 강한 중력의 장 속에서 굽어진다는 것을 예언한 것으로 이 예언이 옳은지는, 개기일식 때 태양 바로 옆에 보이는 별의 위치를 측정하면 확인할 수 있는 것이었다. 만약 별에서 나오는 빛이 태양의 중력으로 굽어진다면, 별은 평소의 위치에서 어긋나 보이게 된다. 제1차 세계대전이 끝나고 얼마 안 된 1919년 5월 29일에 드디어 그것을 확인할 기회가 찾아왔다. 영국의 학자들은 개기일식의 관측대를 파견했고 관측 결론을 신중히 검토했다.

이 결과 아인슈타인의 이론이 맞다는 것이 과학적으로 증명되었고, 이 사실이 발표되자 온 세계는 발칵 뒤집혔다. 뉴턴의 권위를 뒤엎은 위대한 과학자로서 아인슈타인의 이름은 일반 사람들에게도 널리 알려지게 되었다. 아인슈타인은 1921년 노벨물리학상을 수상했고, 이듬해까지 세계 각국에 초청되어 강연을 했다. 하지만 그에게 노벨상을 안겨준 것은 상대성이론이 아니라 1905년에 발표한 광전효과에 대한 이론적 설명이었다. '광양자 가설'로 알려진 이 이론에 의하면 빛도 입자의 성질을 가지는데, 이것은 1900년 플랑크에 의해 제시된 에너지의 양자화 개념을 뒷받침하여 20세기 과학의 최대 걸작인 양자역학을 낳게 하는 시금석 중의 하나가 되었다.

한편 이 당시 그는 독일에서 평화 운동에도 참여하였다. 1차 세계대전 이후 독일에서는 호전적인 풍조와 함께 유대인 박해가 시작되었다. 아인슈타인은 평화주의 활동과 함께 유대인 구제기금을 모금하는 강연을 여는 등 정력적으로 활동하였다. 이런 그의 활동은 여러 사람의 반감을 일으켜 나중에는 상대성이론까지도 아인슈타인이 수립했다는 이유로 유대적인 사이비 과학이라고 몰아붙였다. 1933년 1

Einstein

월에 히틀러(A. Hitler)가 정권을 잡자 군국주의와 반 유대주의는 한층 더 기승을 부려 많은 유대인 과학자는 추방되고, 국외로 망명하기 시작했다. 아인슈타인은 그 이전에 미국으로 강의를 떠나, 다시는 독일로 돌아가지 못했다. 히틀러 정부는 아인슈타인의 시민권을 박탈하고 재산을 몰수하였으며, 5만 마르크의 현상금을 걸었다.

핵무기 경쟁을 우려한 평화주의 과학자

미국 프린스턴에 정착한 그는 미국 시민권을 얻고 연구소에서 연구 활동을 계속하며 통일장 이론을 연구했다. 자연계에 존재하는 힘들을 하나의 형식으로 통일하려는 통일장 이론은 그가 죽을 때까지 완성되지 못했다.

제2차 세계대전 직전에 우라늄의 핵분열이 발견되었다. 이 뉴스를 들은 아인슈타인은, 만약 나치 독일이 이것을 무기로 이용하는 데 성공한다면 벌어질 재앙을 진심으로 걱정했고, 루스벨트 대통령에게 "경계를 해야 하며 만일 필요하다면 빠른 조치를 취하라."는 편지를 썼다. 아인슈타인이 루스벨트 대통령에게 했던 그러한 권고는 맨해튼 계획의 시작을 의미했다. 그것은 착실히 진전되어 제2차 세계대전의 종결 직전에는 일본의 히로시마와 나가사키에 투하되었다.

이것은 아인슈타인에게는 생각밖의 일이었다. 깊이 책임을 느낀 아인슈타인은 원자 무기를 없애기 위하여 생애의 마지막 날까지 끈질긴 노력을 기울였다. 특히 날로 심해져 가는 핵무기 경쟁을 우려하여, 아인슈타인이 죽음의 직전에 영국의 철학자 버트런드 러셀(B.A.W Russell)과 의논해서 발표한 선언에는 세계의 저명한 과학자 11명이 서명했으며, 전쟁을 피하기 위하여 각국의 과학자가 의견을 교환하는 모임인 '퍼그워시회의(전세계 과학자들이 핵무기 및 전쟁의 억제와 과학자의 역할에 대해 논의하는 회의)'가 만들어지게 되었다.

'러셀-아인슈타인 선언'에서 이렇게 말했다.

"우리가 어떤 선택을 하느냐에 따라 행복과 지식과 지혜가 지속적으로 진보하느냐 퇴보하느냐가 결정된다."

마지막까지 위대한 과학자이며 인류의 운명에 깊은 관심을 품고 있던 아인슈타인은 1955년 4월 18일에 심장병으로 세상을 떠났다.

특수상대성이론 (Special theory of relativity)

시간과 공간은 절대적인 것이 아니며 속도에 따라 상대적이라는 결과를 내는 이론으로 1905년 아인슈타인이 발표했다. 서로 등속운동을 하는 관성계에 대한 상대성원리와 광속도 불변의 원리를 기초로 하여 구성한 체계이다. 이 이론을 기초로 하는 이론은 상대론적 역학, 전자기장 텐서로 나타낸 전자기의 기본법칙 등 외에도 양자학에서 폴 디랙(Paul Dirac)의 전자론에서 시작되어 장의 양자론이 전개되고 소립자론의 유력한 지도원리로 되어 있다.

일반상대성이론 (General theory of relativity)

1916년 『물리학 연보』에 「일반상대성이론의 기초」로 출판되었다. 이 가설의 핵심은 중력이, 뉴턴이 이야기했던 것과 같은 힘이 아니라 시공연속체 속의 질량의 존재에 의해 생긴 굽어진 장이라는 것이다. 이러한 의미는 별빛이 태양 가까이를 지날 때 별빛의 휘어짐에 의해

Einstein

증명되거나 반증될 수가 있는 것이었는데, 별빛은 개기일식 동안에만 볼 수가 있다. 아인슈타인은 뉴턴 법칙으로는 설명할 수 없는 2배의 빛의 휘어짐을 예측했다.

그의 새로운 방정식들은 또한 수성의 근일점의 당혹스러운 불규칙성(약간의 이동)을 최초로 설명해 주었고, 강한 중력장 속의 별들이 약한 장의 별들이 내는 스펙트럼보다 적색에 더 가까운 스펙트럼을 내는 이유를 증명했다.

아인슈타인의 비열식 (Einstein's formula for specific heat)

아인슈타인은 고체의 비열을 설명하기 위해 원자의 운동에 대해 생각하였다. 고체를 구성하는 원자가 일정한 진동수로 격자진동한다고 생각하고 그 진동에 양자론을 적용하였다. 고체의 비열은 저온이 되면 될롱-프티의 법칙에서 벗어나 점점 작아진다.

아인슈타인의 우주 (Einstein's Universe)

그의 중력이론을 전 우주에 적용하여 우주에 대한 정적모형(팽창하지도 무너지지도 않는 모형)을 추론했는데 아인슈타인을 뒤이은 다른 우주론자들은 아인슈타인의 이론에 의해 팽창이론도 포함하는 정적이지 않은 우주모형들에 이를 수 있음을 보이게 되었다. 결과적으로 일반상대론은 관측과 이론 연구가 열광적으로 진행되고 있는 우주론이 더욱 번창하게 하는데 대단히 많은 기여를 하였다.

"자네가 알버트 아인슈타인인가?"

1895년 이른 가을, 아인슈타인은 취리히에 가서 대학 입학 시험을 치렀다. 그러나 합격자 발표날, 불행히도 합격자 명단에는 그의 이름이 빠져 있었다. 아인슈타인이 크게 실망하고 돌아가려는 순간, 누군가가 그를 불러 세웠다. 뒤돌아보니 학교 직원인 듯한 사람이 서 있었고, 그는 아인슈타인을 학장실로 안내했다.

"자네가 알버트 아인슈타인인가?"

"네, 그런데 무슨 일이시죠?"

"수학 담당 교수가 자네 시험답안지를 보고 몹시 놀랐다고 하더군. 그래서 말이네만, 다른 과목 성적은 나쁘지만 수학 성적이 너무 우수해서 불합격시키기가 너무 아깝네. 어떤가, 1년 동안 김나지움에서 더 공부하고 오면 내년에는 자네를 무시험으로 받아주고 싶은데."

아인슈타인에게는 좋은 기회였다. 김나지움의 갑갑하고 틀에 박힌 생활이 싫어 중퇴하고 만 그였으나 이런 조건이라면 얼마든지 참고 견딜 수 있을 것 같았다.

고등학교를 중퇴하고 대학 입시에도 떨어진 그였지만 그 뛰어난 수학적 재능 때문에 대학 공부를 할 수 있게 되었던 것이다.

1879	3월 14일 독일의 울름에서 출생
1889	뮌헨의 루이트폴트 김나지움 입학
1895	김나지움 중퇴 후 밀라노로 감. 취리히의 스위스연방공과대학 입학시험 실패. 다음해 입학
1900	스위스연방공과대학 졸업
1901	스위스 국적 획득
1902	스위스 특허청에서 일자리를 구함
1903	학생시절 친구 M. 마리치와 결혼
1905	광전 효과에 관한 논문을 Annalen der Physik에 발표 브라운 운동에 관한 논문을 발표 특수상대성이론 논문 'On thw Electrodynamics of Moving Bodies' 발표
1908~1914	베른, 취리히, 프르구 등의 대학에서 강의
1914~1933	카이저-빌헬름 연구소의 물리학 교수 및 이론물리 책임자
1916	일반상대론에 관한 연구 완성, 레이저의 기초가 된 방사광의 흡수와 방사에 대해 연구
1918	통일장 이론에 관한 연구를 시작해서 평생을 계속함
1919	M. 마리치와 이혼. 사촌동생 엘자와 재혼
1920	반유대주의 움직임이 강해지기 시작. 23년에 걸쳐 세계 각지를 방문
1921	미국 처음 방문, 광전 효과에 관한 연구로 노벨물리학상 수상
1924	Bose의 연구를 이어받음
1925	이스라엘의 헤브라이 대학의 운영위원이 됨
1930	우주팽창에 관한 모델을 제시
1933	나치를 피해 망명, 미국 프린스턴의 고급연구소에 초빙
1939	T. 루스벨트대통령에게 원자폭탄 제조 연구에 관한 편지를 보냄
1940	미국 시민권 획득
1947	국제연합에 세계정부 수립을 제창하는 메시지를 보냄
1952	이스라엘의 대통령이 되어달라는 미국의 요청을 받았으나 거절
1955	4월 18일 동맥에 생긴 혹의 파열로 프린스턴의 병원에서 사망

신으로 불리는
전략과 전술의 천재

알렉산드로스 대왕 (Alexandros the Great, BC 356~BC 323)

명언 { "하늘에 두 개의 태양이 있을 수 없듯이, 지구에 두 명의 주인
이 있을 수 없다."

알렉산드로스 대왕은 페르시아 제국을 무너뜨리고 마케도니아 군사력을 인도
까지 진출시켰으며, 지역 왕국들로 이루어진 헬레니즘 세계의 토대를 쌓았다.
살아 있을 때부터 위대한 영웅으로 세계의 이목을 사로잡았던 그는 사후에도
개략적인 윤곽만 역사적인 사실과 일치할 정도로 거대한 전설의 주인공이 되
었다.

알렉산드로스는 필리포스 2세와 에페이로스 왕 네오프톨레모스 1세의 딸 올
림피아스 사이에서 태어났다. 열세 살이 되었을 때 아리스토텔레스에게 교육
을 받았으며 그 영향으로 철학과 의학, 과학적 탐구에 흥미를 갖게 되었다.

성
장
배
경

성장하는 동안 늘 페르시아 원정 결심

알렉산드로스가 성장하는 과정에서 아버지 필리포스와 어머니 올림피아스는 이혼을 했다. 알렉산드로스는 아버지의 새 결혼을 축하하는 잔치석상에서 한바탕 소동을 일으킨 뒤 어머니와 함께 에페이로스로 달아났다가 나중에 일리리아로 갔다.

다시 아버지와 화해하고 마케도니아로 되돌아갔으나 후계자 지위가 위태로웠다. 하지만 군대의 높은 지지를 받아 반대하는 사람 없이 왕위를 계승했다. 알렉산드로스는 왕위에 오를 때부터 페르시아 원정을 결심하고 있었다. 그는 성장하는 동안 늘 그 목표를 염두에 두었으며 더욱이 필리포스가 창건한 군대를 유지하고 자신이 빚진 500달란트를 갚기 위해서 페르시아의 부가 필요했다.

스파르타의 아게실라오스와 그리스 원정군인 만인대가 페르시아 영토 내에서 성공적인 전쟁을 이끌어냄으로써 페르시아 제국의 취약성이 드러났다.

알렉산드로스는 기병대 병력만 충분히 있으면 어떤 페르시아 군대라도 물리칠 수 있다는 기대를 갖고 수만 명의 병력을 이끌고 페르시아로 갔다. 페르시아군의 계획은 알렉산드로스가 강을 건너도록 유인하여 육박전으로 그를 살해하는 것이었는데, 이 계획이 거의 성공을 거둘 뻔했으나 페르시아군의 전열이 깨지는 바람에 알렉산드로스가 승리할 수 있었다. 이 승리로 소아시아 서부가 마케도니아군에게 노출되었고 대부분의 도시들은 자진해서 서둘러 성문을 열었다. 참주들은 추방되었고 그리스에서 마케도니아가 시행한 정책과는 대조적으로 민주주의가 자리잡는 계기를 마련하였다.

지중해 해안 지방과 이집트의 정복

BC 334~333년 겨울, 알렉산드로스는 소아시아 서부를 정복하고 리키아와 피시디아의 산악 부족들을 복속시켰으며, BC 333년 봄에는 해안도로를 따라 페르가로 진군했는데, 운좋게도 바람의 방향이 바뀐 덕택에 클리막스 산의 절벽을 통과했다. 이 즈음에 알렉산드로스는 페르시아 함대의 유능한 그리스인 지휘관 멤논의 갑작스러운 죽음으로 유리한 상황을 맞이하였다. 그는 고르디움에서 앙키라(지금의 앙카라)로 진격하고 이어서 카파도키아와 킬리키아 관문(실리시아. 터키 남동부 해안지대)을 통해 남쪽으로 진출했다.

또다시 알렉산드로스는 남쪽으로 시리아와 페니키아까지 진군해 들어갔다.

그의 목표는 페르시아 함대를 기지로부터 고립시켜 전투력을 파괴하는 데 있었다. 페니키아 도시들인 마라토스와 아라도스는 저항 없이 수중에 들어왔다. 그는 파르메니오를 앞서 파견해 다마스쿠스를 점령하고 다리우스의 군자금을 비롯한 풍부한 전리품을 확보하도록 했다. 다리우스가 평화협상을 제안하는 편지를 보냈을 때 그 응답으로 알렉산드로스는 페르시아의 역사적 과오를 조목조목 밝히면서 자신을 아시아의 군주로 인정하고 무조건 항복할 것을 요구하는 오만한 답장을 보냈다. 비블로스(지금의 주바일로 바이블의 어원이 된 도시)와 시돈(아랍어로 사이다)을 점령한 후 그는 섬 도시 티레에서 저항에 마주쳐 입성을 거부당했다. 그러자 그는 모든 포위공격술을 동원해 그곳을 점령하려 했으나 티레인들은 저항을 계속하면서 7개월 동안이나 버티었다. 그동안(BC 333~332 겨울) 페르시아군은 소아시아에서 육로로 반격을 가하다가 대(大) 프리지아의 사트라프('국토의 수호자'

Alexandros the Great

라는 뜻의 관직명으로, 지금의 주지사와 비슷)인 안티고노스에게 패배했
으며 해상으로도 반격을 가해 상당수의 도시와 섬들을 되찾았다.

BC 332년 7월 티레를 함락시킨 것은 알렉산드로스의 가장 큰 군사
적 성과였다. 이 과정에서 대살육이 벌어졌고 여자와 아이들은 농노
로 팔려갔다. 11월에 그는 이집트에 도착했다. 그곳 사람들은 그를 구
원자로 영접했으며, 페르시아 사트라프인 마자케스는 현명하게 항복
하는 길을 택했다. 이집트 정복으로 지중해 동부해안 전지역에 대한
지배권을 완전하게 장악했다.

온갖 재앙 속에서도 계속된 정복

알렉산드로스는 차츰 제국에 대해 생각이 달라지고 있었다. 그는
마케도니아인들과 페르시아인을 연합해 지배 세력을 구축하려는 구
상을 하였으며 이로 인해 당시 백성들의 그에 대한 오해가 더욱 증폭
되었다. 다리우스 추격전에 계속 나서기 전에 그는 페르시아의 보물
을 모두 모아 하르팔로스에게 맡기고 하르팔로스가 엑바타나(지금의
이란 하마단)에서 재정장관의 자격으로 그것을 관리하도록 했다. 파
르메니오도 또한 메디아에 남아 보급수송을 관리하는 역할을 맡도록
했다. 아마도 이 노병(老兵)은 그에게 성가신 존재가 되었던 것 같다.
BC 330년 한여름에 알렉산드로스는 동부 지방을 향해 빠른 속도로
라가이(지금의 테헤란 근처 라이)와 카스피해 관문을 통과했으며, 카
스피해 관문에서 박트리아의 사트라프인 베소스가 다리우스를 폐위
했다는 사실을 알았다. 찬탈자 베소스는 지금의 샤루드 부근에서 접
전을 벌인 끝에 다리우스를 칼로 찔러 죽이게 했다. 알렉산드로스는
다리우스의 시신을 발견하고, 페르세폴리스의 왕실 묘지로 보내 정

식으로 예를 갖추어 매장하도록 했다.

다리우스가 죽자 알렉산드로스가 대왕으로서의 권리를 주장하는 데 장애물이 없어졌다. BC 330년에 새긴 로도스의 한 명문(銘文)에서는 그를 '아시아(페르시아 제국)의 군주'라고 불렀으며 그 직후부터 아시아에서 발행한 주화에는 왕의 칭호가 덧붙었다. 엘부르즈 산맥을 넘어 카스피해 지방으로 가서 그는 히르카니아에 있는 자드라카르타를 점령하고 한 무리의 사트라프들과 페르시아 유명인사들에게서 항복을 받고 그중 일부는 원래의 직책에 유임했다. 서쪽으로 아마도 오늘날의 아몰을 목표로 견제 작전을 벌여 그는 엘부르즈 산맥에 거주하는 산악 부족인 마르디족을 제압했다. 또한 그는 다리우스 휘하에 있던 그리스 용병들의 항복을 받아냈다. 이제 그의 동방 진출은 급속도로 진전되었다. 아리아에서 그는 항복하는 척하다가 반란을 일으킨 사티바르자네스를 진압하고 아리아인의 알렉산드리아(지금의 헤라트)를 건설했다.

BC 326년 봄 알렉산드로스는 아토크 부근에서 인더스 강을 건너 탁실라로 진입했다. 그곳의 통치자인 탁실레스는 알렉산드로스가 히다스페스(지금의 젤룸) 강과 아케시네스(지금의 체나브) 강 사이의 땅을 지배하는 자신의 경쟁자 포로스와의 싸움을 도와주는 데 대한 보답으로 코끼리와 병력을 제공했다. 6월에 알렉산드로스는 히다스페스 강 왼쪽 해안에서 최후의 큰 전투를 치렀다. 그곳에다 그는 알렉산드리아 니케아(승전을 기념하기 위해 붙인 이름)와 알렉산드리아 부케팔라(그곳에서 죽은 자기 말 부케팔로스의 이름을 본뜸)라는 두 개의 도시를 건설했으며, 포로스는 그의 동맹자가 되었다. 인더스 강 삼각주의 정점에 자리잡은 파탈라에 도착한 그는 항구와 계선장을 짓고 당

Alexandros the Gre

시에는 쿠치의 란 강으로 흘러들어갔던 것으로 추측되는 인더스 강의 양쪽 지류를 탐사했다. 그는 일부 병력을 이끌고 육로로 되돌아갈 계획을 세웠으며, 나머지 병력은 100~150척 가량의 함선에 나눠 타고 해군 병력이 있는 크레타인 네아르코스의 지휘 아래 페르시아 만을 따라 탐사 여행을 계속하는 계획을 세웠다. 지방민들의 반대로 네아르코스는 BC 325년 9월에야 돛을 띄웠고, 3주간을 기다려 10월 말에 북동계절풍을 만날 수 있었다. 알렉산드로스도 9월에 출발해 해안선을 따라 게드로시아(지금의 발루치스탄)를 지나갔다. 그러나 산악이 많은 지형 때문에 어쩔 수 없이 내륙으로 방향을 돌려야 했으며, 그로 인해 함대의 식량 저장소들을 설치하려던 계획에 차질이 생겼다. 이미 그는 고급장교인 크라테로스의 인솔 아래 하물과 공성병기 열, 코끼리, 병자와 부상자를 비롯해 3개 대대의 방진부대를 물라 고개와 퀘타, 칸다하르를 지나 헬만드 강쪽으로 가도록 떠나보낸 참이었다. 드랑기아나를 지나 행군하여 카르마니아의 아마니스(지금의 미나브) 강변에서 본대와 다시 합류하기로 되어 있었다.

알렉산드로스 대왕은 게드로시아를 지나 행군하면서 무수한 재난을 겪었다. 물 없는 사막지대와 식량 및 연료의 부족으로 사람들은 큰 고통을 당했으며 많은 사람들이, 특히 여자와 아이들이 와디(사막지대의 물이 흐르지 않는 강)에 진지를 치고 있다가 갑작스런 우기의 홍수에 휩쓸려 죽기도 했다.

사후에도 신과 같은 예우를 받다

BC 324년 겨울 알렉산드로스는 루리스탄 산악 지방에 사는 코사이아족을 상대로 잔혹한 보복전을 벌였다. 다음해 봄 바빌론에서 그는 리비아인들과 이탈리아의 브루티움인, 에트루리아인, 루카니아인이 보낸 하례 사절들을 맞이했다. 그리스 도시에서도 알렉산드로스의 신적 지위에 걸맞게 화관을 쓴 대표 사절을 보냈다. 네아르코스의 항해로를 뒤쫓아 그는 이때 티그리스 강 하구에 알렉산드리아를 건설했고, 인도와 해상교역을 하려는 계획을 세웠으며, 이를 위해 아라비아 해안을 따라 예비 탐사를 하도록 했다. 그는 또한 관리였던 헤라클레이데스를 파견해 히르카니아(카스피) 해를 탐험하도록 했다. 알렉산드로스는 바빌론에서 유프라테스 강의 관개시설을 개량하고 페르시아 만 해안지방에 정착촌을 만드는 사업 계획으로 분주하던 중에 장시간의 연회와 술잔치 끝에 갑자기 병에 걸렸다. 10일 후인 BC 323년 6월 13일 그는 33살의 나이로 죽었다.

알렉산드로스는 12년 8개월 동안 왕위에 있었다. 그의 시신은 나중에 왕이 된 프톨레마이오스가 이집트로 빼돌려 결국에는 황금관에 넣어 알렉산드리아에 안치했다. 이집트와 그밖의 그리스 도시에서 그는 신과 같은 예우를 받았다. 왕위 후계자가 지명되어 있지 않았기 때문에 그의 휘하 장군들은 필리포스 2세의 약간 얼빠진 서자인 필리포스 3세인 아리다이오스와 록사나에게서 난 알렉산드로스의 유복자 알렉산드로스 4세를 공동 왕으로 지명하고 자신들끼리 여러 차례의 담합을 거쳐 사트라프직을 나누어 가졌다. 알렉산드로스가 죽고 나자 제국은 하나의 단위로 유지되기가 어려웠다. 아리다이오스는 BC 317년에, 그리고 알렉산드로스 4세는 BC 310(또는 BC 309)년에 살해당했다. 속주들은 독립적인 왕국이 되었으며, BC 306년 안티고노스를 필두로 장군들이 왕의 칭호를 사용했다.

Alexandros the Gre

망설이지 말고 잘라 버려라

옛날 소아시아의 골디온이란 도시에, 기둥에 매듭이 묶여진 신전이 있었다.

그 매듭에는 예로부터 전해져 내려오는 예언이 있었다.

누구든 이 매듭을 푸는 사람만이 세상을 지배하는 왕이 된다는 것이었다.

많은 사람들이 이 예언을 믿고서, 그 매듭을 풀기 위해 안간힘을 다했다. 하지만 얼마나 정교하게 매여져 있었는지, 매듭을 푸는 사람은 아무도 없었다.

어느 날 알렉산드로스가 이 소문을 들었다.

알렉산드로스는 거침없이 소아시아의 골디온으로 가서, 단칼에 그 매듭을 잘라버렸다.

다른 사람은 손으로만 풀려고 했지만, 알렉산드로스는 과감하게 칼로 잘라버리는 결단력을 보였던 것이다.

이런 결단력이 있었기에 알렉산드로스는 그리스, 페르시아, 인도에 이르는 대제국을 건설할 수 있었다.

무슨 일을 할 때, 과단성 있는 용기가 때로는 필요하다.

이럴까 저럴까 망설이는 동안 어느덧 결정적인 순간이 지나가 버리기 때문이다.

BC 356	필리포스 2세와 에페이로스 왕 네오프톨레모스의 딸 올림피아스 사이에서 출생
BC 343	13세 때 아리스토텔레스에게 교육을 받음
BC 340	필리포스가 비잔티움을 공격하는 동안 마케도니아 통치를 받아 트라키아 부족인 마이디족을 무찌름
BC 336	20세의 나이로 왕이 됨
BC 338	카이로네이아전투에 직접 참가
BC 334	마케도니아군과 헬라스 연맹군을 거느리고 페르시아 원정을 위해 소아시아로 이동
BC 333	킬리아키아의 이수스전투에서 다리우스 3세의 군대를 대파, 이어 페르시아 함대의 근거지인 티루스 · 가자 등을 점령
BC 330	메소포타미아로 가서 가우가멜라에서 세 번이나 페르시아군과 싸워 대승을 거둠
BC 325	인더스 강 파탈라에 도착
BC 323	바빌론에 돌아와 아라비아 원정을 준비 중 33세의 나이로 갑자기 사망

Napoleon Bonapart

불가능에 도전한 전략가
"내 사전엔 불가능이란 없다"

나폴레옹 1세 (Napoleon Bonaparte, 1769~1821)

명언 { "승리는 노력과 사랑에 의해서만 얻어진다. 승리는 가장 끈기 있게 노력하는 사람에게 간다. 어떤 고난의 한가운데 있더라도 노력으로 정복해야 한다. 그것뿐이다. 이것이 진정한 승리의 길이다."

나폴레옹은 프랑스와 서유럽 여러 나라 제도에 오래도록 영향을 끼친 개혁을 이루어냈고 프랑스의 군사적 팽창에 가장 큰 열정을 쏟았다. 그가 몰락했을 때 프랑스 영토는 1789년 혁명 때보다 줄어들었지만 그가 살아 있는 동안, 그리고 조카인 나폴레옹 3세가 다스린 제2제정이 막을 내릴 때까지 그는 거의 모든 사람에게 역사상 가장 위대한 영웅으로서 존경받았다.

나폴레옹은 1769년에 프랑스의 식민지인 코르시카 섬에서 태어났다. 그는 어렸을 적부터 군인이 되어 코르시카 섬에서 프랑스 군대를 몰아내 버리려는 생각을 줄곧 했다. 1779년 열 살 때 아버지와 함께 프랑스로 가 브리엔 유년학교에 입학한 나폴레옹은 누구에게도 지기 싫어하는 성격 탓에 공부에서도 뒤지지 않기 위해 두세 배 더욱 노력했다. 언제나 꾸준히 공부하는 그의 모습을 보고 동료와 선생님들은 '모범 나폴레옹'이라는 별칭을 붙여주기도 했다.

성장배경

남에게 지기 싫어했던 '모범 나폴레옹'

1784년 브리엔 유년 학교를 우등생으로 졸업한 후 파리의 사관학교에 입학하였다. 열여섯 살 되던 해 나폴레옹은 아버지가 돌아가셨다는 이야기를 듣지만 학교 교칙 때문에 멀리 떠나 갈 수 없었다. 아버지의 마지막 모습을 지켜보지 못한 나폴레옹은 무척 속상해 하며 자신이 처한 현실을 한탄하지만 그래도 꾹 참고 학업에 충실해 뛰어난 성적으로 사관학교를 졸업하고 프랑스 남쪽의 바랑스라고 하는 조그만 읍에 포병 부대의 소위로 배정받았다. 그곳의 군인들은 열여섯 살밖에 되지 않는 나폴레옹의 말을 잘 듣지 않았다. 오기가 발동한 나폴레옹은 더욱 열심히 그들을 통솔해서 결국에는 '최고의 사관'이라는 말을 듣게 되었다. 그리고 3년 뒤 오손느 포병 연대에 들어갔다.

나폴레옹이 오손느 포병 연대에 들어가 생활하던 중 어머니로부터 몸이 불편하니 도와달라는 한 통의 편지를 받고 10년 만에 코르시카 섬으로 돌아가게 되었다.

그 당시 프랑스 왕인 루이 16세의 횡포로 프랑스는 완전히 무너져 가고 있었다. 그 틈을 타서 코르시카도 의회를 만들게 되었다. 대표자는 파스콸레 파올리라는 코르시카 군인이 맡게 되어 나폴레옹은 다시 포병 연대로 돌아올 수밖에 없었다. 어머니의 짐을 덜기 위해 넷째인 루이도 같이 왔는데 나폴레옹의 형편은 하루 한 끼 식사만 하고 있었지만 동생 루이만큼은 자신의 시계를 팔아서라도 빵을 먹이곤 했다. 그러던 중 루이 16세가 처형되고, 공화정이 시작되자 의장인 파올리는 독립을 하려고 했다. 그러나 나폴레옹은 프랑스는 공화정인데다 코르시카가 독립하게 되어도 잘 살 보장이 없다고 생각해서 가족들을 데리고 쿨롱까지 도망을 갔다. 그때 그의 나이 24세였다.

국민들의 지지 속에 수석 통령의 자리까지 올라

쿨롱에서는 프랑스혁명의 불길이 자국으로 옮겨 붙는 것을 염려한 영국이 프랑스에 쳐들어오자 나폴레옹이 영국군을 섬멸하였다.

1795년에는 파리에서 왕당파가 반란을 일으켰는데 나폴레옹이 금방 진압하자 국민들이 그를 지지하였다. 1796년 나폴레옹은 조제핀과 결혼을 하고 불과 27세 나이로 이탈리아 원정군의 사령관에 임명되어 알프스를 넘어 이탈리아와 오스트리아군을 몰아냈다. 또 이탈리아를 정복한 후에 1797년 오스트리아 수도 빈에 가까워 오자 나폴레옹은 오스트리아와 협정을 맺어 네덜란드 남부를 프랑스에 넘기게 하였다. 그리고 영국을 쓰러뜨릴 계획으로 1798년 영국과 인도를 잇는 길목에 있는 이집트로 원정을 갔다. 이집트 원정을 가던 중 아라비아의 공격을 받기도 했지만 결국 이집트 수도인 카이로에 들어갔다. 이집트 원정에서는 상형문자를 해독하는데 큰 영향을 끼친 로제타스톤을 발견하기도 하였다.

그 당시 프랑스는 자코뱅과 지롱드의 권력 싸움과 폴 바라스의 사치스러운 정치로 몸살을 앓고 있었다. 소식을 전해들은 나폴레옹은 부하 몇 명과 함께 프랑스로 돌아와 11월에 쿠데타를 일으켜 정권을 잡아 기존 헌법을 폐지하고 3명의 통령이 정치를 하는 새 헌법을 만들어 투표에 붙였다. 새 헌법으로 1802년 8월에 수석 통령의 자리까지 오르게 되었다.

러시아의 추위와 초토화 작전에 실패
그리고 엘바 섬으로의 유배

1804년에는 종신 통령을 거쳐 '나폴레옹 법전'을 편찬하고 5월에는 국민 투표에 의해 황제에 즉위했다. 1805년 10월 나폴레옹은 트라팔가 해전에서 에스파냐 함대와 연합하여 영국 함대를 공격했으나 영국의 넬슨 제독에게 패하고 말았다. 이에 화가 난 나폴레옹은 전 유럽 나라에 '대륙 봉쇄령'을 선포, 영국과 통상을 중지하였다. 비슷한 시기에 나폴레옹은 조제핀과 이혼하고 오스트리아의 왕녀 마리 루이즈와 결혼하였다.

1812년 러시아가 봉쇄령을 어기고 영국과 통상하는 것이 발견되자 그해 5월에 46만 명의 군사를 이끌고 러시아로 쳐들어가 모스크바에 입성하였으나 러시아의 추위와 초토화 작전에 밀려 10월에 모스크바에서 후퇴하였다. 러시아 원정의 실패로 오스트리아, 러시아, 프러시아(프로이센) 등의 군대가 프랑스를 공격해 왔다. 1814년 3월에는 파리를 내주고, 4월에는 나폴레옹이 황제의 자리에서 물러났다. 게다가 5월에는 적군에 붙잡혀 엘바 섬으로 유배되었다.

나폴레옹이 엘바 섬에 유배되었을 때 오스트리아의 수도인 빈에서 유럽 각국의 통치자들이 모여서 회의를 하였다. 이것이 '빈회의'인데 별 성과없이 나폴레옹의 1815년 2월 엘바 섬 탈출로 마무리되었다.

나폴레옹은 엘바 섬을 탈출한 뒤 3월 20일에 파리에 입성하여 다시 나폴레옹 시대의 부활이 시작되는 듯했다. 그러나 1815년 6월 18일, 브뤼셀 교외의 지역에서 있었던 '워털루 전투'에서 영국과 동맹국들에게 패배하여 6월 28일에 왕정이 복고되었다. 이것이 나폴레옹의 백일천하이다. 그 뒤 대서양의 세인트헬레나 섬에 유배되어 지병으로 건강이 악화되어 1821년 5월 5일에 51세의 나이로 사망하였다.

나폴레옹의 유해가 안치된 앙발리드는 원래 루이 14세가 자신이

Napoleon Bonaparte

일으킨 전쟁으로 폐인이 된 수천 명의 병사들을 위하여 세운 요양소였다. 앙발리드는 1671~1676년에 세워졌는데, 엄격하리만큼 균형을 이루고 있으며 장식이 없다. 이곳의 요양소로서의 기능은 극히 일부에 지나지 않는다.

나폴레옹의 유해는 그가 유배지인 세인트헬레나 섬에서 숨을 거둔 지 19년 후인 1840년 12월 15일에, 앙발리드 중앙에 있는 돔 교회당으로 이장되었다. 지금은 군사 박물관, 생루이 데 쟁발리드 교회당, 그리고 돔 교회당으로 이루어져 있다. 군사 박물관에는 전쟁기념품, 그림, 벽화 등이 전시되어 있고, 생루이 데 쟁발리드 교회당에는 나폴레옹이 정복한 나라들의 국기들이 깃발로 장식되어 있다.

"이만하면 훌륭한 대답이 되지 않았는가?"

나폴레옹이 러시아와의 전쟁에서 크게 패해 적진 속에 포위되었다가 탈출한 일이 있었다. 그는 타고 있던 말도 버리고 죽을 힘을 다해 밤길을 달려 도망쳤다. 그때 마침 어느 집에 불이 켜 있는 것을 발견하고 그 집을 향해 뛰어 들어갔다.

집에는 양복점을 하는 시몬이란 사나이가 혼자 살고 있었다. 그는 나폴레옹이 누군지는 몰랐지만 측은한 느낌이 들어 자신의 옷장 속에 숨겨 주었다.

냄새 나는 이불들이 잔뜩 쌓여 있었지만 나폴레옹은 다급한 나머지 그 밑으로 기어들어갔다. 잠시 후 나폴레옹을 쫓는 적국의 병사들이 시몬의 집에 들이닥쳤다. 그들은 막무가내로 시몬의 집 구석구석을 뒤지기 시작했다.

한 병사가 나폴레옹이 숨은 옷장을 열어젖히고 이불더미를 창으로 찔렀다.

그러나 병사는 별다른 느낌을 받지 못하고 다른 곳을 뒤지기 시작했다. 이불이 겹겹이 쌓였던 이유로 병사의 창 끝은 나폴레옹을 다치게 하지 않았다.

병사들이 포기하고 그냥 돌아가자 시몬은 나폴레옹에게 따뜻한 차를 대접했다.

시몬 덕택에 살아난 나폴레옹은 위엄을 되찾고 엄숙하게 말했다.

"나는 황제 나폴레옹이다. 내 목숨을 살려주었으니 네 소원을 한 가지 들어주마."

"예? 황제 폐하시라고요?"

깜짝 놀란 시몬이 한참 생각하다 말했다.

"저희 집 지붕이 비만 오면 물이 샙니다. 그것 좀 고쳐 주십시오."

나폴레옹이 황당하다는 듯 말했다.

"나는 한 나라의 황제다. 그런 거 말고 좀 더 좋은 소원을 말하라."

"폐하. 폐하께서 아깐 정말 위험한 순간을 맞으셨습니다. 한 인간으로서 그때의 기분이 어땠었는지 그걸 좀 알고 싶습니다만……."

"그게 다냐?"

나폴레옹은 한참 가만히 시몬을 바라보았다. 그때였다. 누군가가 시몬의 집 대문을 두드렸다. 나폴레옹은 바짝 긴장해 다시 숨으려 했지만 다행히 찾아온 병사들은 나폴레옹을 찾고 있던 그의 수하들이었다.

한참을 부하들과 감격의 상봉을 나눈 후 시몬을 바라보며 병사들에게 외쳤다.

"저놈은 감히 짐을 모독했다. 잡아다가 내일 아침 날이 밝는 대로 처형하라."

그렇게 시몬은 나폴레옹의 부하들에게 이끌려 처형장으로 끌려갔다.

"살려 주십시오, 살려 주십시오!"

시몬은 날이 밝아 오자 곧바로 처형대에 묶였다.

간수의 흰 깃발이 막 올라가려는 순간 "멈춰라!" 하는 소리가 들렸고 달려온 병사는 시몬을 처형대에서 내려주라고 지시했다. 그리고 아직도 어리벙벙해 있는 시몬의 손에 편지 한 통이 쥐어졌다. 나폴레옹이 보낸 편지였다.

"이만하면 그대의 질문에 훌륭한 답이 되었으리라 믿네."

1769	지중해의 코르시카 섬에서 지주의 아들로 출생
1784	브리엔 유년 학교를 '우등생'으로 졸업한 후 파리의 사관학교에 입학
1792	반혁명군과 영국 함대가 점령한 툴롱항의 공방전에서 공을 세우고 육군 소장으로 임명
1796	조제핀과 결혼, 이탈리아 원정군 사령관으로 임명
1797	캄포 포르미오 조약을 체결하고 오스트리아를 제압하기 위한 라인강 왼쪽 연안 장악
1802	종신 통령에 임명
1804	황제로 추대됨
1805	트라팔가 해전에서 패하여 영국만 정복하지 못함
1806~1807	영국을 견제하기 위해 대륙봉쇄령을 발령하나 포르투갈이 거부하자 포르투갈로 출병했다가 패전
1812	러시아 원정에서 많은 피해를 입고 후퇴
1813	정복한 여러 나라가 해방전쟁을 일으키고 라이프치히에서 패전
1814	파리를 함락당하고 엘바 섬으로 유배 당함
1815	다시 파리로 돌아와 황제로 즉위
1815	'워털루 전쟁'에서 패하고 세인트 헬레나 섬에 유배 중 병사

Marie Curi

노벨상 두 번 받고
핵물리학 기초 닦은 여인

마리 퀴리 (Marie Curie, 1867~1934)

명언 { "인생은 누구에게도 편안한 것은 아니지만, 그러한 것은 아무 렇지도 않다. 인내와 특히 자신을 갖는 것이 필요하다. 우리는 무엇이든 재능을 가지고 있다는 것, 그리고 무엇인가에 어떠한 희생을 치를지라도 도달하지 않아서는 안 될 목표가 존재한다 는 사실을 명심해야 한다."

어렸을 당시 폴란드는 러시아, 프로이센, 오스트리아의 분할 지배하에 있었기 때문에 마리 퀴리는 제정 러시아의 압정을 겪어야 했으며, 나라 잃은 슬픔을 누구보다 잘 아는 애국자로 자라났다. 학교 교육 역시 러시아의 압제 때문에 순조롭지 않았다. 학교에서도 부당한 대우를 받아 학과 성적이 뛰어났는데도 고등 교육을 받을 수 없었다. 하지만 뛰어난 기억력을 자랑하던 그녀는 4개 국어를 구사할 수 있을 정도로 뛰어났고, 우등으로 졸업할 수 있었다.

마리 퀴리는 1867년 11월 7일 바르샤바에서 태어났다. 그녀의 결혼 전 이름 은 마리아 스쿼도프스카로, 다섯 자녀 중 막내였다. 아버지는 중등학교에서 수 학과 물리를 가르쳤으며, 부장학관까지 지냈다. 어머니도 교육가로서 여자 중 학교의 교장을 지냈다. 하지만 아버지의 사업 실패로 가정살림이 어려워져 더 이상 학업을 계속하지 못하고 가정교사로 일했다. 그러나 이런 환경은 그녀에 게 장애가 되지 못했다.

성장바경

프랑스에 남아 연구를 계속하다

그녀는 스물네 살 되던 해 1891년 프랑스의 소르본 대학에 입학하여 학업을 계속할 수 있었다. 그녀의 천재성은 이때부터 발휘되기 시작했는데, 여자로서는 처음으로 소르본 대학에서 물리학 박사 학위를 받고 1893년 우등으로 졸업했으며, 이듬해에는 수학 박사 학위까지도 따냈다.

원래 마리는 학업을 마치고 폴란드로 돌아갈 계획이었지만 조국의 상황이 좋지 않다는 것을 알고 프랑스에 남아 연구를 계속하기로 결심했다. 이때 남편인 피에르 퀴리를 만나게 되는데, 마리보다 여덟 살 많은 피에르는 이미 평판이 좋은 뛰어난 화학자였다. 1880년에 그는 형 조제프와 함께 피에조전기(압전기) 효과, 즉 어떻게 결정체가 압력을 받아 전기를 생산하는지를 발견했으며 자기에 대해서도 공부했다. 피에르의 여러 온도에서의 자성체 논문은 중요한 업적이었다.

이 두 천재가 결혼한 것은 1895년이었고, 마리아는 프랑스식 이름으로 마리 퀴리로 불렸다. 두 사람은 결혼 반지도 주고 받지 않는 특이한 결혼식을 올렸고, 신혼여행도 조촐하게 자전거 여행을 떠났다. 결혼 후에는 파리의 글라시에르 거리에서 살림살이도 제대로 없는 아파트에서 살았다. 두 사람 모두 학문에 몰두해 가난한 것도 있었지만, 마리가 연구에 방해되는 살림살이를 좋아하지 않았기 때문이었다. 결혼 이후 마리는 남편이 근무하는 학교의 실험실에서 남편 곁에서 일할 수 있도록 허락받았고, 두 사람은 공동으로 연구 생활을 시작했다.

정열과 끈기로 받은 노벨상

1895년 빌헬름 뢴트겐이 X-선을 발견하고 바로 얼마 뒤 앙리 베크렐이 우라늄의 신비로운 성질을 발견했다. 이 두 발견이 물리학의 궤적과 마리 퀴리의 인생을 극적으로 바꿔 놓았다. 1897년 마리는 박사 논문의 주제로 베크렐의 복사선(지금의 방사선)을 연구하기로 마음먹고, 지하에 있는 환기도 안 되는 실험실에서 4년 동안 연구에만 전념했다. 마리는 우라늄의 성질을 조사하고 여러 가지 광석들을 시험해 보았다. 거기에는 독일 요아힘슈탈 지역에서 100년 전부터 줄곧 채굴되어 온 역청 우라늄광 샘플도 들어 있었다. 역청 우라늄광은 베크렐의 우라늄보다 훨씬 방사성이 강한 것으로 드러났다. 게다가 토륨(Th) 원소도 방사성이 있었다. 마리는 피에르의 도움으로 우라늄 광산에서 8톤의 광석 폐기물을 사들였다.

드디어 그녀는 새로운 물질을 발견해내는 쾌거를 거두었고 이 원소들을 라듐(Ra)과 폴로늄(Po)이라고 이름 붙였다. 폴로늄은 러시아의 압제에서 신음하고 있던 자신의 조국 폴란드를 위해 붙인 이름이었다. 그 원소는 자연 발생적인 적열광과 다른 물질에 침투하는 능력 등 특이한 성질이 있었다. 그녀는 그러한 특성이 화학적 과정이 아닌 원자핵 반응에서 비롯되는 것임을 알았다. 이로써 방사성 붕괴 이론을 향한 길이 열리게 되었다. 그녀의 발견은 핵물리학으로 발전하게 되는 기본 바탕이 되었다.

금속 상태의 순수한 라듐을 얻기 위해 노력한 마리는 10mg의 라듐을 생산해내는 데 성공했다. 당시 이들의 연구 환경은 매우 열악하여 현재의 과학자들이 상상하기조차 힘들었는데, 이러한 악조건을 정열과 끈기, 자연에 대한 호기심으로 꿋꿋하게 이겨낼 수 있었다.

1900년 퀴리 부부는 국제 물리학 회의에서 자신들의 연구를 논문으로 발표했고, 1903년 베크렐과 함께 3인 공동으로 방사능의 발견에 대한 공로로 노벨물리학상을 받았다. 퀴리 부부의 연구 가치는 프랑스보다 다른 나라에서 더 빨리 인정받았는데, 1904년에 비로소 피에르는 파리 대학의 교수로, 1905년에는 프랑스 아카데미 회원으로 선발되었다.

천재성을 확인시켜준 두 번의 노벨상

퀴리 부부는 성공에 뒤따라 오는 명성에 신경쓰지 않았다. 명성은 도리어 연구에 방해가 될 뿐이라고 생각한 이들은 시상식에도 참석하지 않았다. 하지만 이런 행복은 오래가지 않았다. 3년 뒤인 1906년 피에르가 파리 퐁뇌프에서 사고를 당해 죽고 말았다. 말에서 떨어진 피에르를 지나가던 짐마차가 치어 버려 그 자리에서 즉사한 것이었다. 마리는 충격을 받고 비통에 잠겼지만, 피에르가 맡고 있던 소르본 대학의 자리를 이어받았다. 마리는 슬픔을 딛고 소르본 대학 최초의 여교수로서 영예로운 자리에 서게 되었다.

그후의 그녀의 생활은 예전에 비하여 매우 쓸쓸했으나, 그녀는 연구를 중단하지 않았다. 노르웨이의 아카데미는 피에르가 죽은 후에도 마리의 연구가 뛰어나다고 인정하여, 1911년에 또다시 노벨화학상을 마리에게 수여하였다. 인생에서, 연구에서 평생의 반려자를 잃는 슬픔을 겪었지만, 그녀의 열정은 쉽게 사그라들지 않았다. 1914년에는 피에르가 죽을 때까지 꿈꾸어 왔던 훌륭한 연구소를 갖게 되었다. 이 연구소로 가는 새 거리는 피에르 퀴리라는 이름이 붙여졌다. 소장은 바로 마리 퀴리였다. 이 연구소에서 마리는 스스로 연구하고

Marie Curie

많은 학자들을 지도하고 양성하였다. 이 연구소에서는 마리가 죽을 때까지 500편도 넘는 논문이 발표되었으며, 그 중 마리 자신에 의한 것만 해도 30편이나 된다.

많은 프랑스 청년들이 목숨을 잃은 1차 세계대전 때 마리 퀴리는 적극적인 행동가이자 애국자로서의 면모를 보였다. 마리는 X-선을 활용해 의료 활동과 외과 처치에 참가했으며, 전쟁이 끝난 뒤 마리 퀴리는 파리에 라듐 연구소를 세우고 프랑스 과학계에서 유명인사로 자리잡았다. 1921년과 8년 뒤에 두 번째로 미국을 방문했을 때에는 대단한 찬사를 받았다. 당시의 미대통령 W. G. 하딩은 1g의 라듐을 마리에게 주었고, 또 1929년에 다시 1g의 라듐을 보내왔는데, 이것은 좀 특이한 일화이다. 그녀가 발명한 것이므로 특허를 출원했으면 백만장자가 쉽게 됐을 것이지만, 그녀는 만인에게 도움이 될 라듐을 독점해서는 안 된다는 생각으로 특허를 내지 않았던 것이다.

평생의 연구가 죽음을 불러오다

마리는 1923년 프랑스 의학 아카데미의 첫 번째 여성 회원이 되었고, 프랑스 의회는 그녀에게 평생 동안 보조금을 지급하기로 결정했다. 그러나 이러한 영예를 갖다준 그녀의 연구는 생명을 단축시키는 양날의 검이었다. 퀴리 부부가 연구를 시작할 때만 해도 방사능의 위험은 알려지지 않은 상태였다. 두 사람은 새로 발견한 원소에 넋을 빼앗겼고 주의하지도 않았다. 피에르는 액체 상태의 라듐이 든 시험관을 주머니에 넣고 다녔고, 방사능 화상을 입기도 했는데 그 상처가 아주 천천히 아물었다고 기록했다. 마리는 붉게 타는 방사능 물질을 두 사람의 침대 머리맡에다 두기도 했다. 두 사람은 방사능 오염의 여러 증상을 앓았다. 마리는 만년에 갖가지 건강 문제에 시달렸는데, 방사능이 원인이 된 것이라는 점은 두말할 필요도 없었다.

그녀의 실험실 공책은 오늘날까지도 강하게 방사능을 띠고 있다고 한다. 마리 퀴리는 방사성 물질의 중독과 관련된 백혈병으로 1934년 7월 4일에 숨을 거두었고, 남편 피에르와 같은 무덤에 묻혔다. 사망한 지 61년 만인 1995년 4월 20일 남편 피에르 퀴리와 함께 여성으로는 사상 처음으로 역대 위인들이 안장되어 있는 파리 팡테옹 신전으로 이장되었다.

그녀의 두 딸도 어머니의 영향을 받았다. 이렌 퀴리는 물리학자가 되어 장 프레데릭 졸리오와 결혼했다. 1935년 졸리오 퀴리 부부는 인공방사능을 발견한 공로로 노벨화학상을 받았다. 이 졸리오 퀴리 부부의 발견으로 핵분열의 연쇄반응이 가능한 것을 알게 되어, 원자력 해방을 겨냥한 연구가 본격화되었으며, 프랑스에 제1호 중수를 사용하는 원자로를 설계하였다. 말년에 병석에 있는 마리를 보살핀 에브 퀴리는 애정이 담긴 매력적인 회상록『퀴리 부인』을 썼다.

방사능의 연구

1896년에 베크렐이 발견한 우라늄의 신기한 작용을 주제로 연구를 시작한 마리는 우라늄 외에도 토륨에도 방사성이 있다는 것을 확인하고, 또한 어떤 종류의 광석은 그 속에 들어 있는 우라늄이나 토륨 함량으로 추정되는 방사능보다 훨씬 강한 방사능을 나타낸다는 것을 발견하였다. 이같은 사실은, 이들 광석이 우라늄이나 토륨보다 훨씬

Marie Curie

강한 방사능을 가진 미지의 물질을 소량으로 함유하고 있다는 것을 암시하고 있었다. 이 작용은 뒤에 마리에 의해서 방사능이라고 이름 지어졌다.

폴로늄, 라듐의 발견

우란의 원광석인 피치블랜드의 조직적인 분석을 통해 2종의 새 물질이 함유된 사실을 확인하였다. 이 안에서 1898년 7월에는 폴로늄, 같은 해 12월에는 라듐의 발견이 보고되었다. 폴로늄이라는 이름은 마리가 태어난 나라 폴란드에서 유래한 것이다. 마리는 라듐염을 순수한 모양으로 추출하는 데 성공하여 10mg의 라듐을 생산해냈다. 그후 라돈, 라듐의 발열작용, 생리작용, 전자와의 관계, 기타 방사능에 관한 중요한 연구를 여러 가지 발표하였다. 이들 연구는 전세계의 물리학계에 '방사능 시대'를 출현시키는데 자극이 되었다.

방사능이 원자의 변환을 일으킨다는, 여태까지의 과학으로는 생각할 수도 없던 가설이 영국의 E. 러더퍼드와 F. 소디에 의해 제출되기 전에 이미 퀴리 부부는 이를 생각하고 있었다.

수많은 부상병들의 생명을 구하다

1914년 제1차 세계대전이 일어났다. 그 당시 군대 병원에는 몸 속을 비춰 볼 수 있는 엑스선 장치가 없었기 때문에 군인들의 몸 속에 들어 있는 총알의 위치를 찾아낼 수 없었다. 충분한 치료를 받지 못한 채 몸에 박힌 총알을 뽑아내지 못해 죽는 군인들이 부지기수였다.

마리는 엑스선 장치를 한 진료 차를 많이 만들어 직접 부상병의 치료를 도왔다. 그 뿐만이 아니라 그녀는 여러 병원에 엑스선 치료 시설을 갖추도록 하여 수많은 부상병들의 생명을 구했다. 이것은 남편 피에르와 그녀가 항상 마음 속 깊이 새겨두었던 학문의 의의를 그대로 드러낸 것으로, 두 사람은 항상 학문이 인류에 도움이 되어야 한다는 것을 명심하고 있었던 것이다.

1918년 전쟁이 끝나자 마리는 다시 학생들을 가르치는 일과 연구에 열중하였다. 이 역시 인류 학문을 발전시키기 위한 사명감 때문이었다. 그녀는 일생을 통해 훌륭한 업적뿐만이 아니라 훌륭한 생활 모습과 강직한 의지를 항상 실천에 옮기는 사람이었다.

1867	11월 7일 폴란드의 바르샤바에서 출생
1877	어머니를 잃음
1884	가정교사 등을 하면서 독학
1891	파리의 소르본 대학에 입학, J. H. 푸앵카레, G. 리프만 등의 강의를 들었으며, 수학·물리학 전공
1895	P. 퀴리와 결혼 후 남편과 공동으로 연구생활 시작
1898	7월 폴로늄을 발견. 이어 그 해 12월 라듐을 발견. 이 두 원소는 방사성 원소로서 발견된 최초의 것으로, 특히 라듐은 우라늄에 비하여 훨씬 강한 방사능을 가진다는 점에서 중요함. 이 발견은 방사성 물질에 대한 학계의 관심을 불러일으켜, 새 방사성 원소를 탐구하는 계기를 만듦

1903	앙리 베크렐, 피에르 퀴리와 함께 3인 공동으로 노벨물리학상 수상. 피에르는 소르본 대학 이학부 교수, 마리는 그 실험실 주임이 됨
1907	라듐 원자량의 보다 정밀한 측정에 성공
1910	금속 라듐의 분리에 성공. 여성으로서 최초의 소르본대학 교수가 되었고, 라듐연구소 건립에도 노력
1911	라듐과 폴로늄 발견으로 노벨화학상 수상
1934	방사성 물질의 중독과 관련된 백혈병으로 사망
1935	장녀 이렌 퀴리는 마리의 실험조수로 있던 장 프레데릭 졸리오 퀴리와 결혼, 남편과 함께 인공방사능 발견의 공적으로 노벨화학상 수상
1995	4월 20일 남편 피에르 퀴리와 함께 여성으로는 사상 처음으로 역대 위인들이 안장되어 있는 파리 팡테옹 신전으로 이장

천재는 1%의 영감과 99%의 노력으로 이루어진다

토머스 에디슨 (Thomas Alva Edison, 1847~1931)

명언 { "나는 지금까지 그야말로 우연한 기회에 어떤 값어치가 있는 일을 성취시킨 적이 없다. 나의 여러 가지 발명 중에 그 어느 것도 우연히 얻어진 것은 없었다. 그것은 꾸준하고 성실히 일을 함으로써 이룩된 것이다."

에디슨은 평생에 걸쳐 발명을 하였다. 그가 발명한 전등이 없다면 우리는 깜깜한 암흑 속에서 하루하루를 보내야 할지 모른다. 99%의 노력과 1%의 영감으로 전등을 비롯해 수많은 발명품을 만들어낸 세기의 발명가 에디슨은 현재까지도 최고의 자리를 내주지 않는 최고의 과학자로 그 자리를 굳히고 있다.

에디슨은 미국의 오하이오 주 밀란에서 7남매의 막내로 태어났다. 에디슨이 태어났을 무렵의 미국은 정치, 경제, 사회 모든 방면에서 새로운 움직임이 일어나고 있었기 때문에 뛰어난 발명가나 물건을 만드는 기술자를 필요로 했던 시대였다.

성장배경

호기심 많아 달걀을 가슴에 품었던 아이

에디슨은 무척 호기심 많은 아이였다. 여섯 살 무렵부터 에디슨은 늘 입버릇처럼 "왜 그럴까요?"라는 말을 하곤 했다. 하루는 거위가 알을 낳는 것을 보고 어떻게 새끼가 나오는가를 엄마에게 물었다. "알을 따뜻하게 품어주면 된다."는 엄마의 이야기를 듣고 그는 직접 닭장 안에 들어가 거위 알과 달걀을 품어보기도 했다.

이처럼 에디슨은 여러 가지 일을 깨우쳐 나가는 과정에서 직접 관찰, 실험해 보거나 물건을 만들어 보았다. 그는 사물을 관찰하고 사물의 본질을 파고드는 연구심이 다른 사람에 비해 강했기 때문에, 어른들이 귀찮아할 만큼 꼬치꼬치 캐물었다. 때때로 호기심의 정도가 지나쳐 사고를 내기도 했다. 호박벌의 벌집을 쑤셔서 벌에게 쏘인 일, 밀을 실어 올리는 엘리베이터 위에서 떨어져 목숨을 잃을 뻔한 일, 불이 어떤 작용을 하는지 알아보기 위해 닭장 안에 불을 피우다 그 불이 번지는 바람에 닭장을 태워 버린 일 등.

1855년 에디슨은 일 년 늦게 초등학교에 들어갔다. 선생님은 공부를 가르칠 때 가죽채찍을 쓸 만큼 엄한 분이었다. 학교에 다니기 시작한 지 3개월 정도 지났을 때 에디슨은 선생님으로부터 머리가 너무 나쁘다는 꾸중을 듣고 다시는 학교에 다니지 않겠다고 고집을 부렸다.

에디슨의 머리가 나쁘다고는 한 번도 생각하지 않았던 어머니는 몹시 화가 나서 학교를 찾아가 "이 아이는 당신들보다 머리가 좋습니다."라고 말하고는 학교를 그만두게 했다. 에디슨의 어머니는 젊은 시절 선생님이었다. 어머니는 에디슨에게 공부를 가르치면서 억지로 머릿속에 지식을 집어넣으려고 하지 않았다. 에디슨이 사물을 보거나, 실험하거나 만드는 일을 좋아하는 걸 잘 알고 있던 그녀는 그가 만들어낸 창작물을 보고 칭찬과 격려를 아끼지 않았다. 훗날 에디슨은 "나를 만들어 준 사람은 어머니였다."라고 말하고 있다.

세계 최초의 이동 화학실험실을 만들다

열한 살이 된 에디슨은 전신기의 모형으로 모스 신호를 배우기 시작했다. 이듬해인 1859년 그가 사는 마을에 철도가 놓였다. 에디슨은 어려운 집안 형편을 돕고 실험 비용을 마련하기 위해 기차의 신문판매원이 되어 14시간이나 걸리는 긴 여행을 되풀이하게 되었다. 그는 이 일을 하면서 전신기사의 일이나 신호를 하여 열차를 움직이게 하는 법, 그리고 역에서 열차를 새로 바꾸는 법을 배우게 되었다. 그리고 신문판매원이 되어서 1년 가량 지났을 무렵, 에디슨은 여가시간에는 좋아하는 화학 실험을 할 수 있게 되었다. 차장의 허락 아래 실험 기기들을 화차의 구석으로 옮기고, 열차가 흔들려도 떨어지지 않도록 선반을 만들고 거기에 연장을 얹은 세계 최초의 이동 화학실험실을 만들었다.

그런 그에게 시련이 닥쳐왔다. 열세 살이 된 에디슨의 귀에 이상이 온 것이다. 어느 날 아침 곧 떠나려는 기차를 허둥지둥 쫓아간 에디슨은 승강대에 간신히 발을 걸쳤지만 팔에 신문 뭉치를 잔뜩 안고 있는 바람에 몸을 일으킬 수가 없었다. 이를 본 차장이 재빨리 에디슨의 양쪽 귀를 잡아 열차 안으로 끌어 올려 주었다. 이 일이 있고 난 뒤부터 에디슨의 귀는 조금씩 들리지 않게 되었다. 귀가 잘 들리지 않게 된 에디슨은 혼자서 책을 읽거나, 실험에 더욱 힘을 기울였다.

에디슨이 신문 판매원을 한 시대는 남북전쟁이 일어난 시기로 사람들은 전쟁에 관심이 쏠려 있었다. 에디슨은 전신기사에게 부탁해

Edison

각 역에 전보를 쳐서 열차가 닿으면 그 소식을 전하는 신문을 팔겠다는 것을 알렸다. 그의 기발한 아이디어로 신문 값을 올려도 신문이 모자랄 정도로 역이 닿을 때마다 사람들은 앞 다투어 신문을 찾았다. 이 때 비로소 에디슨은 전신의 놀라운 힘을 새삼스레 깨닫게 되었다.

1862년, 열다섯 살이 된 에디슨은 이번엔 인쇄 기술에 마음이 끌렸다. 쓸 만한 인쇄기를 발견한 에디슨은 자신이 신문을 만들기 위해 신문 만드는 법을 배워 기사를 쓰고 활자를 뽑고, 인쇄하는 것을 배워 신문을 발간하였다. '위클리 헤럴드' 라는 이름이 붙여진 이 신문은 세계 최초로 달리는 열차 안에서 만들어낸 신문이었다.

세상을 환히 밝혀주는 '전등' 만들어

발명가가 되고자 하는 꿈이 그 누구보다 컸던 에디슨은 1876년 멘로파크라고 하는 작은 마을에 2층으로 된 실험실을 만들었다. 이 무렵 에디슨은 "나의 즐거움은 첫째도 발명, 둘째도 발명"이라고 말할 정도로 발명에 몰두하고 있었다. 사람들은 이 멘로파크를 '에디슨 마을' 이라고 불렀다.

이곳에서 에디슨이 처음으로 착수한 것은 말하는 전신기와 전화기를 만드는 일이었다. 결국 벨이 발명한 전화기보다 한층 더 뛰어난 것을 만들어 오늘날 전화기의 바탕을 만들어냈다.

그리고 계속해서 에디슨의 발명 중에 가장 대표적인 것 중의 하나인 사람의 목소리를 직접 기계를 통해 들을 수 있는 축음기를 발명해 '멘로파크의 마술사' 라고 불리기도 했다. 에디슨은 또다시 전등에 관한 연구에 착수하기 시작했다. 전기를 빛으로 바꾸는 일은 이미 많은 과학자들이 연구하고 있었으나 그 진전이 너무 느렸다. 이에 에디슨은 전등을 실생활에 쓸 수 있도록 만들어야겠다고 생각했다.

　에디슨은 작은 백열전등을 선택해 연구를 시도했다. 당시 아무도 백열전등에 5초 이상 불을 켠 적이 없었는데 에디슨은 그 문제의 실마리를 풀었다.

　그리고 지금까지 아무도 시도해 본 일이 없는 거미줄처럼 가늘고 전기의 저항이 큰 필라멘트(전구 속의 빛을 내는 부분)를 찾아내기 위해 노력한 결과 실험에 성공하였다. 물론 전구가 세상을 환히 비추기까지 수많은 시련과 고통이 뒤따랐다. 에디슨은 몇 천 번이나 되풀이되는 실험을 계속하였고 잠도 3시간 이상 자본 적이 없다고 한다. 에디슨의 전구를 본 사람들은 저마다 "놀랍다, 믿을 수 없다."며 감탄하였다.

　에디슨의 전구는 전세계의 이목을 집중시키기에 충분했다. 그 후 에디슨은 멘로파크의 실험실보다 10배나 큰 실험실을 갖추어 연구를 본격 착수시켰다. 그래서 더 발전된 축음기, 카메라, 활동사진 등의 발명품을 탄생시켰다.

10년 동안 5만 번 실험해 만든 축전지

　1900년대 초엽, 미국에는 자동차 시대가 시작되고 있었다. 에디슨이 젊은 자동차 발명가인 헨리 포드와 알게 된 것도 이 무렵이었다. 에디슨은 곧 자동차를 살펴보고, 이제부터의 자동차는 전기 모터와 축전지로 움직이게 될 것이라고 생각했다.

　그 무렵의 축전지는 무겁고 수명이 짧았다. 더 가볍고 오래 견디는 축전지가 필요했다. 에디슨은 축전지 연구에 몰두했다. 그러나 이 연구는 에디슨이 손댄 발명 중에 가장 고난이도였다. 1년이 지나도 좀

Edison

처럼 실마리를 풀지 못했다.

예순 살이 된 에디슨은 귀가 더욱 들리지 않게 되었지만 열정은 조금도 쇠약해지지 않았다. 1주일에 120시간이나 일을 계속한 때도 있었다. 에디슨은 10년 동안 5만 번에 이르는 실험을 해서, 결국 새로운 축전지를 만드는 일에 성공했다.

수많은 업적을 쌓은 에디슨은 1931년 10월 18일, 84년 동안의 생애를 마치고 조용히 숨을 거두었다. 그날 수많은 사람들이 집안 전등을 일시적으로 꺼서 그의 죽음을 애도했다고 한다.

현재 밀란에 있는 그의 생가는 사적이 되었고, 미시간주 디어본으로 옮긴 멘로파크의 연구소와 웨스트오렌지의 연구소는 각각 박물관이 되었다.

"단 한 가지 목표"

젊은 시절 에디슨은 하루 평균 20시간씩 일했는데 그는 그것을 일이라고 하지 않고 공부라고 말했다. 마흔일곱 살이 되었을 때 에디슨은 자신의 진짜 나이는 여든두 살이라고 말한 적이 있었다. 다른 사람들이 하루에 8시간만 일한다고 생각하고 자신이 일하는 시간을 계산하면 그 정도가 된다는 유머였다.

그의 한 친구는 에디슨이 잠을 자지 않을 때는 항상 공부를 하는 중이었다고 회상했다.

어느 날 그가 에디슨에게 물어보았다.

"성공을 원하는 사람은 누구나 자네처럼 하루에 18시간을 일해야 하는 건가? 그것은 너무 심하지 않은가?"

그러자 에디슨이 대답했다.

"그건 전혀 그렇지가 않네. 사람은 누구나 온종일 쉬지 않고 어떤 일을 하고 있지. 그렇지 않은가? 직장에서 일을 하거나, 집에서 쉬거나, 신문을 읽거나, 산책을 하거나, 생각을 하며 살고 있지. 만일 그들이 7시에 일어나 11시에 잠자리에 든다면 그들은 16시간을 활용할 수 있는 거지. 유일한 차이는, 그들은 많은 일을 하고 나는 오직 한 가지만 한다는 거야. 만일 사람들이 한 가지 목표에만 집중한다면 그들 역시 성공할 수 있는 거야. 문제는 사람들이 목표를 가지고 있지 않다는 거지. 다른 모든 것들을 포기하고 매달릴 '단 한 가지 목표' 말이야."

에디슨은 한 가지 일에 집중하는 자기 관리를 철저히 집행함으로써 성공의 열매를 따냈던 것이다.

인생

1847	미국의 오하이오주 밀란에서 출생
1855	입학 시기보다 일 년 늦게 초등학교 입학
1858	전신기의 모형으로 모스 신호를 학습
1862	인쇄 기술을 배워 세계 최초로 달리는 열차 안에서 만든 '위클리 헤럴드'라는 신문 발간
1876	멘로파크라고 하는 작은 마을에 2층으로 된 실험실 마련
1877	원거리 송신 전화기, 축음기 발명
1878	전구 개발 연구 시작

1879	탄소 필라멘트를 만들어 40시간 이상 계속 빛을 내는 전구 발명
1891	영화의 촬영기와 영사기 고안
1891~1900	자기 선광기 발명
1900~1910	에디슨 전지 발명
1931	84년 생애를 마침

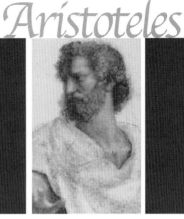

Aristoteles

그리스가 낳은 위대한 철학자이자 플라톤의 제자

아리스토텔레스 (Aristoteles, BC 384 ~ BC 322)

 명언 { "오늘 내가 죽어도 세상은 바뀌지 않는다.
하지만 내가 살아 있는 한 세상은 바뀐다."

후세 사람들은 그를 두고 '팔방미인적 사상가의 전형'이라고 말한다. 그의 학문적 열정은 철학, 논리학, 윤리학, 심리학, 정치학, 자연과학, 문학비평 등을 두루 감싸안았다. 스승 플라톤이 서구사상의 '총론'을 제시했다면, 아리스토텔레스는 플라톤의 학문을 비판적으로 계승해 '각론'을 덧붙였다. 때문에 아리스토텔레스는 현실주의 또는 실재론(實在論)의 시조로 자리매김할 수 있었다.

아리스토텔레스는 기원전 384년 트라키아의 북동 해변에 있는 스타게이로스라는 작은 도시에서 태어났다. 아버지 니코마코스는 알렉산드로스 대왕의 할아버지 아민타스 3세의 궁정 주치의였다고 알려져 있다. 당시의 관습에 따르면 아스클레피오스의 가문들은 의학 및 해부 기술을 그들의 아들들에게 교육했기 때문에 그 역시 예외가 아니었을 것이라는 게 역사학자들의 추론이다. 따라서 아리스토텔레스의 생물학과 과학 일반에 대한 지대한 관심은 어린 시절부터 이미 그의 내면에 자리하고 있었을 것이다.

성장배경

열일곱 살에 플라톤의 아카데미아에 입문

그는 열일곱 살 때 아테네에 진출하였다. 다름아닌 그의 스승이 되어준 플라톤이 이끄는 학원 '아카데미아'였다. 그곳에 들어가, 스승이 죽을 때까지 20년 동안 그곳에 머물렀다. 그곳에 있는 동안 아리스토텔레스는 '아카데미아의 예지(銳智)'라는 평판을 받을 정도로 뛰어난 능력을 발휘했다. 그는 아카데미아에 체류하는 동안 플라톤의 방식대로 많은 대화편들을 저술했으며, 그의 동료들은 그 대화편들의 우아한 문체를 '황금의 강'이라고 칭송했다.

아리스토텔레스는 플라톤을 개인적으로 비난하지 않았고 플라톤이 죽을 때까지 아카데미아에 남아 있었다. 그러나 아카데미아의 경영은 플라톤의 조카인 시퓨시포스에게 넘어 갔고, 수학에 대한 그의 지나친 강조가 아리스토텔레스와 맞지 않아 결국 아카데미아와 아테네를 떠나게 됐다.

아리스토텔레스의 철학이 플라톤의 사상과 언제 결별하게 되었는지는 정확하게 알 수 없으며, 그 시기조차 명확하게 규정할 수 없다. 다만 역사학자들은 플라톤이 죽고 그가 아카데미아를 떠난 이 시기와 관련하여 플라톤의 죽음과 함께 그의 명백한 플라톤주의적인 시기도 종말을 맞이했다고 생각한다.

왕의 초청으로 궁정에 들어가 알렉산드로스를 교육

아리스토텔레스가 아카데미아를 떠나 헤르메이아스 왕의 초청으로 트로이 근처에 있는 아소스(Assos)에 간 것은 기원전 348년이었다. 헤르메이아스는 이전에 아카데미아의 학생이었으며, 당시 아소스의 지배자였다. 철인 군주의 면모를 지니고 있었던 그는 그의 궁정

안에 소규모의 사상가 집단을 만들었다.

당시 아리스토텔레스는 그리스 통일론자로 유명해지고 있었다. 당시 그의 주장에 따르면 페르시아의 무력에 대항하려면 분산된 도시국가는 좋지 않으며 통일국가가 더욱 효과적이라는 것이다.

그 후 343년에 마케도니아의 왕 필리포스 2세는 아리스토텔레스를 초청하여 그의 아들 알렉산드로스를 교육하게 하였다. 아리스토텔레스는 이곳에서 3년 동안 저술하고 가르치고 탐구활동을 할 수 있었다. 궁정에 기거하는 동안 헤르메이아스의 조카딸이자 양녀인 피티아스와 결혼하여 딸 하나를 낳았다.

아리스토텔레스가 궁정에 들어갈 당시 알렉산드로스의 나이는 열세 살이었다. 이때부터 그는 장래 통치자의 스승으로서 정치학에 관심을 기울이기 시작했다. 158개 그리스 도시국가들의 정치 제도를 수립한 방대한 정치 제도집을 구상한 것도 이 무렵의 일이었다. 필리포스 2세가 사망한 후 알렉산드로스가 왕위를 계승하자, 아리스토텔레스는 스승으로서의 교육을 마치고 다시 아테네로 돌아갔다.

자신의 학원 '리케이온' 설립 및 제자 양성

아테네로 돌아오자마자 그는 자신의 생애 중 가장 생산적인 시기를 보냈다. 마케도니아의 정치가이자 장군인 안티파트로스의 지원하에 자신의 학원을 세운 것이다. 이 학원은 소크라테스가 사색하며 산책했다고 전해지는 숲의 아폴론 신전 부근 리케이온 숲속에 있었다. 따라서 학원의 이름도 '리케이온'이라고 하였다.

그는 제자들과 함께 숲속의 산책로 페리파토스를 거닐면서 철학에 대해 토론하기를 즐겼다. 그래서 그의 학파를 '소요학파(逍遙學派,

Aristoteles

peripatetic)'라고 하였다. 산책로를 거닐면서 벌어지는 토론 이외에도 오전에는 소수의 제자들을 상대로 고도의 탐구를 필요로 하는 문제를 강의했고, 오후에는 다수의 청중을 상대로 좀더 대중적인 문제를 강의했다.

당시 그는 거대한 도서관을 세우기도 했다. 그곳에는 수백 권의 손으로 쓴 원고들과 지도들, 동식물 표본들이 소장되어 있었고, 그는 그것들을 강의 도중에 자료로 적절하게 사용하였다.

리케이온은 제자들끼리 자체 내의 지도자를 서로 교대하며 담당하는 형식적 절차를 발전시켰다. 아리스토텔레스는 이러한 절차를 위한 규율을 정해 그에 따라 자신도 공동 식사를 하고 한 달에 한 번씩 향연을 베풀었다. 그 향연에서는 한 명의 제자가 나머지 제자들의 비판을 듣고 자신의 철학적 입장을 고수하는 방식을 익히게 하는 자리이기도 하였다. 12년 동안 아리스토텔레스는 리케이온의 원장으로 지내면서 교육과 강론뿐만 아니라 그의 주요 사상들을 발전시켰다. 이곳에서 여러 과학의 분류에 대한 그의 생각과 시도들, 그리고 새로운 논리학, 철학과 과학의 모든 주요 분야에 대한 그의 사상들과 특히 보편적 지식에 대한 비상한 지적과 관심이 표출되었다.

노예들의 처우 문제까지 유서에 남긴 철학자

알렉산드로스가 갑자기 세상을 떠난 (BC 323년) 직후에 발생한 반마케도니아의 풍토는 아테네에서의 아리스토텔레스의 입장을 난처한 상황으로 몰고갔다. 그는 그때까지도 마케도니아와 밀접한 관계를 맺고 있었고 재정적으로 지원을 받고 있었다.

그로 인해 소크라테스가 아테네의 법정에 불경죄로 기소되었던 것과 마찬가지로 아리스토텔레스도 불경죄로 고소되었다. 하지만 그는 "아테네 시민들이 철학에 대해 또 한 번 죄를 저지르지 않도록 하기 위해"라고 말하면서 리케이온을 떠나 칼키스(Chalcis)로 피신했고 기원전 322년 그곳에서 오랜 지병이었던 위장병으로 사망하였다.

그의 유서에는 그의 세심한 인간적 배려가 표현되었다. 유서에는 자신의 친지들에 대한 엄밀한 배려와 함께 노예들의 처우 문제까지도 자세히 적혀 있었는데, 자신의 노예들을 팔지 말 것과 몇몇의 노예들은 자유인으로 해방시키라는 내용도 포함되어 있었다.

아리스토텔레스의 철학

진리관
감각적 경험의 현실 세계에서 참 존재 발견 – 일원론, 경험론, 현실주의

인간관
인간의 궁극 목적–최고선(最高善)의 실현, 행복 추구, 이성적 자아 실현, 이성에 의한 감각적, 육체적 생활의 절제 강조

윤리관
주지주의적 입장에 주의주의(主意主義)적 입장을 가미함. (→아리스토텔레스의 덕론)

Aristoteles

중용 (中庸, the middle of the road)

선의지, 도덕적 실천 의지의 함양을 위한 덕으로 이성에 의해 충동과 감정을 억제함으로써 어느 한쪽으로 치우침이 없는 의지를 습관화한 덕.

국가, 사회관

인간은 정치적 동물 - 개인의 자아실현은 사회, 국가에서의 도덕 생활을 통해 가능

기타

목적론적 세계관, 논리학의 집대성, 삼단논법, 실체 - 형상과 질료

B.C. 384   그리스의 칼키디키 반도의 스타게이로스에서 출생
B.C. 366~348 플라톤의 아카데미아 학원에서 수학
B.C, 348   헤르메이아스왕의 초청으로 아소스로 이주
B.C. 343~340 알렉산드로스의 궁정교사
B.C. 335   아테네에서 리케이온 학원 건립
B.C. 322   칼키스에서 위장병으로 사망

Pascal

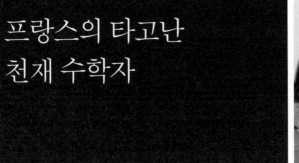

프랑스의 타고난
천재 수학자

블레즈 파스칼 (Blaise Pascal, 1623~1662)

{ "해야 할 일을 하고 있는가! 이것은 가장 중요한 과제이다. 왜냐하면 당신의 인생에 있어서 오직 하나의 의미는 신이 원하는 이 짧고 제한된 시간 속에서 하고 있는가 아닌가에 달려 있기 때문이다. 당신은 지금 당신이 해야 할 일을 하고 있는가 뒤돌아 볼 때다.

"인간은 자연 가운데서도 가장 연약한 한 줄기 갈대에 지나지 않는다. 그러나 그것은 생각하는 갈대이다. 이것을 눌러 부수기 위하여 온 우주가 무장할 필요는 없다. 수증기나 한 방울의 물도 이것을 죽이기에 충분하다. 그러나 설령 우주가 이것을 눌러 부순다고 해도 인간은 인간을 죽이는 것보다 더 숭고한 존재이다. 왜냐하면 인간은 자기가 죽는다는 것과 또 우주에 대한 자기의 우위를 알고 있기 때문이다. 그러나 우주는 아무것도 모른다." -파스칼.

파스칼은 프랑스의 수학자이며, 물리학자, 종교철학자이자 작가이기도 하다. 근대 확률이론을 창시했고, 압력에 관한 원리를 체계화했으며, 신의 존재는 이성이 아니라 심성을 통해 체험할 수 있다고 가르치는 종교적 독단론을 펼쳤다. 이처럼 다분야에 거친 파스칼의 업적은 후세에 상당한 영향을 끼쳤다.

성장배경

파스칼의 천재적 수학 실력, 따라 올 테면 따라 와!

파스칼은 1623년 프랑스의 오베르뉴 지방에서 태어났다. 아버지 에티엔 파스칼은 클레르몽페랑에 있는 세무 법원 판사였으며, 어머니는 파스칼이 세 살 때 돌아가셨다. 아버지 에티엔은 슬픔을 뒤로하고 오로지 자식 교육에만 전념했다.

너무 빠른 시기에 아이의 머리 속에 기성 지식을 채워 넣는 것은 좋지 않을 것이라 판단한 에티엔은 파스칼이 열다섯 살이 될 때까지 수학과 과학은 가르치지 않으려고 결심했다. 하지만 학습에서 수학을 배제시킨 것이 오히려 소년 파스칼의 호기심을 불러 일으켜, 가정교사에게 수학과 관련된 질문만을 하며 수학 공부에 많은 관심을 가졌다. 수학의 매력에 흠뻑 빠져버린 파스칼은 점차 비상한 능력을 발휘하기 시작했다.

어느 날이었다. 아버지 에티엔이 파스칼에게 물었다.

"삼각형 내각의 합이 몇 도인지 아느냐?"

열두 살의 어린 파스칼은 잠시 생각하더니 삼각형을 세 조각으로 자른 후 일자로 늘어 놓으며 삼각형 내각의 합은 180도임을 증명해 보였다.

이때까지만 해도 파스칼은 기존 기하학의 학습이 전혀 없었던 상태였다. 이 일을 계기로 아버지는 파스칼에게 유클리드의 '원론'의 복사본을 주고, 수학 공부를 계속하도록 격려하였다.

그 이후 청소년기의 파스칼의 수학적인 성취는 가히 놀라웠다.

열세 살 때 파스칼의 삼각형이라고 알려진 수의 피라미드를 발견하였고, 열네 살 때 나중에 프랑스 학술원이 된 프랑스 수학자 단체의 모임에 참여하였다. 열여섯 살에는 데카르트가 "소년의 작품으로 도저히 믿을 수 없다.”고 말한 원추 곡선에 관한 작은 논문에서 ‘한 원뿔 곡선에 내접하는 6각형의 대변의 교점은 동일 직선 위에 있다’라는 중요한 정리를 발표하였다.

이 원리는 대단한 성공을 거두었다. 프랑스의 위대한 합리주의 철학자이자 수학자인 르네 데카르트 같은 사람조차도 시샘할 정도였다.

또한 파스칼은 열아홉 살의 나이로 ‘계산기’를 발명하였는데, 그것은 르왕에서 정부의 회계감사를 하고 있었던 부친을 돕기 위하여 고안되었다. 파스칼이 ‘계산기’를 발명하자, 그 시대 사람들은 이 기계만으로도 파스칼이 명성을 누릴 자격은 충분하다고 생각했다. 어떤 의미에서 이 기계는 ‘최초의 디지털 계산기’였기 때문이다.

‘산술 3각형’에서 확률 계산의 토대 마련

1646년까지만 해도 파스칼 일가는 겸손을 신앙으로 여기는 경우도 종종 있었지만, 가톨릭 교리를 엄격하게 지키는 독실한 신자였다. 그러나 우연한 사건으로 파스칼은 보다 심오한 종교 세계와 만나게 되었다. 아버지의 몸이 좋지 못했을 때 두 사도를 만난 것이 그 계기였다.

포르루아얄 수도원 원장이었던 생시랑 신부의 수도원 생활과 사상에 얀세니우스가 창시한 얀선주의의 엄격한 도덕과 신앙을 도입했다. 얀선주의는 로마 가톨릭 교회에서 17세기 형태의 성 아우구스티누스주의였다. 얀선주의는 인간의 자유의지를 거부하고 신의 예정설을 채택했으며, 구원의 열쇠는 인간의 선행이 아니라 신의 은총이라고 가르쳤다.

속세에서 신에게로 완전히 바뀌어야 할 필요성을 느낀 첫 번째 사

Pascal

람은 파스칼 자신이었으며, 그는 1646년 가족들까지 설득하여 얀선주의적 신앙생활로 돌아서게 만들었다. 그가 쓴 편지들을 보면 그가 오랫동안 가족의 정신적 안식처였음을 알 수 있다.

다시금 과학적 흥미에 빠져든 파스칼은 갈릴레오와 토리첼리(기압계 원리를 발견한 이탈리아의 물리학자)의 이론을 검증했다. 그러던 중에 그는 수은 기압계를 만들어 파리와 클레르몽페랑이 내려다보이는 산꼭대기에서 기압을 측정하여 대기압에 관한 실험을 검증하고 확대시켰다. 이 실험 결과는 '유체동역학'과 '유체정역학'에서 좀 더 진전된 연구가 이루어지는 데 길잡이가 되었다.

또한 실험 과정에서 파스칼은 주사기를 발명했으며, 파스칼의 원리(밀폐된 유체에 주어진 압력은 그 압력이 주어진 범위에 관계없이 모든 방향에 같게 전달됨)를 바탕으로 '유압 프레스'를 고안해냈다. 파스칼은 진공 문제에 관한 논문을 잇달아 발표하여 더욱 명성을 얻었다. 그러나 파스칼은 여전히 과학 연구에 몰두함으로써 세계적으로 명성을 떨쳤다. 이 기간, 즉 1651년에서부터 1654년까지 그는 액체평형과 공기의 무게와 밀도, 그리고 산술 3각형에 관해서 논문을 썼다. 특히 산술 3각형에서는 확률 계산의 토대를 마련했다.

인생의 대 전환점이 된 운명의 마차 사고

여러 업적을 낸 파스칼은 1650년 몸이 안 좋아 연구를 잠시 중단하였다. 그는 어렸을 때부터 몸이 허약해 잦은 잔병치레를 했다. 그럼에도 불구하고 어떠한 일에 한번 몰입하면 사나흘 밤을 꼬박 새며 무리하게 연구했고 결국 과로로 병이 난 것이다. 의사들은 더 이상 무리해서는 안 된다며 휴식을 취하고 기분 전환을 하라고 충고했다. 휴식을 취하고 있는 파스칼에게 메레라는 유능하고 경험 많은 도박꾼이 연락을 취해왔다.

메레는 파스칼에게 '득점의 문제'에 관한 이야기를 은연중에 꺼냈다. 여기서 '득점의 문제'란 일정한 점수를 따면 끝내기로 하고 도박을 시작했는데 갑자기 그만두어야 할 때 어떻게 돈을 나눌 것인가에 관한 문제를 말하는 것이다. 도박에 빠져 있던 메레는 좀 더 판돈을 공정하게 나누기 위해서 파스칼에게 질문했고 파스칼은 페르마와 서신 왕래를 통해서 서로 각기 다른 방법으로 이 문제를 풀었다.

파스칼과 페르마는 1654년의 역사적인 서신 왕래에서, 세 사람 이상이 게임을 하는 경우의 판돈 분배와 서로 다른 기술을 가진 두 게이머의 경우 판돈을 분배하는 것과 같은, 득점의 문제와 관련된 다른 문제도 고려했다. 이것을 계기로 확률에 대한 수학적인 이론이 본격적으로 전개되기 시작했다.

확률론에 대해서, 프랑스의 저명한 수학자 라플라스는, "비록 이 학문이 분명히 비천한 도박에 대한 고찰과 함께 시작되었지만, 이 학문은 인간 지식의 가장 중요한 분야 중 하나로 승화되었다."고 말한 바 있다.

여러 실험을 통해 다시 수학적인 재능을 꽃피우려는 순간 그를 수학에서 완전히 떠나게 만드는 사건이 일어났다.

그가 사두 마차를 타고 달리고 있었는데 말의 고삐가 풀려 버리고 만 것이다.

선두의 말은 뉘일르의 다리 난간으로 돌진했으나, 다행히 그는 가죽끈이 끊어지는 바람에 기적적으로 목숨을 건졌다. 이처럼 행운으로 참변을 면하였다는 사실은 파스칼처럼 신비주의적 기질을 가진

Pascal

사람에게 병적인 자기 분석을 하도록 부추겼고, 그는 이 사건을 자기가 하고 있는 일에서 몸을 빼라는 하늘의 경고로 받아들이게 되었다. 그는 조그만 양피지 조각에 신비적인 신앙의 감정을 써서 이후부터 그것을 부적처럼 몸에서 떼지 않고 지니고 다녔으며, 신학의 문제에 더욱 집착하게 되었다. 거기다가 만년에는 못을 박은 벨트로 몸을 감고, 육체를 괴롭히거나 자신의 신앙심이 충분히 경건하지 못하다는 생각이 들 때마다 팔꿈치로 벨트를 때렸다고 한다.

운명의 마차 사고 이후에 파스칼은 자기의 구원과 인간의 비참함에 관한 문제에 대해 몰두하다 1658년 우연한 동기에서 사이클로이드 문제를 해결하고 적분법을 창안해 냈다.

「사이클로이드의 역사」, 「삼선형론」, 「사분원의 사인론」, 「원호론」 등 일련의 수학논문 속에 그 이론이 나타나 있다. 그 외에도 「기하학적 정신에 대하여」, 「설득 기술에 대하여」, 「질병의 선용(善用)을 신에게 비는 기도」 등의 소품을 쓴 것도 그 무렵이었다. 「그리스도교의 변증론」을 집필하기 위하여, 단편적인 초고를 쓰기 시작하였으나 병에 걸려 완성하지 못한 채, 39세로 생애를 마쳤다. 사망 후 그의 근친과 포르루아얄의 친구들이 그 초고를 정리·간행하였는데, 이것이 『팡세』의 초판본이다.

파스칼 계산기

최초의 컴퓨터에 해당하는 파스칼 계산기는 1642년 고안된 최초의 기계식 수동 계산기로써 더하기, 빼기가 가능하였고 계산기의 자동화에 이바지하였다. 파스칼 계산기는 여러 개의 톱니바퀴가 서로 맞물려 돌아가는 형태로, 어느 톱니바퀴가 1회전 하면 그보다 수학적으로 한 단위 높은 의미를 갖는 톱니가 1/10 회전하도록 만들어졌다. 또한 다이얼에 의하여 십진수를 표시하는 6개의 원판이 두 개로 이루어져 있으며 각 원판에는 0에서 9까지의 십진수가 새겨져 있다.

파스칼의 원리

액체 또는 기체의 일부에 압력을 가하면 그 압력이 같은 크기로 전달된다고 하는 원리로, 수압기에 이 원리가 응용되었다. 대체로 이런 종류의 유체에 의한 힘의 전달은 아무리 복잡한 모양을 한 파이프를 통해서라도 유체가 전달될 수 있다는 것, 그 전달이 비교적 원활하게 이루어진다는 점에서 금속 등의 강한 물체보다 우수하다. 유압기, 공기제동기, 증기해머, 뉴매틱(압축공기)해머 등은 이 원리를 응용한 것이다.

파스칼의 『팡세』

『명상록』이라고 번역되기도 한다. 파스칼이 생각하고 있던 변증론의 핵심은 신을 가지고 있지 않은 인간의 비참함, 신을 가지고 있는 인간의 행복, 구제자가 존재한다는 것의 의미 등이다. 파스칼은 먼저 인간성 그 자체의 탐구로부터 시작하여 인간 존재가 얼마나 불완전하고 모순에 차 있는가를 나타내려고 하였다. 이어 그는 성서의 입장에서 인간성의 모순을 해명하고 그리스도교의 진리를 변증하는 논술로 옮겨 놓았다.

Pascal

지독한 치통도 잊게 한 놀라운 집중력

파스칼의 집중력에 대한 재미있는 일화가 있다. 앞에서 언급한 바와 같이 파스칼은 마차 사고를 당한 후 수학과 과학을 중단하고 종교에 몰입하게 되었다. 그런 그를 단 한 번 수학의 세계로 돌아오게 한 것은 다름 아닌 지독한 치통이었다. 치통으로 밤잠을 못 이루던 어느날(1658년) 밤에 파스칼은 사이클로이드(원이 직선 위를 구를 때 원 위의 한 점의 자취에 의해 만들어지는 곡선)를 생각하면서 고통을 잊으려고 했다.

보통 사람들 같으면 이런 것을 생각하면 치통에 두통까지 생길 일이지만, 그는 이런 것을 생각하면서 고통이 사라지는 것을 경험했다.

파스칼은 이것을 하늘의 계시라고 해석하고 8일 동안 사이클로이드 문제에 몰두한 결과, 이에 관한 많은 중요한 문제를 푸는 데 성공하였다. 지독한 치통도 누그러뜨리는 놀라운 집중력의 산물이라고 할 수 있겠다.

1623	프랑스의 오베르뉴 지방에서 출생
1635	삼각형 내각의 합은 180도임을 증명
1636	파스칼의 삼각형이라고 알려진 수의 피라미드를 발견
1642	'계산기'를 발명
1650	수학과 과학의 연구를 잠시 중단
1651~1654	액체평형과 공기의 무게와 밀도, 산술 3각형에 관해서 논문 작성
1658	사이클로이드 문제를 해결, 적분법을 창안
1662	39세로 사망

II

서양
문화예술계의
위대한 인물들

빌은 ○○○ ○ 서예들과 명문 사립중고등학교인 '레이크 사이드'에 ○ ○ ○ 터를 접하게 된다. 어머니들이 자선바자
에서 나온 수익금으로 학교에 마련해준 컴퓨터가 마냥 신기했던 어린 빌은 컴퓨터 앞에서 단 1초도 떨어질 줄 몰랐다. 당시
컴퓨터는 모니터가 없어 타자기처럼 생긴 자판을 누른 다음 프린터가 시끄긴 자판을 누른 다음 프린터가 시끄러운 소리를
내며 결과를 종이에 찍어 보여줄 때까지 기다려야 하는 불편함이 있었지만빠진 빌은 전혀 문제삼지 않았다 러운 소리를 내
며 결과를 종이에 찍어 보여줄 때까지 기다려야 하는 불편함이 있었지만 이미 컴퓨터에 푹 빠진 빌은 전혀 문제삼지 않았다.

Leonardo da Vinci

르네상스 시대 이탈리아를
대표한 미술가이자
과학자 · 기술자 · 사상가

레오나르도 다 빈치 (Leonardo da Vinci, 1452~1519)

명언
{
"무슨 일이든 시작을 조심하라.
첫 걸음이 미래의 일을 결정하는 경우가 많기 때문에 중요한 것
이다.
또 참아야 할 일은 처음부터 참아라.
나중에 참기란 더 어렵고 큰 고통이 따르게 된다."

그의 작품은 인물들의 배치와 성격 묘사가 뛰어나다. 예수 왼편에는 요한과 베드로, 그리고 그들 사이에 유다가 어깨를 약간 뒤로 기대고 있다. 야고보는 안드레와 베드로의 어깨에 손을 대고 있고 그 끝에는 바르톨로메오가 있다. 오른편으로는 작은 야고보와 의심 많은 토마스, 그리고 필립보가 있으며, 그 다음은 마태오, 유다 타대오, 시몬 세 사람이 있다. 그리스도의 '내가 너희에게 진실로 말하노니 너희 중 하나가 나를 팔리라.'라는 말에 놀라는 열두 제자들의 모습을 담은 작품 바로 레오나르도 다 빈치의 명작 '최후의 만찬'이다.

불후의 명작으로 불리는 '모나리자'와 '최후의 만찬'을 남긴 레오나르도 다 빈치는 이탈리아를 대표하는 천재적 미술가 · 기술자 · 사상가로서 르네상스라는 인류 역사상 가장 활기에 찬 시대의 인물로 알려져 있다.

성
장
배
경

그림 그리기를 즐겨 열네 살에 본격적으로 미술 시작

다 빈치의 어린 시절에 관해서는 알려진 것이 많지 않다. 하지만 그의 직업세계 입문이 빨랐던 것만큼은 사실이다. 다 빈치는 1452년 피렌체 근교의 빈치라는 마을에서 아버지 세르 피에로와 농사꾼의 딸인 어머니 카테리나 사이에서 태어났다. 부친 피에로는 피렌체의 공증인이며, 레오나르도는 서자(첩의 아들)로 태어나 할아버지 집에서 자랐다.

어릴 때 수학을 비롯한 여러 가지 학문을 배웠고, 음악에는 신동인 양 재주가 뛰어났으며 그림 그리기를 매우 즐겼다고 한다. 이 때문에 그의 아버지는 아들의 재능을 알아차리고 일찌감치 자신의 친구인 베로키오의 공방(工房)에서 아들이 미술지도를 받을 수 있도록 부탁했다. 그때 그의 나이 열네 살이었다.

다 빈치의 생애는 보통 5기로 나눈다. 제1기는 1466년에서 1482년까지로, 베로키오의 공방에 들어간 열네 살부터 서른 살까지 젊은 화가로서 활동한 피렌체 시기다. 이 시기에 그는 베로키오 밑에서 수업을 받았으며, 페루지노, 보티치니, 크레디 등의 동문들과 보티첼리라는 친구와 함께 미술공부를 했다. 당시 그는 매우 철저하게 스승의 공방에서 기초수업을 닦았다고 한다.

어린 나이에 미술가로서의 길을 걷기 시작한 다 빈치를 두고 당시 주변에서는 천재소년이 나타났다고 떠들 정도로 그는 미술에서 여느 아이들과는 다른 모습을 보여주었다. 특히 그는 남달리 자연관찰에 의한 엄격한 사실기법을 습득하고 있었다. 스무 살 때 피렌체의 화가조합에 가입하였고 그 뒤에도 계속 스승인 베로키오의 공방에 남아 수련하다가 스물일곱 살이 되던 1479년에 독립하였다.

이 시기에 그는 엄격한 사실주의 기법을 터득하였다. 스승과의 공동작인 '그리스도의 세례'는 이러한 특징을 잘 반영하고 있으며, '지네브라 데 벤치', '마돈나 베아노'에서도 그의 치밀한 사실기법은 명암법에 스푸마토(그림 속 사물의 가장자리를 풀어 흐리게 하는 기법)를 병용함으로써 완성의 경지에 다다랐음을 드러낸다.

다양한 재능을 쏟아놓았던 밀라노에서의 17년

서른 살이 되자 그는 피렌체보다도 넓은 활동 무대를 찾아 대도시인 밀라노로 이동하였다. 밀라노는 천재화가인 다 빈치에게 많은 영감과 열정을 불어 넣어주었다. 밀라노는 그의 일생 중 가장 길었던 17년 간 머무른 곳이며, 이곳에서 그 동안 쌓아온 다양한 재능을 작품 속에 한껏 발휘한다. 이때가 바로 그의 제2기로 이 시기는 과학 연구와 저술에도 힘썼다.

이 시기에 그는 많은 작품들 속에 객관적 사실성과 정신적 내용을 훌륭하게 접목시킴으로써 다음 세기의 고전양식을 이미 달성하였다. 1483년 4월 위촉받아 작업을 한 성 프란체스코 성당을 위한 제단화 '암굴의 성모'와 1498년에 완성된 산타마리아델레그라치에 성당 식당의 벽화 '최후의 만찬'이 바로 이 시기에 탄생하였다. 조각에서는 장대한 프란체스코 기마상에 착수하여 1493년 11월 그 모델을 완성하였으나 주조를 위한 청동을 펠라라 공(公)에게 주어버려 주조하지 못하고, 그 후 모델도 없어졌다.

건축가로서도 그는 이름을 날렸다. 밀라노 대성당의 중당 둥근 천장의 모델 제작과 스포르체스코 성의 개축 설계를 담당했다. 또 디자이너로서는 성 안의 사라델레아세와 그밖의 장식이 있으며, 일 모로

Leonardo da Vinci

의 호사스런 궁정생활의 연출가 겸 음악가로서의 활동도 두드러졌다. 또『회화론』을 비롯한 각종 저술활동에도 열정을 쏟았다.

미술만이 아니라 과학에도 관심이 깊었던 그는 인체 해부 및 빛과 그림자의 연구를 비롯한 과학 연구에 몰두하기도 했다. 이 때문에 수학자 L. 파치올리와 친교를 맺기도 했다.

많은 미술사학자들이 레오나르도 다 빈치를 르네상스인의 전형으로 간주하였다. 그러나 그가 창조한 것들의 다양하고 넓은 영역과 그 가치를 생각하면, 그 어떤 개념도 그를 규정짓기에 충분치 못하다는 것이다.

다 빈치의 미술세계에 대한 미술 평론가들의 공통된 견해는, "자신의 회화와 소묘 속에서 인간 지식의 미개척 분야를 역전시키고 세상을 종합적으로 이해할 수 있는 길을 발견했다. 레오나르도는 소묘를 통해 자신의 질문에 대한 해답을 추구했으며, 이것이 결국 과학적 방법으로 발전해 나갔다. 따라서 그의 목표는 실험에서 얻은 통찰력을 바탕으로 우주로서의 '세계'를 지각하는 것이었다."는 것이다. 때문에 사람들은 그를 단순히 미술가로서만 보지 않고 르네상스 시대에 이탈리아를 대표하는 천재적 과학자 · 기술자 · 사상가라는 평가를 내리고 있다.

궁정화가, 기술자 등을 거쳐 예순일곱 살에 생애 마감

1499년 그는 프랑스군이 밀라노를 침공하자 밀라노를 떠나 만토바로 갔다. 이듬해 2월 이곳에서 만토바 후작부인인 이사벨라 데스테의 초상화를 그렸다. 이때부터 1506년까지가 다빈치의 제3기다. 그는 잠시 베네치아에 들렀다가 피렌체로 되돌아가 여러 가지 일에 몰두하였다. 1502년 여름에는, 체자레 보르지아(르네상스 시대의 전제군주)의 군사토목기사로서 로마냐 지방에서 일했고, 1503년 3월에는 다시 피렌체로 돌아와 '모나리자'의 제작에 착수하였다.

1506년에는 밀라노 주재의 프랑스총독 샤를 당부아즈의 초빙으로 다시 밀라노에 가면서 제2의 밀라노 시기이자 그의 제4기가 시작되었다. 루이 12세의 궁정화가이자 기술자로서 6년간 일했다. 그리고 1513년, 교황 레오 10세 동생 네무르 공작의 초청으로 로마에 가서 바티칸 궁에 머물렀다. 1517년에 제자 멜치와 함께 앙부아즈의 클루관에 입주한 뒤 갖가지 연구를 하였다. 그는 여기서 67세로 죽을 때까지 평생을 보냈다.

그는 바티칸의 아첨꾼과 떠벌이, 연설꾼, 그리고 궁정 안의 독선적인 지식인을 조롱했다. 그들의 빈약한 재능을 경멸하고, "자기 생각도 없이 단순한 기억력에 의존해 이미 나와 있는 것을 제 것인양 빌려쓴다."며 비웃었다. 반면에 다 빈치의 동료들은 그는 단순한 발명가일 뿐이라며 얕보았고 교육을 제대로 받지 못해 학문을 이해하지 못한다고 수근거렸다. 그러나 그는 "화가는 자연에 대해 대화와 경쟁 관계에 있다."는 말을 남길 정도로 천재적인 화가였다. 그의 지식은 순전히 관찰과 독서, 끊임없는 질문을 통해 얻어진 것이며, 자기 주변의 세계에 대한 지치지 않는 탐구자로서 회화를 과학으로 간주하고 그 영역을 단순한 재현 이상으로 확대시킨 과학자였다. 미술세계 외에도 과학에 남다른 재능을 보였던 다 빈치의 과학론은 그의 실증적 경험주의와 냉철한 관찰적 사고법의 결정체로, 과학사상에 미친 영향이 크다.

Leonardo da Vinci

주요 작품들

'그리스도의 세례', '지네브라 데 벤치의 초상', '수태고지', '성(聖)히에로니무스', '최후의 만찬', '동굴의 성모', '모나리자', '성안나와 성모자', '세례자 요한', '동방박사의 예배' 등의 그림과 소묘만이 현존하는 조각 '스포르차 기마상', 대벽화 '안기아리의 전투', 소묘 단계에서 끝난 조각 '트리푸르치오장군 기마상' 등등.

"그가 바로 6년 전 나였단 말이오."

레오나르도 다 빈치의 걸작 '최후의 만찬'에는 잘 알려지지 않은 일화가 숨겨져 있다.

1491년, 로마 교황청은 새로 지어진 수도원의 벽화를 그릴 유명한 화가를 찾던 중 당시 명성이 높던 화가 레오나르도 다 빈치를 불러 '성서 속에 있는 예수의 제자들과의 마지막 만찬 광경을 벽화로 그려줄 것'을 부탁했다.

그때부터 다 빈치는 실제로 그림의 모델로 쓰일 사람들을 찾아다녔는데 이듬해 예수의 모습을 상징할 수 있는 깨끗하고 선하게 생긴 19세의 젊은이를 찾게 되었고 본격적인 작업에 착수하게 되었다. 그 후 6년 동안 예수의 11명 제자를 다 그렸으나 예수를 밀고한 배반자인 이스가리옷 유다는 그리지 못하고 있었다. 이 소식을 듣게 된 로마의 시장은 로마의 지하감옥 속에 사형을 기다리고 있는 수백 명의 죄수들 중에서 모델을 찾아보라는 제안을 하게 되었다. 이에 다 빈치는 로마에서 가장 잔인하고 악랄한 살인을 저지른 사형수 감옥을 방문하여 그곳에서 사형을 기다리고 있던 한 죄수를 만났다.

다 빈치는 그를 모델로 하여 유대 대제사장과 바리새인들에게 은화 몇 개를 받고 예수를 팔아넘긴 못된 유다의 얼굴을 몇달에 걸쳐 그린 후 모델에게 말했다.

"당신은 이제 감옥으로 돌아가도 좋소."

그런데 이게 웬일인가. 죄수는 갑자기 다 빈치 앞에 무릎을 꿇었다. 그리고 하는 말은 참으로 이해할 수 없는 말이었다.

"저를 모르십니까?"

반복되는 말에 다 빈치는 이렇게 답했다.

"나는 당신 같은 사람을 내 인생에서 만난 적이 없소."

그러자 순간 죄수는 다 빈치가 완성한 최후의 만찬을 가리키며 이렇게 말했다.

"저기 저 그림 속에 그려진 예수의 모델을 아시오? 그가 바로 6년 전 나였단 말이오."

성스럽고 깨끗했던 젊은이가 로마 최악의 살인마로 돌변하였다는 사실을 알게 된 다 빈치는 커다란 충격을 받게 되었다. 이 때문에 그 후로는 예수에 관한 그림을 더 이상 그리지 않았다.

1452	4월 15일 이탈리아 피렌체 서쪽 빈치 마을에서 출생
1472	피렌체의 화가 조합에 등록
1476	피스토이아 대성당의 제단화가 스승인 베로키오에게 의뢰되었는데, 레오나르도는 클레디와 합작 '수태고지'를 그림
1480	마젤란 출생 스승 베로키오가 3년에 걸쳐 계속해 온 피렌체 본당 은제단의 부조 '세례 요한의 참수' 제작에 협력. 또한 '콜레오니 기마상' 구상도를 만들어 베로키오에게 제공
1482	피렌체를 떠나 밀라노로 감
1483	밀라노 성 프란체스코 대성당의 신심회 예배당 제단화 '동굴의 성모'를 의뢰받음
1489	그림 데생에 인체해부학을 연구한 흔적이 보임
1490	레오나르도, 자신의 공방을 만듦
1495	이 해부터 '최후의 만찬' 제작에 착수
1497	'최후의 만찬' 완성
1500	피렌체로 가는 길에 만토바에 들러 이사벨라 데스테의 초상화 초고를 그림. 3월에는 베네치아에 체류 8월 전에 피렌체에 도착
1502	레오나르도는 체자레 보르지아의 군사토목기사로 로마냐 지방에 출장, 여러 곳을 순방
1506	모나리자 완성
1507	프랑스 왕 루이 12세의 왕의 화가가 됨. 9월 피렌체에 일시 귀환
1508	피렌체의 피에로 마르첼리가에 머물면서 물리, 수학 노트를 하기 시작. 7월 밀라노로 돌아옴
1514, 9월	바르마, 산탄젤로 등지를 여행. 『원의구적법』, 『굴곡면의 기하학』 등 집필
1517, 5	프랑소와 1세의 별장인 프랑스 앙부아즈 교외 클루관에 체재
1518	앙부아즈에서 열린 축전에 그가 고안한 기계 등을 전시. 또한 프랑스 왕의 여러 건축에 관여
1519	유언장 작성. 메르시를 유언 집행인으로 지명하고 그의 작품과 수기들을 건네줌. 5월 2일 사망

Picasso

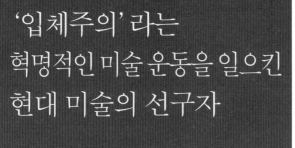

'입체주의' 라는
혁명적인 미술 운동을 일으킨
현대 미술의 선구자

파블로 피카소 (Pablo Ruiz y Picasso, 1881~1973)

{
"나는 보는 것을 그리는 것이 아니라, 생각하는 것을 그린다.
작품은 그것을 보는 사람에 의해서만 살아 있다.
나에게 미술관을 달라. 나는 그 속을 가득 채울 것이다.
나는 어린 아이처럼 그리는 법을 알기 위해 평생을 바쳤다.
나는 찾지 않는다. 발견할 뿐이다.
예술은 우리의 영혼을 일상의 먼지로부터 씻어준다."
}

20세기 최고의 화가 혹은 20세기의 미술사를 말한다면 그 누구도 이 사람의 이름을 피할 수가 없다. 그만큼 피카소에 대한 수없이 많은 글과 책들이 넘치고 있으며, 그에 대한 많은 이야기들이 있다. 그는 식을 줄 모르는 열정으로 끊임없이 새로운 세계를 탐구해 나갔고, 판에 박힌 미술을 거부하며 자신의 모든 작품들에 새로운 '자유'의 의미를 불어넣었다. 흔히 20세기가 낳은 가장 위대한 화가라 일컬어진다.

피카소는 1881년 스페인 남부 말라가에서 화가의 아들로 태어났다. 피카소의 아버지는 시골 미술학교 선생님이자 비둘기를 소재로 많은 그림을 그린 화가였다. 피카소는 말을 배우기도 전에 그림을 그릴 줄 알았고, 태어나서 처음으로 사용한 단어가 '연필'이었다.

성 장 배 경

열두 살 때 이미 라파엘로처럼 그리다

열 살이 되던 해 아버지를 능가하는 그림 실력을 가지고 있었던 피카소는 열네 살 어린 나이로 바르셀로나 론자 미술학교에 입학하였다. 이후 열여섯 살까지 스페인 미술학교의 모든 콩쿠르를 휩쓸다시피해 더 이상 치러야 할 시험이 없었던 피카소는 이렇게 말했다.

"나는 결코 어린아이다운 데생을 하지 않았다. 난 열두 살에 이미 라파엘로처럼 그림을 그렸다."

열아홉 살 때 피카소는 바르셀로나에서 첫 전시회를 열었다. 150여 점의 데생들은 대부분 시인, 작곡가 등 예술가 친구들의 모습을 스케치한 작품이었다.

같은 해 피카소는 천재 예술가들의 집합소인 파리로 갔다. 프랑스 말은 단 한 마디도 하지 못했던 그에게 낯선 파리에서의 생활은 고달프기 그지없는 것이었지만, 그 당시 파리는 거리 전체가 거대한 미술학교였다. 파리의 박물관과 미술관을 찾아 나선 피카소는 인상파 화가들의 그림에 넋을 잃었고, 드가, 로트렉, 고흐, 고갱 등의 그림에 대한 정열적인 연구에 빠져들었다. 특히 툴루즈 로트렉의 기이한 그림에 가장 관심이 많았다. 로트렉은 초기 근대 판화 부분을 개척한 거장 중의 한 명으로, 프랑스 무도회장과 무희들의 모습을 소재로 한 여러 인상적인 작품들을 남겼다. 또한 피카소는 당시 남들은 야만적이라고 거들떠보지도 않던 페니키아와 이집트의 예술에도 크게 매혹되었다.

그러던 어느날 친구 카사게마스가 실연으로 권총 자살을 하였다. 이 소식은 피카소에게 커다란 충격을 주었다. 이와 더불어 로맨틱한 파리의 이면에서 차가운 현실과 질병과 추위, 배고픔을 체험한 그는 밑바닥 삶의 근원적 외로움을 짙푸른 청색을 통해 나타냈다.

피카소에게 있어 청색은 비참과 절망에 조화되는 차가운 색이었다. 피카소 그림의 '청색 시대'(1901~1904)가 시작된 것이다. 1903년 바르셀로나로 돌아가 14개월 동안 50점의 청색 시기 작품을 완성한 그는 다음해 다시 파리로 돌아왔다.

이때부터 피카소는 세탁선이라 불리는 지독히 가난한 예술가들이 모여 사는 곳에 정착하였다.

피카소의 연인 그리고 화풍의 변화

피카소는 조각가와의 결혼에 실패한 후 혼자 세탁선(프랑스 파리 북부 몽마르트르 라비앙가 13번지에 있는 미술 유적지인 낡은 건물로, 센강을 오가는 세탁선을 닮았다는 뜻에서 붙여진 이름이다.)에 살고 있던 페르낭드 올리비에를 만났다. 그녀의 등장과 질병의 호전으로 불안과 초조는 가시고 자기 미술에 대해 점차 장밋빛 자신감을 얻었다. 일상생활과 버림받은 사람들을 소재로 다루었지만 가난하고, 소외된 책임을 사회의 잘못보다는 개인의 무능이나 운명으로 보았기 때문에 비참하기보다는 신비스런 기운이 더 강했다. 이 시기를 피카소 그림의 '장밋빛 시대'(1904~1906)라고 하는데 '장밋빛 시대'에는 황토색과 연한 장밋빛을 많이 사용했다.

1907년 늦여름 스물여섯 살의 피카소는 몇 달에 걸쳐 수백 장의 데생과 습작을 거쳐 거대한 작품 하나를 완성했다. 그 유명한 '아비뇽의 아가씨들'이다. '아비뇽의 아가씨들'이 세상에 첫선을 보였을 당시 많은 사람들은 경악과 분노에 빠져 할 말을 잃었다. 사회의 흐름을 본능적으로 깨달아 과감하게 표현한 강한 터치에 대한 거부 반응이었다. 그럼에도 불구하고 러시아, 독일, 미국인들에게 작품은 꾸준히 팔려나가 피카소는 더 이상 돈 걱정을 하지 않게 되었다.

1912년 서른한 살의 피카소는 첫 번째 연인이었던 페르낭드와 헤어지고, 가냘픈 미모의 에바를 만났다. 이 당시 피카소는 캔버스에 물감과 관계없는 물건들을 사용함으로써 최초의 '콜라주 작품'을 탄생시켰다. 철물점에서 쉽게 구할 수 있는 종이, 헝겊, 함석, 밧줄은 물론이고 물감에다가 모래와 톱밥을 섞어 사용하기도 했다.

1915년 12월 14일 1차 세계대전 이듬해 젊은 여인 에바는 결핵으로 세상을 떠났다. 에바가 죽은 후 무수히 많은 여인들을 사귀었던 피카소는 러시아 무용수 올가 코클로바에게 흠뻑 빠지게 되어 1918년 올가와 결혼식을 올렸다.

아들 파울로를 낳은 후 올가는 유모, 요리사, 하녀, 운전수까지 둔 사치스런 생활을 하였다. 이를 견디지 못한 피카소는 올가와 헤어지고 마리 테레즈를 만나 함께 살다 딸 마야를 낳았다. 하지만 테레즈의 순종과 희생에도 불구하고 품위가 없고 무식하다는 이유로 잔인하게 버리고 사진 작가인 지성적인 도라 마르를 만났다.

길고 풍요로웠던 생애

스페인 내전이 일어나고 작은 도시 게르니카는 불바다에 휩싸였다. 피카소는 충격을 받고 '게르니카'를 그렸다. 한 달여 만에 완성한 '게르니카'는 파시즘 독재와 공포 앞에 의연히 맞선 분노의 외침이며 혁명이었고 피카소의 상징이었다. 그는 "회화는 아파트를 장식하기 위해서 만들어지는 것이 아니라 그것은 적과 대항하는 공격적이고 방어적인 전쟁의 도구"라고 외쳤다.

독일의 히틀러, 이탈리아의 무솔리니, 스페인의 프랑코와 더불어 다시 한번 전 유럽이 제2차 세계대전의 소용돌이로 빠져들었다. 1940년 쉰아홉 살의 피카소는 전쟁의 공포 속에서도 그림을 그렸다. 그러나 독일군은 피카소를 타락한 예술가로 보고 비난하였다.

1944년 파리가 해방되자 피카소는 세계적인 인물이 되었다. 프랑스는 파리 해방 기념의 첫 사업으로 피카소의 작품전을 열게 하였다.

도라와의 관계를 유지하던 62세의 피카소는 1943년 어느 날 식당에서 스물한 살의 프랑수와즈 질로를 만나 첫눈에 반해 프러포즈하였다. 이 일로 인해 날카로운 지성을 지녔던 바로 전 연인, 도라 마르는 정신착란증을 일으켜 치료를 받아야 하는 불행한 여인이 되었다.

피카소는 공산당에도 입당하여 정치적인 영향력을 행사할 수 있을 정도의 예술가가 되었다. 1949년 공산당이 평화운동을 상징할 수 있는 포스터를 피카소에게 의뢰하였다. 그 포스터 중앙에는 한 마리의 비둘기가 앉아 있었다. 이후 피카소가 그린 비둘기는 전 세계에서 평화의 상징이 되었다. 1951년에 그린 '한국에서의 학살'은 1950년 한국 전쟁에 대한 보도를 접하고 전쟁의 참상을 그린 것이다. 또한 1950년과 1962년, 두 차례에 걸쳐 레닌 평화상을 수상하였다. 1961년 여든 살의 피카소는 쟈클린이란 젊은 이혼녀를 만나 사랑에 빠져 결혼에 성공하였다. 고령의 나이에 들어선 피카소는 이 전의 대가들의 작품을 재해석하는 일에 몰두했다. 들라크루아의 '알제의 여인들' 14점, 벨라스케스의 '메닌느가의 사람들' 44점, 마네의 '풀밭 위의 식사' 27점 등 과거의 그림을 재해석함으로써 전통과의 대화를 나누었다. 그리고 1973년 92세의 나이로 남프랑스의 별장에서 사망했다.

피카소가 후세에 남긴 작품은 4만 점이 넘는다. 이는 실로 방대한 양이다. 그의 작품은 모든 주제를 망라해서 다루고 있고 또한 거의 모

Picasso

든 양식을 시험하면서 현대의 전위 미술의 모범이 되었다. 그는 자신의 작품을 두고 이렇게 말했다.

"나는 미리 세워 놓은 미학의 기반에서 선택하지는 않는다. 하느님도 사실은 또 하나의 예술가일 뿐이다. 그는 기린과 코끼리와 고양이를 발명하셨다. 그분은 어떤 스타일도 갖고 있지 않다. 그는 여러 가지를 시도했다. 조각가도 마찬가지다. 나는 기본적으로 우리 시대의 문화적 불만과 태도에 호흡을 맞추고 있는 독창적 예술가다."

이는 그가 구사한 삶과 예술에 대한 당당한 발언이자 그의 마지막 자기 정체성을 요약한 말로 해석된다.

주요 작품

「광대」, 「곡예사가족」, 「통곡하는 여인」, 「게르니카」(1937년), 「납골당」(1945년), 「한국에서의 학살」(1951년), 「전쟁과 평화」(1954년) 등등

"40년이 걸렸습니다."

어느날 식당에서 식사를 하고 있는 피카소에게 어느 여성이 다가와 자기 손수건에다 그림 하나를 그려달라고 청하면서 덧붙

이기를, 그 대가는 피카소 자신이 원하는 대로 기꺼이 지불하겠다고 했다.

피카소는 그 청을 받아들여 그림을 완성하고는 이렇게 말했다.

"만 달러 되겠습니다."

너무 비싼 가격에 놀란 그 여성은 깜짝 놀라며,

"당신은 이 그림을 그리는 데에는 30초 밖에 걸리지 않았잖아요."라고 말하자 피카소는 점잖게 말했다.

"아닙니다. 제가 이렇게 그리기까지는 40년이 걸렸습니다."

<table>
<tr><td colspan="2">인생</td></tr>
<tr><td>1881</td><td>스페인의 말라 거리에서 출생</td></tr>
<tr><td>1897</td><td>마드리드 미술전에 『과학과 사랑』을 출품하여 수상. 가을철에 마드리드 미술 학교에 입학. 처음으로 가난을 체험</td></tr>
<tr><td>1900</td><td>카사헤마스, 팔랴레스와 함께 파리 방문, 최초로 작품 3점을 팜</td></tr>
<tr><td>1901</td><td>피카소의 '청색 시대' 개막</td></tr>
<tr><td>1904</td><td>4월 파리 라비앙가의 거리 '세탁선'에 정착</td></tr>
<tr><td>1905</td><td>피카소의 '장미 시대' 시작</td></tr>
<tr><td>1907</td><td>'아비뇽의 아가씨들' 제작에 몰두. 세잔 회고전에서 큰 감명을 받고 흑인예술에서 계시를 얻음</td></tr>
<tr><td>1911</td><td>화면에 숫자와 문자 등을 기입</td></tr>
<tr><td>1914</td><td>조각에도 손을 대기 시작</td></tr>
<tr><td>1918</td><td>1월에 올가와 결혼, 파리의 라 보에시 거리에서 신혼 살림</td></tr>
<tr><td>1920</td><td>'신고전주의 시대' 개막</td></tr>
<tr><td>1925</td><td>신고전주의풍의 그림을 멀리하며 초현실주의에 접근. 피에르 화랑에서 열린 첫 초현실주의 전에 출품</td></tr>
<tr><td>1931</td><td>오비디우스의 '변신당' 삽화 제작</td></tr>
</table>

1937	동판화집 '프랑코의 꿈과 거짓'을 출판. '게르니카'를 파리 만국박람회 스페인 관에 출품
1944	살롱 도뜬느에 첫 출품. 프랑스 공산당에 입당
1950	제2차 평화 옹호 국제회의를 위한 포스터 '비둘기'를 제작
1954	쟈크리느 로크와 동거하면서 새로운 창작력을 얻음. 들라크루아의 '알제의 여인들' 번안화를 제작
1964	'화가와 모델' 연작을 제작. 일본과 캐나다에서 개인전
1971	파리 국립 근대 미술관에서 피카소 탄생 90주년을 기념하는 대회고전을 개최
1973	남 프랑스 무쟝에서 사망

Charles Spencer Chaplin

사회를 풍자하고 비판한 세계적 희극배우

찰리 채플린 (Charles Spencer Chaplin, 1889~1977)

 { "인생은 클로즈업(close-up) 해서 보면 비극이지만, 원거리 촬영(Long-shot)으로 보면 코미디이다."

까만 실크해트, 꽉 끼는 모닝 코트. 콧수염을 단 천진난만한 표정, 헐렁한 바지와 지팡이, 커다란 신발. 흑백의 화면에 이렇게 우스꽝스럽게 옷을 입은 한 사내가 섰다. 그는 공장에서 일하면서 실수를 연발하고, 가난한 소녀를 사랑하기도 하였다. 그가 보여주는 것은 작은 일상에 지나지 않지만, 사람들은 그의 모습을 보고 웃으며 사회가 가진 불합리한 면을 직시하게 되는 것이다. 그의 이름은 바로 찰리 채플린이다.

흑백의 화면 속에서 아무것도 모르는 것 같은 표정으로 누구보다 신랄하게 사회를 풍자했던 찰리 채플린. 그는 영화배우이며, 영화감독이었고, 영화제작자로 누구보다 많은 수의 영화를 만들어냈다. 그 안에는 사람들이 지금까지도 수작으로 손꼽는 작품들이 많다.

성장배경

스물네 살 찰리 채플린이 영화배우가 되기까지

1889년 4월 16일 런던에서 출생하였다. 뮤직홀 연예인의 둘째 아들로 태어나 부모의 이혼으로 어머니와 함께 살았다. 일찍 이혼한 그의 아버지도 어머니처럼 버라이어티쇼의 단원이었으나, 지나친 음주벽이 문제였다고 한다.

찰리 채플린은 어린 시절부터 가난과 어머니의 정신발작 등 불우한 환경에서 자라났다. 그러나 그의 재능은 어린 시절부터 돋보였다. 그의 첫 무대는 다섯 살이라는 아주 어린 나이에 시작됐다. 가수로 활동하던 어머니 한나가 후두염으로 갑자기 목소리가 나오지 않자, 찰리 채플린이 어머니를 돕기 위해 생애 처음으로 무대에 올랐다. 그는 그 뒤부터 기회가 있을 때마다 무대에 엑스트라로 섰다. 이후 그는 열 살에 극단에 입단했고, 열일곱 살 무렵 당시 영국 최고의 인기 희극 극단 프레드 카노 극단의 단원이 되었다.

그 당시의 찰리 채플린의 모습은 영양 상태가 별로 좋지 않고 부끄러움을 너무 잘 타서 무대에 설 수 있을지 의문스러울 정도였다고 한다. 하지만 카노 극단에서 찰리 채플린은 눈부시게 발전하여 극단 내에서 일류로 꼽히게 되었다. 영국 최고로 꼽히는 카노 극단의 희극 연기 경험은 훗날 찰리 채플린이 영화를 만드는 훌륭한 밑거름이 되었다. 카노에서의 경험은 채플린의 연기가 더욱 세련될 수 있었던 더 없이 좋은 훈련이었던 것이다.

이후 찰리 채플린은 1913년 키스톤 영화사의 마크 세넷을 만나면서부터 영화 인생을 시작하게 되었다. 찰리 채플린이 카노 극단에서 활동하고 있을 당시 헐리우드를 대표하는 키스톤 영화사의 감독 겸 프로듀서 마크 세넷은 단편 희극 영화를 주로 만들어 '희극왕'이라는 호칭을 받고 있었다. 그는 단편 희극에 쓸 배우 중에 영국 배우를 찾고 있었고, 프레드 카노 극단의 멤버들을 주목하게 됐다. 1913년 채플린이 두 번째 미국 공연을 왔을 때 세넷은 그를 로스엔젤레스로 초청했다. 이후 그는 무대를 떠나 영화계에서 활동하게 되었다.

웃음 속에 담긴 사회 비판과 풍자

키스톤 영화사에서 한해 동안 희극 영화를 35편이나 찍은 찰리 채플린은 이듬해 에사네이 영화사로 옮겼다가 1916년 뮤추얼로 소속을 옮겼다.

이때 채플린은 영화작가로서 장편 걸작을 만들어내는데 징검다리 역할을 하였으며, 그의 캐릭터 떠돌이 찰리의 전형이 확립되었다. 그는 콧수염, 실크해트, 모닝 코트, 지팡이 등을 이용한 거지 신사의 분장과 연기로 그의 독특한 개성을 창조하여 이 이미지로 세계적인 인기인이 되었다.

1919년 채플린은 그리피스, 메리 픽포드, 더글러스 페어뱅크스 등과 함께 유나이티드 아티스트 사를 만든 뒤 장편영화를 제작하였다. 이 시기의 작품들은 '어깨 총(Shoulder Arms)'(1918), '가짜 목사(The False Priest)'(1923), '황금광 시대(The Gold Rush)'(1925) 등으로 사회를 풍자하는 시각을 보여주는 걸작들이 탄생했다.

유성영화시대에 접어들면서도 채플린은 '시티 라이트(City Lights)'(1931)와 '모던 타임스(Modern Times)'(1936)를 무성영화로 제작하였다. 1936년에 발표된 '모던 타임스'는 2차 세계대전 뒤 냉전적 기운이 미국 전역을 휩쓸 때 현대 문명의 기계 만능주의와 인간 소외를 날카롭게 풍자하였다. 이 작품은 채플린이 기존의 찰리에게서 벗어

Chaplin

나고자 한 첫 시도였다. 그는 이 영화에서 중절모와 헐렁한 바지 대신 노동자 복장으로 등장했다. 그리고 다분히 사회주의적인 관점에서 자본주의의 생산 양식에 비판을 가했다. 이 작품에서 컨베이어의 시스템에서의 작업 끝에 기계처럼 돼버린 노동자를 연기한 채플린의 연기는 희극 영화 사상 최고의 연기로, 블랙 코미디의 원형처럼 자리잡았다. 이후 그는 1940년의 '위대한 독재자(The Great Dictator)'에서 유성영화로 전환하여 히틀러와 그의 파시즘을 비판하는 작품을 만들어냈다. 채플린은 이 영화에서 독재자 힌켈과 유대인 이발사 찰리의 1인 2역을 연기해 찰리 채플린 연기의 전성기를 보여주었다.

전쟁과 독재, 사회에 영화의 칼날을 들이대다

1940년에 만들어진 '독재자'는 다분히 히틀러를 공격 목표로 한 영화인 동시에 지구 위의 모든 전체주의 사회에 대한 통렬한 공격이었다. 그 결과 '독재자'는 독일을 비롯한 많은 나라에서 상영이 금지되었다.

찰리 채플린은 이때 자본주의 사회에 비판을 가한 '살인광 시대(무슈 베르두. Monsieur Verdoux)'를 만들었다. 사회풍자영화의 걸작으로 평가받는 이 영화를 향해 당시 관객들은 채플린의 지독한 냉소주의에 갈채 대신 야유를 보냈다. 이 영화에 묘사된 살인 유희를 통한 사회 비판과 풍자로 인해 채플린은 반미주의자, 공산주의자로 몰리며 사회로부터 위험 인물로 지목되었다. 코미디라기보다 제국주의 전쟁과 독점 자본을 비판한 무서운 고발 영화가 된 이 영화는 당연히 미국의 여러 주에서 상영이 금지됐다. '무슈 베르두' 이후 찰리 채플린은 공산주의자 숙청기관인 하원 반활동 위원회의 소환을 받지만

174

이 요구에 불응하면서 찰리 채플린은 공산주의자로 매도되기 시작했다. 그러나 프랑스 영화 비평가 협회는 그를 노벨평화상 후보로 추천하면서 지원하였다.

이 사건 이후 찰리 채플린은 두문불출하고 자신의 정신적, 철학적 자화상이라고 불리는 '라임라이트' 의 시나리오를 썼다. 이 작품은 채플린의 유일한 멜로 드라마로 자살을 기도했던 젊은 발레리나를 구해 삶의 용기를 심어준 노예술가가 라임라이트의 파란 빛 속에서 춤추는 그녀를 바라보며 죽음을 맞이하는 장면은 채플린 예술의 극치로 평가된다.

'라임라이트' 의 초연은 자신의 고국인 영국에서 이루어졌다. 채플린 일가는 이 공연을 보기 위해 영국에 갈 계획이었다. 그러자 트루먼 정권은 기다렸다는 듯 공산주의자의 혐의를 쓰고 있던 채플린이 출국을 하게 되면 재입국을 허용하지 않겠다고 선언했다. 찰리 채플린은 그런 위협에 굴복하지 않고 영국으로 향했고, 이후 20년 동안 미국에 오지 못했다. 이 일로 채플린은 자신의 모든 부와 명성이 이루어진 미국을 위해 영화를 만들었음에도 불구하고 자기를 친공산주의자로 몰았다는 것에 실망해 미국과 결별을 선언하였다. 그리고 스위스의 제네바 호반에 정착하여 외딴 집에서 말년을 보내며 어느 나라의 시민이기보다는 세계 시민이기를 원하면서 반핵 문제나 월남전 등 전쟁에 반대하는 자신의 주장을 내세우며 살았다.

그는 20년이 지난 1972년에야 다시 미국땅을 밟았다. 미국 아카데미가 특별상을 수여하기 위해 초대한 것이었다. 그가 시상식 무대에 서자 참석한 사람들이 모두 일어서 '모던 타임즈' 의 마지막 장면에서 주인공 찰리가 절망하는 소녀를 격려하며 웃어보라고 말하며 불

Chaplin

렸던 노래 '스마일'을 함께 합창했다.

　위대한 영화인 찰리 채플린을 미국에서 내쫓은 미국 영화계는 이 상을 수여함으로써 그들이 안고 있던 불명예를 조금은 만회할 수 있었다. 그 후 5년 뒤인 1977년 12월 25일 크리스마스 날 그는 88세의 나이로 제네바 호반 코르시 자택에서 파란만장한 생을 마감했다.

주요 작품 목록

　■ 키스톤 영화사 시절의 작품들

　　1914 (Chaplin's Keystone Films)

　— 생계 Making A Living　February 2, 1914　Henry Lehrman

　— 베니스에서의 어린이 자동차 경주 Kid Auto Races at Venice
　　February 7, 1914　Henry Lehrman

　— 메이블의 곤욕 Mabel's Strange Prediccament　February 9,
　　1914　Henry Lehrman

　— 소나기를 맞으며 Between Showers　February 28, 1914
　　Henry Lehrman

　— 영화광 A Film Johnnie　March 2, 1914　George Nichols

　— 탱고소동 Tango Tangles　March 9, 1914　Mack Sennett

　— 그가 좋아하는 심심풀이 His Favorite Pastime　March 16,
　　1914　George Nichols

　— 혹독한 사랑 Cruel, Cruel Love　March 26, 1914　George

Nichols

— 스타 하숙생 The Star Boarder   April 4, 1914   George
Nichols

— 메이블의 운전 Mabel at the Wheel   April 18, 1914   Mabel
Normand

— 20분의 사랑 Twenty Minutes of Love   April 20, 1914
Charles Chaplin

— 카바레에서의 봉변 Caught in a Cabaret April 27, 1914
Mabel Normand

— 비를 맞으며 Caught in the Rain   May 4, 1914   Charles
Chaplin

— 바쁜 하루 A Busy Day   May 7, 1914   Charles Chaplin

— 운명의 나무망치 The Fatal Mallet   June 1, 1914

— 넉아웃 The Knockout   June 11, 1914   Charles Avery

— 메이블의 바쁜 하루 Mabel's Busy Day   June 13, 1914
Mabel Normand

— 메이블의 결혼 생활 Mabel's Married Life   June 20, 1914
Charles Chaplin

— 웃음 가스 Laughing Gas   July 9, 1914   Charles Chaplin

— 소도구원 The Property Man   August 1, 1914   Charles
Chaplin

— 마룻바닥의 얼굴 The Face on the Bar Room Floor   August
10, 1914   Charles Chaplin

— 오락 Recreation   August 18, 1914   Charles Chaplin

— 가장 무도회 The Masquerader   August 27, 1914   Charles Chaplin

— 그의 새 직업 His New Profession   August 31, 1914 Charles Chaplin

— 술꾼들 The Rounders   September 7, 1914   Charles Chaplin

— 새로온 수위 아저씨 The New Janitor   September 24, 1914 Charles Chaplin

— 사랑의 아픔 Those Love Pangs   October 10, 1914   Charles Chaplin

— 밀가루 반죽과 다이나마이트 Dough and Dynamite October 26, 1914   Charles Chaplin

— 무례한 신사들 Gentlemen of Nerve   October 29, 1914 Charles Chaplin

— 채플린의 음악경력 His Musical Career   November 7, 1914 Charles Chaplin

— 그의 밀회 장소 His Trysting Place   November 9, 1914 Charles Chaplin

— 틸리의 깨어진 사랑 Tillie's Punctured Romance November14, 1914   Mack Sennett

— 단짝 Getting Acquainted   December 5, 1914   Charles Chaplin

— 채플린의 원시시대 His Prehistoric Past   December 7, 1914 Charles Chaplin

■ 에사네이 영화사 시절의 작품들

1915 (Chaplin's Essanay Films)

— 그의 일자리 His New Job   February 1, 1915

— 밤샘 A Night Out   February 15, 1915

— 챔피언 The Champion   March 11, 1915

— 공원에서 In The Park   March 18, 1915

— 사랑의 도피 A Jitney Elopment   April 1, 1915

— 떠돌이 The Tramp   April 11, 1915

— 바닷가에서 By The Sea   April 29, 1915

— 일 Work   June 21, 1915

— 여자 A Woman   July 12, 1915

— 은행 The Bank   August 9, 1915

— 유괴 Shanghaied   October 4, 1915

— 쇼 관람 A Night In The Show   November 20, 1915

— 카르멘 Burlesque on Carmen   1915

— 경찰 Police   May 27, 1916

— 트리플 트러블 Triple Trouble   1918

■ 뮤추얼 영화사 시절의 작품들

1916-1917 (Chaplin's Mutual Films)

— 매장감독 The Floorwalker   May 15, 1916

— 소방수 The Fireman   June 12, 1916

— 방랑자 The Vagabond   July 10, 1916

— 오전 한 시 One A.M.   August 7, 1916

— 백작 The Count September 4, 1916

— 전당포 The Pawnshop October 2, 1916

— 스크린 뒤에서 Behind the Screen November 13, 1916

— 롤러스케이트장 The Rink December 4, 1916

— 이지 스트리트 Easy Street January 22, 1917

— 요양 The Cure April 16, 1917

— 이민 The Immigrant June 17, 1917

— 모험 The Adventurer October 22, 1917

■ 퍼스트 내셔널

  1918-1923 (Chaplin's First national Films)

— 개의 일생 A Dog's Life April 14, 1918

— 채권 The Bond December 16, 1918

— 어깨 총 Shoulder Arms October 20, 1918

— 서니사이드 Sunnyside June 15, 1919

— 즐거운 하루 A Day's Pleasure December 15, 1919

— 키드 The Kid February 6, 1921

— 유한 계급 The Idle Class September 25, 1921

— 봉급날 Pay Day April 2, 1922

— 순례자 The Pilgrim February 26, 1923

■ 유나이티드 아티스트 시절의 영화들

  1923-1952 (Chaplin's United Artists Films)

— 파리의 여인 A Woman of Paris October 1, 1923

— 황금광 시대 The Gold Rush　May 21, 1925

— 서커스 The Circus　January 6, 1928

— 시티 라이트 City Lights　January 22, 1931

— 모던 타임즈 Modern Times　February 5, 1936

— 위대한 독재자 The Great Dictator　October 15, 1940

— 살인광 시대(무슈 베르두) Monsieur Verdoux　April 11, 1947

— 라임라이트 Limelight　October 23, 1952

■ 그외 영화들

　1957-1967(Chaplin' s later Films)

— 뉴욕의 임금님 A King in New York Attica-Archway
　September 12, 1957

— 홍콩 백작부인 A Countess from Hong Kong Universal
　January 2, 1967

368일을 눈이 먼 꽃 파는 아가씨와 만나는
한 장면을 찍는 데 소비

영국의 희극 배우 찰리 채플린은 완벽주의자로 소문이 나 있다. 그는 어떤 일을 하든 완벽하지 않으면 직성이 안 풀려 계속 그 일을 시도하였다. 그의 완벽주의적인 성격을 알 수 있게 해주는 일화가 있다.

채플린의 대표작인 '가로등'이란 영화를 촬영할 때였다. 눈이 먼 꽃 파는 아가씨와 부랑자 채플린이 처음 만나는 장면인데, 그는 무려 1년 동안 이 한 장면을 찍었다고 한다.

　당시 영화 시나리오에 보면 부랑자 채플린은 길을 건널 때 길가에 서 있는 커다란 고급 승용차가 앞을 가로막고 있자, 그 차를 돌아서 가지 않고 곧장 차 문을 열고 들어가 반대편 차 문을 통해 나오게 되어 있었다. 이때 그 차 옆에 서 있던 눈이 먼 꽃 파는 아가씨가 고급 승용차의 둔중하게 닫히는 문소리를 듣고, 거기에서 나온 채플린을 부랑자가 아닌 백만장자로 생각하게 만들어야 한다.

　그런데 눈이 먼 아가씨가 어떻게 부랑자 채플린을 백만장자로 착각하게 할 수 있는가, 하는 문제에서 채플린은 고심하지 않을 수 없었다. 그것은 정말 어려운 일이었다. 설사 눈이 먼 아가씨가 고급 승용차의 문 여닫는 소리를 듣고 그 안에서 내리는 채플린을 백만장자로 착각한다 치더라도, 그것을 관객이 믿을 수 있게 하기에는 설득력이 부족했던 것이다.

　채플린은 이 영화를 찍는 데 총 543일이 걸렸는데, 그중 368일을 눈이 먼 꽃 파는 아가씨와 만나는 장면을 찍는 데 소비하였다. 즉 그는 이 한 장면을 찍기 위하여 수천 번도 넘게 고급 승용차에 탔다가 내리는 연기를 반복했던 것이다. 엄청난 집념이 아닐 수 없다. 채플린은 영화감독이자 주연 배우이니 그렇다 치더라도, 꽃 파는 아가씨 역을 맡은 배우는 매일 하루 종일, 그것도 1년이 넘는 기간 동안 한 자리에서 똑같은 포즈를 취하고 있어야만 했다.

1889	찰스 스펜서 채플린, 런던에서 출생. 아버지 찰스, 어머니 한나는 모두 연예인. 아버지는 알콜 중독자
1890	찰리 채플린의 부모 별거
1895	어머니 한나와 아이들, 가난의 수렁에서 아파트를 전전
1896	어머니 한나 빈곤 때문에 발광, 정신병원에 입원. 찰리 채플린과 형 시드니는 고아원에 맡겨짐. 11월, 형 시드니는 선원학교에, 찰리는 홀로 고아원에 남게 됨
1899	아버지 찰스(당시 37세) 사망
1900	어머니 다시 발병하여 입원. 찰리 채플린 이 해에 셜록 홈즈의 아들 역으로 출연. 형 시드니와 같이 지방 순례를 계속함
1907	프레드 카노 극단과 계약. 판토마임 연기
1910	카노 극단의 미국 순회공연에 참가. 2년간 캐나다를 포함한 여러 도시에서 순회 공연
1912	봄에 영국으로 귀국, 10월에 다시 미국으로 건너감
1913	맥 세네트의 키스톤(Keystone) 영화사와 계약. 주급 150달러
1914	'생계(Making a living)'를 첫 작품으로 하여 35편의 영화에 출연
1915	에사네이(Essanay) 영화사와 계약. 1년 동안 14편에 출연
1917	퍼스트 내셔널(First national) 영화사와 계약. 2권 8편으로 107만 5천 달러(다른 영화사 흥행수입의 절반) 받음. 이 해에 제1차 세계대전에 미국 참전, 채플린을 징병기피자라고 비난
1918	헐리우드 선셋 대로에 스튜디오를 만듦. 제3차 자유공채 모집 캠페인에 동료 페어뱅크스 등과 함께 참가. 전시공채 판매 촉진을 위한 선전 영화인 '공채'를 제작. 영화 '어깨총' 공개. 제1차 세계대전 끝남. 16세의 여배우 밀드레드 헤리스와 결혼
1919	밀드레드가 아들 출산, 태어난 지 3일 후에 사망
1920	밀드레드와의 불화로 여론의 공격을 받음. 11월 이혼
1924	16세의 여배우 리타 그레이와 결혼
1926	25년에 장남, 26년에 차남 탄생. 리타 그레이와 별거
1927	리타와의 이혼 문제로 또다시 여론의 비난을 받음. 8월 이혼
1933	폴레트 고다드와 항해 도중에 배에서 비밀리에 결혼
1937	프랑스 토비스 영화사(독일계 영화사)에서 '모던 타임즈'가 르네 글레르의 작품 '자유를 우리에게'를 표절한 것이라고 하여 고소했으나 글레르의 성명서에 의해서 채플린의 승소로 끝남
1942	독일에 대항하는 제2전선 결성 운동을 전개. 폴레트와 이혼

1943	유진 오닐의 딸, 우나 오닐(18세)과 결혼
1944	큰딸 제달린 출생
1946	아들 미카엘 출생
1947	'무슈 베르두' 상영. 미국 여러 주에서 상영 금지. 비미국 행위 조사 위원회(C.U.A)에 의해 몇 번에 걸쳐 출두 명령을 받았으나 불응. 하원 의원 존 랑킨은 채플린을 미국에서 추방하고 그의 영화를 금지하도록 국회에서 요구
1948	둘째딸 조세핀 출생
1951	셋째딸 빅토리아 출생
1952	'라임라이트' 완성. 런던에서 시사회. 가족과 함께 영국 여행. 이 기회를 틈타 미국 법무성은 그의 귀국을 허가하지 않는다고 발표
1953	미국의 자산 정리. 스위스의 미국 영사관에 가서 재입국 허가증 반환. 채플린의 일가, 스위스 제네바 근교의 저택에서 둥지를 틈
1957	'뉴욕의 임금님' 완성. 미국에서는 공개되지 못함. 넷째딸 존 출생
1962	막내아들 크리스토퍼 출생
1964	'자서전' 간행
1967	'홍콩 백작부인' 상영
1971	프랑스에서 '모던 타임즈'를 비롯한 10편의 작품 공개
1972	4월, 20년 만에 미국으로 돌아옴. 아카데미 특별상 수상. 9월, 베니스 영화제에서 채플린 영화 73편이 상영되고 시사회장에 초대
1977	12월 25일, 스위스 자택에서 노환으로 사망

Walt Disney

만화영화로 꿈과 사랑을 전파시킨 주역

월트 디즈니 (Walt Disney, 1901~1966)

{ "꿈꾸는 것이 가능하다면 그 꿈을 실현하는 것도 가능하다. 이모든 것이 작은 생쥐 하나로 시작했다는 것을 기억하라."

미국의 만화영화는 오랫동안 전 세계 어린이의 정신을 지배했다. 그리고 그 중심에는 월트 디즈니가 있다. 미키마우스의 창조자이자 디즈니랜드와 월트 디즈니 월드의 설립자인 월트 디즈니는 수백만 명의 사람들을 감동시키기 위해 그 누구보다도 수많은 업적을 남겼다. 이것을 통하여 그는 기쁨, 행복 등 사람들이 공감하는 전 우주적인 의사소통의 수단들을 이끌어 내었다.

월트 디즈니는 1901년 12월 5일 생이라고 하지만 1891년 생이란 주장도 있다. 이유는 스페인계 아버지는 지나치게 엄격하고 아들인 월트에게 정을 주지 않아 월트 자신도 자신의 생일을 모를 정도였다. 하지만 확실한 기록은 일리노이주 시카고에서 태어났다는 것이다. 이 때문에 월트는 "난 주워온 아들인지도 몰라." 하는 의식으로 어린 시절을 보냈다.

성장배경

애니메이션의 꿈은 이루어진다

월트는 어렸을 적부터 미술에 관심을 가져 일곱 살의 나이에 자신의 그림을 이웃들에게 팔 정도로 뛰어난 재능과 수완을 지녔다. 하지만 아버지의 욕설과 매질은 계속되었고, 결국 견디다 못해 1918년 가을, 군대에 입대할 것을 결심한다. 하지만 나이가 어리다는 이유로 거절당하였다. 그러자 월트는 적십자에 가입하여 외국으로 나가게 되었고, 그곳에서 1년 동안 병원 구급차를 몰거나 적십자 고위직들의 운전사로 일했다.

전쟁이 끝난 후, 캔자스시티로 돌아온 월트는 한 광고회사에 취직하였다. 이곳에서 월트는 애니메이션 제작에 적극 참여하였다. 가정으로부터는 그리 따뜻함을 느껴보지 못한 월트였지만 주변 사람들에게 "내 고향 풍경은 정말 아름다웠어. 그래서 난 홀로 그 풍경에 심취했고 언젠가 이런 움직이는 그림으로 보고 싶다는 생각을 했어."라고 말하며 어린 시절부터 꿈꿔온 애니메이션 제작의 열의를 표출시켰다고 한다.

애니메이션의 매력에 흠뻑 빠진 월트는 직접 '러프 오 그램'이란 중소회사를 차려 몇몇 애니메이션들을 돈 받고 하청 제작을 해주었다. 그러던 어느날 치과 병원으로부터 '토미듀커의 이빨'이란 치아 홍보 애니메이션 하청을 의뢰받았다. 이 작품은 병원 관계자 뿐아니라 일반인들에게까지 매우 높은 호감을 얻어 월트는 부와 명예를 함께 맛보게 되었다.

이 기회를 틈타 흑백 무성 실사 애니메이션인 '이상한 나라의 앨리스'를 만들지만 참패하고 회사는 결국 부도가 났다.

작은 것에서 찾은 큰 기쁨 '미키마우스'

러프 오 그램의 직원들은 흩어지고 디즈니와 아우인 로이와 어브 아이웍스만 남았다.

"이제 뭘 하면서 살아야 하지?" 로이가 한 말에 월트는 "만든 필름을 팔아서라도 다시 일어서야지."라고 이야기하며 어브에게 고개를 돌려 말했다.

"자네, 나를 도와줘서 고맙네. 하지만 지금 난 땡전 한 푼 없으니 일단 다른 곳에서 일하게. 언젠가 내가 다시 부르겠어."

어브와 헤어지고 로이와 월트는 필름을 팔며 돈을 모아 '디즈니 브라더스사'를 다시 세운 후 만화 나라 앨리스란 작품을 만들며 다시 어브를 불렀다. 어브가 감독을 맡아 디즈니 제작으로 앨리스 시리즈가 만들어지기 시작했다. '앨리스와 독 캣처', '앨리스 표류기', '앨리스와 투우사' 등.

작품이 모두 평이 좋아 마침내 대기업 유니버설이 하청을 맡기고 '행복한 토끼 오스월드'를 만들어 극장에서 개봉하였다. 이 작품은 크게 성공하지만 유니버설은 보너스는커녕 유능한 디즈니사 직원들을 무작위로 스카웃해 갔다. 게다가 오스월드 판권을 가져가 버려 월트에겐 크나큰 상심을 안겨주었다. 이 일로 인해 월트는 자사 캐릭터의 중요성을 실감하였다.

그 후 월트는 작은 사물 하나하나에 더욱 관심을 갖고 캐릭터로 제작하면 좋을 소재거리를 찾아나섰다. 그때 우연히 집안 한 구석을 뛰어다니는 쥐를 보게 되었고, 따뜻한 시선으로 바라보다가 예쁘고 친밀감 있게 그리기 시작했다. 그에게 쥐는 더 이상 징그러운 존재가 아니었다. 긍정적으로 보니 다정한 말벗이었다.

Walt Disney

그렇게 해서 나온 것이 바로 '미키마우스'다. 처음 이름은 '몰티머 마우스'였다. 이렇게 창조된 미키마우스는 1928년 11월 영화계에 데 뷔하였다. 이후 '미키의 어리석은 교향악단'의 제작 기간 동안에 '테 크니컬러'가 애니메이션에 도입되기도 하였다.

월트 디즈니의 '월트 디즈니 세상'

미키마우스의 효과로 월트의 회사는 200명이 넘는 중견기업이 되 었다. 그리고 1934년 무려 100만 달러가 넘는 액수를 투자해 '백설공 주와 일곱 난쟁이' 제작에 들어갔다.

'백설공주와 일곱 난쟁이'가 완성되기까지 다음과 같은 과정을 거 쳤다.

1. 지금까진 동물 캐릭터가 대부분이었다. 이것을 거의 사람으로 캐릭터를 설정한다.
2. 과장된 표현을 없앤다. 해피엔딩이지만 비극도 들어간다.
3. 멀티플랜 기법을 쓴다.
4. 여러 각도에서 인물들을 그린다.
5. 묘사를 섬세하게 한다. 번개칠 때 번쩍이는 효과를 종전보다 더 번쩍이고 사실감있게 한다. 섬세한 선과 행동을 꼼꼼히 그린다.

이 조건들을 모두 갖춘 장편 애니메이션 '백설공주와 일곱 난쟁이' 는 대성공을 거두었다. 이로 인해 그동안 못 갚은 모든 빚을 갚았으며 직원 수가 600명이 넘는 회사로 거듭나게 되었다.

1938년에는 '피노키오' 제작에 들어갔다. 하지만 이 작품은 인종 차별적이란 악평을 들으면서 결국 실패하고 말았다. 하지만 주제가 가 대히트를 거두면서 작은 위안이 되었다. 현재 이 주제가는 디즈니

사를 대표하는 음악으로 사용되고 있다.

1941년에는 '밤비'를 만들었다. 이 작품은 전작 '피노키오' 실패를 충분히 만회할 수 있는 찬사와 성공을 거두며 대 히트하였다. 이뿐만 아니라 전쟁 중이던 미군에게도 상영되어 눈물을 안겨주는 바람에 미 장성들이 상영 중지를 요구하기도 했다. 현재에도 '밤비'는 디즈니 최고 걸작으로 평가되고 있다.

이후 '아기 코끼리 덤보', '도널드 덕', '신데렐라' 등이 연이어 흥행하면서 월트는 일약 스타덤에 올랐다.

그리고 1955년 월트의 꿈이 총망라된 디즈니랜드가 캘리포니아에 개장되어 각 나라의 대통령과 왕과 여왕들 및 모든 귀빈을 포함해 2억 5000만 명이 넘는 사람들이 디즈니랜드에서 즐거운 시간을 보냈다.

또한 월트는 텔레비전 프로그래밍 분야의 선구자로서, 텔레비전용 프로그램 제작에 들어가 1961년 최초로 총천연색의 프로그램을 선보이게 되었다.

이 일을 계기로 월트는 미국 도시 생활을 질적으로 향상시키는데 관심을 가지기 시작했다. 이에 미국 플로리다주 중부의 도시 올랜드 남서쪽 약 32Km에 위치한 곳에 캘리포니아주 디즈니랜드의 100배 이상 되는 43평방 마일의 부지를 매입하였다. 이곳에 그는, 새로운 놀이공원, 모텔-호텔 리조트 센터, 미래의 실험적 원형 공동체를 포함하는 완전히 새로운 디즈니 월드 건립 계획을 수립하였다.

이렇게 하여 완성된 플로리다 월트 디즈니 월드는 계획되었던 대로 1971년 10월 1일에 대중들에게 공개되었으며, 이 중 '에프코트센터(EPCOT Center)'는 1982년 10월 1일에 개장되었다.

많은 사람들에게 꿈과 사랑, 그리고 삶의 질 향상에 노력한 월트는

Walt Disney

1966년 눈을 감았다.

애니메이션의 선구자이고 혁신가이며 이 세상에 알려진 가장 풍부한 상상력의 소유자 중의 한 사람인 그는 그의 직원들과 함께 전 세계 각국으로부터 일생 동안 48개의 아카데미상과 7개의 에미상을 포함하는 950개가 넘는 훈장과 표창장을 받았다.

주요 작품들

— 백설공주와 일곱 난쟁이(Snow White and the Seven Dwarfs)

— 피노키오(Pinocchio)

— 판타지아(Fantasia)

— 덤보(Dumbo)

— 밤비(Bambi)

— 신데렐라(Cinderella)

— 이상한 나라의 엘리스(Alice in wonderland)

— 피터 팬(Peter Pan)

— 101마리의 강아지(101 Dalmatians)

— 정글 북(The Jungle Book)

— 로빈훗(Robin Hood)

— 생쥐구조대(The Rescuers)

— 아기곰 푸우(The many adventure of winnie the pooh)

— 올리버 뉴욕 새끼 고양이 이야기(Oliver and Company)

— 인어공주(The little mermaid)

— 미녀와 야수(Beauty and the Beast)

— 알라딘(Aladdin)

— 라이언 킹(The Lion King)

— 포카혼타스(Pocahontas)

— 토이스토리(Toy Story)

— 노틀담의 곱추(The Hertback of Notre Dame)

— 헤라클레스(Hercules)

— 뮬란(Mulan)

— 타잔(Tazan)

— 아틀란티스(Atlantis)

어린 트럼본 연주자

미국의 어느 마을에서 서커스단이 찾아왔다. 아직 공연 시간이 되지 않았지만 벌써 많은 사람들이 앞자리에 앉아 막이 오르길 기다리고 있었다. 그때 나비 넥타이를 맨 남자가 난처한 표정으로 무대로 걸어나와 말했다.

"저는 이 서커스단의 악대를 이끄는 밴드 마스터입니다. 죄송하지만 여러분들 중에 혹시 트럼본을 불 수 있는 사람이 있습니까?"

서커스단 악대의 트럼본 연주자가 갑자기 연주를 못하는 상황이 벌어져 트럼본 연주자가 긴급히 필요한 상황이었다. 하지만 트럼본을 불 수 있다고 손을 드는 사람은 아무도 없었다.

잠시 뒤 한 소년이 손을 번쩍 들었다.

"애야, 네가 정말 트럼본을 불 수 있니?"

밴드 마스터가 의아해하며 물었다.

그러자 소년은 "한 번 해보겠습니다." 하더니 트럼본을 받아들고 악대에 섞였다.

밴드 마스터는 곧 악대를 행진시켰다. 그런데 악대는 금방 큰 혼란에 빠져 버렸다. 소년의 트럼본이 계속해서 엉뚱한 음을 내었기 때문이다. 화가 잔뜩 난 밴드 마스터가 악대의 행진을 중단시키더니 그 소년에게 물었다.

"너는 트럼본을 불지도 못하면서 왜 거짓말을 했지?"

하지만 소년은 얼굴색 하나 변하지 않고 대답했다.

"저는 제가 트럼본을 불 수 있는지 없는지를 몰랐습니다. 여태까지 한 번도 트럼본을 불어 본 적이 없으니까요."

보통 사람들과 달리 뭐든지 해보고 나서 할 수 있는 일인지 아닌지를 결정했던 이 소년의 이름은 바로 훗날 디즈니랜드를 만든 월트 디즈니이다.

1901	일리노이주 시카고 출생
1920	첫 원작 애니메이션 완성
1928	미키마우스 창조
1932	애니메이션 '꽃과 나무들 (Flowers & Trees)'로 첫 번째 아카데미상 수상
1937	최초의 장편 애니메이션 '백설공주와 일곱 난쟁이(Snow white and The Seven Dwarfs)' 완성
1955	디즈니랜드 개장
1961	'Wonderful world of color'로 최초의 총 천연색 프로그램 제작
1966	사망

Chane

여성들의 삶을
바꾸어 놓은
패션계의 신화

가브리엘 "코코" 샤넬 (Gabrielle "Coco" Chanel, 1883~1971)

명언 { "사람들은 나의 옷 입는 모습을 보고 비웃었지만 그것이 바로
내 성공의 비결이었다.
나는 그 누구와도 같지 않았다."

"한 여인의 삶이 세계 여성들의 몸에서 영원한 향수로 남아 있다. 불행한 과거
를 숨기고 과감히 부와 명성에 도전한 여자 코코 샤넬. 고아로 자라나 야심과
재치로 패션계의 최고에 오른 그녀는 여성을 활동적으로 만드는 디자인을 했
을 뿐아니라, 여성을 아름답게 만드는 디자인을 했다."

코코 샤넬 (본명 가브리엘 보뇌르 샤넬)은 1883년 8월 19일 프랑스의 소뮈르에
서 태어났다.
샤넬의 아버지는 지방 도시를 돌며 행상을 하는 가난한 사람이었다. 샤넬은
열두 살에 어머니를 여의고 두 자녀를 키울 마음이 없던 아버지에게 버림받고
언니와 함께 고아원에서 자랐다.

성 장 비 주

194

버림받은 고아 소녀 그녀는 자유분방했다

검은 머리의 깡마르고 고집 세며 자유분방한 소녀 샤넬에게 고아원 생활은 무척 적응하기 힘든 곳이었다. 청소와 바느질, 정해진 시간에 취침하기보다는 춤과 노래가 좋았던 그녀는 스무 살이 되던 해 고아원을 나와, 도시 물랭으로 간다. 그곳에서 유아용품의 판매원으로 취직하지만 곧 그만두고 기병들이 드나드는 싸구려 바에서 댄서와 가수로 활동하기 시작했다.

이곳에서 그녀는 즐겨 부르던 노래 '코코'에서 이름을 따 스스로에게 새로운 이름을 짓고 자신을 코코 샤넬이라 소개했다. 어두웠던 과거를 상기시키는 이름인 가브리엘을 버리고 그녀는 새롭게 비상하기 위해 코코 샤넬이란 이름을 스스로에게 선사한 것이다.

샤넬의 역동적이며 자유분방한 삶 속에는 한 남자에 대한 지고지순한 사랑은 없었다. 그녀는 스스로 필요할 때 사랑을 하였고 그 사랑을 통해 이룰 수 있는 것은 모두 성취하였다.

싸구려 바에서 샤넬을 건져낸 최초의 사랑은 상류층의 부유한 남자 에티엔발상이었다. 샤넬은 그를 통해서 비참한 어린 시절 배우지 못했던 상류층의 예절과 문화를 배웠다.

그리고 그녀가 두 번째로 만난 남자는 영국인 사업가 아서 카펠이었다.

그는 샤넬이 자신의 살롱과 의상실을 열 수 있는 돈을 대주었다. 샤넬은 이곳에서 디자이너로서 재능을 마음껏 발휘했고 결국 훗날 아서 카펠에게 빌린 돈을 모두 갚을 수 있었다.

단순하고 명료한 디자인을 그리다

1910년 샤넬은 작은 모자가게를 오픈하였다. 그녀는 단순함과 명료함을 강조해 디자인했다. 당시 여성들은 모자에 온갖 것들을 장식하고 다녔다. 작게는 리본이나 꽃, 심지어 자신의 멋을 과시하기 위해 과일까지 얹고 다니는 사람도 있었다. 당연히 모자는 무겁고 거추장스러워 여성들의 행동을 제약하였다.

샤넬은 일반 여성들이 쓰는 모자를 거부하고 스스로 디자인한 검은 모자에 하얀색 리본 하나만을 두른 단순한 모자를 쓰고 다녔다. 이 모자는 당시 상류층 여인들에게 큰 인기를 얻었고, 샤넬은 일약 세계적인 디자이너로 성장하였다.

그녀가 디자인한 모자는 널리 퍼져 영화배우와 연극배우들도 앞다투어 쓰기 시작했다. 그녀는 자신감을 얻고 1913년 도빌에 의상실을 열었다. 또한 여성의 옷은 물론 향수, 액세서리까지 그 영역을 넓혀나갔다. 1920년대 만들어진 샤넬의 대표적인 향수 'NO.5'는 아직까지도 그 명성을 잃지 않고 많은 여성들에게 사랑받고 있다.

활동하기 불편한 옷으로부터의 해방

1913년 도빌에 연 샤넬의 의상실은 패션 역사에 한 획을 그었다. 역사적으로 서양 여성들의 옷은 코르셋을 입지 않고서는 입을 수 없는 옷들이었다. 샤넬은 여성 옷의 코르셋을 과감히 생략하였다.

그녀가 디자인한 옷은 여성성을 나타내는 약간의 곡선만 있을 뿐 전체적으로 헐렁해 움직임이 자유로운 형태의 옷이었다. 이 옷은 사회적으로 큰 반향을 일으켰다.

여기에 더해 샤넬은 1920년 이른바 '샤넬 라인'으로 알려진 무릎 밑 5~10cm까지만 오는 길이의 스커트를 선보여 세계를 놀라게 했다. 여성 옷에서 다리를 드러낸 것은 샤넬의 옷이 최초였다. 이 옷은 논란이 많았지만, 당시 터진 1차 세계대전의 여파로 기능적이고 활동적인 옷을 선호하게 되면서 전 세계적으로 유행하게 되었다. 이때부터 여성들은 스커트 길이에서도 해방을 맞이한 것이었다.

샤넬은 짧은 스커트가 여자의 다리를 가장 아름답게 보이게 한다고 믿어 의심치 않았다.

"나는 활동적인 여자들을 고객으로 맞이했다. 드레스는 걷어올리지 않으면 안 된다."

샤넬의 숄더백도 그런 이유에서 나온 것이다. 활동적인 여성은 두 손을 다 써야 하는데 백을 들기 위해 한 손을 활용하지 못한다면 곤란하기 때문이다.

그리고 그 당시 그녀는 셔츠를 디자인했다. 우아하고 스포티하여 언제 어디서나 입을 수 있는 스타일이었다. 유행에 전혀 관계없이 점심 때나 야외 활동에도 통용되는 신기한 셔츠였다. 샤넬이 디자인한 옷이 인기를 끌자 시장에서는 샤넬의 디자인을 그대로 본뜬 이미테이션이 판을 치기 시작했다.

실제 이에 관한 재미있는 에피소드가 있다.

샤넬이 어느 파티에 가 보니 17명의 여자들이 모두 자신이 디자인한 옷을 입고 있었다. 그러나 그 옷 모두가 샤넬의 가게에서 만든 진짜가 아니라는 걸 알 수 있었다.

가짜 옷을 입은 여자들은 샤넬을 보고 어찌할 바를 모르며 눈치를 보았다. 그러자 샤넬이 말했다.

"여러분. 걱정하지 마십시오. 내가 입은 이 옷도 진짜 내 가게에서

Chanel

만들었는지 확실치가 않으니까요."

성공의 비결은 오로지 하나, 끝없는 노력

처음 샤넬이 가게를 오픈할 때 6명이었던 종업원 수는 얼마 지나지 않아 3500명에 이르렀다. 샤넬은 성공한 여자라는 영예와 함께 최고의 부자가 되었다.

"코코가 만진 것은 무엇이든 황금이 된다."

많은 사람들이 샤넬의 성공에 대해 이렇게 말하자 그녀는 이렇게 회답했다.

"성공의 비결은 끊임없이 노력하고 맹렬하게 일하는 데 있습니다."

실제로 샤넬은 일을 많이 했다. 하루 일과가 끝나면 손이 붓고 굳어질 정도로 필사적으로 일을 했다.

독일군 장교와 교제하고 나치에 협력했던 일로 프랑스인들에게 배신자로 낙인찍힌 샤넬은 스위스에서 망명생활을 할 수밖에 없었다. 그리고 전쟁이 끝나고 1954년 파리로 돌아와 첫 컬렉션을 열었다.

샤넬은 고희의 나이에 다시 소생했다. 칼라를 떼고 둥근 목선에 테두리를 댄 샤넬 투피스는 미국을 중심으로 전 세계로 퍼져 나갔다.

그건 아무도 믿을 수 없는 일이었다. 이미 샤넬은 늙었고, 현대 감각에 맞는 새로운 패션이 무수히 나오고 있었기 때문이다. 하지만 그녀는 불사조처럼 일어나 끝없는 창조와 정열을 다해 일을 했다. 그것이 진정 샤넬의 아름다운 모습이며, 그녀가 사랑하는 모습이었다.

죽기 전날 밤도 그녀는 일을 했다. 그리고 이튿날인 일요일, 오랫동안 살아온 파리의 리츠 호텔에서 세상을 마쳤다. 그녀 나이 여든일곱 살이었다. 그녀의 유해는 프랑스에 묻히는 것을 거부당하여 망명생활을 했던 스위스의 로잔에 묻혔다. 장례식의 꽃은 모두가 흰색뿐이었다. 그녀가 좋아했던 색이었다.

"패션은 지나가도 스타일은 남는다."

이 말은 샤넬이 남긴 중요한 말이다. 그녀가 디자인한 옷은 유행을 타고 사라질지라도 그녀가 만들어낸 여성옷의 기준은 영원히 남아 20세기를 넘어 21세기까지 전해 오고 있다. 현재 샤넬사는 칼 라거펠트라는 불세출의 남자 디자이너에 의해 운영되고 있다. 그러나 샤넬이 남긴 말처럼 그녀는 떠났으나 그녀의 스타일은 계속 남아 있다.

샤넬 라인

샤넬 라인은 스커트의 무릎 정도의 길이를 말한다. 당시 여성들은 한번 외출하려면 치렁치렁한 치마 자락을 끌고 외출해야 했다. 세계 대전 후에 일하는 여성이 늘어나고, 그에 따라 여성들의 활동이 늘어나서 치마의 길이는 더 이상 길 필요가 없어졌다. 이렇게 긴 치마를 무릎 선으로 올린 디자이너가 바로 샤넬이었다.

샤넬 향수

향수의 역사에서 샤넬이 차지하는 부분은 매우 크다. 샤넬은 1921년 향수 No. 5를 선보였다. 조향사 에르네스트 보(Ernest Beaux)가 가져온 5가지 견본 중 마지막 5번째 것을 고른 샤넬의 선택에서 그 이름이 유래된 No.5의 향기는 쟈스민 향이었다.

샤넬은 No.19, 남성 향수 안테이어스와 에고이스트, 그리고 2001

Chanel

알뤼르까지 다양한 향수의 세계를 선물하였다.

샤넬 모자

코코 샤넬이 처음으로 파리에 전문 샵을 열게 된 종목은 모자였다. 샤넬은 단순하면서도 아름답고 여성의 활동성을 높여줄 수 있는 모자를 디자인해서 팔았다.

샤넬의 모자는 우선 편했고 디자인도 독특해 여성들 사이에서 많이 팔렸고, 결과적으로 이것은 샤넬의 디자인이 여성들에게 활동성을 부여한 결과를 낳게 되었다.

핸드백의 줄

샤넬은 최초로 핸드백에 줄을 단 디자이너이다. 당시의 여성용 핸드백에는 끈이 없었기 때문에 여성들이 외출할 때는 항상 핸드백을 들고 다녀야 하는 불편함이 있었다.

하지만 핸드백에 끈을 달면서 상황은 달라졌다. 핸드백을 어깨에 맬 수 있게 되면서 양손은 핸드백으로부터 자유로워졌고 여성의 활동성은 더 높아지게 되었다.

'비공의 대신' 샤넬과 에르네스트 보

샤넬이 자신의 이름을 딴 향수를 만들기로 마음먹었을 때, 그는 열한 살 연하의 러시아 귀족 드미트리 파블로비치 대공과 열애

중이었다.

유럽 어느 나라보다도 향수를 즐기던 러시아 궁중 취향의 이 귀족은 샤넬에게 당시 향을 개발하기 위해 프랑스에 있던 조향사 에르네스트 보를 소개했다.

이들 두 사람은 곧 개발에 합의하고 80가지가 넘는 향료와 화학 성분을 섞어 연구를 계속하였는데, 한두 가지 꽃향기에 금세 발향이 되어 날아가 버리던 기존 향수와 달리 향이 오묘하고 화학성분 덕에 오래 지속되게 되었다.

이중 샤넬이 에르네스트 보가 제시한 5가지 향 중 마지막 것을 선택했다고 해서 향수엔 '샤넬 No.5'라는 이름이 붙여졌다.

그 후 에르네스트 보는 샤넬 부르조아사의 창립과 함께 샤넬을 대표하는 조향사로 유럽에서 최고의 명성을 날리게 되었다. 또한 그는 당시 조향사에게 최고의 명인만이 받을 수 있는 '비공의 대신' 요즘 말로 풀어보면 '향의 달인'이라는 칭호를 받게 되었다.

일생

1883	프랑스의 소뮈르 출생
1910	모자가게 오픈
1913	도빌에 의상실 오픈
1920	'샤넬 라인'으로 알려진 무릎 밑 5~10cm까지만 오는 길이의 스커트를 선보임
1921	향수 No.5를 선보임
1954	파리에서 첫 컬렉션 개최
1971	파리의 리츠 호텔에서 사망

영국이 낳은
세계 최고의 극작가

Shakespear

윌리엄 셰익스피어 (William Shakespeare, 1564~1616)

"인간이 가장 먼저 해야 할 일은 자기 자신에게 진실해야 한다는 것이다. 스스로는 진실치 못하면서 남이 자기에게 어찌 진실하기를 바라겠는가. 만약 스스로에게 진실하다면, 밤이 낮을 따르듯 대개의 일이 순리대로 풀릴 것이다. 진실처럼 아름다운 것은 없다. 진실을 구하라. 진실로 무장하라."

윌리엄 셰익스피어는 우리에게 너무나도 잘 알려진 세계적인 천재 극작가이다. 그는 4대 비극 오셀로, 햄릿, 맥베스, 리어왕 등 불후의 명작을 남겼을 뿐만 아니라 삶의 희극과 비극을 가장 밝은 눈으로 꿰뚫어보고 생각의 깊이를 제공한 선지자였다.

셰익스피어의 할아버지 리처드는 잉글랜드 중부에서 자기 소유의 토지를 경작하는 자작 농부였다. 셰익스피어 아버지 존의 형 또한 자작 농부였지만 존은 사업으로 성공하려는 마음으로 고향을 떠나 스트랫포드에 와서 사업가로서 뿐만 아니라 정치가로서도 성공을 거두었다. 존은 1557년에 자치구의 맥주 감식가에 임명되었고, 같은 해에 메어리와 결혼하였다. 메어리의 아버지 아든은 윌름코트라는 마을에서 성공적으로 영농을 해오던 양반계급에 속하는 인물이어서 메어리는 금전과 토지 등 상당한 규모의 결혼 지참금을 가지고 왔다.

성 장 배 경

유난히 극단을 좋아했던 어린 소년

이렇게 태어난 셰익스피어는 8남매 중 셋째 자녀로서 맏아들이었다. 그는 1564년 4월 23일에 태어났으며 3일 뒤인 4월 26일자로 출생신고가 되어 있고, 이 기록은 오늘날까지도 교적에 생생하게 남아 있다.

셰익스피어는 구김살 없는 유년시절을 보냈다. 장날이면 아버지와 함께 시장에 가서 런던 등지에서 지방을 순회하는 직업 극단을 볼 수 있었고, 그들의 공연도 관람할 수 있었다. 이러한 일들은 어린 셰익스피어에게 놀랄 만한 경험이 되었다. 셰익스피어는 이러한 환경 속에서 어린 시절을 보내게 되었고, 감수성이 예민한 이 시절의 경험들이 훗날 극작가 셰익스피어를 탄생시킨 원동력이 되었다.

그러나 열네 살 때부터 집안 형편이 어려워져 대학 진학을 포기하고, 스트랫포드의 한복판에 있는 문법학교에 다녔다. 그가 다녔던 학교 이름은 '에드워드 6세 왕립 문법학교'로 당시에 가장 보편적인 학교 형태였으며, 무상교육기관이었다. 셰익스피어는 이곳에서 라틴어를 익혀 서양의 고전을 섭렵할 능력을 갖추었다.

셰익스피어가 결혼한 1582년에는 12월 2일에서 1583년 4월 7일까지가 결혼이 금지되는 기간이었다. 이 시대에는 결혼식 신청이 접수되면 사제가 3주 동안 매주 한 번씩 일요일 예배 설교 시간에 강단에서 결혼을 예고하고, 결혼에 대한 이의가 있으면 이의를 제기하도록 하는 관습이 있었는데, 그는 결혼 금지 기간이 시작되기 4일 전인 1582년 11월 28일에 결혼식 청구서를 접수하였다. 결혼 허가서는 11월 27일에 발행되었고 그 다음날 결혼 증서가 발행되었다.

그렇게 셰익스피어는 열여덟 살 때 여덟 살 연상의 여인 앤 해서웨이와 결혼하여 1583년 5월 26일에 성 삼위일체 교회에서 첫째 딸 수잔나의 세례식을 가졌으며, 2년 후에는 쌍둥이 햄넷과 주디스가 태어났다.

런던에서 극작가로 명성 떨쳐

해서웨이와 결혼하여 부모 집에서 같이 살고 있던 셰익스피어는 가정의 재정 상태가 날로 악화되어 가는데 식구 수는 늘어나자 1587년에 스트랫포드를 떠나 런던으로 갔다. 그의 런던 생활은 1592년부터 기록되어 있다.

그는 처음에는 배우로서, 그 다음에는 번안자로, 마지막에는 극작가로 활약하였다. 하지만 그가 런던에 처음 도착하자마자 한 일은 말을 보살피는 일이었다.

당시의 교통수단 중에 가장 보편적인 말을 손님들이 극장에 타고 오면 보살펴 줄 사람이 필요하였는데 그 일을 셰익스피어가 하였다. 그 후 한 극단에 입단해 프롬프터의 조수로서, 무대에 출연하는 배우들의 이름을 불러주는 일을 했다. 그는 시간이 날 때마다 극을 스스로 써내려갔다.

그의 놀라운 글 솜씨는 주위를 놀라게 했다. 서른 살이 된 1594년부터 의전장관 극단에 소속되어 극작가로서 승승장구할 계기를 맞았다. 그 후 20여 년 간 전속극작가 겸 극단 공동경영자로, 때로는 무대에서 직접 배역까지 맡았는데, 이때 40여 편의 희곡과 시집을 펴냈다.

가세가 기운 후 신분이 격하된 아버지의 신분을 상승시키려고 가문의 인장 사용허가를 당국에서 얻어내기도 하고, 쌍둥이로 태어난 외동아들의 죽음이라는 슬픔도 딛고 일어서 나머지 자녀들을 고향에 안주시켜 뒷날 자기가 은퇴하여 합세한 일 등으로 보아 글 쓰는 일뿐 아니라 가정에도 최선을 다했음을 엿볼 수 있다.

한 달 전 유서 작성하고 생일날 사망

셰익스피어는 죽기 한 달 전에 작성한 유언장에 유산에 대한 세목을 기록하였는데, 대부분의 재산을 맏딸에게서 태어난 외손자에게 물려주었으며, 1597년에 스트랫포드에서 구입한 두 번째로 큰 집이었던 새 집을 유언장에서 맏딸 수잔나에게 증여했다. 그리고 셰익스피어의 부인인 앤 해서웨이는 셰익스피어가 사망한 후 재산의 3분의 1을 증여받았다. 셰익스피어는 1616년 3월 25일에 유서를 작성하고 약 한 달 후인 4월 23일에 62세의 나이로 타계했는데 그 날짜가 묘하게도 생일과 같았다.

그가 어떻게 죽었는지는 여러 설만 나돌 뿐 정확히 밝혀져 있지 않다. 셰익스피어는 사망한 지 2일 후에 장례식이 치러졌고 그의 유해는 삼위일체 교회에 안장되었다. 그의 묘석에는 이름은 없고 약간 미스터리한 짤막한 글이 이렇게 새겨져 있다.

친구여, 제발 여기에 묻힌 흙을
파내지 말아주오.
이 묘석을 아껴주는 이에게는 축복이,
나의 유골을 건드리는 자에게는 저주가 있을지니라.

Shakespeare

셰익스피어의 작품의 3단계
영국사극+희극+비극

셰익스피어의 희곡 중 생전에 출판된 것은 19편 정도이고, 1623년 이후 동료들에 의하여 전집이 간행되었다. 전집은 「말괄량이 길들이기」, 「베로나의 두 신사」, 「사랑의 헛수고」, 「리처드 2세」, 「한여름밤의 꿈」, 「베니스의 상인」, 「헨리 4세 1부·2부」, 「줄리어스 시저」, 「뜻대로 하세요」, 「십이야(夜)」 등 그의 작품 37편이 실려 있다. 그의 작품 세계는 크게 세 가지로 나뉘는데, 영국사극과 희극, 비극이 그것이다. 영국사극은 모두 10편을 썼으나 그 중 8편은 중세 후기, 주로 영국과 프랑스의 백년전쟁과 장미전쟁으로 불리는 두 왕가 사이의 권력 투쟁의 과정을 극화한 것이다. 대표작으로는 「리처드 2세」, 「헨리 4세 1부·2부」, 「헨리 6세 1부·2부·3부」, 「리처드 3세」 등이 있으며 봉건적 질서가 내부 붕괴를 일으키면서 골육상쟁이 유발하는 처참한 피의 역사가 선명하게 표출되어 있다.

1594~1600년에 걸쳐 창작된 희극 「베로나의 두 신사」, 「한여름밤의 꿈」, 「베니스의 상인」, 「헛소동」, 「십이야(夜)」 등은 흔히 낭만희극이라 불리며, 사랑과 결혼에 관한 이야기를 소재로 한 서정적 분위기와 익살, 해학 등 희극 고유의 요소를 두루 갖추고 있는 것이 특색이다.

그리고 젊은 남녀 사이의 사랑이 여러 가지 우여곡절 끝에 행복한 결말(결혼)에 이르는 낭만희극의 정석을 보여주면서도 그는 사랑의 변덕스러움, 장난, 그 파괴적 힘에 이르기까지 실로 다양한 모습을 보여주고 있다.

그러나 그의 작품 세계에 깊이를 더한 것은 역사극과 낭만희극을 쓰고 난 뒤 비극 작품을 쓰면서부터이다. 본격적인 비극 작품을 쓰기 전에 이미 초기에 쓴 두 편의 비극, 즉 「티투스 안드로니쿠스」와 「로미오와 줄리엣」을 썼으나 이 작품의 명성과 인기에도 불구하고 1660년 이후에 쓰인 4대 비극을 능가할 수가 없었다.

4대 비극은 왕자의 사색과 행동, 진실과 허위를 통한 복수극을 그린 「햄릿」과 인간적 신뢰가 돋보이는 작품 「오셀로」, 늙은 왕의 세 딸에 대한 애정의 시험이라는 설화적 모티브를 바탕으로 깔고 있는 「리어왕」, 그리고 권력의 야망에 이끌린 한 무장의 왕위 찬탈과 그것이 초래하는 비극적 결말을 볼 수 있는 「맥베스」가 있다.

이처럼 셰익스피어는 자신의 작품을 통해 모든 것을 표출하였다는 의미에서 뛰어난 자기 완결적인 작가였음을 알 수 있다.

이벤트
셰익스피어를 기리기 위한
'셰익스피어 탄생 축제' 매년 개최

18세기 스트랫포드 어폰 에이븐(Stratford-upon-Avon)에서 시작한 셰익스피어 탄생일 축제는 매년 셰익스피어의 업적을 기리기 위해서 많은 국가의 사람들, 협회, 전문가들이 함께하는 매력적인 세계적 축제이다.

축제는 셰익스피어 출생일인 4월 24일경(토요일 부근)에 개최된다.

Shakespeare

로얄 셰익스피어 컴퍼니와 교회에서 주관하는 시민 환영회, 출생 강연회, 출생 공연 등을 포함한 축제 행사는 주말 내내 공연된다.

이러한 전통적인 연례 축제는 보편적으로 영어권 사람들에게 천재로 인정받는 영국의 문호 윌리엄 셰익스피어를 기리기 위한 축제이다. 셰익스피어의 작품을 읽고, 공부하며, 각 장르의 연극을 상영하며, 지역과 정치를 초월한 그의 명성과 영향을 재조명한다.

1564	4월 23일에 태어남
1582	여덟 살 연상의 여인 앤 해서웨이(Anne Hathaway)와 결혼
1594	의전장관 극단에 소속되어 극작가로 활동
1594~1600	희극 「베로나의 두 신사」, 「한여름밤의 꿈」, 「베니스의 상인」, 「헛소동」, 「십이야(夜)」 등 낭만희극 창작
1600~1606	4대 비극 「햄릿」, 「오셀로」, 「리어왕」, 「맥베스」 창작
1616	62세의 나이로 사망

천부적 자질을 지닌
독일 시인

요한 볼프강 폰 괴테 (Johann Wolfgang von Goethe : 1749~1832)

명언
{
"과오는 인간에게만 있다. 인간에게 있어서 과오는 자기 자신
이나 타인, 사물에의 올바른 관계를 찾아내지 않은 데서 비롯
된다. 과오나 허물은 일식이나 월식과 같아서 평소에도 그 모
습을 나타내고 있으나 보이지 않다가, 비로소 그것을 고치면
모두가 우러러보는 하나의 신비한 현상이 된다."

괴테는 독일의 시인이자 비평가이며 무대 연출가, 정치, 교육, 과학에 이르기
까지 다재다능함과 뛰어난 솜씨를 보여주었다. 그가 쓴 방대한 저술과 다양성
은 높이 평가되고 있다.

서정적인 작품들에서는 다양한 주제와 문체를 능숙하게 구사했고, 허구문학에
서는 정신분석학자들의 기초 자료로 사용된 동화부터 시적으로 표현한 단편
및 중편소설들, 그리고 산문체의 희곡까지 폭넓게 보여주고 있다. 괴테에게는
삶의 양극을 오가는 자연스러운 능력과 변화 및 생성에 대한 천부적 자질이
있었다. 그에게 있어 삶이란 타고난 재능을 실현시키는 성숙의 과정이었다.

성장배경

마음속 깊이 꿈틀거리는 문장가의 꿈

괴테는 1749년 자유국제도시 프랑크푸르트 암마인에서 태어났다. 괴테의 아버지 요한 카스파르 괴테는 법률가로 엄격한 성격이었으며, 시장의 딸인 어머니는 명랑하고 상냥하였다. 괴테는 어린 시절부터 감수성이 매우 풍부해 주변 배경을 보고 그냥 지나치는 법이 없었다. 전통으로 각인된 거리들, 골목들, 분수들, 교회 등은 어린 괴테의 자유기고에 소재거리가 되었다.

하지만 완고한 성격을 갖고 있는 괴테의 아버지는 감성에 젖은 글은 학업에 도움이 되지 않는다며 글 쓰는 일을 탐탁해하지 않았다. 점차 아버지의 감시는 심해졌고, 결국 가정교사를 들여 고급학문을 가르쳤다. 고대어들을 배운 후에 불어, 영어, 이태리어, 그리고 나중에는 히브리어를 배웠다. 열 살의 나이에 괴테는 이솝, 호머, 버질, 그리고 오비드를 읽었으며, 『파우스트 박사』, 『아름다운 마겔로네』, 『포르투나투스』, 그리고 『영원한 유대인을 제외한 일당 전체를 위해』와 같은 독일의 통속 문학을 읽었다.

1765년 괴테 자신은 영국의 영향이 지배적이었던 괴팅겐대학에서 고전을 읽기 원했으나 아버지의 모교인 라이프치히대학으로 보내져 법학을 공부하게 되었다.

당시의 연극계는 독일 평론가 J. C. 고트셰트의 프랑스풍 영향이 지배적이었다. 그러나 우화와 송가의 작가 C. F. 겔러트는 에드워드 영, 로렌스 스턴, 새뮤얼 리처드슨 등의 새로운 감각을 소개했다. 괴테는 이를 계기로 더욱 예술에 대한 애정을 갖게 되었으며 일생 동안 그에게 큰 도움이 되었던 두 가지, 즉 자신의 눈을 사용하는 것과 자신이 하고자 하는 어떤 일에서건 본질을 터득하는 것을 배웠다. 또한 시인

210

이자 비평가인 J. G. 헤르더가 '북독일의 피렌체'라 칭송했던 드레스덴을 여행한 후 괴테는 고대 조각 및 로코코 건축양식의 장려함에 대한 시야를 넓히게 되었다. 한편 음악에 대한 수업도 게을리하지 않았다. 당시에는 작곡가 J. A. 힐러의 지휘로 새로운 18세기 협주곡의 훌륭한 공연들이 행해졌는데, 이것이 바로 세계적으로 유명한 관현악단인 게반트하우스 오케스트라가 되었다.

자연과 삶을 이해하다

라이프치히에서 괴테는 중병을 얻어 학업을 끝마치지 못하고 1768년 가을에 귀향하였다. 긴 회복기 동안 자아성찰과 종교적 신비주의에 몰두하며 연금술·점성술·신비철학에 도취했는데, 이 모든 것은 그의 대작 『파우스트』에 그 자취를 남겼다. 그는 건강이 회복되자 스트라스부르에서 법학 공부를 계속하기로 결정하였다.

겉으로는 변호사가 되었지만 젊은 시인 괴테는 '프랑크푸르트 학자보'의 편집을 도와주면서 문학과 사회의 의무감 사이에서 갈등하고 있었다. 이런 상황을 벗어나기 위해 1772년 왕국의 고등법원이 있는 베츨러로 떠났지만, 거기서도 법률보다는 문학에 대한 욕구가 강했다. 베츨러에서 괴테는 사랑을 체험하는데 상대는 이미 약혼자가 있는 샤를로테 부프라는 처녀로서 이 연애사건은 『젊은 베르테르의 슬픔』으로 주목을 끌었다.

이밖에도 같은 시대 작품으로는 「카이사르」, 「마호메트 찬가」, 「나그네」, 「클라비고」 등이 있다.

1775년 11월 괴테는 바이마르로 가게 되었고, 삶에 중요한 전환점을 맞았다. 바로 이때부터 자연과 삶을 완전히 이해하는 것을 주요 관

Goethe

심사로 두었다.

그는 작품을 통해 자연은 더 이상 인간정신의 단순한 반영이 아니라 그 자체로서 존재하는 무엇, 인간에게 무관심하며 거의 적대적이기까지한 한 개념 내지 힘의 응결로 표현해 냈으며, 이 새로운 '객관성'에 관한 인식은 괴테로 하여금 더욱 과학에 몰두하게 하는 계기가 되었다.

정신 없이 앞만 보고 달려온 그에게 안정과 휴식의 시간이 필요했다. 그래서 1786년 서둘러 오랫동안 미루어온 이탈리아 여행에 나섰다.

이탈리아 기행을 통한 서정시의 가장 큰 수확은 『로마의 비가』이다. 조형적 아름다움과 문화 유산에 대한 고양된 의식으로 독특하게 표현해 냈다.

60년 가까이 노력해 온 생애의 대작 『파우스트』

괴테는 또한 낭만파 문학에 큰 관심을 가졌다. 그리스 문화를 찬양하는 책을 써서 문필생활을 시작한 폰 슐레겔은 동양을 낭만주의 사상과 문학의 극치로 찬미했다. 그의 형 빌헬름 슐레겔의 형식과 운율에 대한 깊은 관심도 괴테의 마음을 끌었다.

이를 계기로 괴테는 『친화력』이란 소설을 집필하였다. 이 작품에서 '결혼은 문화의 시초이자 종말'이라 말하며 '현실'보다는 '낭만'에 그 초점을 두었다.

낭만파들은 세계의 훌륭한 문학적 작품들을 번역·소개하기 시작했고, 세계문학이란 괴테가 가장 중시하는 개념 중의 하나가 되었다. 괴테의 말을 빌면 세계문학의 목표는 상호이해와 존중을 바탕으로 문화를 진보시키는 것으로서, 번역이나 비평 또는 상이한 문학적 전통들의 융합을 통해 이루어지는 것이었다.

만년에 괴테는 세계적인 인물이 되어, 그가 살던 작은 도시 바이마르는 순례자들의 끊임없는 행렬이 이어져 성지가 되었다. 당시 방문객들은 그에게서 완고함이나 절제심보다는 오히려 부드러움, 이해심, 외부세계에 대한 끊임없는 호기심, 현재와 미래에 대한 개방된 마음가짐을 많이 엿볼 수 있었다. 이것은 『빌헬름 마이스터의 편력시대』에서 가장 뚜렷하게 나타난다.

그가 만년에 남긴 여러 작품 중 빼놓을 수 없는 대작으로 『파우스트』를 꼽을 수 있다.

『파우스트』는 스물세 살 때부터 쓰기 시작해 여든세 살로 세상을 떠나기 1년 전인 1831년에 완성된, 거의 60년 가까이를 노력해온 생애의 대작이다.

이 작품에는 서정적 · 서사적 · 극적 · 오페라적 · 발레적 요소들이 들어 있고, 다양한 문체들을 보여주고 있다. 1부는 사실적인 반면, 2부는 상징적인데, 모두 매우 다양한 문화 요소에 그 바탕을 두고 있다는 공통점을 지닌다. 16~18세기에서 시작되어 중세, 고대 그리스 · 로마를 거쳐 생명의 기원과 또 그 너머에 있는 모든 생명체들의 영원한 원천인 모체(母體)에 이르기까지 파우스트의 진행 과정은 역사적 시대의 순서를 초월해 서구문명에 공존하는 다양한 잠재적 가능성을 보여주는 장엄한 드라마이다.

괴테는 1832년 삶을 마감하였으며, 그의 유해는 바이마르 대공가의 묘지에 안치되어 있다.

괴테의 주요 작품 소개

『파우스트』,『젊은 베르테르의 슬픔』,『친화력』,『시와 진실』,『에그몬트』,『토르크바토 타소』,『빌헬름 마이스터의 수업시대』,『이탈리아 기행』,『괴츠 폰 베를리힝겐』,『헤르만과 도르테아』,『타우리스의 이피게니에』,『빌헬름 마이스터의 편력시대』

경의 대 자의식

괴테와 베토벤이 점심을 하면서 대화를 나누고 있었다. 그때 괴테는 오스트리아 황후는 예술에 대하여 훌륭한 생각을 지니고 있으므로 존경한다는 자신의 뜻을 밝혔다. 이에 베토벤은 조금 격한 말투로 귀족 따위가 당신이나 나의 귀한 예술을 왈가왈부 한다는 것은 참을 수 없는 일이라고 말했다.

이후 두 예술가는 과히 넓지 않은 거리를 산책했는데, 그때 마침 방금 화제로 삼은 황후가 신분 높은 귀족들에 싸여 저쪽에서 오고 있었다. 그것을 본 베토벤은 귀족들도 우리에게 경의를 표하기 위해 길을 양보할 것이니 계속 걷자고 했으나, 괴테는 길가로 비켜 모자를 벗고 경의를 표했다. 그러나 베토벤은 혼자 무표정하게 걸어갔다.

그러자 황후와 귀족들은 그를 위해 길을 사양하고 베토벤에게 인사를 하였다. 그 후 베토벤은 괴테에게 이렇게 말했다.

"어떻소. 내 말이 맞았지요. 당신도 이제부터는 저런 사람에게 경의를 표하지 말고 저런 사람들이 경의를 표하게 만드시오."

이것은 괴테로 하여금 베토벤을 사귈 수 없는 사람으로 여기게 했고, 나중에 다시 베토벤이 이 사건을 만나는 사람마다 웃기는 말투로 떠들어 마치 괴테를 속물인 것처럼 여기는 것으로 괴테의 귀에 들어갔다. 이로 인해 괴테는 매우 불쾌하게 생각하여 그 후의 교제는 끊어지고 말았다고 한다. 이 일화는 당시 베토벤이 강한 자의식을 갖고 있었음을 보여준다.

인생

1749	독일 프랑크프루트 출생
1765	라이프치히에서 법률 공부
1771	변호사 자격을 얻어 개업
1774	『젊은 베르테르의 슬픔』 발표
1775	바이마르 생활 시작됨
1808	『파우스트』1부 발표
1811	자서전 『시와 진실』 제1부 완성
1829	『이탈리아 기행』 완성
1830	『시와 진실』 전집 완성
1831	반쯤 완성한 『파우스트 제2부』를 봉인, 사후 발표할 것을 유언
1832	사망

Beethoven

'운명'을 스스로 개척한
위대한 작곡가

루트비히 판 베토벤 (Ludwig van Beethoven, 1770~1827)

{ "아무리 가까운 친구라 할지라도 자신의 비밀을 털어놓지 마라.
그대가 아직 친구에게 충실하지 못하였는데,
그것을 친구에게 요구하는가."

슬픈 분위기보다는 정감이 넘치는 곡이다. 물론 비애에 찬 분위기가 없는 것은 아니지만, 감동적이고 정열적인 분위기가 묘한 감동을 주는 것이 이 소나타의 특징이라 할 수 있다. 베토벤의 피아노 소나타 제8번 '비창'이 그렇다.

베토벤은 고전 음악의 최대의 완성자인 동시에 그 완전한 형식적인 예술에 보다 인간적이고 정신적인 내용을 담은 위대한 작곡가이다.

그는 강한 투지로써 모든 난관과 장애를 극복한 승리자였으며 철학가이며 사상가였다. 베토벤의 음악은 고전의 형식미에서 벗어나 낭만주의 음악에 문을 연 교량적인 역할을 했다.

1770년 12월 17일 베토벤은 서부 독일 라인 강변의 본에서 3남 중 장남으로 태어났다. 베토벤 이후에 태어난 다섯 아이들 가운데, 단지 카스파르 안톤 카알과 니콜라우스 요한 둘만이 살아남았다.

성
장
배
경

역경을 이겨낸 어린 소년

베토벤의 할아버지는 네덜란드에서 이민 온 궁정악단의 단원이었으며, 아버지 요한도 궁정악단의 테너 가수였다. 베토벤의 집안은 풍족하지 못하였다. 베토벤이 성장해 가면서 가세는 더욱 기울었고, 결국 베토벤의 아버지는 아들을 모차르트와 같은 신동으로 만들어 돈벌이를 할 생각으로 혹독한 음악 훈련을 시켰다. 주어진 피아노 과제를 제시간에 끝내지 못하면 끼니도 주지 않을 정도로 가혹하게 연습을 시켰다. 베토벤의 뿌리 깊은 반항심은 어린 시절 아버지에 대한 항거에서부터 싹텄다는 견해도 있을 정도다. 아버지에게서 피아노 지도를 받은 베토벤은 일곱 살 때 쾰른에서 피아노 연주회를 가졌으며, 그 후로 몇몇 전문 기악주자들로부터 피아노와 오르간, 바이올린 교습을 꾸준히 받았다. 열여섯 살 되던 해에는 오스트리아 빈으로 여행해 모차르트 앞에서 즉흥 연주를 하기도 했다. 그때 모차르트는 옆자리의 친구에게 이렇게 속삭였다.

"두고 보게. 틀림없이 저 녀석은 세계를 놀라게 할 테니."

하지만 모차르트는 그 자리에서 혹독하게 대했다. 빈에 머문 지 불과 3주일여 만에 어머니가 위독하다는 이야기를 듣고, 베토벤은 급히 본으로 돌아왔다.

약 두 달 후 어머니가 사망하자 베토벤은 어린 나이에 술주정뱅이 아버지와 두 남동생을 부양하며, 어려운 살림을 꾸려가야 하는 처지에 놓이게 되었다.

그때만 해도 베토벤은 모국어인 독일어조차 만족스럽게 쓸 줄 몰랐다. 어려운 가정형편상 열한 살 때 학교를 그만두었기 때문이다. 다행히 본의 명문 폰 브로우닝 가문에 출입하면서 많은 예술가와 예술

애호가들로부터 문학, 철학, 역사 등 다방면에 대한 지식을 얻을 수 있었다.

다가오는 청각 장애 그리고 좌절

이 무렵 베토벤이 폰 발트슈타인 백작을 만나 물심양면으로 후원을 받기 시작하였다. 백작을 위해 작곡한 것이 유명한 피아노 소나타 제21번 '발트슈타인 소나타' 이다.

1792년 본에 들른 하이든은 스물두 살의 청년 베토벤의 악보를 보고 칭찬을 아끼지 않으면서 빈에 오면 자기가 가르쳐 주겠노라고 약속했고, 베토벤은 얼마 후 빈으로 가서 지붕 밑 방에서 생활하면서 하이든의 문하에서 가르침을 받는 제자가 되었다. 이후엔 모차르트의 라이벌 살리에르에게 성악을 배웠다. 그는 학습시기에도 사회활동을 시작해 특히 귀족사회에서 천재성을 인정받고 격찬을 받았다.

그 중에서도 리히노프스키 공작은 오래도록 베토벤을 후원했다. 이렇게 신진 음악가로서의 지위를 굳혀갈 무렵, 그에게는 남모를 고민거리가 생겼다. 스물다섯 살 때부터 귀에 이상이 생긴 것이다. 처음에는 가끔 귀울음이 느껴지는 정도였지만 점차 악화돼 서른 살이 될 무렵 심각할 정도로 귓병이 깊어졌다. 음악가에게 있어 귓병은 치명적인 것이었다.

그가 귓병이 있다는 것이 알려지면 음악가로서의 생명도 끝이나 마찬가지였으므로 그는 몰래 의사를 찾아 숨어서 치료를 받았으나 별 효과를 볼 수 없었다. 그 해 여름에는 의사의 권유로 하이리겐슈타르라는 시골에 가서 휴식을 취한 베토벤은 회복의 기미를 되찾고 '제2교향곡' 등 활기에 찬 곡들을 작곡하기도 했다.

어느 날 제자 리스가 베토벤을 찾아왔다. 두 사람은 공원에 산책을 갔고 리스는 지저귀는 새소리, 흐르는 시냇물소리, 목동의 피리소리 등 자연의 소리에 계속 감탄을 하였다.

하지만 베토벤의 귀에는 그 어떤 소리도 들리지 않았다. 절망에 빠진 베토벤은 마침내 스스로 목숨을 끊기로 하고 유서를 써내려 갔다.

"누구보다도 완벽해야 할 나의 청각을 나날이 잃어가고 있으니, 살아갈 용기가 나겠는가?"

그러나 베토벤은 절망의 절벽 밑에서 주저앉지는 않았다. 오히려 신이 자기에게 부과한 사명이라 생각하고 이전보다 더욱 왕성한 작품을 써나갔다.

이 시기의 작품들은 단순히 아름다움의 차원을 넘어 늠름하고 강렬하고 웅대했다.

'크로이첼 소나타', '제5번교향곡(운명)', '제6번교향곡(전원)', '바이올린 협주곡', '피아노 소나타 제17번(템페스트)', 오페라 '피델리오' 등 대 걸작들이 그때의 작품들이다.

나날이 높아가는 명성, 하지만 건강은 나빠져

베토벤은 여러 여성과의 교제는 있었지만 결혼한 적이 없었다. 그 가운데 유명한 여성은 백작의 딸 테레제 폰 브룬슈비크와 역시 귀족의 딸인 줄리에타 귀차르디 등이었다. 그가 세상을 떠난 후 비밀의 서랍에서 은행증권과 함께 세 통의 연애편지가 발견되었다. 수취인이 모두 '불멸의 애인'으로 되어 있어 상대가 누구인지는 지금까지도 수수께끼로 남아 있다.

1814년 이즈음 베토벤의 명성은 하늘을 찌를 듯했다. 하지만 이런

Beethoven

명성 뒤에는 불행이 겹겹이 찾아 들어 왔다. 귓병은 더 한층 심화되어 결국 귀머거리가 되었으며, 동생 칼이 죽자 조카 양육권을 놓고 제수와 소송까지 벌였다. 베토벤이 승소는 했으나, 조카는 행실이 불량해 큰아버지인 그를 계속 괴롭히다가 나중에는 권총자살을 기도하기도 했다.

그런 와중에서 베토벤은 작곡 시간을 많이 빼앗겼을 뿐만 아니라, 어느 사이엔가 베토벤 스타일의 이상주의적이며, 고결한 작품보다 낭만적이며, 경쾌한 음악을 선호하는 경향으로 흐르기 시작했다. 그의 주변에 깔린 어두움을 벗어나고자 하는 마음을 음악으로 승화시킨 결과였다.

대표작으로는 '다섯개의 피아노 소나타들', '장엄미사', '제9교향곡'을 비롯해, 최후의 여섯 개의 '현악4중주' 등을 꼽을 수 있다.

1826년 가을 베토벤은 불량기가 있는 조카를 데리고 막내동생 요한을 만나러 길을 떠났다가 감기에 걸렸다. 서둘러 돌아오기는 했으나 덮개가 없는 마차를 타고 오느라 병세가 심해져 도착했을 때에는 폐렴으로 발전되고 수종까지 겹쳤다.

결국 다음 해인 1827년 3월 26일 오후 5시경, 베토벤은 죽음을 앞두고 갑자기 몸을 일으켜 오른손을 허공으로 들었으나 끝내 일어서지 못한 채 숨을 거두고 말았다.

하늘도 그의 죽음을 안타까워했는지 오스트리아의 3월 날씨답지 않게 천둥과 번개가 온 도시를 내리쳤다.

베토벤의 파란만장한 57년의 생은 그렇게 막을 내렸다.

장례식은 3월 29일, 약 2만 명의 군중이 모여 애도하는 속에 베링거 묘지에서 거행되었다.

주요 작품

베토벤의 교향곡 '운명' 제5번

베토벤의 교향곡 제5번 C단조는 '운명'이라는 곡명으로도 불린다. 하지만 이는 동양에서만 통용되는 이름이고, 서양에서는 그저 'C단조 교향곡'이라 한다. 그의 제자인 안톤 신틀러가 쓴 베토벤의 전기에 "어느 날 베토벤이 제1악장을 가리키면서 '운명은 이와 같이 문을 두드린다.' 라고 하였다."라는 대목이 있어서 일본에서 '운명'이라 이름 붙였고, 그 후 극적인 것을 좋아하는 동양인의 정서에 맞는 이 이름이 동양에서만 사용된다고 하였다. 여하튼 '운명'은 당시 자신의 귓병을 '운명의 앙갚음'이라고 생각하던 베토벤이 작곡 노트의 여백에 '나 스스로의 운명의 목을 조르고야 말겠다.'고 썼다는 일화와 함께 베토벤이 이 곡을 통해 '운명'을 정복했다는 의미로 해석해 볼 수 있다.

피아노 소나타 제8번 '비창'

이 곡은 슬픈 분위기보다는 정감이 넘치는 곡이다. 물론 비애에 찬 분위기가 없는 것은 아니지만, 감동적이고 정열적인 분위기가 묘한 감동을 주는 것이 이 소나타의 특징이라 할 수 있다. 일반적으로도 널리 알려진 이 곡의 제목은 베토벤 자신에 의해 붙여졌고, 1798년에 작곡된 그의 초기의 작품 중 하나이다. 이 작품의 출판은 1799년에 되었으며, 카를 리히노프스키 공작에게 헌정되었다.

'비창'의 악보는 당시 빈의 피아노를 배우던 음악 학도들이 앞다투

Beethoven

어 입수하려 했을 정도로 큰 충격을 준 곡으로 이 소동으로 인해 베토벤의 명성이 전 유럽에 널리 퍼졌다.

교향곡 제3번 '영웅'

인간의 해방을 부르짖던 베토벤의 일면을 찾아볼 수 있는 곡이다. 1789년 일어난 프랑스의 혁명에서는 코르시카 섬 출신의 일개 포병 사관이었던 나폴레옹이 반란을 평정하고 국내 최고 사령관이 되었다. 프랑스 혁명을 유심히 바라보고 있던 베토벤은 프랑스 대사와 대사관의 비서이자 바이올리니스트였던 루돌프 크로이체르로부터 프랑스에 자유와 질서를 가져온 나폴레옹의 업적에 대해 자세히 들을 기회가 생겼다. 나폴레옹의 업적에 감탄한 베토벤은 자신의 작품으로 찬미하고 싶었다. 그리하여 1803년 여름 이 교향곡의 작곡에 착수하여 1804년 봄에 완성시켰다. 제1악장(알레그로 콘 브리오)은 대담하고 힘찬 연주가 물결처럼 밀려가는 분위기의 곡이며, 제2악장(아다지오 아사이)은 유명한 '장송 행진곡' 이다. 제3악장(알레그로 비바체)은 '교향곡의 제3악장은 미뉴에트를 써야 한다.' 는 공식에서 벗어나 스케르초를 넣어 독자적인 특성을 나타냈다. 마지막 4악장(알레그로 몰토)는 2/4박자로 장중하게 마무리된다

이외에 그의 대표 작품들

오페라 : '피아노 3 중주곡 대공', '장엄 미사'.

교향곡 : '제3번 영웅', '제5번 운명', '제6번 전원', '제9번 합창'.

피아노곡 : '피아노 소나타 제8번 비창', '피아노 소나타 제14번 월광', '피아노 소나타 제17번 템페스트', '피아노 소나타

제23번 열정', '엘리제를 위하여'.

서곡 : '에그몬트', '코리올란'.

피아노 협주곡 : '제7번 바이올린 협주곡 OP. 61', '바이올린과 관현악을 위한 로맨스', '피아노 협주곡 제5번 황제'.

현악 4중주곡 : '하아프'.

(에피소드 1) 베토벤의 건망증
이사 간 집이 아닌 옛집으로 간 남자

베토벤은 스물두 살 때부터 죽을 때까지 35년 동안 빈에서 사는 동안 자기 자신도 확실히 기억하지 못할 정도로 이사를 많이 했다.

그토록 자주 이사를 해야 했던 큰 이유는 성격이 과격하고 신경질이 보통이 아닌데다 자존심이 너무 강하고 한밤중에도 피아노를 마구 두들겨대는 등등으로 인해 이웃과 사이가 늘 좋지 않았기 때문이었다.

그 날도 이삿날이었다. 짐마차에 짐을 가득 실은 후 베토벤은 짐 위에 앉아 새 집을 향해 출발했다. 그런데 목적지에 도착해 보니 짐만 있고 주인인 베토벤은 온 데 간 데가 없는 것이었다. 깜짝 놀란 마부가 사방을 돌아다니며 찾아보았지만 허사였다.

나중에 알고 보니 베토벤은 어느 경치 좋은 곳을 지날 때 별안간 악상이 떠올라 마차에서 뛰어내려 숲 속으로 들어갔던 것이었다.

베토벤은 스케치북에 악상을 적는 일에 몰두하다가 날이 새서야 집으로 갔다. 그것도 새로 이사 간 집이 아닌 옛집으로, 말하자면 베토벤은 집만 잊어 먹은 것이 아니라 이사 자체를 까맣게 잊고 있었던 것이다.

(에피소드 2) 요양지에서 생긴 일
종이가 없으면 빈지문에 오선지를 긋고 악보를 적다

나이 서른 살이 넘어 귓병이 악화하고 위장도 나빠진 후로 베토벤은 여름철이 되면 으레 빈 근교의 요양지로 나가 한철을 보냈다.

칼스바트, 테프리츠, 바덴 라다운, 하일리겐슈타트, 헤첸도르프, 뫼들링 등이 그가 즐겨 찾던 곳이었다.

요양지에서도 베토벤은 유별나게 행동해 나중에는 그를 받아주는 여관이나 하숙집이 거의 없을 정도였다. 그런데 유독 뫼들링에 있는 한 집만은 언제나 그를 흔쾌히 받아들였다. 사실 그 집 주인이 베토벤을 각별히 반긴 데에는 그럴 만한 이유가 있었다. 베토벤은 갑자기 좋은 악상이 떠올랐을 때 가까이에 종이가 없으면 빈지문에 오선지를 긋고 악보를 적는 습관이 있었다. 그가 떠나고 나면 주인은 악보가 적힌 빈지문을 떼내어 수집가에게 비싼 값으로 팔아 톡톡히 재미를 보고 있었다는 것이다.

1770	서부 독일 라인 강변의 본에서 출생
1786	오스트리아 빈으로 여행 모차르트 앞에서 즉흥 연주
1798	피아노 소나타 제8번 '비창' 작곡
1804	교향곡 제3번 '영웅' 완성
1808	교향곡 제5번 '운명' 완성
1822~1824	교향곡 제9번 '합창' 완성
1827, 3, 26	오후 5시경, 베토벤 사망

Gaudi i Corne

자연을 모방한 현대 건축의 경이를 낳은 건축가

안토니 가우디 (Antoni Gaudi i Cornet, 1852~1926)

"위대한 명장들은 섬세하며 풍부한 지성에 의해 길러진 감정을 가진 사람들이다. 즉흥곡은 결코 즉흥적으로 만들어진 작품이 아니다. 영감은 노력하지 않고도 나오는 것이 아니라 힘겨운 노력 끝에 생성되기 때문이다."

밀가루 반죽으로 빚어 놓은 듯 구불구불한 6층 아파트 '카사 밀라', 기묘하고 아름다운 창문 장식이 보는 이를 매혹시키는 '카사 바트요', 환상적인 돌 조각과 타일 장식이 공원 전체를 구불구불 덮고 있는 '구엘 공원', 그리고 바르셀로나의 대표적인 건물로 기억하게 되는 '사그라다 파밀리아(성聖가족) 교회' 등의 건축물들은 스페인을 유럽의 한 나라가 아니라 독특한 문화를 지닌 나라로 생각하게 하는 걸작들이다. 이 모든 작품은 스페인이 낳은 최고의 건축가 가우디의 작품들이다.

바르셀로나를 대표하는 피카소나 호안 미로에 비하면 가우디에 대해서는 알려진 것이 거의 없는 편이다. 가우디는 별다른 글이나 강연 등을 남기지 않았을 뿐만 아니라, 자식이나 후계자도 남기지 않았고, 그 흔한 학파도 구성돼 있지 않았다. 결국 후세에 남은 우리는 오로지 건축물을 통해서만 그와 대화할 수 있는 셈이다.

성장배경

운명적인 만남으로 꽃피운 예술성

작은 시골 도시 레우스에서 태어난 가우디는 어린 시절부터 주목받을 만한 인물은 아니었다. 학교 성적은 하위권에 머물렀는데 그가 관심 있었던 기하학 외에는 별다른 두각을 나타내지 못한 것으로 전해진다. 가우디의 집안은 구리세공장으로서 그의 아버지는 구리를 세공해 그릇으로 만들어내는 일을 했다. 가우디는 학교보다는 아버지의 가내수공업 작업장에 더 큰 흥미를 가졌다. 처음으로 공간을 이해하고 3차원으로 느끼며 상상하는 것을 이곳에서 배운 것이다. 가우디는 열여덟 살에 바르셀로나에서 공부하며 스물세 살 때 바르셀로나 시립건축학교에 입학했다. 1878년 그가 졸업할 때 이 학교의 학장은 가우디를 가리켜 이렇게 말했다.

"내가 지금 건축가라는 칭호를 광인(狂人)에게 주는 것인지 천재에게 주는 것인지 모르겠다."

이후 그의 경력은 운명적인 후원자와의 만남으로 크게 성장하였다. 1878년 프랑스 파리에서 열린 세계박람회에서 가우디가 설계한 곤잘로 꼬메야의 장갑전시장이 출품되었는데, 이를 본 에우세비오 구엘 바시갈루피는 매우 감탄하여 그를 만나고 싶어 했다. 가우디의 절친한 친구를 통해 가우디를 만난 그는 이때부터 가우디의 믿음직한 후원자로서, 친구로서 그를 도왔다. 이들의 관계는 단순히 건축주와 건축가의 사이를 뛰어넘어 예술에 대한 공감대를 가진 절친한 친구 사이였던 것으로 알려져 있다. 구엘 가문의 건축사로 지정된 그의 역량은 이 만남으로 더욱 꽃피기 시작했다.

아무도 따르지 못한 독특한 스타일

그의 작품은 대체로 1890년대를 경계로 두 가지로 나눌 수가 있다. 1878년 바르셀로나 건축학교를 졸업했을 때는 현란한 빅토리아 양식을 주로 사용했으나 곧 기하학적인 모양의 덩어리들을 희한하게 병렬시키는 구성 방식을 만들어냈고 그 표면에 무늬를 새긴 벽돌이나 돌, 화려한 자기 타일 및 꽃이나 파충류 모양을 세공한 금속을 붙여 생동감을 주었다. 이런 양식은 이슬람 양식과 그리스도교 양식을 혼합한 스페인 특유의 양식이었는데, 1902년부터는 고딕이나 바로크 등 전통양식을 벗어나 곡선을 다양하게 이용하고 사이사이에 오브제와 같은 기묘한 형의 장식을 사용하며 컬러풀한 모자이크나 스테인드 글라스를 사용하는 독창적인 세계를 만들어냈다.

가우디는 경력을 쌓아 가는 동안 스페인의 아르누보 운동의 선구자로 어느 누구도 모방하지 않는 독창적인 예술작업을 바르셀로나에서 이루어냈다. 당시 대부분의 건축가들이 저명한 건축가의 모델을 그대로 답습했던 관습을 생각해 보면 가우디의 이런 창조력은 놀랍기만 하다. 지금도 그의 작품은 모방하기가 거의 불가능하다고 한다. 가우디는 가구나 유리창, 단절된 일부분 등 모든 종류의 보조 요소까지도 설계하였으며, 모델을 반복하는 적은 결코 없다. 그의 건물 하나하나가 제각기 특징을 가지고 있고 다른 것과 유사한 면을 전혀 찾아볼 수 없을 정도다.

뛰어난 관찰력으로 자연의 미를 담아내다

가우디의 건물들은 현대의 첨단 장비를 동원해 구조 계산을 해도 오류가 발견된 적이 없다고 하는데, 그는 일련의 과정을 통해 '자연에서 태어나고 자연이 베풀어 주는 매우 균형적인 자연적 구조'를 그대로 살려냈다. 그의 기하학적이고 포스트 모던적인 건축물들은 얼핏 구조적으로 불안해 보이지만, 그는 컴퓨터는커녕 전자계산기도 없던 시대에 고도의 장인정신과 인내심으로 이를 극복해 냈다. 가우디는 설계도보다는 모형을 중요시했는데 그 모형을 만들기 전 그는 실을 천장에 매달고 탑 부분과 전체적인 모습을 모래주머니 혹은 납을 중간 중간에 매달아 그 휨의 강도를 측정해 나갔다. 그리고 최상의 곡선과 아름다움이 나오면 이를 스케치하는 일을 반복해서 건물의 형태와 구조를 결정했다.

그는 놀라운 관찰력으로 자연의 여러 모습을 관찰하고 그 안에서 여러 가지를 배웠다. 가우디는 '독창성이라는 것은 근본으로 돌아가라는 것이다'라는 유명한 말을 했는데, 이것은 모든 것의 근원이 자연에서 시작된다는 그의 생각을 드러내고 있다. 그는 꽃과 나무를 관찰한 뒤 건축적 형태와 완벽하게 결합시켜 가장 새로우면서도 스페인의 자연과 어울리는 예술품을 만들어냈다. 가우디의 건축에서 이런 특징은 바로 눈에 띈다. 튼튼한 굵은 둥치에서 시작해 위로 올라가며 분리되며 펼쳐지는 나무의 모습에서 성당의 기본적인 기둥들의 모습들이 나오고, 달팽이의 모양에서 원형계단의 소용돌이치는 형상이 나온다. 결국 가우디의 모든 건축적, 예술적 영감들은 자연물들에서 비롯된 아이디어였던 것이다.

가우디는 건축물을 별개의 구조물로 생각하지 않고 환경과의 조화를 생각했다. 가우디가 콜로니아 구엘(Colonia Guell)의 성당을 설계할 당시 200년 된 커다란 소나무가 한 그루 있었는데, 이 소나무를 베지 않기 위해 설계도를 수정했다는 일화는 유명하다. 그때 그는 이렇

Gaudi i Cornet

게 말했다.

"계단을 만드는 데는 3주밖에 걸리지 않지만, 이렇게 아름다운 소나무가 자라는 데는 30년이 걸린다."

가우디는 건축 설계를 맡으면 항상 그 전에 자연환경을 먼저 보고, 그 땅에 얽힌 전설과 역사를 통달하고 나서야 건축물 설계를 시작했다. 또한 건축물 속에 자연을 담기도 했는데, 해바라기 숲이 있던 자리에 만든 집의 담벼락엔 해바라기를 그려 넣었고, 중세의 역사적인 이야기가 깃든 곳엔 그 설화가 살아 숨쉬는 공간으로 착안해 건축했다. 또한 그 당시 건축자재의 재활용에서 볼 수 있듯이 환경을 생각하는 것도 남달랐다. 그가 사용한 세라믹 제품들은 전부 재활용품이었는데, 타일공장이나 도자기공장에서 잘못된 제품을 깨서 버린다는 것에 착안하여 그 버리는 물건을 수집하여 테라코타 형식과 꼴라쥬 형식으로 시공을 했던 것이다. 당시에는 인건비가 낮았기 때문에 이런 시공도 가능했지만, 그 반면 고용창출 효과도 컸다.

사후에야 알려진 천재성

그의 작품 활동은 건축 분야뿐만 아니라 공예, 조각, 가구, 실내디자인에 이르기까지 실로 다양하다. 하지만 그는 건축이 천직이라고 생각하고 일생 동안 건축 외에는 관심을 갖지 않았다. 글도 쓰지 않았으며 문학이나 정치, 심지어 결혼도 하지 않았다. 그가 건축 외에 관심을 가진 유일한 것은 종교였는데, 이것마저도 그의 건축과 연관이 많다. 가우디는 자연을 통해 영감을 얻어 건축 양식을 만들어갔기 때문에 신이 인간을 통해 창조 작업을 계속 하고 있다고 믿었다. 그의 생각은 오로지 건축으로만 표현되었다. 말년에는 사그라다 파밀리아

(성(聖)가족) 교회 건축에 그의 마지막 정열을 모두 쏟아부었으며, '사그라다 파밀리아' 설계 및 총감독을 하며 지낸 기간만 40여 년이 되었다. 그는 1926년 '사그라다 파밀리아'의 현장에서 집으로 돌아가던 중 차에 치여 숨졌는데 남루한 옷차림 때문에 누구도 그를 가우디라고 생각하지 못했다. 그가 작업장으로 돌아오지 않자 함께 일하던 인부들이 수소문하여 숨을 거둔 지 2일 만에 찾아냈을 정도였다.

그의 이런 열정에도 그 당시 사람들에게 그의 작품은 비판의 대상이었는데, 당시는 합리주의가 절정에 이르던 시기였기 때문에 그의 가치는 사후 100년이 지난 뒤에야 알려지기 시작했다. 그가 남긴 대표작은 신이 머물 지상의 유일한 공간이라 말하는 '사그라다 파밀리아(성聖가족) 교회'. 하늘을 향해 치솟은 네 개의 탑과 생동감 넘치는 우아한 조각으로 장식된 이 교회는 착공한 지 115년이 지났고, 완성되려면 앞으로도 200년이 더 걸린다고 한다. 1969년 이후 그의 17가지 작품이 스페인의 국립문화재로 지정되었고, 법에 의해 보호받고 있으며, 지금도 그의 건축들은 스페인의 자랑으로 꼽히고 있다.

주요 작품

사그라다 파밀리아 교회(Sagrada Familia) — 성가족 교회

거대한 옥수수 4개가 하늘로 치솟고 있는 듯한 이 작품은 1882년 3월 19일 성 요셉의 날에 시작된 건설 작업이 1세기 이상이나 지난 현재까지도 계속되고 있으며, 앞으로 완성까지는 200년이 더 걸린다고

Gaudi i Cornet

하니 놀라지 않을 수 없다. 현재 완성된 것은 지하 예배당, 아프스부, 현관 하나와 탄생문으로 중앙에는 160m의 탑이 설 예정이다.

파르케 구엘(Parque Guell) ─ 구엘공원

도시에서 떨어진 곳에 있는 조용한 공원으로 가우디의 작품이 여기 저기에 있다. 벤치의 모자이크, 작은집, 울퉁불퉁한 돌을 이용한 기둥과 벽 등 색다른 것은 모두 그의 작품이다. 그리고 그것들은 주위의 꽃나무들과 조화를 이루면서 또 다른 공원 분위기를 만들어내고 있다. 공원 안에는 가우디가 디자인한 의자, 벤치, 체스트 등이 전시되어 있는 가우디 미술관도 있다.

파라시오 구엘(Palacio Guell)

람블라스 거리에서 노우 데 람블라 거리를 약간 들어간 곳에 있는데 이 거리는 좁으므로 구엘 저택 전모를 바라보기는 힘들다. 맞은편에 있는 호텔 가우디에 좋은 방을 잡는다면 그 기묘한 모습을 볼 수 있을지도 모른다. 저택 안은 현재 연극에 관한 박물관으로 사용되고 있지만 천정에서 기둥에 이르기까지 실시된 장식은 역시 가우디의 진면목을 보여준다.

카사 밀라(Casa Mila)

자른 돌을 그대로 쌓아올렸기 때문에 일명 '라페드레라'(La Pedrera)라고도 불린다. 철저하게 직선을 배제하고 일그러진 곡선을 강조하는 이 세기말적인 건물은 20세기에 나타난 신고전주의자들에게 공격의 대상이 되었다. 개인 주택이기 때문에 안에는 들어갈 수 없지만 옥상에는 올라갈 수 있다.

카사 바트요(Casa Batllo)
가우디의 디자인으로 수리된 주택이며 건물은 아침해가 비치는 시
각에 보는 것이 좋다. 벽면에 붙인 형형색색의 유리 모자이크에 빛이
반사되어 매우 아름답다.

콜로니아 구엘 성당(Esglesia de la Colonia Guell)
바르셀로나에서 20km 정도 떨어진 곳에 있다. 구엘이 계획한 코뮤
니티 건설의 하나로서 세워진 것인데, 완성된 것은 지하 성당뿐으로
가우디 만년의 대표작이다.

손바닥 껍질이 다 벗겨질 때까지 일하다

가우디는 대부분의 건축가들처럼 책상에 앉아 설계를 하고 공
사는 인부들에게 맡기는 방식을 택하지 않았다. 설계 또한 책상
에 앉아서 하는 것이 아니라, 공사가 진행될 현장 속에서 이루어
졌다고 한다. 그의 작업 스타일에서도 볼 수 있듯이 그의 작업은
현장을 떠나서는 할 수 없는 일이었던 것이다. 그는 작업장을 떠
나지 않고 인부들의 일을 일일이 직접 감독했는데, 생각한 대로
결과가 나오지 않으면 공사비도 공사 시일도 상관없이 될 때까
지 부수고 또 부수는 일을 반복하였다.

가우디가 아스토르 가에 있는 에피스코팔 궁전을 지을 때의 일화는 그의 모습을 짐작하게 한다. 에피스코팔 궁전 공사 당시, 현관 아치가 약간 앞으로 기울어 제자리를 잡기까지 많은 어려움이 있었다. 두 번이나 무너졌지만 가우디는 직접 팔을 걷어붙이고 작업대에 올라섰다. 그는 다른 사람은 아랑곳하지 않고 직접 돌을 들어 공사를 진행했다. 이 일은 해가 지고 손바닥 껍질이 다 벗겨질 때까지 계속되었다. 이 일로 가우디는 인부들의 존경을 받게 되었다.

인생

1905~1907   카사 밀라 건축
1909   사그라다 파밀리아 부속학교 건축
1926, 6, 10 오후 5시 전동차에 치여 제때 치료받지 못해 사망

한국의

빌은 13세 되던 해, 시애틀의 명문 사립중·고등학교인 레이크사이드 에서 처음 컴퓨터를 접하게 된다. 어머니들이 자선바자에서 나온 수익금으로 학교에 마련해준 컴퓨터가 마냥 신기했던 어린 빌은 컴퓨터 앞에서 단 1초도 떨어질 줄 몰랐다. 당시컴퓨터는 모니터가 없어 타자기처럼 생긴 자판을 누른 다음 프린터가 시끄긴 자판을 누른 다음 프린터가 시끄러운 소리를내며 결과를 종이에 찍어 보여줄 때까지 기다려야 하는 불편함이 있었지만빠진 빌은 전혀 문제삼지 않았다.러운 소리를 내며 결과를 종이에 찍어 보여줄 때까지 기다려야 하는 불편함이 있었지만 이미 컴퓨터에 푹 빠진 빌은 전혀 문제삼지 않았다

위대한 인물들

世宗大王

한글을 창제한 언어학자이자 왕조의 기틀을 닦은 왕

세종 대왕 (世宗大王, 1397~1450)

 명언 { "남을 너그럽게 받아들이는 사람은 항상 사람들의 마음을 얻게 되고, 위엄과 무력으로 엄하게 다스리는 자는 항상 사람들의 노여움을 사게 된다."

조선 500년 융성의 기틀을 닦은 왕으로 추앙되는 세종 대왕은 조선의 네 번째 왕으로 태종의 뒤를 이어서 스물두 살에 즉위했다. 그는 언어학자로 훈민정음을 만들었으며, 훈민정음을 사용해서 여러 가지 문헌을 편찬했다. 과학과 천문학에 조예가 깊어서 여러 가지 과학적 측정 도구를 제작, 사용하였다. 음악에도 관심이 깊어서 우리의 음악을 정비하고 악보를 정리하게 했다. 그의 업적은 이런 문화적인 부문에만 그치는 것이 아니라, 군사적으로는 우리의 국방을 든든히 하여 나라 안의 문화와 경제가 성장하는 기반을 닦기도 했다. 그의 이런 업적이 있었기에 조선 왕조는 500년의 역사를 이룰 수 있었다.

세종 대왕은 어릴 때부터 책을 가까이 두고 학문에 정진하였다. 이 때문에 총애를 받을 수 있었고 장자가 왕위를 잇는 전통을 깨고 셋째인 그가 왕위에 오를 수 있었던 것이다.

성장배경

독서를 좋아했던 왕, 집현전 설치

1418년 6월, 당시 스물두 살이었던 충녕대군은 세자로 봉해지고 같은 해 8월에 국왕으로 즉위하였다. 그는 중앙집권 체제와 학술 연구를 위해 1420년 왕립 학술기관 집현전을 열었다. 세종 전반기에 집현전을 통하여 많은 학자가 양성되었고, 그 학자들이 동원되어 유교적 의례에 관한 정리와 수많은 편찬사업이 이룩되어 유교정치 기반이 마련되었다.

집현전의 설립 목적은 조선이 표방한 유교정치와 명나라에 대한 사대관계를 원만히 수행하는데 필요한 인재를 키우고 학문을 부흥시키는 것이었다. 세종은 이러한 집현전의 목적에 충실하게 변계량, 신숙주, 정인지, 성삼문, 최항 등 유망한 소장학자들을 채용하여 집현전을 채웠고, 그들에게 여러 가지 특전을 주었으며, 사가독서(賜暇讀書 : 조선시대에 인재를 양성하기 위하여 젊은 문신들에게 휴가를 주어 학문에 전념하게 한 제도)를 내려 학문에 전념할 수 있도록 하였다. 세종은 이들이 학술연구에만 전념하도록 다른 부서로 임명시키지 않고 집현전에만 10년에서 20년 가까이 있게 하였다. 그 결과 수많은 쟁쟁한 인재를 배출하였는데, 이러한 인적자원이 있었기에 찬란한 문화와 유교정치의 발전이 가능했다.

집현전의 학자들은 문화학술 활동에만 제한된 것이 아니라 세종조의 황희, 맹사성, 허조 등 당시의 정치인들과 함께 왕권과 신권의 조화에 노력하여 의정부의 독주를 견제했고, 유교정치의 기본을 바로 잡는 연구와 실천의 중심이 되었다. 실제로 조선시대의 유교적인 의례 · 제도의 틀은 이때 짜여져서 유교 정치의 기반이 마련되었다. 이 당시 중국의 옛 제도를 기초로 했던 의례 · 제도의 틀은 주체적으로 조선의 실정에 맞도록 바꾸었다.

또 유교적 의례를 정리하는데 있어 국가 의례에 맞는 음악을 정리하였다. 세종의 음악적 업적은 크게 아악(雅樂)의 부흥, 악기의 제작, 향악(鄕樂)의 창작, 정간보(井間譜)의 창안 등으로 나누어 볼 수 있다. 주로 이 일들은 당대 우리나라 음악에서 독보적인 존재였던 박연에 의해서 이루어졌다. 중국의 각종 고전을 참고하여 국가, 궁중의례에 쓰일 음악 아악을 새롭게 만들었다. 이것은 본고장 중국보다 완벽한 상태를 가진 것으로, 그동안 수입에 의존하던 악기들도 국내에서 생산 가능하도록 하였다.

세계 유례 없는 글자, 한글 창제

세종 대왕의 가장 대표적인 업적은 역시 한글의 창제였다. 세종은 성삼문, 신숙주, 최항 등 집현전 학자들과 함께 세종 25년(1443년) 한글을 창제하고 3년 후 훈민정음 28자를 제정하여 반포하였다. 1446년에 나온 '훈민정음'이라는 한글 설명서에는 정인지의 의견이 들어 있는데, 한글은 똑똑한 사람은 하루 아침에 배울 수 있고, 어리석은 사람은 열흘 만에 배울 수 있다고 설명하였다.

훈민정음은 세계에서 유례가 없는 음운 자질(하나의 소리를 다른 소리와 구별할 수 있도록 해주는 성질) 문자로서 뛰어난 과학성을 드러내고 있다. 훈민정음의 기본 자음은 발음기관의 모양을, 기본 모음은 성리학의 사상을 나타내고 있으며, 획이 더해짐에 따라서 그 음운의 성격을 드러내고 있다. 더 놀라운 것은 훈민정음이 초성, 중성, 종성을 분리하고 있다는 것인데, 주변 나라의 음운학이 초중성과 종성으로 소리를 나누어서 다루고 있었다는 것과 비교하면 놀라운 점이다.

세종 대왕

세종은 훈민정음 창제에 그치지 않고 정음청을 통해서 국문 출간을 담당하게 했다. 훈민정음의 실험과 학문 장려라는 두 가지 목적을 가지고 『용비어천가』, 『동국정운』, 『석보상절』 등 각종 서적을 편찬하였다. 또한 많은 서적을 찍어내기 위해서 금속활자인 경인자, 갑인자, 병진자 등을 제작하게 하였는데, 그 중에서 갑인자는 정교하기로 유명한 활자이다.

과학, 정치, 농업 등 다방면에서 돋보인 재능

학문적 연구 외에도 실생활에 도움이 되는 과학기술에 대한 연구도 끊이지 않았다. 세종은 궁중에 과학관인 흠경각을 설치하여 혼천의, 해시계, 물시계 등 각종 과학기구를 발명하였다. 여기서 발명된 기구들은 시대를 앞선 것들이었는데, 1441년 장영실에 의해 발명된 측우기는 서양의 측우기보다 200년을 앞선 전혀 새로운 과학기구였다. 시간을 측정하는 해시계와 물시계도 제작되었다. 해시계인 앙부일구는 종묘 남쪽 거리에 설치해 우리나라 최초의 공중시계가 되었고, 현주일구와 천평일구 등 휴대용 해시계도 개발되었다. 또 해시계보다 공적인 표준시계로 쓰인 물시계는 자격루가 개발되었다. 자동시보장치가 붙은 물시계인 자격루는 세종이 크게 관심을 가졌던 것으로, 장영실을 특별히 등용하여 이의 제작에 전념하게 하여 세종 16년에 완성하였다. 우리나라 최초의 천체관측기기인 혼천의는 세종 15년에 만들어져 천구의와 함께 물레바퀴를 동력으로 하여 움직이는 시계장치와 연결되어 천체의 운행과 맞게 돌아가도록 되어 있어서 일종의 천문시계의 성격도 가졌다.

세종은 천문 · 역서의 정리와 편찬에도 큰 관심을 가져 중국 중심의 역법에서 벗어나 주체적인 역법을 정리했다. 또 조선시대의 도량형 제도도 세종대에 확정되었다. 세종 13년과 28년에 확정된 도량형 제도는 나중에 경국대전에 그대로 법제화될 정도였다. 농사법 개량에도 힘을 쏟아 조선시대 농업과 농업기술사에 중요한 의의를 가지는『농사직설』도 편찬되었다.

세종은 화약과 화기의 제조기술 발전에도 크게 기여하였다. 각종 화포의 개량과 발명이 계속되면서 세종 26년 화포 주조소를 설치하고『총통등록』이라는 화포 주조법 책을 편찬하였다.

국사와 연구 과로로 평생 병마와 시달려

세종은 대외정책면에서 국가의 주권 확립과 영토 확장에도 많은 업적을 쌓았다. 이 당시 여진족을 몰아내고 4군 6진을 개척하여 국경선을 압록강으로부터 두만강까지 확보할 수 있었다. 세종은 국토의 확장 뒤, 이곳으로 백성을 이주시키는 사민정책을 실시하는 등 국토의 균형된 발전에 노력하였다. 명나라와의 관계에서 처녀를 바치던 것을 폐지하는 한편, 명나라에 보내던 조공물 중 금, 은을 마, 포 등으로 대신하도록 했고, 여진과의 관계는 무력을 강경책으로 쓰거나 회유하는 방법을 사용하여 정치적인 균형을 이루었다.

이렇듯 세종은 각 방면에서 재능을 보이며 천재성을 발휘하였다. 그러나 어린 시절부터 학업에 몰두하며 건강을 돌보지 못한 세종은 여러 가지 국사와 연구 때문에 과로로 인해 평생 병에서 떠나지 못했다. 한글을 반포할 당시에는 시력이 저하되어 앞에 있는 신하도 알아보기 어려울 정도였다. 결국 잦은 질병에 고생하던 그는 1450년 쉰네 살에 승하하여 왕비인 소헌왕후와 함께 헌릉(태종릉)의 서쪽 언덕에

세종 대왕

합장되었다. 그러나 풍수지리상 자리가 부적당하다 하여 예종1년 (1469)에 지금의 경기도 여주로 옮겼는데, 그곳이 영릉(英陵)이다. 왕릉을 옮기면 원래 자리에 있던 석물들은 옮기지 않고 그 자리에 그대로 묻었는데, 1973년에 신도비, 호석, 문인석, 무인석, 장명등 등 석물 39점을 발굴하여 기념관으로 옮겨 보호하고 있다.

세종 대왕은 어렸을 때부터 유별나게 책을 좋아한 것으로 유명하다. 그는 어떤 책이든 백 번을 읽는 것이 기본이었다. 어릴 때부터 잔병치레가 많았던 그는 책 읽기를 멈추지 않아 병이 점점 심해진 일이 있었다.

어느날 태종이 사관에게 물었다.

"지금 충녕의 글 솜씨는 어떠한가."

이에 사관이 대답했다.

"공맹의 글은 다 깨우치셨고, 지금은 당송팔대가(죽림칠현보다 조금 더 높은 시성들의 연합)의 글을 읽고 계십니다."

태종은 그 말을 듣고선 기뻐했으나, 그 당시 충녕의 건강이 안좋은 걸 안 태종은 그를 걱정했다. 어느날 책 때문에 병세가 낫지 않는다는 말을 들은 태종은 내시에게 충녕의 방에 있는 책을 모조리 거두어들이라고 명했다. 이때 신하들이 거둬들인 책은 수레로 열 개가 넘었다.

책이 전부 없어진 것을 안 충녕은 자신의 처소를 샅샅이 뒤져 병풍 뒤에서 한 권의 책을 발견했다. 그 책은 『구소수간(歐蘇手

簡)』으로, 중국 대문장가인 구소수와 소동파가 주고 받은 짧은 편지글 모음집인데, 책을 치우던 내시가 미처 발견하지 못한 책이었다. 그는 이 짧은 책을 읽고 또 읽었는데, 읽을 때마다 새로운 뜻이 나온다 하여 천백 번을 더 읽었다고 한다. 이처럼 끊임없이 공부하는 자세는 성장하고 왕위에 올라서도 변하지 않았다.

1397	(1세) 4월 10일(양력 5월 7일) 태종의 셋째 아들로 한양에서 출생
1408	(12세) 2월 충녕군에 책봉되고 결혼
1418	(22세) 6월 왕세자로 책봉
1418	(22세 세종 즉위년) 8월 10일 왕위에 등극
1419	(23세, 세종 원년) 6월 대마도 정벌
1420	(24세, 세종 2년) 3월 집현전의 기구를 확장, 궁중에 설치
1421	(25세, 세종 3년) 3월 주자를 만들어 인쇄술 개량
1423	(27세, 세종 5년) 9월 조선통보 화폐제 창설
1430	(34세, 세종 12년) 12월 『농사직설』을 전국에 펴냄
1430	(34세, 세종 12년) 12월 아악보 편찬
1431	(35세, 세종 13년) 3월 『태종실록』 편찬
1431	(35세, 세종 13년) 4월 광화문을 세움
1432	(36세, 세종 14년) 1월 『팔도지리지』 편찬
1432	(36세, 세종 14년) 6월 『삼강행실도』 편찬
1433	(37세, 세종 15년) 6월 4군을 설치하여 국경이 압록강에 이름
1433	(37세, 세종 15년) 8월 혼천의(천체 측정기) 제작
1434	(38세, 세종 16년) 7월 동활자 갑인자와 물시계(새로운 자격루) 사용
1434	(38세, 세종 16년) 10월 앙부일구(해시계) 제작
1435	(39세, 세종 17년) 7월 경복궁 안에 주자소 설치
1436	(40세, 세종 18년) 육조직계제를 의정부서사제(議政府署事制)로 개혁
1437	(41세, 세종 19년) 4월 일성정시의(주야측우기) 제작
1437	(41세, 세종 19년) 9월 야인(여진)을 정벌하고 6진을 설치하여 국경이 동북으로 두만강에 이르게 함

1441	(45세, 세종 23년) 8월 측우기를 제작하여 이듬해 5월에 측우하는 제도를 정하여 실시
1442	(46세, 세종 24년) 8월 『고려사』 편찬
1443	(47세, 세종 25년) 11월 전제를 정하는 관서(전제 상정소) 설치
1443	(47세, 세종 25년) 12월 훈민정음(한글) 창제, 언문청 설치
1445	(49세, 세종 27년) 4월 『용비어천가』 지음
1446	(50세, 세종 28년) 9월 훈민정음(한글) 반포
1447	(51세, 세종 29년) 7월 『석보상절』, 『월인천강지곡』 편찬
1447	(51세, 세종 29년) 8월 숭례문(남대문) 개축
1448	(52세, 세종 30년) 7월 궁 안에 불당 건립
1449	(53세, 세종 31년) 12월 『석보상절』, 『월인천강지곡』 간행
1450	(54세, 세종 32년) 2월 17일(양력 3월 16일) 승하

申師任堂

뛰어난 어머니이자
조선 중기
최고의 여류화가

신사임당 (申師任堂, 1504~1551)

 ❴ "말을 할 때는 신중하게 하라."

신사임당은 율곡 이이의 어머니이자 조선시대 모범적인 여인상으로 꼽히고 있지만, 정작 그녀의 천재적인 예술에 대한 능력은 잘 알려져 있지 않다. 시, 글씨, 그림 등 온갖 예술에 능했던 조선시대 대표적인 여류 예술가로서의 그녀의 업적은 우리나라 어머니 상을 뛰어넘어 예술사에 큰 족적을 남겼다.

신사임당은 1504년 강릉 북평 외가에서 아버지 신명화와 어머니 이씨 사이에서 태어났다. 본래 이름은 신인선으로 사임당은 그녀의 호이다. 그밖에 시임당(媤任堂) 또는 임사재(妊思齋)라고도 하였다. 당호의 뜻은 중국 고대 주나라의 문왕의 어머니인 태임(太任)을 본받는다는 것으로서, 태임을 최고의 여성상으로 꼽았음을 알 수 있다.

성
장
배
경

자유로운 환경에서 키운 예술적 재능

아버지 명화는 사임당이 열세 살 때인 1516년에 진사가 되었으나 벼슬에는 나가지 않았다. 어린 시절 사임당은 아버지와 떨어져 강릉 외가에서 성장했는데, 서울에서 주로 생활하는 아버지와는 16년간 떨어져 살았고 그가 가끔 강릉에 들를 때만 만날 수 있었다.

부모가 떨어져 살았던 것은 외가의 영향이 컸다. 외가에서는 무남독녀인 신사임당의 어머니를 아들처럼 생각했기 때문에 출가 후에도 계속 친정에 머물러 살도록 했던 것이다. 출가 뒤에도 부모와 함께 산 사임당의 어머니는 보통 결혼한 여자들이 겪는 정신적 고통이나 일가를 돌보는 분주함에서 벗어날 수 있었기 때문에 비교적 자유롭고 소신있게 자녀 교육을 할 수 있었다. 사임당의 예술과 학문에 깊은 영향을 준 외조부의 학문은 현명하고 냉철한 어머니를 통해서 사임당에게 전수되었다. 그녀가 서울 시가로 가면서 지은 '유대관령망친정(踰大關嶺望親庭)'이나 서울에서 어머니를 생각하면서 지은 '사친(思親)' 등의 시에서 어머니를 향한 그녀의 애정이 얼마나 깊고 절절한가를 알 수 있다. 이것은 어머니의 세계가 사임당에게 그만큼 영향이 컸다는 것을 보여주기도 한다.

이러한 환경에서 자란 사임당은 학문과 예술에서 마음껏 재능을 키울 수 있었다. 어려서부터 부모에 대한 효성이 지극하고 자수와 바느질 솜씨가 뛰어난 사임당은 시와 그림에도 놀라운 재능을 보였다. 일곱 살 때 화가 안견의 그림을 본떠 그려 주위를 놀라게 하기도 했다. 특히 산수화와 포도 · 풀 · 벌레 등을 그리는 데 뛰어난 재주를 보였다. 아울러 사임당은 유교의 경전과 좋은 책들을 널리 읽어 학문을 닦았다. 이런 학문적, 예술적 재능은 후일 그녀 뿐아니라 아들 이이

(이율곡)를 훌륭하게 키워낼 수 있었던 원동력이 되었던 것이다.

사임당은 열아홉 살에 덕수 이씨 가문의 이원수와 결혼하였다. 당시 유교적인 규범을 내세웠던 조선시대 환경에서, 여자는 아무리 뛰어나도 결혼과 함께 모든 재능을 묻어야만 했었다. 지금까지 전해오는 뛰어난 여류 예술가들이 기생임을 생각해 보면, 일반 가정의 부인이 집안 일 대신 예술적 재능을 펼친다는 것은 거의 불가능한 것이었다. 그러나 사임당은 이런 사회적 제재에서 자유로울 수 있었다. 그녀의 어머니와 마찬가지로, 그녀 역시 아들 형제가 없었기 때문에 남편의 동의를 얻어 시집에 들어가지 않고 친정에서 살 수 있었던 것이다.

예술가의 자질을 북돋아준 남편

사임당이 예술의 재능을 발휘할 수 있었던 것은 이런 두 가지 환경이 크게 좌우했다. 특히 결혼 후 남편의 역할도 컸다. 그녀의 남편은 유교사회의 전형적인 남성 우위의 허세를 부리는 그러한 남편이 아니었다. 남편 이원수는 사임당의 자질을 인정해 주고 아내의 말에 귀를 기울이는 도량이 넓은 사람이었다. 사임당이 친정에서 많은 생활을 할 수 있었던 것은 남편과 시어머니의 도량 때문이라 할 수 있다. 또 그는 아내와의 대화에도 인색하지 않아 대화에서 늘 배울 것은 배우고 받아들일 것은 받아들였다.

사임당의 시당숙 이기가 우의정으로 있을 때 남편이 그 문하에서 어울렸는데, 이기는 윤원형과 결탁하여 '을사사화(명종이 즉위한 1545년에 윤원형 일파인 소윤이 윤임 일파인 대윤을 몰아내어 사림이 크게 화를 입은 사건)'를 일으켰던 사람이다. 사임당은 당숙이기는 하나 이와 같은 사람과 남편이 가까이 지내는 것을 참을 수가 없어, 남편에게 어진

신사임당

선비를 모해하고 권세만을 탐하는 당숙의 영광이 오래 갈 수 없음을 상기시키면서 그 집에 발을 들여놓지 말라고 권하였다. 이원수는 이러한 아내의 말을 받아들여 뒷날 화를 당하지 않았다. 이 일화는 사임당이 통찰력과 판단력이 뛰어난 여성이었음을 나타내고 있다.

또 이원수는 사임당의 그림을 친구들에게 자랑을 할 정도로 아내를 이해하고 또 재능을 인정하고 있었다. 그녀의 예술성을 보다 북돋아준 것은 남편이라 할 수 있다.

예술가로서의 일생을 개척한 여성

신사임당은 봉건 시대의 제약을 받았으면서도 여성으로서의 자기 계발에 매진했다. 시문과 그림, 글씨는 따를 사람이 없었을 정도로 조선시대 대표적 예술가로서의 생애를 개척하였다. 사임당의 그림은 마치 살아 있는 듯한 섬세한 사실화면서도 소박한 아름다움으로 유명하다. 산수에 있어서는 안견을 따랐다고 전해지며, 풀벌레, 포도, 화조, 매화, 난초, 산수를 주로 화제로 삼았는데, 너무 생생했기 때문에 실제와 혼동하는 일도 있었다. 풀벌레 그림을 마당에 내놓아 여름볕에 말리려 하자, 닭이 와서 산 풀벌레인 줄 알고 쪼아 종이가 뚫어질 뻔했다는 일화는 아직까지도 전해지는 유명한 일화다. 또 어린 시절 어머니가 남동생을 낳길 바라며 그린 그림을 보고 외할아버지가 "누구 집 아이냐."고 물을 정도였다.

대표적인 작품인 '초충도'는 여덟 폭의 병풍에 그려진 그림인데, 현재는 열 폭으로 되어 있다. 그림이 아닌 나머지 두 폭에는 정호와 이은상의 발문(끝에 작품에 대한 내용을 간략하게 적은 글)이 적혀 있다. 17세기 문인인 신경이 이 그림을 신사임당의 것으로 확신하고 발문을 지어 화첩으로 보관하였고, 오세창 역시 발문을 지었다고 한다.

이 작품들은 한결같이 단순한 주제, 간결한 구도, 섬세하고 여성적인 표현, 산뜻하면서도 한국적 품위를 지닌 색채 감각 등을 특징으로 지니고 있다. 조선시대의 대부분의 초충도는 사임당 작품으로 알려져 있을 정도로 사임당은 그 분야의 절대적인 인물이다. 현재 그림으로 채색화 등 약 40폭 정도가 전해지고 있는데, 세상에 공개되지 않은 그림도 수십 점 있는 것으로 알려져 있다. 그녀의 절묘한 예술적 재능에 관하여 명종 시대의 어숙권은 『패관잡기』에서 "사임당의 포도와 산수는 절묘하여 평하는 이들이 '안견의 다음에 간다.' 라고 한다. 어찌 부녀자의 그림이라 하여 경솔히 여길 것이며, 또 어찌 부녀자에게 합당한 일이 아니라고 나무랄 수 있을 것이랴."라고 격찬하였다.

또한 전해진 작품 수는 적지만 글씨에도 재능을 보인 것으로 알려져 있다. 현재 전해지고 있는 사임당의 작품은 초서 여섯 폭과 해서 한 폭뿐이다. 그러나 여러 가지 일화를 통해 그녀의 재능을 엿볼 수 있다. 1868년 강릉부사로 간 윤종의는 사임당의 글씨를 영원히 후세에 남기고자 그 글씨를 판각하여 오죽헌에 보관하면서 발문을 적었는데, 그는 거기서 사임당의 글씨를 "정성들여 그은 획이 그윽하고 고상하고 정결하고 고요하여 부인께서 더욱더 저 태임의 덕을 본뜬 것임을 알 수 있다."고 격찬하였다.

위대한 자녀를 키워낸 어머니의 힘

사임당은 결혼 후 아버지가 세상을 떠나 친정에서 3년상을 마치고 서울로 올라갔으며, 얼마 뒤에 시집의 터전인 파주 율곡리에 기거하기도 하였고, 강원도 평창군 봉평면 백옥포리에서도 여러 해 살았다.

사임당은 이원수와의 사이에서 4남 3녀를 두었는데, 그녀는 자녀들을 어릴 때부터 좋은 습관을 가지도록 엄격한 교육을 하였으며, 사임당의 자애로운 성품과 행실을 이어 받은 7남매는 훌륭하게 성장해 모두 인격과 학식이 뛰어났다고 전해진다. 특히 셋째 아들 이이는 어머니 사임당의 행장기를 저술할 정도로 어머니의 감화를 가장 많이 받은 것으로 알려졌는데, 그는 조선시대의 대표적 학자이며 경세가로 꼽히는 위인이 되었으며, 아들 이우와 큰딸 이매창은 어머니의 재주를 계승한 예술가가 되었다.

사임당은 서른여덟 살에 시집살림을 주관하기 위해 서울에 정착해 지금의 수송동에서 살다가 마흔여덟 살에 삼청동으로 이사하였다. 이해 여름 남편이 수운판관이 되어 아들들과 함께 평안도에 갔을 때 갑자기 세상을 떠났다.

주요 작품

— 자리도(紫鯉圖)

— 산수도(山水圖)

— 초충도(草蟲圖)

— 노안도(蘆雁圖)

— 연로도(蓮鷺圖)

— 요안조압도(蓼岸鳥鴨圖)와 6폭초서병풍

"이 치마를 시장에 갖고 나가서 파세요."

신사임당은 글이나 그림 어느 쪽에서도 부족함이 없을 정도로 그 실력이 뛰어났으나 자신의 실력을 함부로 뽐내거나 자랑하지 않았다. 어느 날 잔칫집에 초대받은 신사임당이 여러 부인들과 이야기를 나누고 있었다. 그런데 마침 국을 나르던 하녀가 어느 부인의 치맛자락에 걸려 넘어지는 바람에 그 부인의 치마가 다 젖었다.

"이를 어쩌나. 빌려 입고 온 옷을 버렸으니……."

그 부인은 가난하여 잔치에 입고 올 옷이 없어 다른 사람에게 새 옷을 빌려 입고 왔던 것이다. 그런데 그 옷을 버렸으니 걱정이 태산 같았다. 이때 신사임당이 그 부인에게 말했다.

"부인, 저에게 그 치마를 잠시 벗어 주십시오. 제가 어떻게 수습을 해보겠습니다."

부인은 이상하게 생각했지만 신사임당에게 옷을 벗어 주었다. 그러자 신사임당은 붓을 들고 치마에 그림을 그리기 시작했다. 치마에 얼룩져 묻어 있었던 국물 자국이 신사임당의 붓이 지나갈 때마다 탐스러운 포도송이가 되기도 하고, 싱싱한 잎사귀가 되기도 했다. 보고 있던 사람들 모두 놀랐다. 그림이 완성되자 신사임당은 치마를 내놓으며 이렇게 말했다.

"이 치마를 시장에 갖고 나가서 파세요. 그러면 새 치마를 살 돈이 마련될 것입니다."

과연 신사임당의 말대로 시장에 가서 치마를 파니 새 비단 치마를 몇 벌이나 살 수 있는 돈이 마련되었다. 신사임당의 그림은 이미 많은 사람들에게 알려져 있었기 때문에 그림을 사려는 사람이 많았다. 하지만 그림은 마음을 수양하는 예술이라 생각했던 사임당은 그림을 팔아 돈을 만들지는 않았다. 다만 그때는 그 부인의 딱한 사정을 보고 도와주려는 마음에서 그림을 그려주었던 것이다.

인생

1504	강원도 북평 외가에서 아버지 신명화와 어머니 이씨 사이에서 태어남 외가에서 교육을 받으며 글씨와 그림 공부를 함
1522	19세 한양에 사는 이원수와 결혼
1524	21세 아버지의 3년상을 마치고 한양 시댁으로 옴
1525	22세 맏아들 선이 태어남, 경기도 파주군 율곡리로 이사
1528	25세 강릉에 사는 친정 어머니의 열녀정각이 세워짐
1529	26세 맏딸 매창이 태어남. 이어서 둘째 아들 번과 둘째 딸이 태어남
1536	33세 셋째 아들 율곡이 태어남
1541	38세 한양 수진방으로 이사. '친정을 바라보며', '어머니 그리워' 등 시를 지음
1542	39세 넷째 아들 우가 태어남
1548	45세 셋째 아들 율곡이 13세에 진사 초시에 합격
1550	47세 남편 이원수가 수운판관이 됨
1551	48세 남편 이원수가 맏아들 선과 셋째 아들 율곡을 데리고 평안도로 출장을 간 사이에 병으로 사망

비천한 운명을 극복한
조선시대 최고의 과학자

장영실(蔣英實)

명언 { "내가 남을 알지 못하는 것이 죄일 뿐
남이 나를 알아주지 않으니 무슨 죄인가?"

우리나라 최고의 과학 발전 시기는 세종 대왕 시대이다. 그러나 그 뒤에는 장영실이라는 위대한 과학자가 있었다. 관노라는 미천한 신분을 극복하고 재능만으로 고위 관직에 오른 그는 세계 최초의 과학적인 해시계, 물시계 등의 기기를 제작하여 조선시대 최고의 과학자로 꼽히고 있다. 이에 현대에 와서도 그의 업적을 계승하고 과학기술 발전을 도모하고자 획기적인 신기술로 신제품을 발명한 기업에 IR장영실상을 수상하고 있다.

우리나라 최고의 과학자로 꼽히는 장영실을 모르는 사람은 드물다. 하지만 그에 대해 상세한 정보는 남아 있지 않다. 그는 잘 알려진 것처럼 조선시대 세종 때에 크게 활약한 것으로 되어 있지만, 정확히 언제 어디서 누구의 아들로 태어났는지는 알 길이 없다. 이것은 그의 업적이 정치나 문학이 아니라 당시 천시되던 기술 분야의 일이었기 때문이다.

성 장 배 경

재능만으로 역사 속에 이름을 남긴 천재

잘 알려져 있듯이 유교가 지도 이념으로 굳건히 서 있던 조선 사회에서는 과학이나 기술은 주로 하찮은 재능으로 여겨졌다. 또한 장영실은 정식으로 과거에 급제하여 관직을 얻은 것이 아니었다. 사대부 출신이 아니라 천민 출신이었기 때문이다.

장영실은 태조 이성계가 세운 조선이 기틀을 잡아 갈 무렵인 14세기 말에 경상도 동래현 관기의 아들로 태어났다. 신분사회였던 이 당시에는 관청에 딸린 기생의 신분은 농민보다 못한 천민이었기 때문에 열 살부터 관가에 들어가 관노로서 비천한 삶을 살 수밖에 없었다. 그의 신분은 동네 아이들로부터 따돌림을 당할 만큼 천한 것이었다. 어울릴 친구도 없어 혼자 놀던 장영실은 줄곧 무엇을 만지고 고치는 것을 좋아했는데, 이런 재능이 동래 현감의 눈에 띄어 각종 기계 제작이나 수리를 도맡게 되었다.

그의 재능은 이 시절 빛을 보기 시작하였다. 영남 지방에 큰 가뭄이 있던 1400년 여름, 장영실은 강에서 물을 끌어올려 논에 물을 대는 장치를 만들어 가뭄을 극복해 냈다. 현감은 그에게 상을 내렸을 뿐아니라 영남 지방 일대 사람들은 동래 현감의 이름은 몰라도 장영실의 이름은 다 알 정도로 유명해졌다.

이 이야기가 궁에 들어가자 당시 임금인 태종은 그를 불러들여 궁궐의 일을 맡기게 되었다. 천재적인 재능이 어려운 환경에서도 빛나기 시작했던 것이다.

장영실이 역사의 기록에 나타나기 시작하는 것은 세종 3년, 즉 1421년부터다. 이 당시 그는 별다른 관직을 맡은 것이 아니라 그저 궁궐의 일을 했을 뿐인 것으로 보이는데, 이때 과학 인재를 발탁하기 위해 고심하던 세종의 눈에 띈 것으로 보인다. 세종실록에 기록된 것을 보면 다음과 같다.

"장영실은 동래현 관노인데, 성품이 정교하여 항상 궐 안의 공장 일을 맡았다. 그 후 장영실은 왕(세종)의 특명으로 중국에 유학하여 천문 의기에 대한 연구를 하고 돌아왔다"

그는 중국 유학에서 귀국하자 천민에서 벗어나게 되고, 1423년(세종 5년) 상의원 별좌라는 벼슬에 임명되어 궁중기술자로 활동하게 되었다.

독자적인 국내 기술을 개발한 뛰어난 기술자

장영실은 중국의 선진 문명을 보고 돌아와 우리나라에 맞는 독창적인 발명품을 많이 만들었는데, 대표적인 발명품으로는 천체 운행과 그 위치를 측정하는 혼천의, 자동 시보 장치인 자격루, 세계 최초로 강우 측정을 가능하게 했던 측우기, 하천의 범람을 미리 알 수 있도록 한 수표, 그리고 기존 동활자의 단점을 보완한 금속활자인 갑인자 등이 있다. 이는 우리 고유의 과학 기술을 통해 제작한 독자적인 발명품으로 그 의미가 크다.

장영실이 크게 활약한 세종대에는 천문학의 연구가 우리 역사상 최고의 수준에 도달했다. 세종 14년인 1432년에 대대적인 천문·기상의기 제작사업이 세종의 명에 의해 시작되었는데, 장영실은 당시 중추원사였던 이천을 도와 간의대 제작에 착수하는 한편, 여러 가지 천문의기 제작을 감독하였다. 그가 중국 유학을 다녀오게 된 계기도 바로 이 천문기기 연구 때문이었는데, 1434년 혼천의를 완성해 냈다. 이 혼천의는 1432년(세종 14년)에 시작된 여러 천문의기 제작사업 중에서 가장 먼저 완성을 본 것이었으며, 다른 많은 의기들의 모태가 된 기구이다. 혼천의는 선기옥형(璇璣玉衡) 또는 혼의(渾儀)라고도 불리는 일종의 측각기로 적도 좌표를 관측하고, 천체의 위치를 측정하는 데 쓰였던 의기였다. 혼천의는 관측용과 실내용 혼천시계의 두 가지로 구분되는데, 세종실록에 의하면 이때 장영실이 만들었던 것은 실내용 혼천시계로 보인다.

이밖에도 장영실은 세종대의 인쇄 기술 발달에도 한몫을 맡았다. 그는 새로운 활자를 주조하는 기술 지도자로서 활약했다. 1420년(세종 2년)에는 경자자를 만들었는데, 이는 글자체가 정교하고 치밀하여 활자를 판에 박았을 때 흔들림이 적어 인쇄를 빨리 할 수가 있었다. 또 1434년에는 갑인자(甲寅字)를 만들었다. 인쇄와 금속 기술에서도 뛰어난 재능을 발휘한 것이다.

서양보다 200년 앞선 기술 개발

1442년에 장영실이 발명한 측우기는 세계 최초로 발명된 것으로 우리나라 과학사상 매우 의미있는 것이었다. 벼농사를 국가 기반 산업으로 삼고 있던 조선에서는 측우기가 발명되기 전에도 효과적인 벼농사를 위해 강우량 측정을 했다. 그 방법은 비가 내린 후 땅 속 몇 치까지 빗물이 스며들었는지 조사를 해 강우량을 유추한 것인데, 이 방법은 토양의 성질에 따라 스며드는 양이 다르고 지역마다 측정하는 토양이 달라 정확한 조사가 어려웠다. 하지만 측우기의 발명으로 체계적인 강우량 측정이 가능해졌고, 그 결과 과학적인 벼농사가 가능해졌다. 이런 기술은 이탈리아 B. 카스텔리가 처음으로 측우기를 발명한 것에서 200년이나 앞선 기술이었다.

또 장영실의 업적 가운데 가장 두드러진 것은 1434년 개발한 자격루이다. 우리나라에 물시계가 처음 만들어진 것은 삼국시대로 알려져 있지만 모양도 알려져 있지 않고, 장영실의 물시계도 기록은 상세하지만 당시의 기기가 남아 있지 않다. 현재 서울 덕수궁에 있는 물시계는 1536년 중종 때 것으로 장영실의 것과는 다른 모양이다. 그럼 자격루는 어떻게 만들어진 것일까? 장영실이 처음 만든 물시계는 그동안 써오던 물시계를 개량해서 만든 것으로, 첫째는 1424년(세종 6년)에 만든 경점지기(更點之器)이다. 그러나 이 시계는 사람의 힘을 빌려야 했다. 이후 10년 뒤에 만들어낸 것이 자동시보장치를 갖춘 물시계인 자격루이다. 물이 차오르면 복잡한 장치를 통해 저절로 소리가 울리게 만든 자격루는 이와 함께 시각 표지판을 든 인형이 나타나게 되어 있었다. 이 물시계를 만든 공로로 대호군에까지 승진하였고, 1438년 다시 천상시계와 자동 물시계 옥루를 만들었다.

세종실록에 자세한 기록이 남겨 있지만, 후세에 이것이 복원되었다는 기록이 없는 것으로 보아 무척 복잡하고 정교하여 장영실이 아니면 만들 수 없었던 듯하다. 옥루는 물시계에다가 해와 달과 별의 운동까지 나타내 주는 장치였다. 이뿐만 아니라 계절에 따라 일어나는 농촌의 특징적 변화까지 인형을 써서 나타냈고, 금으로 만든 태양이 떴다 지도록 장치되어 있었다. 또 그는 앙부일구도 만들어냈는데, 중국의 앙부일구와는 본질적으로 다른 것이었다. 중국의 것은 밤과 낮에 천체를 관측하거나 시간을 재기 위해 쓸 수 있는, 천장에 구멍이 뚫려 있는 장치였는데 반해, 앙부일구는 뚜껑을 없애고 구멍의 위치에 바늘 끝을 설치하여 해시계로만 사용하게 바꾼 것이었다. 이런 양식의 해시계는 우리나라에서만 처음 만들어져 일본에 전파되었을 뿐, 중국에서는 제작되지 않았다. 이 해시계는 24절기까지 꽤 정확히 표현할 수 있어서 말하자면 날짜까지 달린 시계라 할 수 있었다.

작은 사건으로 사라진 비운의 천재

이처럼 뛰어난 기기를 발명해낸 장영실에 대한 세종의 총애는 각별하였다. 1433년(세종 15년)에 장영실은 그 능력을 인정받아 5품이던 상의원 별좌에서 4품인 호군에 올랐다. 엄격한 신분 사회였던 당시를 생각하면 놀라운 일이었다. 천민 출신에게 벼슬을 주는 것은 사대부들의 격렬한 반대가 따랐다. 그러나 세종은 그의 능력 뿐아니라 성품까지 아꼈는데, 세종실록에는 다음과 같이 기록하고 있다.

"영실의 사람됨이 비단 공교한 솜씨만 있는 것이 아니라 성질이 똑똑하기가 보통보다 뛰어나서, 매일 강무할 때에는 나의 곁에 두고 내시를 대신하여 명령을 전하기도 하였다. 이제 자격루를 만들었는데, 비록 나의 가르침을 받아서 하였지만, 만약 이 사람이 아니었더라면 만들어내지 못하였을 것이다. 만대에 이어 전할 기물을 능히 만들었으니 그 공이 적지 아니하므로 호군의 관직을 주고자 한다."

그러나 장영실은 작은 사건으로 인해 역사 속에서 사라지고 만다. 1442년 그의 감독으로 제작된 왕의 가마가 행차 중 부서지자, 불경죄로 의금부에 투옥되었다. 그의 재능을 아끼던 세종은 사면을 위해 노력하지만, 결국 그는 관직을 박탈당하고 행방불명되어 지금까지도 이후의 행적이 알려져 있지 않다.

혼천의

천체의 운행과 위치, 그리고 적도 좌표를 관찰하는데 쓰이던 천체 관측기구로서 혼의 또는 선기옥형이라고도 부른다.

1432년(세종 14년) 세종 대왕의 명에 의하여 정인지, 정초 등이 고전에 의거하여 제작에 착수하였고, 1433년(세종 15년) 장영실, 이천에 의하여 완성되었다.

관천대

조선시대 관측 천문대로 현재 창경궁에 관천대 등 2개가 남아 있다.

앙부일구 (오목해시계)

햇빛의 그림자로 시간을 재는 시계로서 일명 해시계 또는 앙부일영이라고 한다.

1334년(세종 16년) 세종 대왕의 명으로 장영실이 제작하여 흠경각에 처음 설치하였다.

자격루 (물시계)

1434년(세종 16년)에 장영실 등이 제작한 물시계로서 우리나라에서는 처음으로 저절로 움직여 시간을 알려주는 장치를 부착, 제작하였다. 이 자격루는 1536년(중종 31년) 개량되었으나 지금은 복잡한 자동시보장치가 없어지고, 3개의 파수호와 2개의 수수통만 남아 덕수궁에 보존되어 있다.

간의

1276년 중국 원나라 때 처음 만들어져 1437년 오늘날의 천문관측 기기와 같은 원리로 개량된 천문기기로서, 행성과 별의 위치를 정밀하게 측정할 수 있으며, 임진왜란, 정유왜란으로 유실된 후 최초로 복원되었다.

규표

일 년의 길이가 정확히 며칠인가와 24절기를 알아내기 위해 사용하던 도구이다.

수직으로 세운 막대표의 그림자 길이를 기준으로 동지, 하지, 춘분, 추분이라 하고, 나머지 20개 절기를 그 사이에 약 15일 간격으로 배열한 것이다.

수표

1441년(세종 23년)에서 1442년에 걸쳐 제작, 서울 청계천과 한강에 설치한 물의 높이를 재는 측정계이다. 세종대의 처음 수표는 나무기둥에 자, 치, 푼의 길이를 표시하고, 돌기둥 사이에 묶어 하천에 세운 반목재였으나 그 후 석재로 개량하였다.

측우기

비가 내린 양을 재는 기구로, 1441년(세종 23년)에 발명된 세계 최초의 우량계이다. 그 이후 서울과 지방에 이를 설치하여 우량을 기록하게 하였으며 농사에 참고하도록 하였다.

풍기대

바람 방향과 세기를 측정하는 바람 깃발이다. 이는 우리 손으로 만든 독특한 기상 관측기기의 하나이다.

일구대

앙부일구(해시계)를 올려놓는 받침대로 그 위에 글 모르는 백성을 위하여 12 동물로 시각을 그려 놓은 앙부일구를 제작 설치하였다. 이는 우리나라 최초의 공중시계였다는 데 그 의의가 크다.

일성정시의

1437년(세종 19년)에 이천, 장영실 등이 만든 천문기기로 밤과 낮의 시간을 측정할 수 있는 시계이다.

활자(갑인자)

1434년(세종 16년)에 왕명으로 이천 등이 제작한 동활자로, 중국 진(晉)나라 왕희지의 글씨 스승인 위부인의 글씨체와 비슷하다 하여 '위부인자' 라고 하며, 현재 전해지지 않고 인쇄본이 전해지고 있다.

가뭄을 극복할 수 있었던 지혜

1400년 경 영남 지방에는 심각한 가뭄이 들었다. 별다른 기술이 없었던 시절, 가뭄은 인간이 조절할 수 없는 천재였고, 논과 밭이 갈라지고, 곡식이 타 들어가는 것을 그저 지켜볼 수밖에 없었다. 이때 관노였던 장영실은 그를 아끼던 현감에게 강물을 논과 밭으로 끌어들이자고 제안했다.

그러나 강물이 들판보다 낮기 때문에 모든 사람들은 어림도 없는 일이라며 반대했다. 그러나 장영실은 여러 날 동안 궁리한 끝에 커다란 무자위(낮은 곳의 물을 높은 곳의 논과 밭으로 올리는 농기구)를 여러 개 만들어, 강물과 들판 사이에 군데군데 차려 놓았다. 무자위마다 물을 퍼 올릴 수 있는 장치를 마련해 두었고, 무자위 사이에는 나무로 된 물길을 만들어 놓은 것이다.

드디어 강가에 있는 무자위가 돌아가면서 물을 길어 올리기 시작하였고, 이렇게 길어 올린 물은 둘째 번 무자위까지 흘러갔다. 그리고 둘째 번 무자위가 받아서 길어 올린 물은 그보다 조금 높은 곳에 설치한 셋째 번 무자위로 들어갔다. 이렇게 장영실의 기술로 가뭄을 극복할 수 있었던 것이다.

출생년도 미상	경상도 동래현 관기의 아들로 태어나 어머니에게 글을 배우고 어린 나이에 노비가 됨
1400	관청의 노비로 있으면서 영남 지방에 가뭄을 극복할 기기를 만듦
1423	세종의 인정을 받아 노비의 신분에서 벗어나 상의원 별좌 벼슬에 오름
1432	이천과 천문관측기구인 간의대 제작
1433	간의를 발전시켜 혼천의 제작. 명나라로 유학
1434	이천과 함께 구리활자인 갑인자 제작. 김빈과 함께 물시계인 자격루 제작

1436	납활자인 병진자 제작
1437	천문관측기구인 대간의, 소간의 제작. 해시계인 앙부일구, 현주일구, 천병일구, 정남일구 제작
1438	시간과 계절을 알 수 있는 옥루 제작
1440	측우기와 물의 높이를 재는 수표 제작. 공을 인정받아 벼슬이 상호군에 오름
1442	측우기를 계량하여 비의 양을 정확히 잴 수 있도록 통일된 규격을 만듦. 세종이 탄 가마가 부서지는 일이 생겨 귀양을 감
……	언제 죽었는지 알려지지 않았으나 충남 아산에 그의 묘가 있음

金弘道

우리 민족의 삶을
진솔하게 담아낸
천재 화가

김홍도 (檀園 金弘道, 1745~1806?)

 { "알면 보이고 보이면 사랑하게 되나니 그때 보이는 것은 이미
예전과 같지 않으리라."

김홍도는 안견, 장승업과 함께 조선시대 3대 화가로 알려져 있으며, 우리 옛
화가 가운데 사람들에게 가장 친숙한 작가이다. 고유색 짙은 조선의 독자 문
화가 절정에 이르렀을 때 탄생하여 문화의 최후를 장식하는 역할을 담당하였
던 화가이기도 하다. 그의 그림 재주는 하늘로부터 타고난 것으로 알려졌는데,
모든 그림에 능했다.

김홍도는 1745년 중인 가문의 출신으로 안산에서 태어났다. 예로부터 안산은
문화적 토양이 매우 비옥했던 고장으로 꼽히는데, 특히 18세기 영·정조시대
에는 학문과 예술의 향기로 가득 차 있었다. 김홍도는 어린 시절부터 서당의
글공부보다는 친구들과 노는 것을 좋아하고, 특히 그림 그리기를 좋아했다고
전해진다.

성장배경

예술을 사랑하는 군주와 천재 화원의 만남

어린 시절 그림으로 천재성을 인정받은 그는 일곱, 여덟 살 때 표암 강세황 선생으로부터 그림과 글 수업을 받았다. 김홍도가 놀라운 천재 소년이었다는 것은 간단한 기록에서도 엿볼 수 있다. 열한 살, 열두 살 때 정조의 세손시절 초상화를 그린 이야기가 정조의 글에 나오는가 하면, 열일곱 살 때의 작품으로 추정되는 '신선도병풍'을 비롯하여 20대 전후에 이미 원숙한 솜씨를 선보인 것이다. 후에 김홍도는 약관의 나이에 강세황의 천거로 도화서 화원이 되었다.

당시 조선 사회에서 나라를 이끌어가는 주된 사상은 성리학이었다. 그 이념하에서 정치는 학문을 닦은 양반들이 하는 것이었고, 그림 그리기 같은 재주는 사소한 것으로 여겨져 중인들의 전문 직종이었으며, 벼슬 역시 종6품에 그치는 것이었다. 그러나 김홍도는 여느 화원과는 달랐다. 김홍도는 정조의 총애 아래 그의 그림 실력을 펼쳐보였다.

정조는 조선 역사상 세종 대왕에 비길 만큼 훌륭한 군주였다. 백성들이 실제로 잘 살 수 있는 정치를 하고 늘 힘을 써서 좋은 성과를 냈던 것은 물론이고, 그 자신의 학문이 오히려 신하들을 가르칠 만큼 깊었으며, 글씨도 잘 쓰고 그림도 잘 그렸다. 심지어 도장까지 직접 새겨 쓰는 취미가 있었다니 정조의 예술가적 기질이 풍부했음을 쉽게 알 수 있다. 남아 있는 기록을 보면 정조는 화원들의 그림 내용까지도 세세하게 신경을 썼으며, 화원의 능력을 직접 살폈다. 그러나 이렇게 까다로운 정조도 김홍도의 그림에 대해서는 '그림 한 장을 낼 때마다 곧 임금의 눈에 들었다.'고 기록할 정도로 그의 그림을 인정하고 사랑하였다. 김홍도는 그저 한 사람의 천재 화가였을 뿐만 아니라 조선 전체를 대표하던 화가가 되었던 것이다.

모방을 하지 않는 자신만의 작품 세계

김홍도의 호 가운데 가장 유명한 단원(檀園)은 '박달나무 있는 뜰'이란 뜻으로 원래 중국 명나라 때의 화가 이유방(李流芳)의 호였는데, 김홍도가 그를 특히 존경해서 그 호를 따온 것이다.

김홍도는 풍속화가 유명하긴 하지만, 여러 방면에서 뛰어난 그림 솜씨를 보여왔다. 그의 그림들을 자세히 보면 어느 그림이건 간에 모든 그림에 조선 고유의 색을 짙게 드러낸다는 공통점이 있다. 김홍도의 풍속화에서는 예쁜 기생이나 멋있는 한량이 아니라 얼굴이 둥글넓적하고 흰 바지와 저고리를 입은 평범한 서민들이 등장한다. 그는 투박한 선을 사용해 농민이나 수공업자들의 일상 생활을 담담하고 열린 마음으로 그리고 있다.

그의 작품이 처음부터 이같은 성향을 띠었던 것은 아니다. 쉰 살 이전의 작품에서는 당시 유행하던 중국의 화풍을 따른 작품이 많았다. 1778년 작인 '서원아집도(西園雅集圖)' 6폭 병풍은 주로 화보에 의존한 중국적인 정형산수를 따르고 있는 것을 알 수 있다. 그의 산수화는 어려서부터 그를 아끼고 지도했던 표암 강세황의 영향이 컸으며, 당대에 유행하고 있던 남종화풍(南宗畵風)의 운치있는 산수화와 우리나라 산천의 아름다움 속에서도 풍속화에서 보여준 기량을 바탕으로 산수풍속(山水風俗)에서 우리의 마음을 잘 표현하고 있다는 점에서 높이 평가되고 있다.

그가 마흔네 살 되던 해에 정조의 명을 받고 복헌 김응환과 함께 금강산에 있는 4개 군의 풍경을 그린 것을 계기로 하여 그의 독자적인 산수화를 확립하였다. 이때 김홍도가 실제 경관을 그린 것이 '금강사군첩(金剛四郡帖)'인데 여기에서 우리나라 화강암 돌산과 소나무가 있는 토산을 표현하는 적절한 묘사법을 터득하여 나뭇가지에 물이 오르는 모습을 경쾌하게 묘사한 수지법(樹枝法)이 완성되었다.

그리고 쉰 살 이후로는 그 동안의 화풍에서 벗어나 한국적인 정서가 어려 있는 실제 경치를 소재로 하는 진경산수(眞景山水)를 즐겨 그리면서, '단원법'이라 불리는 보다 세련되고 개성이 강한 독창적 화풍을 이룩하였다. 김홍도의 이러한 산수화는 연풍현감을 그만두고 자유인으로 살아가면서 더욱 완숙한 경지로 들어가게 된다. 이때 그는 여백을 적절히 남기면서 대상을 압축하는 밀도있는 구도법과 형상을 집약해서 표현해 내는 묘사력, 그리고 운치있는 운염법(물이 마르기 전에 칠하여 번지는 효과를 나타냄) 등으로 김홍도의 산수화는 진경산수와 남종문인화가 하나로 만나는 높은 예술적 경지를 보여주었다. 만년에 이르러서는 명승의 실경에서 농촌이나 전원 등 생활 주변의 풍경을 사생하는 것으로 관심이 바뀌었으며, 이러한 사경산수 속에 풍속과 인물 등을 가미하여 한국적 서정과 정취가 짙게 밴 일상사를 묘사하였다.

'운염기법'이란 독특한 화법 즐겨 사용

산수뿐아니라 인물화에서도 특이한 경지를 개척하였다. 굵고 힘찬 옷 주름과 바람에 나부끼는 옷자락, 그리고 티없이 천진한 얼굴 모습 등도 특징적이다. 그러나 무엇보다도 그를 돋보이게 하는 것은 역시 풍속화이다. 그의 풍속화는 조선 후기 서민들의 생활상을 간략하면서도 짜임새 있는 원형 구도를 써서 익살스럽게 표현하였다. 한국적 정서를 잘 살린 그의 화풍은 아들인 김양기를 비롯해 조선 후기와 말기의 화가들에게 매우 큰 영향을 미쳤다.

김홍도

김홍도는 '운염기법'이란 독특한 화법을 즐겨 사용했다. 운염기법은 입체적인 효과를 주기 위해 채색의 농담으로 형체의 원근과 고저를 표현하는 것을 말한다. 고대 인도의 아잔타 동굴 벽화에 쓰인 뒤 중국을 거쳐 우리나라에 들어온 이 기법은 당시 중국에서는 북경의 성당이나 교회의 벽화에 많이 사용됐다. 그러나 이 기법은 그를 끝으로 전승되지 않았다.

김홍도는 정조의 총애를 받으면서 그의 재능을 마음껏 펼쳤다. 화원의 일 중 가장 중요했던 국왕의 초상화 제작에 3차례나 참가했을 뿐아니라, 정조의 어명으로 금강산 절경을 제작하였으며, 마흔여섯 살에는 정조의 생부 사도세자의 원혼을 위로하기 위한 수원 용주사의 후불탱화를 주관하였다. 그리고 임금의 화성행차를 그린 '화성원행의궤도'와 수원의 경관을 담은 '화성춘추팔경도' 16폭 병풍을 진상하였으며, 쉰두 살 때에는 전체 20폭으로 구성된, 단원 예술혼의 정화라고 할 수 있는 '단원절세보' 화첩을 완성하였다.

그는 그림뿐아니라 글씨도 대단히 잘 썼으며 앉은 자리에서 운을 맞추어 한시를 척척 지을 만큼 재능이 뛰어났다. 더욱이 대금이며 거문고를 잘하여 음악가로도 이름이 날 정도였다. 시, 글씨, 그림, 음악 등 여러 방면에 고루 교양이 풍부하며, 풍채도 좋고 성품도 무난했던 만능인이었던 것이다.

그러나 이처럼 빛나던 활약과는 달리 그의 노년은 초라했다. 김홍도는 말년에 건강이 안 좋고 생활 형편도 좋지 않아서 아들 김양기의 수업료조차 마련하기 어려웠다. 또 순조 즉위 후의 그의 기록을 보면, 정조 재위 동안에는 특별히 열외되었던 규장각 화원으로 새삼스레 소속되며, 거기에서 아들이나 조카뻘 밖에 안 되는 젊은 화원들과 어깨를 나란히 하고 시험을 보기도 하였다. 그나마도 1805년 가을에 병으로 그만두었다. 그때 그린 '추성부도' 이후로 그는 절필을 선언하고 다시는 작품 활동을 하지 않았으며, 세상을 떠난 연대는 확실하지가 않다.

주요 작품

서당도

서당에서 글공부하는 모습을 재미있는 이야기로 엮어낸 그림으로, 단원 김홍도의 대표적인 풍속화이다. 한 아이는 훈장에게 방금 종아리를 맞았는지 대님을 다시 묶으면서 눈물을 닦고 있고, 다른 아이들은 킥킥거리며 웃음을 참고 있다. 훈장도 지그시 웃음을 머금고 있다. 각각의 인물들의 감정이 실감나게 잘 드러나 있어서 설명을 굳이 듣지 않아도 어떤 상황과 분위기인지 금방 알 수 있게 해준다. 정면이 아닌 사선구도의 짜임새 있는 화면 구성이 돋보이는 이 작품 역시 배경은 여백으로 처리되었으며, 굵은 선으로 단순하게 처리된 옷주름 등에서 김홍도 특유의 필치를 엿볼 수 있다.

씨름도

두 사람이 힘을 겨룬다. 팽팽하게 맞잡은 양손에 긴장감이 흐르고, 그 모습을 지켜보는 구경꾼들도 눈을 떼지 못한다. 우리나라의 고유 겨루기인 씨름, 그러한 씨름의 역동성을 가장 잘 표현했다고 이야기되는 씨름도의 한 장면이다.

씨름도는 보물 제527호로 지정된 단원의 대표적인 풍속화첩인 '단원풍속도' 화첩에 속한 잘 알려진 명품 중 하나다. 비스듬히 내려다보는 시점에서 별도의 배경 없이 화면 중앙에 한판 붙은 두 인물과 이를 구경하는 관중을 둥글게 배치하고 있으며, 조금은 한 발 떨어진 듯한 시선에도 한 사람 한 사람의 표정을 놓치지 않고 표현하였고, 씨름하는 두 인물의 힘을 쓰는 표정을 간략한 필선으로 잘 나타내었고, 엿목판의 가위질도 아랑곳하지 않고 모든 이들의 시선은 씨름에 쏠려있으며 다양한 표정을 묘사하고 있다.

김홍도의 씨름도에서는 우선 시선의 파격을 읽을 수 있다. 씨름 하는 두 사람을 가운데 두고 빙 둘러앉은 구경꾼들의 모습은 3층짜리 아파트 높이에서 내려다보듯 그렸으되, 주인공인 씨름꾼들은 구경꾼이 올려다본 각도에서 박진감 넘치게 묘사했다. 한 그림 속에 한 시점만을 고수한 서양 미술에서는 찾아보기 어려운 파격이다. 이러한 파격은 작가의 솔직함, 작가의 솔직한 시각에서 시작된다.

풍속화는 원래 솔직하면서도 담백한 서민의 숨결과 현실감각이 살아 있는 그림이다.

벼타작

농부들이 볏단을 통나무에 내려치며 타작하는 모습을 그린 것으로, 일하는 농부들의 역동적인 동작과 얼굴 표정에서 고된 노동의 피로감보다는 함께 노동요를 부르며 일하는 신명이 느껴진다. 열심히 일하는 사람들 옆에서 갓을 비껴쓰고 담뱃대를 물고 비스듬히 누워 있는 양반의 모습이 재미있다.

신선 같은 자신의 생활 그림으로 표현

　김홍도는 신선도와 산수화, 풍속도를 많이 그렸다. 열일곱 살 때 작품으로 알려진 '신선도대병', 스무 살 때 그렸다는 '선동취적도'와 낙관이 없는 '군선도' 등의 작품에서 보듯이 신선을 그림의 대상으로 삼았다. 이를 통해 그가 신선 같은 생활을 동경했다는 것을 알 수 있다. 또 김홍도는 풍모가 아름답고 기상이 크고 넓어 사람들이 그를 신선 중 신선이라 불렀다. 따라서 자신의 실제적인 모습처럼 신선 같은 생활을 꿈꾸고 이를 그림으로 표현한 셈이다.

　그의 생활상을 단적으로 드러내는 일화도 전해진다.

　조희룡이 쓴 『호산외사』에 따르면, 김홍도는 너무 가난해 끼니조차 잇기 어려웠다. 하루는 시장에 나온 매화 화분을 보고 매우 사고 싶었으나 호주머니가 비어 있었다. 얼른 집에서 그림을 들고 나와 3,000냥에 팔아 2,000냥으로 화분을 사고, 남은 돈 200냥은 땔나무와 식량을 구입했다. 나머지 800냥으로는 친구들을 불러 술잔치를 벌였다. 그러자 사람들은 이를 '매화음(梅花飲)'이라 불렀다. 생계에 전혀 보탬이 되지 않는 매화를 사기 위해 그림을 팔고 나머지 돈으로는 즉석에서 술잔치를 벌인 그의 호방했던 생활을 잘 엿볼 수 있다. 가히 신선의 경지라 아니 할 수 없다.

1745	안산에서 출생
1752~1764	표암 강세황에게 그림과 글 수업을 받았으며, 그의 천거로 도화서 화원이 됨
1765	'경현당수작연도병' 제작
1772	김복헌으로부터 금강산을 그린 그림을 받음
1773	왕세손 시절의 정조의 초상화 제작
1776	'군산도'를 여덟 폭 병풍에 제작
1777	왕에게 자신의 실력을 인정받음
1778	'서원아집도'와 '해상군선도'를 제작(강세황이 제목과 평을 붙임)
1779	'선동취적도'와 '송월도' 제작(강세황이 제목과 평을 붙임)
1781	정조 초상화와 '중국사녀도'를 제작
1782	'화집도' 제작(강세황이 제목을 붙임)
1785	정조의 명을 받아 금강산으로 가서 '금강사군도'를 그림
1789	정조의 명을 받고 스승 김응환을 따라 일본 쓰시마 섬의 지도를 그리기 위해 떠남. 도중에 스승이 죽고 혼자 쓰시마 섬으로 가서 지도를 그려 정조에게 바침
1790	정조의 생부 사도세자의 원혼을 위로하기 위한 수원 용주사의 후불탱화 주관
1791	정조 초상화 제작, 연풍현감에 제수, 강세황이 세상을 떠남
1795	연풍현감에서 불미스럽게 파직, 한양으로 돌아와 그림에 전념, '해금강 총석정' 제작, '화성원행의궤도', '화성춘추팔경' 16폭 병풍 진상
1796	'단원절세보' 화첩 완성
1800	'주부자시의도'를 여덟 폭 병풍에 제작
1804	규장각 화원으로 소속
1805	신병으로 화원을 그만둠, '추성부도' 완성
1806	사망 추정

李箱

한국 근대문학사가
낳은 불세출의
시인이자 소설가

 (李箱, 1910~1937)

명언 { "어느 시대에도 현대인은 절망한다.
절망이 기교를 낳고, 기교 때문에 절망한다."

'박제가 되어버린 천재' 이상은 한국 근대문학사가 낳은 불세출의 시인이자 작가이다. 스물일곱 살의 젊은 나이로 요절한 그는 당시에는 이해받지 못한 파격적인 문학으로 대중을 놀라게 했고, 기이한 행동으로 유명했다. 26년 7개월이라는 짧은 생애로 요절했음에도 불구하고, 그는 '오감도' 등의 시와 '날개', '지주회시', '봉별기' 등의 소설을 통해 거의 파격적으로 한국 문학의 수준을 올려놓았다.

이상은 1910년 음력 8월 20일 종로구 사직동에서 김영창의 장남으로 출생했다. 이상은 필명으로, 본명은 김해경이었다. 넉넉하지 않은 집에서 장남으로 태어났지만 세 살 때부터는 자식이 없던 백부의 손에서 자랐다.

성
장
배
경

소설보다는 그림에 먼저 재능을 보이다

그는 어려서부터 혼자 있기를 좋아하고 말수가 적었으며, 글보다는 그림에 먼저 소질을 보였다. 그의 재능은 보통학교(신명학교) 시절부터 나타나는데, 담배 '칼표' 껍질에 나오는 도안을 거의 그대로 모방해 그림을 그리고, 길가에 버려진 화투도 그대로 그려 동네에서도 유명했다. 보성고보 당시 동창들의 말에 따르면 이상은 그림을 매우 잘 그렸고, 자주 "난 화가가 될 거야."라고 말했다고 한다. 또한 보성고보 재학 시절에 이상은 교내 미전에서 1등을 했고, 한국 최초의 서양화가였던 당시 미술 교사 고희동은 이상의 재주를 알고 매우 아꼈다.

1929년에 경성고등공업학교를 졸업한 이상은 화가의 꿈과는 달리 조선총독부 내무국 건축과에서 일하게 된다. 그는 서대문구에 있는 전매청 공사를 비롯하여 몇 군데의 설계를 하고 현장 감독을 맡기도 했다. 직장 생활을 하면서도 이상은 다양한 재능을 유감없이 드러냈다. 1929년 12월에는 조선건축학회 기관지인 『조선과 건축』의 표지 도안 현상모집에 1등과 3등으로 당선되었고, 1931년에 시 「이상한 가역반응」을 발표하고, 서양화 '초상화'로 조선미술전람회에 입상했다. 이때부터 그는 '이상'이라는 필명을 사용하기 시작하였다. 그러나 이처럼 한창 재능을 발휘할 무렵 병마가 그를 덮쳤다. 1933년 3월 객혈로 폐병이 시작되었다는 징조가 드러났기 때문이다. 결국 그는 건축기수직을 사임하고 배천온천에 들어가 요양을 했다. 이 무렵에는 백부도 돌아가시고 친아버지를 모시기 시작했는데, 그는 폐병에서 오는 절망을 이기기 위해 본격적으로 문학을 시작했다.

문학과 삶의 수렁에서 허덕이다

이상은 휴양지에서 금홍을 만나 열애에 빠졌다. 이후 금홍과 함께 '제비'라는 다방을 경영하면서 당대의 문사들과 교류했다. 그리고 이 인연으로 그는 1934년 '구인회'에 가입하였다. 당시 구인회는 순수 문학을 표방하는 9명의 문인이 모인 문학 동호회였는데, 김기림, 이효석, 유치진, 정지용 등이 그 멤버였다. 이상은 후기 멤버로 참여해 그와 박태원이 중심이 되어 『시와 소설』이라는 기관지를 펴내기도 했다.

이 무렵 제비다방 뒷골방에 마련했던 조그만 살림방이 그의 대표작인 「날개」의 무대가 되었다. 금홍은 마담으로 '제비'에서 일하고, 이상은 골방에 처박혀 있다가 밤이 되어야 밖으로 나오는 생활이 계속되었다. 이러한 그의 제비다방 시대는 1933년부터 1935년 파산하기까지 2년 동안 지속되었다.

그에게 있어 1933년과 1934년은 화려한 문단 등단뿐아니라 파산, 금홍과의 파경으로 가득 찬 해였다. 이상이 천재로 꼽히는 것은 시대를 앞선 실험정신 때문이다. 그것은 그가 문학만 배운 문학청년이 아니었기 때문에 실험정신을 마음껏 발휘할 수 있었다.

우리 문학사에서 처음으로 근대 정신을 표현하고자 했던 그의 글은 지금 읽어도 시대를 한참 앞서 있어서 파격적이고 난해하다. 그가 시대를 뛰어넘는 천재임을 여실히 보여주는 것이다.

그의 작품은 항상 독자를 외면하고 있다. 그 이유는 그의 글을 누구에게 보여주기 위한 것이 아닌 스스로에 대한 답을 구하기 위한 수단으로 사용하였기 때문이다. 이상은 전례의 창작 수법을 거부하고 부정적 시선으로 세계를 바라보며 실험성 강한 문학을 시도했다.

이상

1934년에는 조선중앙일보에 연작시「오감도」를 발표했지만, 독자들의 빗발치는 항의로 연재를 중단할 수밖에 없었다. 어찌 보면 실패라고 할 수 있었지만, 그의 시가 현대에도 파격으로 받아들여지고 있다는 것을 생각하면 이때의 사건은 이상을 세상에 알리게 된 계기가 되었다.「오감도」는 제목부터 독특하다. 새를 뜻하는 조(鳥) 자에서 가로 획 하나가 빠진 것이 까마귀 오(烏) 자인 것이다. 당시 인쇄소에서는 '조감도'를 잘못 쓴 것이 아니냐는 문의도 들어왔다고 한다. 당대인에게 모독당했던「오감도」연작은 그 뒤 이전 한국 문학과는 차별화된 새로운 모더니즘 문학의 진수를 보여준 앞서간 문학으로서 이상 문학을 한국 문학사에 확고하게 자리매김하는 역작으로 평가된다. 또 그는 시 내용의 난해함 뿐아니라 언어와 그래픽 이미지를 동시에 사용해 파격적인 시를 선보였다. 또 다른 그의 작품에서는 그래픽 디자인을 사용해 마치 암호문처럼 어려운 작품을 내놓기도 했다. 서양의 모더니즘을 비롯한 숫자나 영어, 한자와 더불어 프랑스어 등의 여러 언어들을 섞어서 시를 쓰기도 했을 만큼 당시로서는 생각할 수 없는 파격을 도입했다.

또 그의 대표작인「날개」는 기묘한 정신상태가 드러나 있다. 이 소설에서는 마음만 먹으면 세상을 놀라게 할 수 있는 천재가 박제처럼 꿈쩍할 수 없는 불행한 모습으로 드러난다. 이것은 식민지 치하에 있는 지식인이 자신의 생각을 마음대로 말할 수 없는 모습을 그대로 표현한 것이었다.

채 날개를 펴지 못한 천재의 쓸쓸한 죽음

금홍과 서먹해질 즈음 그는 동인들과의 만남에 더 큰 관심을 기울였다. 그는 잠시 여급 권순희를 사귀게 되는데, 친구를 위해 자신의 사랑을 포기하고 두 사람의 결혼식 사회까지 맡아주었다.

이후 이상은 아버지의 집을 저당 잡혀 종로에 두 개의 다방을 냈다가 곧 망하고 말았다. 빈민촌으로 가족을 이사시킨 이상은 묵묵히 따르는 아버지에 대한 죄책감과 자신의 무능력 사이에서 방황했다. 그는 박태원, 김유정과 자주 어울려 다니며 심신을 소모하는 생활을 계속했다. 당시 그가 했던 한 마디는 그의 생활을 잘 드러내준다.

"어느 시대에도 그 현대인은 절망한다. 절망이 기교를 낳고, 기교 때문에 절망한다."

이런 수렁 속에서도 그는 가족에 대한 책임감으로 시달려야 했다.

이상은 1936년 대표작 「날개」를 발표하고 변동림을 만나 결혼한다. 그러나 생활의 출구는 보이지 않았다. 변동림과 짧은 결혼 생활을 끝낸 이상은 동경행을 결심하고 혼자 동경으로 떠난다. 어떻게든 다시 시작해 보려는 이상의 시도는 실패했다. 동경에서도 「공포의 기록」, 「종생기」, 「권태」, 「환시기」, 「봉별기」 등 작품 활동을 계속했지만, 1937년 사상범으로 체포되었다. 한 달 만에 병보석으로 풀려나지만 이미 오랜 병고를 겪은 그는 같은 해 4월 17일 숨을 거두고 만다.

이상과 함께 구인회 멤버였던 시인 김기림은 "이상의 죽음으로 우리 문학이 50년 후퇴했다."고 말했다. 건강 악화와 사업 실패, 사상 혐의로 피검되는 등 결코 행복하지 않은 삶을 살았고, 게다가 26년 7개월이라는 짧은 생애로 요절했음에도 불구하고, 그는 파격적인 문장과 형식으로 한국문학의 천재로 꼽히고 있는 것이다.

이상

주요 작품

소설

「지주회시(蜘蛛會豕)」, 「환시기(幻視記)」, 「실화(失花)」, 「날개」, 「봉별기」, 「종생기」, 「실락원」

시

「이런 시(詩)」, 「오감도」, 「건축무한육면각체」, 「이상한 가역반응」

수필

「산촌여정(山村餘情)」, 「조춘점묘(早春點描)」, 「권태(倦怠)」

필명에 사생상의 '상자'를 의미하는 상(箱) 자를 넣겠다고 약속

이상의 본명은 김해경(金海卿)이다. 이상(李箱)은 그의 필명인데, 본명과는 아무 연관이 없어 보이는 이 필명은 그동안 건축현장에서 잘못 불리던 이름이 전해졌다는 설 등 여러 가지 이야기가 많다. 그러나 이상이라는 필명이 나온 것은 아주 독특한 사연이 있다.

이상에게는 구본웅이라는 친한 친구가 있었는데, 그의 대학입학 선물로 구본웅은 지금의 스케치 박스인 사생상(寫生箱)을 선물했다. 이상은 너무 고마운 나머지 자신의 필명에 사생상의 '상자'를 의미하는 '상(箱)' 자를 넣겠다고 약속했고, 여기에 호의 첫 자를 흔한 성씨로 붙이기로 했다. 두 사람은 나무로 만든 사생상에 맞추어 나무 '목(木)' 자가 들어간 성씨 중에서 찾았고, 권(權)씨, 박(朴)씨, 송(宋)씨, 양(楊)씨, 양(梁)씨, 유(柳)씨, 이(李)씨, 임(林)씨, 주(朱)씨 등을 검토했다. 이상은 그 중 다양성과 함축성을 지닌 것이 이씨와 상자를 합친 이상(李箱)이라고 생각해 '이상'이라는 필명이 탄생하게 된 것이다.

최근에 와서야 이 사실이 밝혀지게 된 것은 이상의 장난기 때문이었다. 이상은 구본웅에게 아호의 동기와 필명의 유래에 대해 비밀로 해달라고 부탁했다. 그리고 자신은 유래를 묻는 사람에게 제각기 다르게 설명을 해주었던 것이다.

인생

1910	서울 통인동에서 이발사의 아들로 출생
1912	부모를 떠나 백부 김연필의 장손으로 성장
1917	신명학교(新明學校, 당시 누상동 소재) 입학. 이때부터 그림에 소질 보임
1926	보성고보 5학년 졸업, 경성고등공업학교 건축과 입학
1929	경성고등공업학교 졸업. 조선총독부 내무국 건축과 기수로 취직, 『조선과 건축』 회지 표지도안 현상모집에 1등과 3등으로 각각 당선
1931	처녀시 '이상한 가역반응' 발표, 서양화 '초상화'로 입선
1933	심한 각혈로 총독부 기수직 사임
1934	'구인회' 가입, 본격적인 문학활동 시작
1936	「지주회시」, 「날개」 발표, 변동림과 결혼 후 도일
1937	사상 불온혐으로 일본 경찰에 유치, 4월 17일 동경제대 부속병원에서 객사, 5월 유고작 「종생기」 발표

漢承業

조선왕조의 마지막 천재 화가

작품명 : 장승업의 [거지왕초]

장승업 (張承業, 1843~1897)

명언 { "사람이 죽고 사는 것은 뜬구름과 같으니
경치 좋은 곳을 찾아 숨어버림이 좋을 것이요
앓는다, 죽는다, 장사를 지낸다 하여
요란스럽게 떠들 필요가 없다."

'그림에 취한 신선'이란 뜻의 영화 '취화선'의 주인공 장승업을 모두 기억할 것이다. 영화를 통해 강렬하게 다시 태어난 오원 장승업은 우리 근대 회화의 토대를 이루었으며, 호방한 필묵법과 정교한 묘사력으로 생기 넘친 작품들을 남긴 조선 화단의 거장이다. 세속적인 가치와 법도는 그에게 있어서 하찮은 것이었고, 오직 예술과 창작의 영감을 북돋아주는 술만이 전부였다. 그런 진정한 예술혼이 있었기에 그의 파격적인 행동에도 민영환 같은 벗을 얻을 수 있었을 것이다.

장승업은 1843년 홍수와 흉년, 돌림병, 그리고 민란으로 인해 혼란했던 조선 시대의 말기에 태어났다. 일찍이 부모를 잃고 고아가 되어 떠돌아다니다가 한양에서 머슴으로 일하기 시작했다. 남달리 그림에 조예가 깊었던 문인 이응헌은 일개 종이 파는 집의 일꾼이었던 장승업의 재주가 예사롭지 않다는 것을 우연히 알게 되고, 그를 자기의 집으로 데려 온다.

하늘이 스스로 도운 천재 화가

이응헌은 추사 김정희의 제자인 이상적의 사위이며, 중국 청나라를 왕래하던 역관(통역 전문 공무원)으로서 그림을 좋아해 많은 그림을 수집하였다. 또 그림을 연습하는 사람들을 집으로 불러들여 그림을 함께 감상하는 일이 자주 있었다.

장승업은 그림이 가득 찬 이응헌의 집에서 어깨너머로 화가나 수장가들의 그림 감상을 눈여겨보다 어느 날 붓을 잡고 똑같이 흉내를 내보았다.

그때 아주 놀랄 만한 일이 생겼다. 평생에 붓 자루도 쥘 줄 몰랐는데, 붓을 잡고서 손이 내키는 대로 붓을 휘두르고 먹물을 뿌려서 대나무, 매화, 난초 바위, 산수, 영모 등을 그려보니 다 자연스레 하늘이 이루어 놓은 듯하여 신운(神韻)이 떠돌았다.

이응헌이 보고 깜짝 놀라며, "이 그림을 누가 그린 거냐?"고 하니 장승업은 사실대로 말하였다. 이응헌은 "신이 도우는 일이다."고 하며, 종이, 붓, 먹 등을 장만해 주고 그림에 전념하도록 해주었다.

장승업은 이응헌의 도움을 받아 그림에만 전념하자 금세 화가로 대성하게 되었다. 그가 이처럼 빨리 그림에 통달한 것은 상식을 뛰어넘는 일이었으므로 주변 사람들은 그를 전생에 화가였다고 생각했다. 글부터 화명(畵名)이 세상에 날려 사방에서 그림을 청하는 사람이 줄을 이어 그의 집 앞에는 수레와 말이 골목을 가득 메웠다.

진정한 예술의 면에서 영원한 생명을 얻다

고금을 막론하고 장승업의 작품이 수많은 사람들의 사랑과 존경을 받은 데에는 그만한 충분한 이유가 있다.

당시 조선시대 말기의 화단은 형식화된 남종문인화 지상주의로 말미암아 활력을 상실한 상태였다. 장승업은 전통화법을 단순히 종합했던 것이 아니라 그 단점을 극복하였다. 잊혀졌던 북종화법을 골고루 탐색하였고, 화보가 아닌 실제 동·식물을 예리하게 관찰하였다. 그리고 당시 새로 수입된 최신 유행의 중국화법도 참작하여 자기 것으로 소화해 내었다.

또한 인물화, 산수화, 화조영모화, 기명절지화 등 여러 분야에서 당대를 대표하는 양식을 확립해 후대의 커다란 모범이 되었으며, 그가 그린 다양한 작품들은 당대 및 후대의 전형이 되었다. 인물화에서는 진정한 초월적 인간상을 그려내었고, 산수화에서는 수많은 전통적 양식을 절충하여 동양적 이상향의 모습을 가장 아름답게 표현하였다. 또 화조영모화에서는 생동하는 필묵법으로 소화해 내었으며, 기명절지도라는 독특한 장르를 창출해 내기도 했다.

화가 장승업의 업적 중 어떤 의미에서 가장 중요한 점은 바로 순수한 예술 정신의 구현에 있다. 장승업은 예술을 향한 순수한 열정을 가지고 있었으며, 그의 예술안 앞에는 왕이나 부자가 따로 있지 않았다. 오직 아름다움을 위한 구도자의 길이었으며, 진정한 예술의 면에서 영원한 생명을 얻었던 것이다.

술과 예술, 그리고 방랑의 생애

그런 장승업의 명성은 궁중에까지 퍼져 고종 임금이 불러 그림을 그리게 되었다. 전해지는 말에 따르면 장승업이 화원으로 감찰 벼슬을 지냈다고 하는데, 아마도 이때 궁중에 불러들이기 위해 벼락감투를 준 것이 아닌가 추측되어진다.

궁중에서의 그림 일은 보통 화가들이라면 영광으로 알고 스스로 하고 싶어하는 일이다. 그러나 장승업은 궁중의 부자유스러운 생활에 지치고 술 생각을 버리지 못해 여러 번 궁중에서 도망쳤다. 장승업의 진정한 예술적 기질, 즉 일체의 세속적인 가치와 법도는 그에게 있어서 하찮은 것이었고, 오직 예술과 창작의 영감을 북돋아주는 술만이 전부였다. 그런 진정한 예술혼이 있었기에 그의 파격적인 행동에도 민영환 같은 벗을 얻을 수 있었을 것이다.

민영환은 명성황후 민씨의 친족으로 고종의 신임을 받던 신하였다. 장승업은 민영환뿐만 아니라 당시 세도가문이던 여흥 민씨 집안과도 그림 일을 통하여 알고 있었다. 장승업이 그림을 그려준 민씨 집안 인물들로는 민영환 이외에 난초의 대가 민영익, 민영익의 부친으로 사대당의 핵심 인물이었던 민태호, 판서를 지낸 민영달, 민응식 등이 있다.

장승업이 그림을 그려준 사람들은 고종이나 여흥 민씨 집안 등 집권층뿐만 아니라 당시의 모든 계층이 망라되었다. 장승업이 화가가 되는 데 도움을 준 역관 이응헌, 또 한성판윤을 지낸 역관 변원규, 오세창의 숙부 오경연 등 중인 계층, 그리고 지방의 이름 없는 부호에 이르기까지 다양하다.

장승업은 40대에 이르러 가장 왕성한 창작력을 발휘하는 동시에 그림에도 원숙한 경지에 도달했다. 장승업은 오경연의 집을 드나들기 시작하여 중국 그림을 많이 보게 되고, 이것이 새로 기명절지도를 그리게 된 동기가 되었다. 오경연은 조선 말기의 유명한 정치가이자 서화가였던 오경석의 네 번째 동생으로서, 위창 오세창의 숙부이기도 하다. 오경연은 형과 마찬가지로 서화를 좋아했으며, 산수화를 배우기도 했다. 오경연은 중국을 자주 왕래했던 집안 내력상 당시 새로 수입된 중국화를 많이 갖고 있었으며, 이것이 장승업의 창작에도 많이 참조되었다.

조석진, 안중식과 비공식적 사제 관계를 맺은 것도 대략 40대에 해당한다. 조석진과 안중식은 1881년 영선사를 따라 기계제도를 익히러 중국 천진에 1년간 다녀온 후부터 본격적으로 화가로서의 활약을 시작하는데, 이때가 장승업의 40대 초반이었다.

조석진과 안중식은 당시 큰 명성을 날리던 장승업을 흠모하여 스승으로 모셨다.

장승업은 또 마흔 살이 넘어 부인을 맞이하였지만 가정생활도 구속으로 여겨져 하룻밤을 지낸 후 다시 돌보지 않았다. 이렇듯 장승업은 자유분방하였고, 가정생활이 이렇다보니 후손도 없었다.

오직 술과 예술, 그리고 방랑으로 일관했던 장승업은 1897년 쉰다섯 살에 세상을 떠났다. 그러나 그가 어디에서 어떻게 죽었는지는 아무도 알지 못한다. 그래서 김용준은 장승업은 죽었다기보다는 행방불명이 되었다고 하였고, 정규는 "어느 마을 논두렁을 베고 죽었다."고 하였고, 또 어떤 이는 심지어 신선이 되었다고까지 하였다.

어찌 되었든 장승업의 죽음은 그가 일생을 세속적인 가치를 거부하고 오직 순수한 예술을 위해 살았듯이 죽음도 신비하게 맞이했다. 이와 관련하여 장승업은 평소에 "사람의 생사란 뜬구름과 같은 것이니 경치 좋은 곳을 찾아 숨어버림이 좋을 것이요. 앓는다, 죽는다, 장사를 지낸다 하여 요란스럽게 떠들 필요가 무어냐."라고 했다. 이것은 장승업의 평소 생활태도와 잘 부합되는 이야기로서, 평생을 오직 그림을 위해서만 살다 간 진정한 예술가다운 최후라고 할 수 있다.

현대 화단의 모범되다

장승업이 끼친 영향은 장승업을 평생 스승으로 모신 안중식과 조석진을 통해 후대에 전파되었다. 이 두 사람은 조선시대 전통화법을 현대 화단에 이식시키는 데 결정적인 역할을 하였다. 그들은 종종 장승업이 그리다 만 작품을 완성시키기도 했으며, 지금도 장승업의 작품에는 안중식의 낙관이나 화제가 적힌 것이 가장 많은 점도 이를 증명한다. 장승업이 죽은 후 이들은 1911년 이왕가의 후원으로 설립된 서화미술원, 그리고 나중에는 1919년 민족미술가들이 설립한 서화협회에서 많은 후진을 양성하였다. 이상범, 변관식, 허백련, 김은호, 노수현, 박승무 등 한국 현대 동양화단의 대가들도 모두 이들에 의해 교육된 인물들이다. 장승업의 화풍은 이들을 통해 한국 현대화단에까지 맥이 닿아 있는 것이다.

장승업의 생애와 예술은 지나간 시대의 역사에 있어서만 의미가 클 뿐만 아니라 현대에 있어서도 중요한 의미가 있다. 그의 생애와 예술은 시대를 초월하여 진정한 예술가가 걸어야 할 길을 제시하고 있다. 예술은 물질적 부와 세속적 권위에 얽매어서는 안 된다는 점, 또 일상적인 행복과 나태에 빠져서도 안 된다는 점이다. 투철한 예술혼이 없는 외형적 양식 추구가 과연 진정한 예술이 될 수 있을까? 그리고 예술가의 인생 자체와 융합되지 않은 예술이 영원한 생명을 얻을 수 있을까라는 문제 제기이다. 그런데 이런 문제에 대한 해답은 바로 장승업 자신의 치열한 삶과 신운이 넘치는 작품 속에 담겨 있다.

장승업

주요 작품

호취도

우리나라에 있는 매 그림 중에서 가장 완벽하다는 평을 듣고 있는 작품이다. 많은 사람들은 이 그림을 보면서 "귀신이 그의 손을 빌려 그린 것 같다."라며 호평했다. 언뜻 보아서는 호방한 필치로 일시에 그린 것 같지만, 자세히 들여다보면 매의 깃털 하나하나부터 나무결 하나하나까지 섬세하게 표현하여 장승업이 이 그림에 얼마나 많은 정열을 쏟아 부었는지 알 수 있다.

세산수도

장승업이 당시 유행하던 정형화한 남종 산수화풍을 완벽하게 습득하였음을 보여주는 작품이다. 아름다운 강변의 누각에 두 사람이 마주앉아 담소하고 있고, 강 위에는 이들을 태우러 오는 듯한 배 한 척이 접근하고 있다. 때는 가을인 듯 강 건너에는 갈대가 우거졌고, 이쪽 나무들 중 일부도 앙상한 가지를 드러내고 있다. 원나라 문인화가인 예찬의 구도와 필묵법을 사용하여 깔끔하고 투명하며 쓸쓸한 가을의 정취를 잘 표현하고 있다.

송하노승도

송하노승도는 그림 한쪽을 가로막다시피한 소나무 줄기가 비상하는 용처럼 힘차게 위로 뻗었고, 위에는 무성한 가지가 아래로 드리워 있다. 소나무 뿌리 쪽에는 장승업의 작품에서 흔히 볼 수 있는 더부룩한 잡목이 우거져 있다. 화보에 나오는 딱딱한 도상을 이처럼 생동감 있게 탈바꿈시킨 데에서 장승업의 놀라운 회화적 기량을 엿볼 수 있다. 한편 소나무 아래 노승을 그리는 구도는 인물화에서 오래된 전통적인 것이다.

삼인문년도

작품은 장수와 관련된 것으로 내용인 즉 옛날 세 신선이 서로 나이를 자랑하였는데, 한 신선이 말하기를, "바다가 변하여 뽕나무밭이 될 때마다 나는 산(算) 가지를 하나씩 놓았는데, 지금 꼭 열 개를 채웠다."고 하였다는 것이다. 상전벽해를 열 번이나 지냈으니 도대체 얼마나 산 것인가? 세 노인을 둘러싸고 있는 산은 바다 속의 봉래산을 연상시키는 이상하게 생긴 모습이다. 그 옆에는 파도가 일렁이며 흰 구름이 피어나고 있다. 바위나 산, 나무, 파도 등의 묘사는 세밀하기 그지없다. 인물의 모습은 광대뼈가 튀어나오고 넓은 턱에 이마가 벗겨졌는데, 장승업이 즐겨 그린 유형이다.

귀거래도

중국 진나라 때의 시인 도연명이 왕의 부름을 받고도 80일 만에 관직을 내려놓고, 고향에서 평생을 은거하며 시를 짓고 술을 마시며 유유자적한 삶을 살았다는 이야기를 그린 것이다. 당시 조선 사회는 정치적으로, 사회적으로 매우 혼란했다. 그런 사회를 떠나고 싶은 마음뿐이었던 장승업은 세상사를 초탈한 도연명을 바라고 그리워하며, 가슴 속 바람을 그린 작품이다.

"에이 저놈의 술 냄새 고약도 하다."

조선시대 최고 화가 장승업에게도 재미있는 일화가 숨겨져 있다. 장승업은 술을 무척 좋아하며 동시에 어느 한 곳에 얽매이는 것을 매우 싫어한 화가였다.

그런 그가 예의 범절이 까다로운 궁중에서 거북한 감투를 쓰고 견뎌내기는 무척 고단한 일일 수밖에. 그래서 궁에 가면 며칠을 견디지 못하고 도망 나오고는 했다. 궁에서도 그런 그의 성품을 아는지라 장승업을 불러 그림 그리는 일을 시킨 후 도망가지 못하게 옷을 감추어 두었다. 장승업은 며칠 주춤하더니 술 생각이 너무 간절해 견디다 못해 결국 맨 몸뚱이로 궁을 빠져나오고 말았다. 궁에선 장승업을 잡아들이기 위해서 야단이 나 포졸들이 서울 술집을 샅샅이 뒤져 힘겹게 잡아들이기를 수차례 했다. 한번은 술에 만취되어 잡혀 들어 온 장승업을 고종께서 보시고 말씀하셨다.

"에이 저놈의 술 냄새 고약도 하다." 하시며 껄껄 웃으셨다. 보통 사람이 그랬다면 당장 목이 달아날 판이었지만, 장승업은 왕에게 그림 실력과 술 실력(?)을 동시에 인정받은 화가였다는 것을 알 수 있다.

1843	중인 가문으로 생각되는 대원 장씨 집안에서 출생
1897	광무 원년 사망

申叔舟

7개 국어를 구사한
외교, 어학, 문학의 천재

신숙주 (申叔舟, 1417~1475)

 명언 { "현실이 중요한 것이며,
남는 것은 인간이 성취해 놓은 업적이라고 생각했다."

성 장 배 경

신숙주의 역사적 평가는 그의 정치적 활동 때문에 낮은 경우가 많다. 우리가 TV사극에서 보는 그의 모습은 단종을 폐위하고 귀양 보낸 수양대군, 즉 세조를 지지한 역사적 변절자의 모습이 많기 때문이다. 하지만 신숙주는 훈민정음 창제에 누구보다도 앞장섰던 사람이고, 7개 국어에 능통한 천재였다. 세종 이후 성종까지 모두 여섯 명의 왕을 모신 그는 조선시대 초기 학자로서 정치가로서 뛰어난 재능을 발휘했다.

신숙주는 조선 태종 17년인 1417년 6월 전라도 나주에서 태어났다. 그는 어릴 때부터 여느 아이들과 달라 뛰어난 기억력을 자랑했다. 모든 경서와 역사책을 한 번 읽으면 전부 기억할 정도였으며, 글재주가 아주 뛰어났다. 그의 어린 시절에 대해 실록에서는 "어려서부터 기백이 보통의 아이들과 달라 글을 읽을 때 한 번만 보면 문득 기억하였다."고 기록하고 있다. 그는 스물한 살 되던 해 세종이 실시한 진사, 생원 시험을 모두 합격했고, 이듬해 문과와 전시에도 급제하여 2년 동안 과거급제만 네 번을 하였다.

한글 창제의 주도적 역할을 하다

그러나 그의 시작은 처음부터 순탄하지는 않았다. 신숙주가 처음으로 맡은 직책은 전농시 직장이었는데, 전농시는 궁중의 큰 제사에 쓸 곡식을 맡아 보는 관청이었다. 신숙주는 제집사로 임명되었는데, 이때 이를 전해야 할 관원이 잊어버리고 첩을 전달하지 못하는 바람에 크게 문제가 되었던 일이 있었다. 그러나 신숙주는 관원의 잘못을 감싸주고 자신이 잘못하였다고 말해 스물세 살의 젊은 나이로 파면되었다.

이후 신숙주는 다시 관직에 올라 스물다섯 살부터는 집현전 학사로 활동하기 시작했다. 집현전은 신숙주가 들어갈 당시 이미 확고한 위치를 차지하고 있었는데, 집현전 학사로서 직제학이나 부제학 같은 상위직을 거친 사람들의 다수가 다른 주요 관서의 당상관으로 승진하여 요직으로 있기도 하였다. 집현전 학사가 된 신숙주는 집현전의 방대한 장서에 크게 매료되었다. 그는 수많은 책을 독파하기 위해 숙직을 자청하면서 밤 늦게까지 책과 씨름을 했다.

신숙주는 세종 25년인 1443년, 세종의 명을 받들어 수신사로 일본을 방문하였다. 그는 병마에 시달리다 회복된 지 얼마 되지 않았고 가족들도 긴 여행을 걱정했으나 흔쾌히 이를 받아들였다. 당시 그의 직책은 서장관이었는데, 서장관은 외교뿐 아니라 문장에 특히 뛰어난 사람이 임명되는 직책으로, 세종은 집현전 학사로 있던 신숙주에게 큰 믿음을 보였다. 신숙주 일행은 7개월이라는 당시로서는 짧은 기간에 외교적 목적을 무사히 마치고 돌아왔다. 특히 대마도주와 체결한 계해약조는 당시 외교 현안이었던 세견선(일본이 해마다 보내는 배)과 세사미두(해마다 바치는 쌀)의 문제를 각각 50척, 200석으로 해결한 것이었다. 그가 일본에 도착하자 그의 명성을 듣고 온 일본인들에게 즉석에서 시를 써줘 그들을 감탄하게 했다. 대일외교에 대한 그의 공헌은 '정몽주(고려말에 일본에 사신으로 다녀옴)와 신숙주는 식견이 넓어 한번의 논의로 국토를 보전했다'는 『선조실록』의 표현에서도 단적으로 확인할 수 있다. 이때의 경험은 후에 그의 저서 『해동제국기』에서 빛을 발하게 된다.

조선시대 500년 동안에 가장 뛰어난 어학자

신숙주는 조선시대 500년 동안에 가장 뛰어난 어학자 중 한 명이었다. 그가 일본에서 돌아온 지 2개월 뒤, 세종 대왕은 훈민정음 28자를 만들고 이를 활용할 수 있는 대규모의 연구를 본격적으로 시작했다. 이 일은 신숙주를 비롯한 집현전 학자들이 맡게 되었는데, 신숙주는 『운회』를 번역하면서 통용되는 한자의 음을 정확히 표기하여 그릇된 것을 바로잡고, 이들 한자음을 포함해 모든 국어의 표기수단인 훈민정음의 구성원리와 음운 체계를 가다듬는 일에 착수했다. 조선어, 중국어, 일본어, 힌두어, 아랍어, 몽골어, 여진어 등 7개 언어를 구사할 수 있었던 그의 능력이 크게 작용했음은 물론이다. 이를 위해서 그는 성삼문과 더불어 요동에 있는 명나라의 한림학사 황찬을 10여 차례나 찾아갔으며, 드디어 1443년 훈민정음의 독자적인 음운 이론을 밝힌 해례집 『훈민정음해례본』 편찬을 완료했다. 또 신숙주는 훈민정음을 사용한 『용비어천가』의 편찬에 참여했으며, 우리나라의 전승한 자음을 정리하여 표준 한자음을 설정하려는 목적에서 편찬한 『동국정운』의 편찬 사업에도 주도적인 역할을 했다.

또 그는 각종 시문을 짓는 것은 물론 예술적 비평까지 한 문화적 거장이었다고 할 수 있다. 안평대군의 그림에 '화기(畵記)'를 적어 평한 것이나 무려 222축(두루마리)의 그림을 평한 점에서도 그의 예술적 안목을 짐작할 수 있다.

변절자, 천재라는 두 가지 평가가 엇갈리는 인물

신숙주는 한 시대의 천재라는 평가와 변절자라는 극단의 평가가 엇갈리는 인물이다. 그 계기가 된 것이 수양대군과의 만남이었는데, 두 사람은 사신으로 중국에 다녀오며 서로 친분을 쌓게 되었다. 수양대군은 어린 조카인 단종을 폐위하고 왕위에 오르는데, 신숙주는 수양대군을 도왔을 뿐아니라 훗날을 위해 단종과 금성대군을 죽일 것을 주장하였다. 이 때문에 그는 역사 속에 배신자로서 영원히 기록되게 되었다. 특히 불사이군의 충절을 지킨 사육신의 정신적 흐름이 16세기 사림파 학자들에 의해 계승된 이후 15세기를 주도했던 신숙주의 학술, 문화, 외교적 업적은 평가절하될 수밖에 없었다.

그러나 그의 재능이 이런 평가 때문에 사그라드는 것은 아니었다. 『조선왕조실록』에는 신숙주가 외국 사신의 접대나 주요 외교 협정의 체결에 핵심 인물이었음이 자세히 표현돼 있으며, 『연려실기술』의 '신숙주는 중국어, 일본어, 몽고어, 여진어 등에 두루 능통해 통역이 없이도 뜻을 통할 수 있었다'는 기록에서도 그의 뛰어난 외교적 자질을 짐작할 수 있다.

그가 성종 때인 1471년 편찬한 『해동제국기』는 신숙주의 외교적 자질이 담겨 있는 대표작이다. 28년 전 일본에 다녀온 경험을 바탕으로 집필한 이 책은 이후 대일외교의 모범서 역할을 했으며, 일본 에도시대 연구자들에게 당시 한일관계를 연구할 수 있는 유일한 자료로 이용되기도 했다. 해동제국은 일본과 유구(지금의 오키나와)를 의미하는 것으로, 『해동제국기』는 신숙주가 쓴 서문과 7장의 지도, 일본 국기, 유구국기, 조빙응접기로 구성돼 있다. 대일외교의 실무서인 이 책의 핵심 부분은 '조빙응접기'이다. 여기에는 일본에서 조선으로 건너오는 사람들을 분류하여 각각의 왕래 횟수와 왜관에서의 접대를 규정하고 있다. 『해동제국기』의 일본 지도는 우리나라에서 만든 목판본 지도로서 현전하는 가장 오래된 지도로 평가받고 있으며, 조선식의 독특한 파도 무늬가 바다에 그려져 있는 점이 특징이다.

평생을 나라를 위해 일하다 북방외교정책시 세조의 파트너로 교린외교의 중책 수행

신숙주는 수양대군 집권 이후 1등 공신으로 정해져 평생 높은 관직에서 일하였다. 마흔두 살 되던 해에는 우의정에 임명되었고, 이후 변방에서 외교관으로서의 역할을 해냈다. 신숙주는 여진족에 대한 북방외교 정책에 있어서 세조의 파트너로 교린외교의 중책을 수행했다. 1460년에는 동북 방면으로 자주 침입하는 중국 동북부 지방의 여진족의 토벌책을 제시하고, 북방에서 여진족을 공격하여 승리를 거두기도 하였다. 이때의 경험에 대해서는 『북정록』을 저술해 자세히 남겼다. 1459년에 신숙주는 좌의정으로 승진하고, 5일 만에 다시 영의정에 임명되었지만, 그는 영의정을 사양하고 좌의정에 머물렀다. 그러나 이 이후 1467년에 이시애의 난으로 둘째 아들을 잃고 옥에 갇혔다 석방되는 불행을 겪었다.

세조가 승하하고 예종이 즉위하자 신숙주는 세조의 유지에 따라 승정원에 나아가 모든 정무를 처결하게 되었고, 1471년에는 영의정에 임명되어 『해동제국기』를 편찬했다. 그는 영의정이 된 후 여러 차례 사직 상소를 올렸지만 그때마다 허락되지 않았고, 1475년 쉰아홉 살로 사망하기 전까지 정사에 참여했다.

술을 마셔도 반드시 책을 보고 자는 사람

신숙주는 책을 무척 좋아하여 가까이 한 것으로 유명한데, 집현전에 들어가서부터 숙직을 자청해 책을 읽은 것으로도 유명하다.

세종이 어느 추운 겨울날 잠자리에 들기 전에 집현전을 돌아볼 때의 일이었다. 집현전에 아직 불이 밝혀져 있는 것을 보고, 밤늦도록 책을 읽고 있는 사람이 신숙주라는 사실을 안 세종은 그가 언제까지 글공부를 하는지 지켜보기로 했다. 내관에게 신숙주가 잠이 들 때를 알려달라고 말을 한 세종은 자신도 책을 읽으며 기다리고 있는데 신숙주는 첫 닭이 울고 나서야 잠이 들었다는 것을 전해 들었다.

세종은 새벽에 집현전에 잠들어 있는 신숙주가 걱정이 되어 자신의 곤룡포를 벗어 그에게 덮어주라고 하였고, 잠이 깬 신숙주는 자신에게 왕의 옷이 덮어져 있음을 알고 무척 놀랐다. 그리고 그는 그 자리에서 일어나 세종이 있는 쪽을 향해 큰 절을 올렸다고 한다. 신숙주는 아무리 많이 취하더라도 집에 가서 반드시 책을 보고 자는 습관이 있을 정도로 책을 가까이 했다고 한다.

1417	전라도 나주에서 출생
1423	당시 병조참의인 윤회에게 사사받음
1438	진사시에 합격, 성삼문, 하위지와 함께 문과에 급제하여 집현전 학사로 발탁
1439	문과 회시에 2인으로 급제, 문과 전시에 3인으로 급제하여 전농시 직장(종7품)에 제수되나 다른 관원의 실수로 파직
1441	주자소 별좌에 제수됨, 가을에 집현전 부수찬 지제교 겸 경연사경(종6품)에 제수
1442	훈련주부(종6품)에 제수됨. 성삼문, 박팽년, 정인지, 김종서 등이 안평대군의 비해당 팔경시첩 시회에 참석함. 성삼문과 함께 『예기대문언독』을 편찬 성삼문, 박팽년, 이개, 하위지, 이석형이 진관사에서 사가독서함. 집현전 수찬(정6품)에 제수
1443	통신사 변효문의 서장관이 되어 일본에 가서 계해조약을 성사시킴. 8개월 뒤, 한양으로 돌아옴. 훈민정음이 창제되고 성삼문 등과 함께 훈민정음해례를 편찬하기 시작
1444	최항, 박팽년, 이개, 안평대군, 수양대군 등과 함께 『운회』를 번역
1445	성삼문과 함께 음운학자 황찬에게 음운학을 배우기 위해 열세 번 요동을 왕래하며 황찬에게 부탁하여 희현당(希賢堂)이라는 당호를 받음
1447	문과 중시에 4인 급제하여 집현전 응교(종4품)로 승진(당시 예문관 응교, 지제교, 경연 검토관을 겸직하고 있었음) 성삼문과 함께 『예기대문언독』을 편찬. 성삼문, 최항, 박팽년, 이개, 안평대군 등과 함께 편찬하던 『동국정운』이 완성, 신숙주가 서문을 지음
1448	성삼문이 쓴 임강완월도 시에 서문을 지음, 여름에 강서원 우익선(종4품)에 제수(겸직) 성삼문, 박팽년, 서거정 등과 함께 「비해당 사십팔영」을 지음
1449	성삼문 등과 함께 태평관을 왕래하며 운서를 교열. 춘추관 기주관(종5품)과 조봉대부(종4품)을 겸함. 그해 겨울 성삼문과 함께 명의 사신 예겸을 접대하도록 결정
1452	경연 시독관을 지내며 유성원 등과 함께 『고려사절요』, 『열전』 찬술. 정사 수양대군의 서장관이 되어 명으로 떠남
1453	명에서 돌아옴. 수양대군이 계유정난을 일으켜 김종서, 황보인 등을 살해하고, 안평대군을 유배시키고 영의정에 오름. 당시 신숙주는 우부승지였으나 정난공신 2등으로 책록되어 정3품 우승지에 제수

1457	좌찬성(종1품)에 제수, 평안도 황해도 도체찰사 임명. 그 해 겨울 우의 정에 임명
1459	성고도 도체찰사에 임명, 북방으로 떠남. 그 해 가을 좌의정으로 승진 한 후 5일 만에 영의정으로 임명되었으나, 본인이 극구 사양, 좌의정에 제수
1467	이시애의 난으로 감옥에 갇혔는데, 한 달 만에 풀려났으나, 난으로 인 해 둘째 아들 사망
1468	세조의 유지에 따라 승정원에 나가 모든 공부를 처결
1471	좌리공신에 봉해지고 그 해 가을 영의정에 임명, 그 해 겨울 『해동제 국기』 편찬
1475	사망

金時習

5살부터 시를 지은 '초천재아'

김시습 (金時習, 1435~1493)

 { "인재는 나라의 기둥이다. 따라서 통치의 근본은 인재를 얻는 것이고, 교화의 근본은 인재를 기르는 것이다."

15세기 한국사상사를 대표하는 매월당 김시습은 문학사의 전개에 있어서 「금오신화」란 한문소설을 창작한 인물인 동시에, 유교의 이기철학과 불교의 화엄사상, 그리고 선도의 내단사상(기를 모아 단(丹)을 이루어 불로장생하는 것)을 한 몸에 지닌 사상가이다. 세조가 왕위를 찬탈하고 사육신이 죽임을 당하자 세상에 뜻을 잃고 스님이 되어 바람처럼 떠돌아다니다 무량사에서 죽었다.

김시습은 세종 17년 서울 교외에서 충순위의 벼슬을 하던 가난한 문인의 아들로 태어났다. 그는 태어날 때부터 천재적인 아이로 이름이 나기 시작했다. 그가 아직 돌도 되지 않았던 어느날, 이웃에 살고 있던 최치운이라는 학자가 아기인 김시습에게 문장을 가르쳐 주었더니 그 자리에서 바로 외워 버렸다 한다.

성 장 배 경

오세문장(五歲文章) 김시습

그는 다섯 살이 되자 어려운 한문책을 줄줄 읽었을 뿐아니라 한시를 짓기 시작했다. 이 소문이 널리 퍼지자 당시의 재상 허조는 이 소문을 확인하기 위하여 직접 김시습의 집을 찾아갔다.

"너는 나이가 어려서 앞길이 창창하지만, 나는 늙어 쓸모가 없는 사람이다. '늙을 노(老)' 자를 넣어 시 한 수를 지어 보아라."

어린 시습은 곧 시를 읊었다.

"老木開花心不老(노목개화심불로)"

즉 '늙은 나무에 꽃이 피었으니 마음은 늙지 않았네.' 라는 뜻이다. 허조는 무릎을 탁 치며 감탄했다.

"과연, 소문대로 신동이구나!"

이런 이야기들이 어느덧 궁중에까지 들어가 학문을 좋아하는 세종은 김시습을 궁중으로 데려와 관리들을 시켜 그의 재능을 시험해 보았다.

시험관의 무릎 위에 앉은 김시습은 즉석에서 자유자재로 시 몇 수를 지어 보였고, 세종은 매우 흡족해하였다.

세종은 어린 김시습이 너무 기특해서 상으로 비단 오십 필을 선물로 주었다.

"이것을 너 혼자 가져갈 수 있겠는가?"

다섯 살 난 꼬마 김시습이 고개를 끄덕였다.

"그래. 어디 어떻게 가져가는지 보자."

김시습은 비단을 풀어 끝자락들을 잇기 시작했다. 그는 줄줄이 사탕처럼 묶은 비단을 끌고 집으로 가져갔다.

이로부터 그가 천재라는 소문이 송도에 울려퍼지게 되었으며, '오

세문장(五歲文章)'이라는 칭호를 받아 모든 사람의 선망의 대상이
되었다.

바람 따라, 구름 따라 방랑생활 8년

인정을 받고 돌아온 김시습은 한층 더 학업에 정진하였다. 과거에
응시하여 세종과의 약속을 지키고 자신의 뜻을 펼침과 동시에 입신
양명을 통해 가문의 명예를 빛내기 위해서였다. 이때까지 그는 정통
유학의 길을 걸었다. 그러다가 열세 살 때에 충격적인 사건이 발생하
였다.

어머니가 돌아가신 것이었다. 게다가 3년상을 마치기도 전에 자신
을 위해 주던 외숙모가 돌아가시자, 병약한 부친은 계모를 맞아들였
는데, 김시습에게는 매몰차게 대하였다. 감수성이 예민한 김시습에
게 있어 모성애의 결핍은 삶의 허무와 고독감을 강하게 심어 놓았다.

그리고 스무 살이 되던 해 결혼 후 공부에 열중하기 위해 서울에서
떨어진 중흥사(重興寺)에 들어갔다. 그러나 바로 이듬해인 1455년
그의 인생을 완전히 바꾸어 놓을 대 사건이 발생하였다.

단종의 숙부 수양대군 일파가 쿠데타를 일으켜 어린 단종을 쫓아
내고 권력을 차지한 계유정난이 일어났다. 이 사건은 충의에 기반한
유가의 왕도정치를 꿈꾸던 김시습에게 이루 말할 수 없는 충격을 안
겨주었다.

그는 사흘 밤낮을 방 안에 틀어박혀 고민하며 통곡하였다. 그리하
여 공부하기 위해 가져온 책과 지필묵 등을 모두 깨끗이 태워 버렸을
뿐아니라 가위로 손수 머리털을 자르고 홀연히 절을 떠났다. 이때부
터 그는 염세적인 기분에 사로잡혀 일개 초라한 승려로 방랑생활을

하였다.

이는 불법으로 집권한 수양대군 세력을 인정하지 않고, 불의가 지배하는 제도권으로부터 일탈하는 그 나름의 저항이었다. 그는 비단 떠돌아다닐 뿐만 아니라 세조의 집권을 도우며 권력에 영합했던 일부 지식인에게 모욕을 주기도 했다. 그러나 그들에게 모욕을 준다고 세상이 달라지지는 않았다. 또한 김시습은 글로써 자신의 마음을 많이 표출했다.

1456년부터 1457년까지 송도를 비롯한 평양 일대를 계속 유람하며 『탕유관서록(宕遊關西錄)』이라는 저서를 냈으며, 금강산을 비롯한 관동 일대의 명승지를 찾아다니며, 1460년 『탕유관동록(宕遊關東錄)』을 썼고, 또 호남지방을 돌며 1463년 『탕유호남록(宕遊湖南錄)』을 썼다.

그의 방랑생활은 장장 8년 동안 지속되었다.

저항적 삶을 살다간 금오신화 작가

1464년 서른 살이 된 김시습은 주거지를 강원도에서 신라 고도인 경주 근처에 있는 금오산으로 옮겼다. 그리고 이듬 해에, 효령대군의 추천을 받아 한양으로 갔으나 권력사회 속에서 양심을 굽히며 살 수 없다는 깨달음을 얻고 다시 금오산의 사당으로 돌아와 권력에 저항하며 살 것을 결심했다. 그리하여 그는 우리 문학사에 최대 명작으로 남아 있는 소설 『금오신화(金鰲新話)』와 『유금오록(遊金鰲錄)』을 썼다.

특히 『금오신화』는 신라 말 고려 초에 발생했던 전기소설을 계승 발전시킨 형태로 다섯 편의 단편소설이 수록되어 있다. 작가의 심오한 인간정신, 고도의 상상력이 어울어져서 각기 개성적이고 예술성이 높은 작품으로 완성된 것이다.

세월은 변하여 1468년 세조가 죽고 아들 예종이 왕위에 올랐으나 1년 만에 세상을 떠나고, 세조 장남의 아들인 성종이 왕위에 올랐다. 그러자 많은 사람들이 김시습에게 상경할 것을 권했고, 김시습은 1471년 한양으로 올라왔다. 하지만 그는 일관된 저항정신을 지키기로 결심하고, 1472년 경기도 양주의 시골에 정자를 세우고 조그만 화전을 일구면서 시 쓰기를 계속했다. 그는 언젠가 서강을 여행하다가 보았던 세조의 수족인 한명회의 시를 인용해 자신의 저항정신을 표현한 시를 짓기도 했다.

'젊어서는 사직을 붙잡고 늙어서는 강호에 묻힌다.'의 시 내용을 '젊어서는 나라를 망치고 늙어서는 세상을 더럽힌다.'로 완전히 바꿔 지나가는 사람마다 배꼽을 잡고 웃으며 이 시를 읊었다. 이것만 보더라도 김시습의 증오심이 얼마나 컸는가를 알 수 있다.

이런 그도 철저한 불교도가 되지 못하고, 마흔네 살이 되던 1478년, 갑자기 머리를 기르고 고기를 먹기 시작했다. 그뿐 아니라 결국 환속할 것을 결심하고 유교의 법도에 따라 제사를 지냈을 뿐만 아니라 새로 부인을 맞이하여 가정을 꾸미기도 했다.

그러던 그에게 또 심기일변할 사건이 생겼다. 갑작스런 부인의 죽음에 인생의 무상함을 느낀 그가 한양을 떠나 다시 방랑길에 오른 것이다. 그때가 1483년, 그의 나이 마흔여덟 살이었다. 하지만 명승지를 두루 찾아다니던 중 건강의 한계를 느낀 그는 충청도 홍산에 있는 무량사라는 누추한 절에 거처를 마련했다. 그리고 이 절에서 1493년 2월에 쉰여덟 살의 나이로 생애를 마쳤다.

김시습

김시습의 한시 작품은 모두 15권의 분량에 이르고 있다. 시세계는 자연과 인간 만사로부터 천재의 자유분방한 상상력에 이르기까지 담아내지 않은 것이 없다 할 정도로 방대하고 풍부하다. 특히 그는 자신의 작품에서 두 가지 면을 강조했다. 먼저 국토산하의 아름다움을 빼어나게 표출했다. 그의 생애에서 전국을 순례했던 사실과 직결되는데, 미술사에서 18세기에 일어난 진경산수의 미학을 선구적으로 성취해 놓은 것으로 평가할 수 있다. 다른 하나로 백성의 먹고사는 어려움과 사회현실의 모순을 심각하게 고발하고 날카롭게 그려낸 작품들을 들 수 있다. 그 사회사상의 시적 표현이자 현실주의 문학의 빼어난 성과라 할 수 있다.

『금오신화』에 나오는 '만복사저포기'의 줄거리

남원 만복사에 한 떠돌이 총각이 있었다. 이 총각이 매일 장가 못가 신세 타령을 했다. 그러던 어느날 그의 귓가에 '곧 배필을 얻을 테니 근심 말라.'는 소리가 들렸다.

이튿날 밤, 선녀처럼 아름다운 처녀가 나타나 부처님께 배필을 구해 달라고 빌었다. 두 사람은 마침내 백년가약을 맺고 며칠 동안 꿈 같은 나날을 보냈다.

그러던 어느 날 그 처녀가 일단 돌아가라면서 은잔 하나를 주었다. 다시 만나고 싶으면 내일 보국사로 가는 길에서 은잔을 들고 기다리라고 했다.

이튿날 그가 처녀의 말대로 기다리고 있는데, 한 사람이 수레를 타고 나타나 '그 애가 죽은 내 딸인데 오늘이 바로 그 애의 제삿날이다.'라는 말을 남기고 떠났다.

이윽고 그 처녀가 나타나 둘은 절을 찾아갔다. 밤이 이슥해지자 '업보란 도리가 없어요. 이제 떠나야겠어요.' 하더니 그 처녀가 사라졌다.

그는 날마다 절에 가서 처녀의 명복을 빌었다. 그러던 어느 날 처녀가 공중에 나타나 "저는 도련님 덕택에 남자로 태어나게 되었어요. 감사합니다." 하고는 사라졌다.

그 뒤 지리산으로 약초를 캐러 간 그의 소식을 아는 이가 없었다.

죽은 김시습 되살아나다(?)

김시습이 열반에 든 곳은 충남 부여에 있는 무량사다.

김시습은 열반에 들 때 스님들에게 이르기를, "내가 죽거든 화장하지 말고 땅 속에다 3년 동안 묻어둬라. 그 이후에 정식으로 화장해다오."라고 했다.

스님들은 그가 원한 대로 시신을 땅에 묻었다.

그리고 3년 후에 다시 정식으로 장례를 치르려고 무덤을 열었다. 관을 뜯고 보니, 김시습의 시신은 살아 있는 사람과 똑같았다. 얼굴에는 불그레하게 핏기가 감돌았다. 누가 봐도 산 사람이지 시신이 아니었다. 스님들은 모두들 그가 성불했다고 확신했다.

김시습이 열반에 든 지 7년 후의 일이다.

놀랍게도 제자 윤군평이 스승 김시습을 개성에서 만났다.

"아니 스승님, 이게 어찌된 일입니까. 선화하신 지 벌써 7년이 넘지 않았습니까?"

윤군평은 눈을 휘둥그래 뜨고서 스승에게 여쬈다.

"나는 오고 감이 자유자재다. 요새는 서경덕에게 도를 가르치고 있다. 이곳에 왕래한 지 벌써 2년째가 된다."

윤군평의 물음에 김시습이 이렇게 대답했다.

이 이야기는 이율곡이 왕명을 받들어 지은 『김시습전』에서 전하고 있다.

1435	성균관 부근 사저에서 출생
1456~1457	『탕유관서록』 저서 집필
1460	『탕유관동록』 저서 집필
1463	『탕유호남록』 저서 집필
1464	신라 고도인 경주 근처에 있는 금오산으로 이주
1465	효령대군의 추천을 받아 한양으로 이주
1468~	금오산의 사당으로 돌아와 소설 『금오신화』와 『유금오록』 집필
1472	경기도 양주로 이주, 시 창작 진행
1478	환속과 혼인
1493	58세로 사망

丁若鏞

정치, 경제, 과학 분야를 두루 섭렵한 조선시대의 인재

정약용 (丁若鏞, 1762~1836)

{ "공부는 모름지기 먼저 거짓말하지 않는 일부터 신경써야 한다.
잘못은 숨길수록 커진다."

다산 정약용은 정조로부터 사랑을 많이 받은 조선 후기 실학자이다. 다산은 세계문화유산으로 지정된 수원화성을 설계할 정도로 뛰어난 과학자였으며 경세가요, 또 정치가이기도 했다. 그런 그가 왜 18년이란 기나긴 시간 동안 유배 생활을 해야만 했을까.

다산 정약용은 경기도 광주군 초부면 마현리 지금의 양주군 외부면 능내리에서 정재원의 둘째 아들로 태어났다. 아버지는 일찍부터 벼슬길에 올랐으며, 어머니 윤씨는 유명한 화가 윤두서의 손녀였다.

실제 생활에 도움이 되는 '실학'에 눈뜨다

다산이 태어나던 해에 사도세자의 참변이 있었는데, 이때 세자를 동정하는 파(시파)와 이를 공격하는 파(벽파)의 대립이 격렬해졌다. 다산의 아버지는 세자를 불쌍히 여겨 아예 고향으로 돌아가 농사나 지으려고 벼슬을 버리고 귀향하였다. 그래서 다산의 이름을 '귀농'(농촌으로 돌아옴)이라고 불렀다.

그의 천재성과 아버지의 가르침으로 그의 학문은 하루가 다르게 향상되어 갔다. 그의 실력을 알아 볼 수 있는 이야기가 전해온다.

이서구가 젊은 시절 길을 가는데 웬 소년이 책을 가득 지고 가는 것을 보고 말을 했다.

"애야. 그 책을 어디로 지고 가느냐?"

그러자 어린 정약용이 말했다.

"읽으려고 절로 갑니다."

그로부터 10일 후 또 똑같은 장소에서 만났다.

"이 녀석, 책은 안 읽고 돌아다니기만 하면 되느냐?"

"벌써 다 읽었는데요?"

그러자 이서구가 놀라 말했다.

"그 어려운 『자치통감』을 열흘 새 다 읽다니! 그럼 내용을 외워 보거라."

그러자 정약용은 내용을 줄줄 외웠다.

열네 살 되던 해에 무승지 홍화보의 딸과 결혼하고 이름을 약용이라고 고쳤다. 얼마 후 아버지가 호조좌랑으로 다시 기용되자 아버지를 따라 한양으로 올라갔는데 이때부터 남인의 명사들과 가까이 지내게 된다.

그리하여 이가환, 이승훈 등을 통하여 이익의 유고를 얻어 읽고 '실학'의 매력에 빠져들었다. 실학이란 실제 생활에 도움이 되는 학문으로, 그 당시 성호 이익 선생으로부터 연암 박지원, 이덕무, 박제가 등이 실학의 대를 잇고 있었다. 또한 이익의 제자인 체제공, 권철신 등을 만나고 박지원 등과도 접촉하여 그들로부터 실학의 큰 영향을 받았다.

스물한 살에는 회시(1차 시험인 초시에 합격한 사람이 서울에서 다시 보는 시험으로, 복시라고도 한다.)에 합격하여 성균관의 학생이 되었다. 그 이듬해 '중용'에 관한 그의 논문이 정조의 눈에 들어 칭찬을 들었고, 임금에게 '중용'을 강의하기에 이르렀다. 이때 자신이 잘 알지 못하는 것은 큰형의 처남인 이벽을 찾아가 문의하는 등 온 정열을 쏟아 강의하였다. 이리하여 정조로부터 크게 인정을 받았다.

거중기와 활차, 고륜 등 발명

한편 다산은 천주교 사상과 서양 과학에 심취해 큰 영향을 받기도 했다. 특히 다산 형제들은 당시 사악한 종교로 몰아 금지하던 천주교를 몰래 믿다가 집안이 몰락하는 비운도 겪었다. 당시 정조는 이미 그의 천재성을 인정, 그가 급제하자 가까이 두었으며 다산에게 배다리 설계, 수원성 설계 등의 일을 맡겼다. 다산은 일꾼들이 무거운 돌을 힘겹게 지고 올라가는 것을 보고 기구의 발명에 골몰했다. 또 기하학적 방법으로 성의 거리, 높이 따위를 측량하여 가장 튼튼하고 단단한 성을 쌓기에 연구에 몰입한 결과 그는 마침내 거중기와 활차(도르래),

정약용

고륜(바퀴 달린 수레) 따위를 발명하여 성의 축조에 이용하였다. 정조는 성을 둘러보고 감탄하며 말했다.

"거중기를 써서 돈 사만 냥을 절약했구나!"

이때부터 그에 대한 정조의 신임은 움직일 수 없게 되었다.

정조의 사랑과 신임을 한몸에 받고 있는 정약용을 시기하는 못된 무리들이 다산이 천주교 믿는 것을 트집잡아 집요하게 해치려들었다.

왕은 그를 보호하려고 일부러 해미로 귀양 보냈다가 다시 기용하는 등 편법을 쓰기도 했지만 지난 날 다산이 암행어사로 나갔을 때 부정이 발각되어 파직된 바 있는 서용보 대감은 더욱 그를 해치고자 혈안이었다. 그래서 다산이 황해도 곡산부사로 좌천되기도 하였다. 그는 목민관으로서 큰 공적을 세워 칭송이 높았으며, 그런 그가 다시 조정으로 돌아오자 모함하는 세력들의 반대 움직임 역시 거세지니 임금이 감싸주는 것도 한계에 다다랐다. 다산은 앞으로 닥쳐올 풍파를 예견했던지 아예 벼슬을 사직하고 고향으로 돌아갔다.

어느 여름날 밤, 다산이 달을 마주하고 앉았을 적에 사립문 두드리는 소리가 났다. 임금이 보낸 심부름꾼이 책을 내밀었다.

"다섯 권은 집 안에 보관하고, 다섯 권은 제목을 써서 올리라는 성상의 당부이옵니다."

다산은 임금의 선물을 받고 감격의 눈물을 흘렸다. 그러나 그 보름 후 임금의 승하 소식을 들었다. 임금의 마지막 선물이었던 것이다.

18년 동안 외롭고 기나긴 귀양살이

다산에게 울타리가 되어 주었던 정조가 세상을 뜨자 곧 역경에 처했으니 순조 1년 반대파들은 천주교인들을 박해하는 '신유사옥'을 일으키며 이가환, 이승환, 정약전, 정약종, 정약용을 체포하여 이가환, 이승환, 정약종은 목이 베이고, 다산과 정약전은 전라도 강진과 흑산도로 각각 유배형에 처했다. 당시 다산이 목숨을 지킬 수 있었던 것은 워낙 백성들의 신망과 학자로서의 명성이 높았기 때문이다.

결국 정약용도 서른아홉 살의 나이로 귀양길에 올랐다. 강진 산정에서 보낸 다산의 귀양살이는 단조롭기 짝이 없었다. 그는 그곳 주변의 선비들과 어울려 차를 마시며 담소를 즐겼고, 경세학과 목민학의 정리에 골몰했다. 그런데 귀양살이를 하면서 바라본 농민들의 생활은 비참하기 이를 데 없었다. 관리의 수탈이 극에 이른 것이다. 다산은 귀양살이를 하다 18년 만에 고향에 돌아와 보니 집은 황폐해 있었고 곱던 아내는 어느새 낯선 노파로 변해 있었다.

다산은 평생을 당파 싸움에 시달렸지만 스스로는 결코 당쟁에 빠지지 않았다. 그의 조상이 당쟁의 제물이 되지 않았음을 자랑했고, 그 아들에게도 그런 일에 가담하지 말 것을 당부했다. 그를 늘 못살게 굴던 이기경이 경원으로 유배되었을 적에 그의 동료들은 통쾌히 여겼다. 그러나 다산은 "아니로다, 우리들의 재앙이 지금부터 시작되는 조짐일세."라고 말했다.

다산은 술을 즐겼는데 술이 화기와 원기를 돕는 것으로 보았기 때문이다. 술을 보약으로 본 그는 아들에게도 술을 마시되 취하지는 말도록 당부하였다. 이러한 그의 자세가 모진 고난에도 불구하고 비교적 장수하게 만들었는지 모른다.

다산은 늙어 죽기까지 저술에만 전념했는데, 그 중에 손꼽히는 것은 『목민심서』로 관리들이 보여야 할 모범에 대해 적은 책이다. 놀랍게도 베트남의 공산당 지도자 호찌민의 시신 머리맡에 목민심서가

정약용

놓여 있다 한다. 다산이 세상을 떠난 것은 일흔네 살 때였다. 고종은 『여유당전서』를 모두 베껴 내각에 보관토록 하였고, 그에게 정헌대부, 규장각제학(정2품)을 추증하는 한편 시호를 '문탁'이라 하였다.

다산 정약용의 사상

과학적 세계관

다산은 하늘은 둥글고, 지구는 네모지고, 움직이지도 않으며, 중국이 세계의 중심이라는 왜곡된 종래의 세계관을 부정하고, 지구는 둥글고 자전하며, 지구상에는 중국 이외의 수많은 국가들이 분포되어 있다는 사실을 올바로 인식하였다. 이것은 중화 사대주의적 세계관으로부터의 탈피를 의미하는 것이기도 하다. 정약용은 자연과학과 기술의 중요성을 인식하였을 뿐만 아니라, 그것을 이론 및 실험의 두 가지 측면에서 스스로 연구 계발하고, 기술의 응용에도 노력을 아끼지 아니하였다. 그는 축성, 총포, 병거에 대한 지식과 기술을 소유하였고, 자신이 거중기와 활자를 만들기도 하였으며, 종두법을 우리나라에서 처음으로 연구 실험하였다.

정치 사상

다산의 출신은 비록 양반이었으나 그의 관직 생활과 오랜 유배 생활에서 얻은 경험, 그리고 선배 실학자들에게서 얻은 감화와 서구 근대 사상에 대한 지식 등은 그로 하여금 약자의 편에 서게 하였다. 특히 정치 이념면에서 그는 붕당 정치를 시정하는 방편으로 왕권 강화를 찬성하는 입장을 취하고, 민본주의적인 왕도 정치 이념을 제시하였다. 다산은 법의 제정 과정과 법의 목적에 관해서도 민본주의적 견해를 피력하였다. 그는 법이란 백성의 희망을 좇아서 제정되어야 하는 것이며, 따라서 법은 백성에게 유리한 것이어야 한다고 주장하고, 백성의 의사와 이익을 무시하고 오직 통치자의 자의적인 목적과 이익을 좇아서 법을 제정 실시하던 당시의 전제 정치의 불합리성을 폭로하였다.

경제 사상

다산은 다른 선배 실학자들과 마찬가지로 민생 문제 해결의 기본적인 열쇠는 토지 제도의 개혁에 있다는 것을 깨달았다. 그러나 당시 우리나라의 실정으로 보아 고대 중국의 '정전제'나 실학자들이 주장한 '한전제', '균전제' 등은 현실성이 없다는 것을 깨닫고, 가장 이상적인 전제 개혁안으로서 '여전법'을 주장했다. 여전법의 정신을 간추려 보면 다음과 같다.

① 농사짓는 사람만이 토지를 점유해야 한다.
② 둘째 토지의 소유는 공유로 하여 사유 토지를 인정하지 않는다.
③ 토지의 경작은 공동으로 해야 한다.
④ 생산 곡물은 공동으로 수확해야 한다.
⑤ 수확 곡물은 노동량에 따라 분배해야 한다.

정약용

이해는 경험으로부터 나온다

정약용은 젊었을 때, '바둑'을 쓸모 없는 것이라 여겼다.

젊고 패기 있으며 정치적, 학문적 이상이 드높았던 말 그대로의 '실사구시'에 빠져 있던 다산은 바둑에 대해 이런 시도 남겼었다.

"바둑은 내 아직 지고 이기는 것 모르네.

옆에서 보기만 하자니 어리석은 사람 같구나.

내게 여의철(如意鐵. 효자손과 비슷) 한 가지가 있기만 하다면

핵 한번 휘둘러서 다 쓸어 버리고 싶네."

하지만 정약용의 실사구시에 대한 강직한 가치관은 이후 자신이 정치적으로 쓸모 없고 박해받는 존재가 되었다고 느끼면서부터 현격히 바뀌었다.

늙은이의 한 가지 즐거운 일 여섯 수 중 제5수 – 정약용

"늙은이 한 가지 즐거운 일이란

붓 가는 대로 마음 내키는 대로 써 버리는 것

운 맞추기 어려운 것에는 신경 쓰지 않아 좋고

퇴고하느라 머뭇거릴 필요도 없다네

흥 이르면 곧바로 뜻을 일으키고

뜻 이르면 곧바로 써 버린다네

나는 조선 사람이니

조선 시를 달게 짓겠노라

그대들은 마땅히 그대들의 법을 따르시게

남의 글 두고 감 놔라 배 놔라 따지는 이는 누구신가

구구한 그대들의 운율을

먼 곳에 사는 우리가 어찌 알 수 있겠는가

명나라 때의 문장가 이반룡이란 이는 오만하게도

우리를 조롱하여 '동쪽 오랑캐'라 불렀지.

배와 귤은 제각기 독특한 맛을 지니고 있지 않던가

자기 입맛에 맞는 게 좋은 맛 아니겠는가."

인생

1762	경기도 광주군 초부면 마현리에서 출생
1771	열 살 때 시집 『삼미집』을 펴냄
1776	홍화보의 딸과 혼인
1777	이승훈, 이가환 등과 이익의 책을 보고 실학을 공부
1783	과거에 급제
1789	예문관 검열이 됨. 천주교를 믿는다는 죄목으로 충청도 해미에 유배
1792	왕명으로 수원성 쌓는 일을 맡음
1800	벼슬을 그만두고 고향으로 돌아옴
1801	신유박해가 일어남. 정약종, 이승훈, 이가환 등이 사형 당하고 유배
1818	『목민심서』완성. 유배 생활에서 풀려남
1819	『흠흠신서』완성
1836	75세의 나이로 사망

가난한 조국의
농업근대화를 일군
세계가 인정한 과학자

우장춘 (禹長春, 1898~1959)

 "그래 난 조선 사람이다."

'씨 없는 수박'으로 잘 알려진 우장춘 박사는 1950년대 황폐화된 한국 농업의 부흥을 위해 혼신을 다 바친 세계적인 육종학자이다. 일본 도쿄에서 아버지 우범선과 일본인 어머니 사카이 나카 사이에서 출생한 우장춘은 극심한 빈곤과 주위의 학대에도 굴하지 않고 일본 도쿄제국대학 농학부 실과를 졸업했고 이후 연구를 통해 다양한 논문을 발표한데 이어 귀국 후에는 식량난으로 힘들었던 한국의 농업 발전에 지대한 업적을 남겼다

우장춘은 '씨 없는 수박'의 주인공으로 전쟁 이후 식량난을 해결하는 데 큰 공을 세운 주역으로 한국 농학 발전의 선구자로 불리는 인물이다. 1898년에 태어난 그는 1916년 일본 히로시마 현립 구제중학교 졸업한 후 일본 도쿄제국대학 농학실과에 입학하여 농학자의 길을 걷는다.

성장배경

일본서 대학 졸업 후 20여 편 논문 발표

도쿄제국대학부설 전문학교 농학실과를 졸업한 뒤 그는 일본 농림성 농사시험장에서 일하면서 육종학연구에 착수하였다. 그 결과 1930년 유채류의 육종합성에 성공하였다. 또한 1936년 다윈의 '진화론'을 수정한 '종의 합성론'으로 도쿄제국대학에서 농학박사 학위를 받았다.

일본 농림성 농업시험장에 취직, 1937년 퇴직할 때까지 18년 동안 육종학 연구에 몰두해 20여 편의 논문을 발표하였다. 특히 종의 합성을 실증한 박사학위 논문인 '배추 속 작물의 게놈분석'은 다윈의 진화론에 나오는 "종은 자연도태의 결과로 성립된다"는 설에 보충을 가한 것으로 세계적인 반향을 불러 일으켰다.

그는 비록 일본에서 태어나 공부를 했지만 역시 한국인이었다. 1947년 국내에서는 턱없이 부족한 종자 산업을 해결하기 위해 '우장춘박사 귀국추진위원회'를 설립하여 귀국 운동을 벌이자 그는 1950년 3월 귀국했다. 어쩌면 그는 그 이전에 국내에 오고 싶었을지도 모른다. 다만 당시 시대 상황은 일제치하였기에 그로서는 어쩔 수 없는 상황이었을 것이다.

귀국 이전인 1945년 그는 일본의 기하라[木原] 박사가 발표한 씨 없는 수박 육종 이론을 근거로 우리 나라에서 최초로 씨 없는 수박을 생산, 소개함으로써 육종의 효과를 보여주기도 했다.

한국 위해서 최선 다할 각오로 귀국

국가에서는 우 박사가 귀국하면 바로 연구를 시작할 수 있도록 1949년에 한국농업과학연구소를 창설하였다. 1950년 3월 8일 제38

회 수송선 신코마루호를 타고 귀국했다.

귀국 후 그가 가진 연설은 그가 조국을 얼마나 사랑하는지 대한민국인임을 얼마나 자랑스러워했는지를 알 수 있게 한다.

동래 원예고등학교에서 개최된 환영회에서 그는 이렇게 말했다.

"저는 지금까지는 어머니의 나라인 일본을 위해서 일본인에게 뒤떨어지지 않을 정도로 노력해 왔습니다. 그러나 지금부터는 아버지의 나라인 한국을 위해서 최선을 다할 각오입니다. 저는 이 나라에 뼈를 묻을 것을 여러분께 약속합니다."

조국 재건에 대한 강한 의지를 밝힌 우장춘은 '귀국추진위원회'가 우장춘 가족의 생활비로 송금한 1백만 엔을 가족의 생활비로는 쓰지 않고 육종에 관한 서적, 실험용 기구, 각종 종자 등 연구 활동에 필요하다고 생각되는 물건을 구입하여 돌아왔을 정도였다.

그는 한국농업과학연구소의 초대 소장으로 취임하여 국내에서의 연구활동을 본격적으로 시작했다. 그 후 농업재건임시위원회 위원, 임시농업지도요원양성소 부소장 및 중앙원예기술원장 등을 거치면서 한국 농업 발전을 위한 선구자적인 역할을 했다.

초대 소장으로 취임한 우장춘은 먼저 우리나라 농촌의 현황을 파악하기 위해 전국 각지의 농업시험장과 연구소를 순회하고 농촌을 시찰하였다. 낙후된 농촌의 모습을 보고 품종 개발 의지를 더욱 굳건히 하는 계기로 삼은 것이다.

우장춘은 먼저 채소의 우량한 고정 품종을 만들어 그 종자를 대량 생산해서 일반 농민의 손에 쥐어 주고자 하였다. 그리하여 무와 배추에 대한 품종 개발을 시도하여 마침내 진도에서 채종한 무와 배추의 원종종자를 38석 생산하는 데 성공하였다.

그 후 목표 수치에 가까운 보급종자가 생산되었고, 보급종자의 생산 목표 수치를 넘어서 국내 자급이 가능하게 되었다. 그는 또 감자의 생산에도 관심을 가졌다. 그로 인해 당시 국내에서 수확되는 씨감자가 바이러스 병균으로 인하여 수확량의 50~80%가 감소되는 것을 알아내는 성과를 보였다. 이러한 문제를 해결하기 위하여 병이 없는 씨감자 원종을 생산하여 농가에 보급하기 위한 시험지와 채종포를 강원도 대관령에 설치하기도 했다.

원예학과 민간육종의 눈부신 발전 이루는 데 초석이 됨

귀국 후 국내에서 이룬 그의 업적은 다양하다. 오늘날의 감귤 재배가 기술을 체계화하는 데 기여하는 한편 육종학연구에 전력하여 채소종자의 육종합성에 성공하였고, 벼의 일식이수작(一植二收作)을 연구하였다. 또 채소종자들과 함께 국산 카네이션과 온실장미 등의 꽃품종도 개발하였으며, 말년에는 벼품종 개량사업에 몰두하였다.

1950년 귀국해 1959년 타계할 때까지 만 9년 5개월 동안 한국과학연구소장, 중앙원예기술원장, 원예시험장장을 역임했고, 탁월한 육종지식을 바탕으로 끊임없는 연구를 거듭한 결과 우량종자의 생산체계를 확립해, 일본에 의존하던 채소종자의 국내 자급자족의 길을 열었다.

더불어 무병 감자종자의 생산은 한국전쟁 이후 심각했던 식량난을 해결하는데 크게 기여한 것으로 평가받고 있다. 우장춘은 후진양성에도 심혈을 기울여 그의 후학들이 국가연구소와 민간종묘회사 등 각 분야에 진출해 우리나라 원예학과 민간육종의 눈부신 발전을 이루는 데 큰 초석을 다졌다.

민족을 위해 자신을 희생한 우장춘의 노력은 제1회 '부산시 문화상', 건국 이래 두 번째인 대한민국 '문화포장' 수상으로 그 결실을 맺었다.

연구 논문

— 종자로서 감별할 수 있는 나팔꽃 품종의 특성에 대하여, 1928
— 페튜니아에 있어서의 백연녹심형반엽의 아조변이 및 모친유전, 1929
— 페튜니아에 있어서의 자가불임성의 유전현상, 1929
— 나팔꽃에 송엽형의 상변성돌연변이에 대하여, 1930
— 나팔꽃에 있어서의 Haploid 식물의 발생, 1930
— 페튜니아에 있어서의 중변화의 유전, 1930
— 유채품종의 특성조사, 1931
— 유채의 캄페스트리품종과 나프스품종과의 결실성 및 자연교잡에 관한 차이에 대하여, 1932
— Brassica campestris L과 B. oleracea L.과의 잡종에 있어서의 세포유전학적연구, 1934
— 페튜니아 소수화(小穗化)의 유전, 1943
— 소채의 육종기술, 1945
— 2배체×4배체 F1에 있어서의 핵학적 관찰, 1950, 일본유전학회 25-3, 4

모친상 조의금으로 원예시험장 내에 우물을 만들다

1953년 8월이었다. 일본인이었던 우장춘의 어머니가 사망하였다. 국적이야 어찌 됐든 어머니의 죽음은 자식에게 있어서 가장 슬픈 일이다. 안타깝게도 우장춘은 어머니의 임종을 지켜보지 못했다. 그는 어머니의 위령제를 원예시험장의 강당에서 지냈다.

그러자 전국 각지에서 조의금이 전달되었는데 그는 이 돈마저도 이 땅의 농학 발전을 위한 터전을 다지는 데 썼다. 식수 부족으로 고민해 온 원예시험장 내에 우물을 만드는 데 사용한 것이다.

그리고 그 우물의 이름은 '자유천(慈乳泉)'이라 했다. 자유천의 지붕은 기와를 얹고 큼직한 화강암으로 우물을 만들어서 자유천이 장엄하고도 자혜로운 분위기를 자아내게 했다. 원예시험장에 몸담고 있는 동안 그는 매일 자유천의 우물물을 퍼 올려 세수를 하였고, 주위를 깨끗이 청소하는 것으로 하루 일과를 시작하였다. 우물물을 통해서라도 어머니의 사랑과 정을 오랫동안 간직하고 싶었던 것일지도 모른다.

1898	아버지 우범선과 일본인 어머니 사카이 나카 사이에서 출생
1919	일본 도쿄제국대학 농학부 졸업
1919	일본 농림성 농사시험장 고원
1920	일본 농림성 농사시험장 기수
1936	일본 도쿄제국대학에서 농학박사(농학박사) 학위 취득
1937	일본 농림성 농사시험장 기사
1937	일본 농림성 농사시험장 사임
1937	일본 교토 다키이 연구농장장
1945	다키이 연구농장 사임
1945	일본 교토 쵸우호우지에서 칩거
1950	귀국
1950	한국농업과학연구소 소장
1953	중앙원예기술원 원장
1954	학술원추천 회원 피선
1957	제1회 부산시 문화상(과학상) 받음
1958	원예시험장장
1958	대한민국 문화포장 받음
1959	사망

IV

동양의

위대한 인물들

빌은 13세 되던 해, 시애틀의 명문 사립초등학교인 레이크사이드에서 처음 컴퓨터를 접하게 된다. 어머니들이 자선 바자에서 나온 수익금으로 학교에 마련해준 컴퓨터가 마냥 신기했던 어린 빌은 컴퓨터 앞에서 단 1초도 떨어질 줄 몰랐다. 당시 컴퓨터는 모니터가 없이 타자기처럼 생긴 자판을 누른 다음 프린터가 시끄런 자판을 누른 다음 프린터가 시끄러운 소리를 내며 결과를 종이에 찍어 보여줄 때까지 기다려야 하는 불편함이 있었지만 빠진 빌은 전혀 문제삼지 않았다. 라운 소리를 내며 결과를 종이에 찍어 보여줄 때까지 기다려야 하는 불편함이 있었지만 이미 컴퓨터에 푹 빠진 빌은 전혀 문제삼지 않았다.

孔子

최고의 덕으로
인(仁)을 꼽은
유교의 시조

공자(孔子, BC 551~BC 479)

 { "큰 도를 행한다면 사람은 자기 부모만 부모로 생각하지 않고,
자기 자식만을 자식으로 생각하지 않는다."

공자는 현재 산동성 곡부 지방인 노나라 창평향의 작은 마을 추읍에서 태어났
다.(BC 551년, 노양공 22년). 이때는 인도의 석가모니가 태어난 지 10여 년
뒤이고, 소크라테스가 태어나기 얼마 전 시기에 해당한다.

그의 조상은 원래 송나라의 귀족이었으나 노나라로 망명하였다. 공자의 아버
지 공흘은 자가 숙량이었다. 그러므로 보통 숙량흘이라고 불리우고 있다. 어머
니 안징재는 공자를 낳을 당시 십대의 어린 나이였다. 예순 살이 넘은 숙량흘
은 안씨의 셋째 딸을 후처로 맞이한 것이다.

성
장
배
경

기도로 태어난 비범한 아이

공자의 출생에 대해서는 여러 가지 전설이 있다. 어머니가 이산에 기도를 드려 공자를 낳았다고 한다. 그의 머리 가운데는 들어가고 나온 데가 있어 이름을 구(丘, 언덕)라고 했다. 무인이었던 공자의 아버지는 그가 세 살 때 돌아가시고, 어머니는 그가 스물네 살 때 세상을 떠났다.

아버지가 돌아가셨을 때 장례식도 제대로 치르지 못할 정도로 가난하였다. 당시 공자의 집안은 몰락하여 겨우 벼슬을 할 수 있는 계급인 사(士)에 속해 있었다. 사 계급은 위로는 귀족과 대부, 아래로는 서민의 중간에 있어서 벼슬살이를 하지 않으면 매우 가난한 생활을 할 수밖에 없었다. 공자는 어릴 적에 제기를 벌여놓고 예를 베푸는 놀이를 즐겼다. 이는 그가 어려서부터 비범한 자질을 보인 것이라고 할 수 있다.

그래서 공자는 열여덟 살에 과부가 된 어머니를 모시느라 여러 비천한 일들을 해야만 했고, 공부도 열다섯 살이 되어서야 시작할 수 있었다. 늦게 시작한 공부지만 공자는 배우는 데 있어서만은 누구에게도 뒤지지 않을 정도로 열정이 대단했다. 그는 아침에 도를 깨달으면 저녁에 죽어도 좋겠다고 할 정도로 배움에 대한 소망이 간절했고, 자기처럼 배우고 묻기를 좋아하는 사람은 없을 것이라는 자부심을 가졌다. 그 당시에 공자가 공부한 것은 역사, 경전, 문학, 예악(禮樂), 산수, 글쓰기, 활쏘기, 말몰기 같은 것들이었다.

스승 없이 홀로 배움을 터득하다

그에게는 고정된 스승이 없었다. 그는 다만 타인의 장점을 본받고,

단점을 타산지석으로 삼은 것이다. 그러므로 자공은 이렇게 말했다.

"우리 선생님께서야 어디에서나 배우시지 않은 데가 있겠습니까? 또한 어찌 정해진 스승이 있겠습니까?"

공자는 일정한 스승의 지도 없이 당시의 학교와 인물로부터 두루 배웠으며, 나중에는 주(周) 나라로 가서 노자(老子)를 찾아 예(禮)에 대해 묻기도 했다. 이렇게 해서 공자는 이십 대에 벌써 당시 노(魯) 나라에서 무시하지 못할 인물이 되었으며, 제자들을 모아 가르치기 시작했다.

공자는 열아홉 살 때(BC 533년) 견관 씨의 딸과 혼인하여 다음해 아들 리(鯉)를 낳았다. 그는 결혼하던 해에 벼슬길에 나아갔다. 노나라 계씨의 창고 관리직을 맡은 그는 곡물출납을 성실히 수행하였다. 그리고 스물한 살 때 가축을 관리하는 일을 맡아 그 번식에 힘을 기울였다.

스물두 살의 나이로 이미 높은 학식을 인정받고 이름을 얻은 그는 성의를 가지고 공부하고자 하는 학생들로부터 그들의 능력에 알맞은 폐백(幣帛)을 받고 그들의 수준에 알맞은 공부를 시켰다.

벼슬을 하기는 하였지만 공자의 일생을 통틀어 보면 젊은 시절부터 죽기 직전까지 남을 가르치는 것에 가장 많은 시간을 보낸 직업적인 교육자로서의 면모를 지녔음을 알 수 있다. 그리하여 덕행에 뛰어난 제자로는 안연, 민자건, 염백우, 중궁 같은 인물을 꼽을 수 있고, 언어에 능한 제자로는 재아와 자공이 있으며, 정사에 유능한 제자로는 염유와 계로가 있고, 문학을 잘 하는 제자로는 자유와 자하 같은 인물을 꼽을 수 있는 등 각 분야에 뛰어난 수많은 인재들이 배출되었다.

공자 나이 스물네 살 되던 기원전 528년에, 공자의 어머니는 마흔 살의 나이로 세상을 떠났다. 어머니를 방(防) 땅에 아버지와 합장하여 묻고 3년상을 지낸 뒤 또 2, 3년 지나서야 다시 배우고 가르치는 일을 계속했다. 공자가 꿈꾸던 세상은 예(禮)와 덕(德)과 문(文)이 지배하는 사회였다. 그래서 공자는 그러한 이상을 실현한 주나라를 동경하였고, 그 반대로 당시의 권세 있는 대부(大夫)들이 제후(諸侯)들을 무시하고 권력을 마구 휘두르던 사태를 못마땅하게 생각하였다.

정치에 덕치주의를 심어넣다

공자가 정치에 관여하게 된 것은 필연적인 것이었다.

공자가 살던 당시 춘추시대에는 국가간이나 나라 안이나 간에 약육강식의 힘의 논리가 횡행하여 온갖 명목의 전쟁과 난리가 연이어 일어나 민중들은 피폐할 대로 피폐해지게 되었다. 기본적으로 인(仁)의 실천, 곧 백성을 사랑하는 것을 자기의 임무로 생각했던 공자로서는 그러한 현실을 보고서도 책이나 읽고 학생들을 가르치는 일에만 매달려 있을 수는 없었다. 그래서 그는 정치에 관여하게 되었다.

당시의 정치가들에게 자기의 덕치주의(德治主義)를 설파하기 위해 수레를 타고 여러 나라를 다니기도 하였고, 직접 벼슬을 맡아서 자기의 이상을 실현하려고 노력하기도 하였다. 그러나 현실정치의 벽은 그의 꿈을 실현하기엔 너무나 두터웠고, 많은 좌절과 오해를 받기도 하였다. 그러나 그의 합리적인 도덕정치 철학은 시대를 넘어 후대에 계승되어 한(漢)나라에서 국정이념으로 채택된 이래 동양의 역사상에 큰 영향력을 미치게 되었다.

인간적으로 불행한 철학자

이렇게 위대한 교육자와 뛰어난 정치철학자로서의 일생을 보낸 공자도 인간적으로는 매우 불행하였다. 앞에서 언급한 것 같이 어려서 어버이를 여의었을 뿐만 아니라 자기의 아들 리와 가장 아끼던 제자 안연을 먼저 보내는 슬픔을 겪었으며, 여러 나라를 떠도는 가운데 양식이 떨어지기도 하고 테러의 위협을 받기도 하였다. 그래서 노년에는 이런 모든 것을 잊고 『시경(詩經)』, 『서경(書經)』, 『춘추(春秋)』같은 책을 엮고, 『역경(易經)』에 재미를 붙여 책을 묶은 끈이 세 번이나 떨어질 정도로 공부하는 한편, 고향으로 돌아가 큰 젊은이들을 가르치는 일에 전념하다가 기원전 479년 일흔세 살의 나이로 세상을 떠났다.

그는 만년에 자기의 한평생을 이렇게 말한 적이 있다.

"나는 열다섯 살에 학문에 뜻을 두었고, 서른 살에는 뜻이 뚜렷하게 섰으며, 마흔 살에는 판단에 혼란이 없게 되었고, 쉰 살에는 하늘이 내린 사명을 알게 되었으며, 예순 살에는 듣는 대로 그 뜻을 저절로 알게 되었고, 그리고 일흔 살에는 무엇이든지 하고 싶은 대로 하여도 법도를 벗어나지 않게 되었다."

공자는 이처럼 자기 완성을 위해 한평생 노력했던 것이다. 그러므로 그가 역사상 본보기가 된 것도 우연한 일은 아닐 것이다.

첫 번째 : 가혹한 정치는 호랑이보다 무섭다

공자께서 제자들과 함께 태산(泰山)의 산길을 가고 있었다. 길가의 무덤 옆에서 한 여인이 매우 슬피 우는 것을 발견했다. 공자는 자로에게 슬피 우는 까닭을 물어보게 했다.

"왜 그리 무덤 옆에서 슬피 우십니까?"

"이곳은 무서운 곳입니다. 오래 전에 저의 시아버님이 호랑이에게 잡혀 돌아가시고, 얼마 전에는 제 남편이 물려 죽고, 이번에는 저의 자식이 호랑이에게 물려 죽었습니다."

"그렇게 무서운 곳인데 왜 다른 곳으로 이사를 가지 않습니까?"

"그것은 이곳이 가렴주구(苛斂誅求, 세금을 가혹하게 거두어들이고, 강제로 재물을 빼앗음)가 없기 때문입니다."

이 말을 듣고 공자께서 제자들에게 이렇게 말했다.

"너희들은 잘 기억해 두어라. 가혹한 정치는 호랑이보다 무서운 법이다."

두 번째 : 개미로부터 얻은 교훈

공자가 진나라를 지나갈 때 이런 일이 있었다. 공자는 어떤 사람에게 진기한 구슬을 얻었는데, 그 구멍이 아홉 구비나 되었다.

그는 이것에다 실로 꿰려고 여러 가지 방법을 다 동원했지만 성공할 수 없었다. 문득 바느질을 하는 아낙네에게 그 방법을 물었다. 그 아낙은 이렇게 대답했다.

"곰곰이 생각해 보세요."

공자는 그 말대로 곰곰이 차근차근 생각을 해보았다.

잠시 후 그녀의 말의 의미를 깨닫고 무릎을 탁 쳤다. 그리고는 나무 아래로 왔다갔다 하는 개미를 한 마리 붙잡아 그 허리에 실을 매었다. 그리고는 개미를 한쪽 구멍으로 밀어넣고, 반대편 구멍에는 달콤한 꿀을 발라 놓았다.

그 개미는 꿀 냄새를 맡고 이쪽 구멍에서 저쪽 구멍으로 나왔다. 이리하여 구슬에 실을 꿸 수 있게 되었다.

공자는 배우는 일을 매우 중요시했으며, 배움에 있어서는 나이의 많고 적음이나 신분의 높고 낮음에 관계하지 않았다.

그가 "세 사람이 길을 가면 반드시 나의 스승이 있다."라고 한 것 역시 그의 학문하는 태도를 잘 나타낸 말이다.

일생

BC 551	노나라의 추읍에서 출생
BC 500	52세에 중도(中都)의 재(宰;수령)가 됨
BC 498	54세에 노나라의 대사구(大司寇;법무대신)가 됨
BC 483	69세에 노나라로 돌아온 뒤 제자 교육에 전념
BC 479	73세에 사망

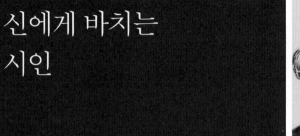

신에게 바치는 시인

Tagore

라빈드라나트 타고르 (Rabindranath Tagore 1861~1941)

{
"사랑은 가장 신비로운 것이다. 그것을 설명할 수 있는 것은 전혀 없기 때문이다."
"빛깔이 예쁜 그릇에 담긴 물은 고운 빛을 띠고 맑아 보이지만, 맑은 물이라도 바다 속 깊이 있을 때는 어둡게 보인다. 지식도 이와 같아 지식이 얕은 사람일수록 몹시 아는 척한다."

성 장 배 경

1901년 아내가 죽고, 1903년엔 딸, 1905년엔 둘째 아들, 1907년에는 아버지를 잃는 불운이 닥쳤다.
그리고 그는 '신에게 바치는 송가'라는 뜻의 『기탄잘리』를 출간하였다. 결국 이 시집으로 타고르는 1913년 노벨문학상을 받았다.

타고르는 인도의 대표적인 시인이다. 벵골 문예 부흥의 중심이었던 집안 분위기 탓에 일찍부터 시를 썼고 열여섯 살에는 첫 시집 『들꽃』을 냈다. 초기 작품은 유미적이었으나 갈수록 현실적이고 종교적인 색채가 강해졌다. 교육 및 독립 운동에도 힘을 쏟았다.

히말라야에서 얻은 자유로운 영혼의 소유자

타고르는 캘커타에서 태어났다. 벵골어로는 타쿠르라고 발음한다. 타고르가(家)는 캘커타의 명문가문이자, 벵골 문예부흥의 중심을 이루고 있다. 아버지 데벤드라나트의 15명의 아들 중 열넷째 아들로, 형들도 문학적 소질이 대단하였다. 이와 같은 분위기 속에서 열한 살 때부터 시를 썼고, 열여섯 살 때 첫 시집 『들꽃』을 내어 벵골의 P. B. 셸리라 불리웠다.

인도는 영국 식민지배의 영향을 받아서인지 근대식 교육이 이루어졌다.

인도에는 100년 전에 대안학교가 등장하는데 이를 만든 사람이 바로 타고르이다. '동방의 등불'이라는 시로 잘 알려진 라빈드라나트 타고르는 1901년에 샨티니케탄이라는 시골에 학교를 세워 인도의 근대교육을 체계화시키는 데 앞장섰다. 그가 세운 학당은 1921년에 국제적인 비스 바 바라티 대학으로 발전하였고, 오늘날에는 국립대학이 되었다.

타고르가 교육에 앞장서게 된 것은 그 자신이 공교육에 제대로 적응하지 못한 아픈 경험이 있기 때문이다. 그는 유년 시절 학교 교육에 제대로 적응하지 못하고 열네 살 때 학교를 그만두었다.

아이들을 무시하는 교사들의 태도와 거친 학생들 때문에 더 이상 학교에 다닐 수 없었다. 타고르는 열일곱 살에 영국으로 유학을 갔지만 거기서도 적응을 하지 못했다. 타고르는 단 한 개의 졸업장도 갖지 못하였다.

학교 교육을 그만둔 타고르에게 가장 큰 영향을 준 사람은 바로 아버지였다. 특히 타고르에게 영향을 미친 결정적 사건은 열한 살 때 4

개월 동안 아버지와 함께한 히말라야 여행이었다. 타고르 부자가 처음 도착한 곳은 샨티니케탄으로, 후에 타고르가 학교를 세운 곳이 바로 그곳이었다. 샨티니케탄은 현재 비스 바 바라티 대학교 등 세계적인 교육도시로 자리 잡고 있다. 아버지가 첫 여행지로 샨티니케탄을 택한 것은 아들을 위해 미리 계산된 여정 때문이었다.

타고르 부자는 한 달 후 히말라야에 도착해 3개월을 보냈다. 아버지는 여행의 목적을 한시도 잊지 않았다. 소년에게 대자연의 신비와 경이로움을 호흡하게 하면서도 아침이면 일찍 일어나 인도 고대언어인 산스크리트어와 영어를 가르쳤다. 대자연을 체험하는 모험 여행을 하면서도 아버지는 아들을 위해 치밀하게 계획을 세우고, 여기에 맞춰 여행을 진행했던 것이다. 타고르가 4개월간의 여행에서 돌아왔을 때는 이전의 타고르가 아니었다.

순수와 영혼이 맑은 시인의 조국애

타고르의 초기 작품은 유미적(唯美的)이었으나, 1891년 아버지의 명령으로 농촌의 소유지를 관리하면서 가난한 농민생활과 접촉하게 되어 농촌 개혁에 뜻을 둠과 동시에, 작품에 현실미를 더하게 되었다. 인도 고유의 종교와 문학적 교양을 닦고, 1877년 영국에 유학하여 법률을 공부하며 유럽 사상과 친숙하게 되었다. 귀국 후 벵골어로 작품을 발표하는 동시에 스스로 작품의 대부분을 영어로 번역하였고, 산문·희곡·평론 등에도 재능을 발휘하여 인도의 각성을 촉구하였다.

타고르의 시 경향을 분류해 보면, 우선 종교 및 철학적인 시가 있다. 애인을 그리워하는 소녀의 순정으로 신을 사모하는 감동적인 종교시가 있다. 그리고 영국의 식민지 정책 압제하에 신음하는 조국 인도의 비참한 상황과 형극의 길을 걸어가면서도 줄기차게 앞날의 영광을 노래하는 민족적 또는 사회적 저항시가 있다. 갖은 압박과 고난과 실의 속에서 뚜렷이 조국의 앞날을 예언하면서 동포에게 용기와 의식을 높이고 세계 열강의 횡포에 단호한 심판의 예언과 경고를 보내는 내용이다. 이에 덧붙여 사회에 대한 저항 의식을 형상화하고 또 인류의 정의감을 호소하는 절규가 담겨 있다. 이러한 민족 사회시라고 일컬을 만한 것으로는 '시들', '꽃다발', '백조는 날고' 등을 꼽을 수 있다.

두 번째로는, 서정적인 사랑의 시가 있다. 인도 고유의 풍속과 향토의 아름다움에서 우러나는 애정을 쏟아내면서 인간의 영혼에 깃들어 있는 가장 아름다운 정서를 발굴한다. 그리고 이를 근대화의 과정에 있는 시대 조명에 비추어 감각적이요 또 순수한 표현으로 극적이고도 서정적인 맛을 보태고 심오한 정신적 깊이까지 더하도록 하였다. 이런 작품들로는 '정원사', '애인의 선물', '샤말리에서', '망명자 및 기타' 등이 있다.

다음은 어린이 시라고 할 수 있다. 이것은 인류 중에서 가장 순수하고 속세와 현실에 오염되지 않은 인간 원형 시대의 어린이 세계를 어른의 입장에서 혹은 어린이 자신의 입장에서 노래하였다. 참으로 타고르의 시에서는 천사의 세계에 놀게 하고 플라톤의 이데아의 세계로 사람을 다시 돌아가게 하는 법열(法悅)의 경지를 방불케 하는 예술의 세계가 담겨 있다. 여기에 또 루소의 자유와 자연의 사상이 은연중에 스며 있는 것을 부인할 수 없다. 인류의 씨로서 또 그 핵으로서, 그리고 미래의 인류의 주인으로서의 어린이 세계를 참으로 고귀하고 아리땁게 그린 것을 볼 수 있다. 이런 시로는 '저녁 노래', '어린이', '초승달' 등을 들 수 있다.

세계의 시인

타고르는 1913년 노벨문학상을 수상하였다. 그 후 세계 각국을 다니면서 동서문화의 융합에 힘썼다. 타고르는 한국을 소재로 한 두 편의 시, '동방의 등불', '패자(敗者)의 노래'를 남겼다. 그 중 '패자의 노래'는 최남선의 요청에 의하여 쓴 것이고, '동방의 등불'은 1929년 타고르가 일본에 들렀을 때, 동아일보 기자가 한국 방문을 요청하자 이에 응하지 못함을 미안하게 여겨 그 대신 동아일보에 기고한 작품이다.

한편 타고르는 벵골 지방의 옛 민요를 바탕으로 많은 곡을 만들었는데, 그가 시를 쓰고, 곡까지 붙인 '자마 가나 마나 Jana Gana Mana'는 인도의 국가가 되었다. 이런 까닭에 타고르는 오늘날에도 간디와 함께 국부(國父)로 존경을 받고 있다.

'패자의 노래'는 이른바 인도 독립운동에까지 많은 영향을 준 3 · 1 운동의 패배로 괴로워하던 한국인들을 위로하기 위해서 쓴 시이다.

타고르는 일본, 동남아시아, 남아메리카, 이탈리아, 프랑스, 독일, 페르시아 등 세계 각국을 방문하며 저명인사와 만나고 강연 활동을 하였다. 그는 문화적으로 근대화된 세계를 지향했던 시인이었다. 타고르는 삶 속에서 문화적으로 투쟁한다고 할지라도 일관성있게 투쟁하기만 하면 조국의 독립에 크게 도움이 된다는 것을 잘 보여주고 있다. 현재 인도의 국부와 같은 그의 존재가 그것을 증명하고 있다. 타고르는 영국의 식민지배 초기에 영국 왕으로부터 기사 작위까지 수여받았다. 그러나 1919년 암리차르에서의 대학살에 대한 항거의 표시로 기사작위를 반납하였다.

주요 작품

동방의 등불

일찍이 아시아의 황금시기에
빛나던 등불의 하나인 코리아
그 등불 다시 한 번 켜지는 날에
너는 동방의 밝은 빛이 되리라

마음엔 두려움이 없고
머리는 높이 쳐들린 곳
지식은 자유스럽고
좁다란 담벽으로 세계가 조각조각 갈라지지 않는 곳
진실의 깊은 속에서 말씀이 솟아나는 곳
끊임없는 노력이 완성을 향해 팔을 벌리는 곳
지성의 맑은 흐림이
굳어진 습관의 모래벌판에 길 잃지 않는 곳
무한히 퍼져나가는 생각과 행동으로 우리들의 마음이 인도되는 곳

그러한 자유의 천국으로
내 마음의 조국 코리아여 깨어나소서.

타고르

1929년 4월 2일자 동아일보에 발표된 자유시이다. 당시 주요한의 번역으로 실린 이 시는 '동방의 등촉(燈燭)' 또는 '동방의 불꽃'으로 도 번역되었다.

이 시는 타고르가 한국을 소재로 쓴 두 편의 작품 중 하나로, 일제 식민치하에 있던 한국인들이 희망을 잃지 말고 꿋꿋하게 싸워 독립을 이루기를 바라는 마음에서 보낸 격려의 송시(頌詩)이다.

이 시는 한국 민족문화의 우수성과 강인하고도 유연한 민족성을 '동방의 등불'로 표현하여 당시 식민치하에 있던 한국 민족에게 큰 격려와 위안을 주었으며, 특히 한국의 독립 쟁취에 대한 시인의 강렬한 기원을 진취적이고 희망적 어조로 노래하여 3·1운동 이후 실의에 빠져 있던 한국 민족에게 큰 감동과 자긍심을 일깨워준 작품으로 평가된다.

수상
— 노벨문학상 '기탄잘리' 1913

저서
— 삶의 불꽃을 위하여 1990
— 초승달, 이제 나를 기억해다오 1991
— 인도의 사랑 1992
— 떨리는 기쁨의 느낌으로, 나는 바다가 되리라, 집과 세상 1993
— 사랑을 위한 광세 1995
— 바닷가에서 2000
— 내 안에서 하나가 모두에 이르게 하소서, 타고르 선집, 고라,

섬세한 시(詩)로 쓴 일화

하인이 제시간에 출근하지 않았다.
철학자나 시인들 대부분 그렇듯이

타고르도 인생에서 덜 중요한 일들,
사사롭게 필요한 것들,
의복 · 식사 · 청소 같은 일이라면 대책이 없는 사람이었다.

한 시간이 지났다.
타고르는 시간이 흐를수록
점점 더 화가 치밀었다.

하인에게 줄 수 있는
온갖 종류의 벌을 생각해 보았다.

세 시간이 지난 후
타고르는 벌 줄 생각을 접었다.

더이상 소란 피우지 말고
해고해 버릴 결심을 했다.

드디어 한낮이 되어서야
하인은 나타났다.

말 한 마디 없이
아무 일도 없었다는 듯이
하인은 자기 일을 계속해 나갔다.

주인의 옷을 챙기고
아침밥을 짓기 시작했다.

그리고 청소도 시작했다.
타고르는 하인이 일하는 모습을 보자
더욱 화가 끓어올랐다.

결국 타고르는 소리를 쳤다.
"다 집어 치우고, 나갓!"

그러나 하인은
주인의 불호령이 떨어지고
몇 분이 경과한 후에야

청소를 계속하면서
아주 조용한 목소리로 말했다

"이놈의 작은 딸년이 어젯밤 죽었습니다."

아무도 하인에게 묻지 않았던 것이다.

1861	인도의 캘커타에서 출생
1877	영국에 유학하여 법률 공부
1891	실라이다와 사이아드푸르에 있는 아버지 소유의 부동산 관리.
	시가집 『아침의 노래』 출간
1892	희곡 '치트라가다'를 발표
1893	'황금 조각배' 발표
1895	서정적 희곡 '정원사의 아내' 발표
1896	시집 『차이탈리』 간행
1900	'꿈', '찰나' 발표
1901	『희생』 작품집 출간
1901	볼푸르 근처 샨티니케탄에 학교 설립
1907	소설 '고라' 발표
1912	『한 다발의 이야기들』 출간
1913	작품집 『기탄잘리』의 영역본으로 노벨문학상 수상
1915	영국으로부터 기사작위 수여
1919	암리차르에서의 대학살에 대한 항거의 표시로 기사작위 반납
1921	비스 바 바라티대학교 설립
1941	캘커타에서 사망

혁명으로 베트남을
독립시킨 영웅

호찌민 (胡志明(호지명), Ho Chi Minh, 1890~1969)

{ "내 안의 변하지 않는 한 가지로 만 가지 변화에 대처한다."
"너희가 우리 군인 10명을 죽일 때 우리는 너희편 1명을 죽일
테지만 결국 지치는 것은 너희들일 것이다."

호찌민은 1890년 5월 19일 북부 베트남의 비니 시 부근에 있는 킴 리엔에
서 응우옌신삭의 막내로 태어났다. 아버지는 첩의 자식으로 태어난 비천한 출
신이었지만, 그의 성실함은 그를 행운으로 이끌었다. 마을 머슴으로 일하다가
그를 가르쳤던 마을 선생님의 딸과 결혼했던 것이다. 뿐만 아니라 그 선생으
로부터 자그마한 논과 대나무로 지은 오두막도 물려받았다. 여기에서 만족하
지 않고 그는 공부를 계속하여 1894년에 관료 계급에 들어갈 수 있는 첫 시
험을 통과하였다.
그러나 행복할 것만 같던 호찌민의 집안에도 불행이 다가왔다. 아버지 응우옌
이 다음 시험을 치러 타니호아로 가 있는 사이에 호찌민의 어머니가 아이를
낳다가 죽은 것이다.

뛰어난 독서 능력과 강한 독립성

호찌민이 겨우 열 살의 막내로서 엄마를 잃었다는 것은 그에게도 매우 큰 충격이었다. 더구나 아버지가 그들을 차분히 보살피기는커녕 자신도 정처없이 객지를 떠도는 상황이어서 어린 호찌민의 충격은 더욱 심해졌다.

호찌민의 독립성은 그의 교육 과정에서 아주 선명하게 나타나고 있다. 아버지의 허무주의 때문에 호찌민은 어려서 정규 교육을 받지 못했다. 뛰어난 독서 능력에도 불구하고 유학(儒學)의 정규과목을 읽는 데 소홀했던 것이다. 그에게는 정상적인 교육 과정이 아닌 다른 통로로 지식이 주어졌다. 하나는 여행이었다. 어려서부터 아버지를 따라 각지를 여행하였고, 그 자신이 평생을 여행하며 지냈다. 다른 하나는 독서였다. 그는 아주 어린 나이 때부터 닥치는 대로 독서하며 폭넓은 이해를 증진시켰다. 성장하면서 4년간 중학교 과정에 들어간 적이 있으나, 호찌민 스스로가 말한 바에 의하면, 어떤 과정보다도 독서가 그의 영혼을 알차게 만들었다.

호찌민이 열다섯 살 되던 해에 그는 앞으로 그의 생애를 좌우할 만한 중요한 계기를 겪게 된다. 일본 유학생으로 선발된 것이다. 이 계기는 판보이쩌우라는 민족주의자가 일본의 후원으로 진행한 소위 '동유 운동(東遊運動)'에 기초를 두고 있다. 판은 그의 『월남패망사』와 『신월남』 등의 책자를 통해 베트남의 독립을 위해서는 많은 인재를 양성해야 한다고 주장하였다. 그는 일종의 근왕(勤王) 정신(베트남 황제의 권위를 회복하려는 것)을 강조하였는데, 역사적 단계로 보아 베트남에는 입헌왕정이 알맞다고 생각했기 때문이다. 이 운동은 한때 대대적인 호응을 얻었다. 베트남인의 모금운동과 일본의 도움으로 한때는 2백 명 이상의 유학생을 일본에 유치하기도 하였다. 호찌민이 이 운동에 초대를 받은 것이다. 이 초대는 여러모로 보아 그를 위해 훌륭한 기회였다.

그러나 놀랍게도 호찌민은 이 기회를 거절하였다. 아마도 이 기회가 아버지와 관계가 있었기 때문이었을 것이다. 호찌민의 아버지는 판과 친구였고, 아버지가 이 유학을 추천하고 있었다. 그의 입장으로 보면 일본 유학이 나쁠 것은 없으나 아버지가 추천한 일이라서 싫었을 것이다. 호찌민은 무책임한 아버지가 그의 운명에 개입하는 것을 매우 싫어했다. 10년 뒤의 일이지만, 아버지가 판추트린을 소개했을 때도 똑같은 상황이 벌어졌다. 판추트린은 프랑스에서 '인권옹호연맹'을 이끌고 있는 독립지사였다. 그리고 호찌민은 무일푼으로 프랑스에 도착한 신출내기였다. 당연히 도움이 필요한 상황이었다. 일단 아버지의 소개로 판추트린을 만났는데, 그의 친프랑스적 경향을 보고는 이것을 비판하면서 호찌민은 두 번 다시 아버지를 만나지 않았다.

그러나 여러 가지 일의 양상으로 보아 단순히 아버지에 대한 반감 때문에 호찌민이 일본 유학을 거부했던 것은 아니었다. 그의 엄청난 독서는 이미 그에게 판보이쩌우나 판추트린의 노선이 뭔가 베트남 독립에는 적합하지 않다고 여겨지게 만들었을 것이다. 근왕적이고 대외의존적인 이들의 노선이 정신적으로 빨리 성숙한 호찌민에게 크게 거리감을 주었을 것이다.

여행으로 생각의 폭을 넓히다

호찌민은 청년 시절에 2년간의 세계일주를 통해 더욱 더 알차게 성숙했다. 호찌민의 세계일주는 1911년에 시작되었다. 1909년에 학교

공부를 단념한 호찌민은 판티에트라는 어촌에서 교사로 지낸 적이 있었다. 그러나 부임 8개월 후 호찌민은 판티에트에서 갑자기 모습을 감추었다. 1911년 10월의 어느 아침이었다. 그 해 크리마스경 호찌민은 프랑스의 아미랄 라토슈 트레빌 호의 견습 조리사가 되어 세계일주를 시작하였다. 갑자기 사라졌다가 갑자기 어디에선가 전혀 다른 모습으로 나타나는 그의 행적은 일생을 거쳐 계속되었다. 아마도 인도차이나의 역사에서 주변국들에게 가장 위험한 인물로 꼽혔던 그의 운명 때문이었을 것이다. 아미랄 라토슈 트레빌 호를 통한 세계일주는 만 2년 동안 계속되었다. 노예노동이라고 할 정도로 선상노동은 매우 힘들었지만 호찌민은 이 배의 여행을 통해 아프리카와 유럽과 아메리카를 방문하였다. 대부분의 경우가 그러하듯이 여행은 젊은이를 스스로 교육시키는 데 있어서 최고의 도구였다.

사회주의자 '응우옌아이꾸옥[阮愛國]'

2년여의 세계 여행을 마치고 프랑스에 정착한 호찌민은 이름을 응우옌아이꾸옥으로 바꿨다. 호찌민의 아버지는 호찌민을 응우옌 타트 탄으로 바꾼 적이 있었는데, 이때의 개명은 비정치적인 것이었다. 그러나 프랑스에서의 개명은 그의 과거를 비밀경찰의 추적으로부터 감추려는 목적과 동시에 그의 존재를 규정하려는 목적을 가지고 있었다. 마치 야곱이 이스라엘로 개칭하면서 개인에서 민족으로 그 존재가 바뀐 것처럼, 호찌민은 자신의 역사적 단계에 따라 적절한 이름을 사용하였다. 그러므로 호찌민의 이름은 수시로 바뀌었으며, 그것을 일일이 나열할 수 없을 정도이다. 그 중에서도 응우옌아이꾸옥은 호찌민과 더불어 가장 유명한 이름 중의 하나가 되었다. 호찌민이 청년

호찌민

기에 이르기까지 닦은 여러 가지 수련이 본격적인 항불베트남독립운동으로 나타난 성과와 동일시되는 바로 그 이름이기 때문이다.

런던을 거쳐 파리에 도착한 호찌민은 곧 그의 예리한 통찰력과 성실성, 그리고 놀라운 문장력으로 프랑스의 좌익계 인사들의 관심을 끌었다. 처음에는 '변소를 치는 인부로 고용된 베트남 쿨리 노동자들의 통역이 되기 위해' 파리로 갔다. 그러다가 사진 만드는 일을 배워 파리의 '노동자의 생활' 신문에 "가족의 생애를 기념하고 싶으신 분들은 응우옌아이꾸옥에게 사진 수정을 맡기십시오."라고 광고를 할 정도가 되었다. 그러나 그의 진정한 직업은 좌익적 사상을 퍼뜨리는 직업적 저널리스트 혹은 직업 혁명가였다.

프랑스의 좌익이 호찌민을 필요로 했다는 점도 무시할 수 없다. 프랑스 전체로 볼 때 제1차 세계대전에서 승리하려면 해외 식민지의 협조를 구하지 않을 수가 없었다. 해외 식민지는 식량과 군수물자와 병력의 주요 공급처가 되었기 때문이다. 이 일을 프랑스의 우익이 해낼 수는 없었다. 그들은 이미 충분할 정도로 식민지를 경멸했으며 그만큼 식민지의 반감을 얻고 있었다. 프랑스 해외 식민지의 반발을 무마하고 협조 분위기를 북돋우는 것은 좌익의 몫이었다. 따라서 프랑스의 사회당 인사들은 부쩍 모든 아시아인 동지들에게 각별한 호의를 보이기 시작했다.

호찌민은 프랑스의 좌익들에게 가장 적절한 인물이었다. 그는 날카로운 통찰력과 사회주의적 이해와 열정을 갖고 있을 뿐아니라, 베트남어와 프랑스어와 영어를 자국어처럼 말할 수 있는 몇 안 되는 베트남인 중의 하나였다. 뿐만 아니라 그의 엄청난 독서와 세계여행의 경험은 그로 하여금 매우 개방적이고 국제적인 안목을 갖게 해주었다. 프랑스의 좌익 지성인들이 베트남 토착민들에게서는 쉽게 발견하지 못한 일종의 동질감을 호찌민에게서 발견했다는 것은 결코 우연이 아니었다. 호찌민은 자신도 모르는 사이에 프랑스 좌익 사이에서 '극동문제 전문가'로 부각되었다.

그의 대표적인 논문인 「프랑스의 식민주의화에 대한 규탄」이라는 논문에서는 막스나 레닌의 이름을 찾아볼 수 없다. 그럼에도 불구하고 이 논문은 프랑스 식민주의의 성격을 철저히 해부하고 있다. 호찌민은 프랑스가 베트남을 영구히 식민지로 지배하기 위해 갖가지 교묘한 타락의 방법으로 착취하고 있음을 지적하고 있다. 예컨대 프랑스는 모든 식민지에 징병제를 실시하고 징병에 응한 보상으로 아편 판매 특허장을 주고 있었다. 아편보다 더 실질적 위험을 미치는 것은 음주를 조장하는 행위였다. 토착민들이 술을 빚는 행위를 엄격히 금하고 프랑스 회사에 주류독점권을 부여하였다. 그리고 주류를 강제적으로 대량 공급함으로써 과거에는 음주의 습관을 모르던 원시 부락들에까지 알콜 중독자를 만들어내었다. 뿐만 아니라, 이 논문에서 호찌민은 베트남인들에 대한 프랑스의 노골적인 경멸, 지역 언론에 대한 엄격한 규제, 교회의 탄압적 기능, 수없이 발생하는 베트남 여성들에 대한 성범죄 등을 다루고 있었다. 호찌민은 결론적으로 다음과 같이 선언하였다.

"인도차이나로 가는 긴 여행에서 거친 바다 때문에 정의의 여신은 손에 쥔 칼을 제외한 나머지는 다 잃어 버렸다."

단순히 말로만 떠든 것이 아니라, 호찌민은 자신의 최선을 다한 행동으로 베트남인들의 신뢰를 얻었다. 1919년 베르사유에서 열린 강화회의에 베트남 해방의 8개 강령을 제출한 것이다. 이 회의는 마침 윌슨 대통령의 민족자결원칙 14조가 낭독되는 중이었다. 이러한 때

호찌민

에 호찌민은 응우옌 테 트루엔과 함께 "베트남인의 자결권, 입헌정부, 법적 평등, 정치범 사면, 출판 및 결사의 자유, 강제 노동 폐지, 염세의 강제 징수 폐지 및 주류 강제 소비 폐지" 등의 항목을 들고 회의장을 방문하였다. 비록 월슨 대통령을 만나거나 프랑스 측으로부터 의미있는 약속을 얻어내지는 못했지만 호찌민의 과단성있는 행동은 베트남인들의 흥분을 불러일으키기에 족했다.

민족주의자 '호찌민'

마침내 그가 사용한 이름 중 가장 유명했고 가장 오랫동안 쓰인 '호찌민[胡志明]'이란 이름이 나타났다. 호찌민의 지도력이 국제공산주의적인 것에서 보다 민족주의적인 것으로 전환하던 1940년 초기와 일치하고 있다. 사실상 코민테른에 대한 호찌민의 인식의 전환은 1936년의 독소불가침조약부터 시작된다. 이 조약은 공산주의자들과 파시스트들이 일정한 동맹관계에 들어선다는 것을 의미했다. 뿐만 아니라 이 조약 때문에 소련이 지도하는 코민테른은 일본에 대해서도 일단 중립을 표방해야 했다. 호찌민에게 있어서는 프랑스 대신에 베트남을 점령한 일본은 반드시 타도해야 할 실질적인 적이었다. 그에게 있어서 국제공산주의는 베트남의 통일이라는 목적을 위한 수단이었다.

1940년부터 호찌민은 그가 그동안 코민테른의 지원을 받아 이룩해놓은 베트남 혁명가들의 조직을 독자적으로 건설하기 시작하였다. 1941년 5월 베트남과 중국의 국경 지역인 박보의 동굴에서 창설한 '베트남독립동맹(Viet Nam Doc Lap Dong Minh. 나중에 베트민으로 불림)'이 바로 그 조직이었다. 이 조직은 호찌민이 지도하는 십여 명의 혁명가들을 지도부로 하는 민주적 조직체였다. 공산주의에 대한 대중적 인식을 고려하여 각종 조직 사업과 투쟁 사업에서는 농민구국회니 청년구국회니 하는 다양한 민족주의적 구국단체를 앞세웠다.

일본군을 인도차이나와 중국에서 몰아내려는 미국도 중요한 동맹자가 되었다. 미공군의 조종사 구출 작전에 참여함으로써 꾼밍에 주둔한 미제14공군과 연계를 맺을 수 있었다. 이 협력 관계에서 베트민은 베트남에 주둔한 일본군을 교란하고 미공군을 위한 여러 가지 정보를 수집하고 혹시나 추락당한 미공군비행사들을 구출하는 임무를 맡았다. 그 대신 미공군과 미전략정보국(OSS. Office of Strategic Services)은 재고품으로 남아 있는 무전기와 의약품, 기기류, 기본 무기류 등을 베트민 측에 공급하였다. 이러한 제휴는 매우 성공적이어서 1945년의 여름에는 베트민의 정보망이 베트남 지역에 격추된 미군조종사 17명 전원을 구출해 주었다. 심지어 그들의 해방구에 L-5 연락기를 위한 활주로를 건설하기도 하였다. 참으로 알 수 없는 것은 세상 일이다. 1945년에 미군 조종사를 구출했던 조직이 1960년대 내내 미군 조종사를 체포하는 조직으로 활동했으니 말이다. 두 시기를 비교해서 변하지 않은 것이 있다면 그것은 베트민의 지도자가 여전히 호찌민이었다는 것이고, 또 하나는 미군 비행기가 떨어뜨리는 보급물자가 여전히 베트민측의 주요 보급통로였다는 점이다.

미제14공군의 셴노트 장군과 관계된 매우 유명한 일화가 있다. 호찌민은 소위 '날으는 호랑이들(Flying Tigers)' 편대를 이끌고 있는 셴노트 장군의 명성이 자신의 지도력 확장에 매우 유용할 것으로 보았다. 그래서 그는 셴노트 장군을 만나려고 무척 노력하였다. 마침내 쿤밍에서 미군 조종사를 구출한 '베트남 토착민' 중의 하나로 셴노트를 만났다. 셴노트가 아무런 호의를 표시하지 않았음에도 불구하

호찌민

고 그는 센노트 장군의 명성을 찬양하고 마치 오빠부대의 소녀처럼 센노트의 서명이 든 사진을 요구하였다. 방문을 마친 다음 그는 동행했던 OSS의 장교−후일에 호찌민의 전기를 쓴 펜−에게 포장을 뜯지 않은 6자루의 신품 콜트45구경 권총을 요청하였다. 별로 특별할 것이 없는 이 선물들을 미국측이 마다할 리가 없었다. 사실상 그 순간까지만 해도 두 선물 사이에는 아무런 연관성이 없었다. 그 선물들의 효용은 호찌민이 박보의 동굴 기지에 도착하였을 때 나타났다. 호찌민은 센노트의 서명이 든 사진을 보여주고 연이어 그가 호찌민을 통해 선물한 신형 권총을 베트민의 지도자들에게 나눠줬다. 그럼으로써 미국이 지지하는 베트남의 지도자가 누구인지를 결정지었던 것이다.

첫 번째 : 가족도 대통령이 된 사실을 모르다

호찌민은 권력이 초래할 수 있는 친인척 비리의 가능성을 철저하게 차단하였다. 사실상 호찌민의 가족은 일찍 사별한 어머니를 제외하면 전 가족이 독립혁명의 전사적 정당성을 가지고 있었다. 형님과 누나는 호찌민에 못지 않은 독립투쟁 경력을 지녔으며, 그가 경원하던 아버지도 온건파 독립운동 그룹의 일원이었다. 그러나 그는 형과 누나를 결코 권력의 중심부로 유인할 생각을 하지 않았다. 도리어 철저하게 배제하였다. 그가 대통령이 될 때까지 그의 형과 누나는 '응우옌아이꾸옥,' 혹은 '호찌

민'이란 그들의 지도자가 그들의 동생인 '응우옌신꿍'이라는 사
실을 몰랐다. 1945년 베트남이 독립했을 때 형 키엠은 동생 호찌
민을 30년 만에 하노이에서 만났다. 호찌민은 그를 대통령 관저
가 아니라 근처 친척집에서 만나 한 시간 가량 회포를 풀었다. 형
키엠은 그때까지도 동생이 그가 존경하는 '대통령 호찌민'인 줄
몰랐다고 한다.

　누나는 뒤늦게 신문에 난 새 지도자의 얼굴과 동생의 얼굴, 대
통령의 출생 가문이 자신의 가문과 동일하다는 것을 발견하였
다. 깜짝 놀란 그녀는 '오리 두 마리와 달걀 20개'를 싸들고 하노
이로 갔다. 대통령은 반갑게 그녀를 맞이하였다. 대통령 관저에
서 누나가 가져온 선물을 함께 맛있게 먹었다. 그리고 그녀는 마
을로 돌아갔다. 사망할 때까지 그녀는 자신의 마을에서 살았다.

두 번째 : 소박함과 친절이 몸에 밴 '호 아저씨'

　호찌민의 소박함과 친절함 또한 유명했다. 하노이의 대통령 궁
은 화려했지만 막상 그곳의 주인은 검소했다. 그는 아주 특별한
경우를 제외하면 언제나 상대방 국가원수를 만날지라도, 보통
셔츠에 카키색 바지, 고무로 만든 하얀 샌들을 신고 있었다. 보다
못한 비서가 그에게 파티에 적당한 복장을 할 것을 권고하였다.

　그러자 호찌민은 말했다.

　"여보게. 나는 패션쇼에 나가는 게 아닐세."

　확실히 그는 어떤 혁명의 지도자들처럼 강인한 인상을 지닌

사람이 아니었다. 실제로 건강도 좋은 편이 아니어서 자주 몸져 누웠다. 그래서인지는 몰라도 사람을 대할 때 설득하려들기보다 는 상대방에게 친절을 베푸는 정도에서 만족하곤 하였다.

프랑스측의 사절로서 오랫동안 호찌민과 교섭에 임했던 쌍뜨 니는 호찌민의 지도력을 다음과 같이 평했다.

"호찌민은 자신의 목적을 달성하기 위해 언제나 자신의 경쟁 자들보다 적게 취하면서 상대적 독립에 만족하는 능력을 갖고 있었다."

그의 소박함과 친절함은 그가 베트남 사람들의 '호 아저씨'로 머물 수 있게 만든 지도력의 원천이었다.

인생

1890	베트남의 비니 시 부근 킴 리엔에서 출생
1917	프랑스에서 응우옌아이꾸옥이라는 이름으로 사회주의 활동
1919	베르사유 평화회의에 모인 강대국 대표 앞으로 8개 조항의 탄원서를 보냄
1920	사회당 탈당, 프랑스 공산당에 가담
1924	리떠이(李瑞)라는 가명으로 베트남혁명청년협회 조직
1928	동남아시아 공산당 인터내셔널 대표 역임
1930	인도차이나 공산당 창설
1935	제7차 공산당 인터내셔널 대회에 PCI의 수석대표로 참석
1938	인민전선 해체
1940	호찌민라는 이름 사용 시작
1941	베트남 독립동맹 조직 구성
1945~1969	베트남 민주공화국 대통령 역임
1969	사망

李嘉誠

세계를 움직이는 아시아 최고의 갑부

리카싱(리자청) (李嘉誠, 1928~)

명언 {
"미래의 세계는 당신이 아무리 많은 돈이 있어도 지식이 없으면 사업을 발전시킬 수 없다."
"나는 언제나 최고의 부자가 된 나 자신을 상상했다. 비결이라면 그것뿐이다."

2002년 미국 '포브스'지가 선정한 세계 100대 부자 중 23위, 세계에서 가장 영향력 있는 부자 10인 중 5위를 차지한 아시아 최고 갑부 리카싱은 이십대부터 이룬 입지전적인 업적과 원대한 안목, 그리고 끝없는 기부와 조국애로 '초인'으로 불리면서 중국 사람들의 사랑을 받고 있다.

1928년 중국 남부 광둥에서 시골 초등학교 교장의 아들로 태어난 리카싱은 일찍이 폐병으로 고생하신 아버지가 돌아가시자 열세 살에 학업을 포기하였다. 이때부터 맨주먹으로 시작하여 열일곱 살 때 완구상의 총지배인, 스물세 살에 홍콩의 부동산 시장을 석권한 후 일흔 살이 되는 2000년대에 세계 최고의 부와 명예를 한꺼번에 쥐게 되었다. 성공 비결로는 타인과의 약속은 아무리 사소한 것이라도 끝까지 지키기, 성실과 자신감을 트레이드마크로 삼기, 고객에게는 최고의 예우를 갖추기, 조직의 분위기를 화목하게 만들기 등이 있다.

성장배경

잠들기 전 30분 독서로 꿈을 이루다

엄격한 가정교육을 받고 자란 리카싱은 어려서부터 강인하고 진취적인 성격이었다. 1940년 일본이 중국을 침략하자 부모를 따라 홍콩으로 이사한 후 낮에는 학교에 다니고 밤에는 공장에서 견습공으로 일했다.

홍콩에 온 지 3년 되던 해에 아버지가 폐병으로 세상을 떠나자, 리카싱은 어머니와 동생들을 돌보기 위해 생활 전선에 뛰어들었다. 외삼촌이 계속 중학교에 다닐 수 있도록 도와주겠다고 했으나 의지가 강한 리카싱은 스스로 삶을 이끌어가기 위해 학업을 그만두고 직업을 구하기로 했다. 평소에 교육가가 되고 싶었지만, 그 꿈을 접고 어머니와 동생들을 돌보기 위해서 아주 많은 돈을 벌기로 결심한 것이다.

홍콩에서 성공하기 위해서는 홍콩의 대중 언어인 광주어와 상류 사회에서 주로 사용하는 영어를 잘해야 했다. 광주어는 외사촌 동생과 누이를 스승삼아 빨리 습득할 수 있었지만, 전혀 배워 본 적이 없는 영어는 그에게 마치 고대 언어처럼 들렸다. 그러나 그는 좌절하지 않았다. 영어도 누군가가 사람들이 사용하는 말이니까 계속 반복해서 연습하면 자기도 해낼 수 있다고 생각했다.

리카싱은 날이 밝아올 새벽 무렵이면 졸린 눈을 비비고 일어나 영어 회화를 연습했다. 찻집에서 웨이터로 일할 때는 주인에게 꾸중을 들을까 봐 늘 짧은 휴식 시간을 이용하여 한쪽 구석에서 영어 단어장을 꺼내 재빨리 한 번 훑어보았다. 열 시간을 넘게 일하고 끝난 후에도 그는 손에서 영어 단어장을 놓지 않았고, 입으로는 영어 회화를 중얼거렸다. 이런 피나는 노력 끝에 드디어 1년 만에 영어 작문과 회화를 비교적 유창하게 할 수 있었다.

"다른 사람이 여덟 시간을 일하면 나는 열여섯 시간을 일한다. 부지런함으로 부족한 것을 메우는 수밖에 달리 다른 방법은 없다."

리카싱은 밤에 잠자리에 들기 전 30분 동안 반드시 독서를 하였다. 경제, 문학, 사회, 철학, 과학기술 등 닥치는 대로 책을 읽어나갔다. 이것은 그가 몇십 년 동안 계속해 온 습관 중 하나이다. 그는 최고의 갑부 대열에 들어선 지금도 이렇게 말한다.

"시계 회사에서 견습공으로 있을 때, 나는 겉으로는 겸손하게 보였지만 속으로는 아주 교만했다. 왜냐하면 동료들이 놀러갈 때 나는 학문을 구했고, 그들은 날마다 현 상태에 머물렀지만 나의 학문은 날이 갈수록 점점 깊어졌기 때문이다. 다른 동료들은 모두 함께 모여서 마작(중국의 전통 놀이)하기를 좋아했다. 그러나 나는 『사해(辭海, 중국어 어휘 사전)』와 교과서를 들고서 홀로 공부했다. 책을 다 읽으면 팔아 버리고 다시 새 책을 샀다."

실패를 성공의 발판으로 삼다

직장을 다니면서 늘 창업을 생각했던 리카싱은 스물두 살 되던 1950년, 그 동안 모아놓은 몇 천 홍콩달러를 가지고 청쿵[長江] 플라스틱 공장을 세웠다. '청쿵'이라는 이름은 '양자강은 작은 시냇물을 가리지 않기 때문에 만 리까지 도도히 흐를 수가 있다(長江不擇細流, 故能浩蕩萬里)'라는 옛말에서 따온 것이다. 전에 있던 플라스틱 회사의 사장은 평소에도 그가 자기 밑에 있는 것을 아깝다고 생각하고 있었기 때문에 그를 위해 송별연을 베풀어 주었다. 리카싱은 내심 미안한 마음에 솔직하게 그 사장에게 자신의 계획을 털어놓았다.

"제가 사장님 회사를 떠나는 것은 플라스틱 공장을 만들기 위해서

리카싱

입니다. 저는 그동안 배운 기술이라고는 사장님에게서 배운 기술밖에 없습니다. 그래서 이곳에서 배운 기술을 사용할 수밖에 없을 것이고, 아마 같은 제품들을 개발하게 될 것입니다. 하지만 제가 이렇게 하지 않더라도, 지금 각지에서 플라스틱 공장이 발전하고 있으므로, 다른 사람이 이렇게 할 것입니다. 그러나 저는 절대로 이곳의 고객을 데리고 가지 않을 것과 사장님의 판매망을 이용하여 제품을 팔지 않을 것을 약속할 수 있습니다. 저는 따로 판로를 개척하여 이곳에 피해가 없도록 할 것입니다."

공장을 세운 후 리카싱은 그 회사에 있었을 때 거래하던 많은 거래처들이 그와 합작하려 했지만 모두 거절했다. 뿐만 아니라 그 회사와 자신의 돈독한 우의를 강조하며, 이들 거래처들이 계속해서 그 회사와 거래하도록 했다. 20여 년 뒤, 세계 석유 파동의 충격으로 홍콩 플라스틱 업계에 원료 위기가 닥쳤을 때, 플라스틱협회 회장으로 있던 리카싱은 업계들을 구했으며, 동시에 자기 회사의 잔고 원료를 그 회사에 일부 주어서 도산의 위기에 빠진 회사를 구해 주었다.

평소 성실하고 자신감에 찬 리카싱은 창업 전의 영업 경험을 바탕으로 승승장구했다. 그의 손에는 늘 주문서가 한 움큼씩 있었으며, 노동자들을 고용하여 짧은 훈련을 거치게 한 후 근무시켰다. 그러나 얼마 안 있어 역경이 찾아왔다. 바이어 하나가 그의 플라스틱 제품의 품질이 나쁘다면서 상품 반환을 요구한 것이다. 성공하고 싶은 마음에 오로지 납품 기일에 맞추어 수량만 대다 보니 품질을 돌보지 않은 결과였다. 공장에 있는 제품들을 조사해 보니 절반의 상품만이 하자가 없었다. 많은 직원을 감원할 수밖에 없었고, 남아 있는 직원들도 불안해했다. 마음이 조급해진 그가 늘 직원들을 나무라고 화를 내다보니 공장 전체의 사기가 떨어지고 인심이 불안했다. 상품 재고는 쌓이고, 원료상들은 빨리 자재 값을 갚으라고 독촉하고, 은행은 대출금을 재촉했다.

리카싱은 이 모든 일들이 제품과 자신에 대한 신용이 떨어졌기 때문에 발생한 것이라고 깊이 반성했다. 그는 직원들에게 솔직하게 자신의 경영상의 잘못을 인정하고, 직원들의 이익을 최우선으로 할 것을 약속했으며, 함께 난관을 극복하자고 설득에 설득을 거듭했다. 그렇게 직원들을 안정시킨 후에 리카싱은 은행, 원료상, 고객들을 일일이 찾아다니며 그들에게 공장이 직면하고 있는 상황을 솔직하게 말하고, 위기를 넘길 대책을 알려 줄 것을 간절히 청했다.

그들은 리카싱에게 기한을 늦추어 주었다. 리카싱은 창고에 가득 쌓여 있는 재고를 조사하여 품질이 좋은 것은 남기고 나쁜 것은 버리면서 집중 판매하여 자금을 회수하고, 일부 빚을 나누어 상환하여 급한 불을 껐다. 숨이 트이자 노동자들에게 기술 훈련을 실시하고, 돈을 융통하여 새로운 선진 설비를 갖추고 품질 향상에 최선을 다했다.

1955년이 되자 회사는 정상 궤도에 올랐다. 리카싱은 감원된 직원들 모두가 회사로 돌아와 다시 근무할 수 있도록 했고, 그들에게 회사를 떠나 있는 기간 동안의 임금을 나누어 주었다. 후에 리카싱은 "오늘의 성취는 그때의 좌절이 기초가 된 것이다."라고 말했다. 이러한 역경 후에 리카싱은 좌우명을 하나 만들었다.

"안정 속에 발전을 추구하고, 발전하는 가운데 안정을 잃지 않는다."

리카싱

플라스틱 조화(造花)로 세상을 덮다

회사는 정상 궤도에 올랐으나 리카싱은 플라스틱 장난감과 가정용품 시장이 곧 포화 상태에 이를 것이라고 판단하고 새로운 사업의 구상에 골몰했다. 그러던 어느 날 잡지를 뒤적이다가 『플라스틱』이라는 영문판 잡지에 나온 기사가 눈에 들어왔다.

'이탈리아의 한 회사가 플라스틱 원료로 설계 제조한 플라스틱 조화(造花)가 유럽과 미국 시장에 덤핑될 것이다.'

이 기사를 본 리카싱은 곰곰이 생각했다.

"지금은 평화 시기다. 사람들은 물질 생활에서 어느 정도 보장을 얻고 나면 반드시 정신 생활에 대해 더 높은 질을 요구하게 될 것이다. 꽃 같은 식물을 재배하는 것은 확실히 심신을 수양하는 데 좋은 소일거리다. 그러나 매일 물을 주고, 잡초를 제거하며, 꽃피는 시기가 너무 짧은 생화는 갈수록 긴장되는 요즘 사람들의 생활 리듬과는 맞지 않다. 그러나 플라스틱 조화는 가격이 저렴하고 보기에도 좋으니까 사람들의 생활을 아름답게 할 수가 있다. 그래! 플라스틱 조화의 황금 시대가 곧 다가올 것이다."

1957년 리카싱은 플라스틱 조화 제조 기술을 배우러 이탈리아에 갔다. 바이어와 세일즈맨 신분으로, 심지어는 임시직 노동자로 일하는 것도 서슴지 않으면서 온갖 방법을 동원하여 플라스틱 조화와 관련한 기술 자료들을 수집했다. 플라스틱 조화를 대량으로 구입하여 홍콩에 돌아온 그는 많은 돈을 들여 홍콩과 해외의 플라스틱 전문가를 초빙하여 조화를 연구하게 하는 한편, 시장 조사를 하고 국제 시장의 발전 동태를 살펴 가장 환영받을 수 있는 제품을 찾아냈다.

처음 조화를 시장에 내놓았을 때는 인기가 없었지만, 다각도의 판

촉과 광고 활동을 통하여 사람들의 주목을 끌기 시작하면서 그의 값싸고 훌륭한 플라스틱 조화는 불티나게 팔려 나갔다.

예측한 대로 미국과 유럽, 아시아 전역에 플라스틱 조화가 유행하기 시작하였고 리카싱의 플라스틱 조화는 온 세계로 팔려 나갔다. 리카싱은 이때 '플라스틱 조화 왕'이라 불리며 큰돈을 벌었고, 이를 바탕으로 그는 아시아의 갑부가 될 수 있는 기틀을 마련하였다.

부동산 개발업으로 갑부가 되다

플라스틱 조화로 엄청난 재산을 모았지만, 이 시장 또한 한계가 있었다. 고심 끝에 리카싱은 부동산 개발업에 눈을 돌렸다. 1950년대 말의 홍콩은 경제가 비약적으로 발전하자 각국의 투자자, 기업가들이 계속해서 홍콩으로 몰려 왔다. 리카싱은 미래에 홍콩은 땅이 금싸라기로 변할 것이라고 예측했다. 1958년 12층짜리 공업 빌딩을 짓는 것을 시작으로 그는 플라스틱 조화 사업이 벌어들이는 돈을 부동산 개발업에 투자하였다.

보통 홍콩의 부동산 투자가들은 30%의 현금과 70%의 은행 대출을 통해 자금을 조달했는데, 이러한 방식은 이자 부담이 너무 커서 위험했다. 리카싱은 토지를 보유하고 있는 기업과 합작하여 토지를 공동 개발하는 방법으로 투자 비용과 투자 위험을 최소화하면서 토지 개발 수익과 땅값 상승으로 인한 차익을 누렸다.

1967년 문화대혁명이 시작되자 많은 부자들이 홍콩을 떠나갔지만, 리카싱은 오히려 헐값에 부동산을 사들였다. 그리고 1970년대 초 홍콩 부동산이 다시 회복세로 돌아섰을 때, 그는 두 배 이상의 이익을 남겼다.

리카싱

1972년 홍콩 주식시장이 폭등하자 리카싱은 청쿵실업 유한공사를 세워 홍콩과 런던 및 캐나다 밴쿠버 증시에 상장했고, 사람들이 부동산을 팔아 주식을 살 때, 그는 주식 발행으로 조달된 대량의 자금으로 그것들을 사들였다.

1970년대 말 다시 홍콩의 땅값이 오르자, 그는 토지 사들이는 것을 줄이고 주식을 점차 더 사들였다. 주룽[九龍] 및 대량의 토지를 보유하고 있는 칭저우[靑州] 시멘트의 주식을 사들이고, 이어서 영국의 허치슨 왐포아의 주식 22%를 사들였다. 1984년에는 허치슨 왐포아 주식의 40%를 보유하여 홍콩 역사상 영국 기업을 인수한 최초의 화교 기업이 되는데, 청쿵그룹이 세상에 널리 알려지기 시작한 것은 바로 이때부터였다.

리카싱의 투자 비법은, 시장 상황이 좋지 않아 모든 사람이 주저하고 있을 때 낮은 가격으로 사들이고, 시장 상황이 좋아져 모든 사람이 주식을 사들이려고 열광할 때 높은 가격으로 파는 것이었다.

1990년대 후반 리카싱은 홍콩의 부동산업이 한계에 다다랐다고 생각하고 새로운 사업 영역을 개척하기 시작했다. 자금을 전신, 기초 건설, 서비스, 판매 등 여러 영역에 나누어 투자했고, 이로써 아시아 금융 위기를 무사히 넘길 수 있었다.

리카싱은 자신의 성공에 대해 이렇게 밝힌 적이 있다.

"스무 살 이전에 이룬 성공은 100% 두 손을 이용해 노력으로 얻은 것이고, 스무 살에서 서른 살까지 이룬 성공은 사업 기반을 어느 정도 갖추면서 10%의 행운과 90%의 노력으로 얻은 것이며, 서른 살 이후에는 기회의 비중이 커져서 현재는 30~40%의 행운에 의존하고 있다."

돈은 사용되어야지 낭비해서는 안 된다

리카싱은 근검 절약한 생활로도 유명하다. 그는 늘 검정색 양복을 입는데, 유명 브랜드도 아니고 비교적 낡은 것이다. 그는 회사에서 직원들과 같이 급식을 먹고, 공장에서는 노동자들과 똑같은 도시락을 먹는다. 그가 살고 있는 집은 1962년 결혼 전에 산 디프 워터 베이[深水灣]에 있는 양옥 저택인데, 20여 년 동안 계속해서 살고 있다. 그는 호화 주택지에 들어가 산 적이 없다.

한 번은 리카싱이 자동차 열쇠를 찾으려다 2홍콩달러짜리 동전이 차 밑으로 굴러 들어갔다. 그는 만일 자동차를 움직이면 동전이 하수구로 떨어질 것이라고 생각해 즉시 몸을 구부려 동전을 주우려 했다. 이때 옆에 있던 인도 국적의 당직자가 그를 대신해 동전을 주웠다. 리카싱은 동전을 받은 후에 그에게 100홍콩달러를 사례비로 주었다.

사람들이 그 이유를 궁금해하자 리카싱은 이렇게 말했다.

"만약 내가 동전을 줍지 않았으면 그것은 하수구로 굴러 떨어져 곧 세상에서 사라지게 될 것이다. 그러나 100홍콩달러를 당직자에게 주면 그가 곧 그 돈을 사용하게 될 것이다. 나는 돈은 사용되어야지 낭비해서는 안 된다고 생각한다."

그는 몇 십 년 동안 각계에 38억 홍콩달러가 넘는 돈을 기부했다. 의료·교육·인프라·문화에 대한 지원을 아끼지 않았고, 고향에 산터우(汕頭) 대학을 설립해 후학 양성에도 적극 나섰다.

그는 기부와 조국애 때문에 중국인들에게 존경을 받고 있다.

그는 여기에 대해 이렇게 말했다.

"만일 우리가 오로지 돈과 권력만 추구하고 인류를 돌아보지 않으면, 모든 진보와 부의 창조는 아무 의미도 없게 될 것이다."

그는 은퇴한 후에도 코로나팬데믹으로 중국이 혼란에 빠지자 1억 홍콩달러를 기부하였다.

열다섯 살 어린 나이에 가족의 생계를 위해 생활 전선에 나섰고, 스물두 살에 사업을 일으켜 아시아의 최고 갑부가 된 리카싱은 사업을 하려는 사람들에게 이렇게 말한다.

"근면하고 절약 검소해야 한다. 또 믿을 만한 신용과 성실한 인간관계를 세워야 한다. 판단 능력을 갖추는 것도 사업 성공의 중요한 조건이며, 모든 일에 충분한 이해와 상세한 연구를 하고 정확한 자료를 장악하면 자연히 정확한 판단을 할 수가 있다."

1928	중국 남부 광동에서 출생
1940	골목 완구상 판매원
1944	완구점 지배인
1950	청쿵(長江, 창장) 플라스틱 공장 설립
	허친슨 왐포아 기업 대주주
1980	리카싱(리자청) 재단 설립
1981	산터우대학교 설립
현 재	청쿵그룹 회장

松下幸之助

고난을 행운으로 만든
경영의 신

마쓰시타 고노스케(松下幸之助(송하행지조), 1894~1989)

 명언 〔 "서로 감동의 교류가 이루어지면 가슴에 눈물이 흐릅니다."

성 장 배 경

1894년 일본의 와카야마현[和歌山縣]에서 태어난 마쓰시타 고노스케는 가전업체인 마쓰시타[松下]전기산업(주)의 창업자이다. 아홉 살 때 초등학교를 중퇴한 후 더부살이로 전전하다가 1910년 오사카[大阪]전등회사에 입사하여 공원 · 검사원으로서 경력을 쌓았다.

1917년 퇴사하여 전년도에 실용신안특허를 취득한 개량 소켓의 제조 · 판매에 착수하였다.

1918년 마쓰시타전기기구제작소를 창업하였다. 이후 독자적인 경영 이념과 경영 수완으로 사업 경영의 급속한 확충에 성공하였다.

1935년 회사 조직으로 전환한 마쓰시타전기산업(주)은 해외 주요 도시로 진출하여 세계 굴지의 가전제품 제작 · 판매회사가 되었다. 상표인 '내셔널(National)'은 세계적으로도 유명하다. 그밖에 기업 홍보지 『PHP : Peace and Happiness through Prosperity』를 통해 사상적 계몽운동에 이바지하였고, 인재 양성을 위해 마쓰시타정경숙[松下政經塾]을 설립하였다.

고난을 성실로 극복하다

마쓰시타는 1894년 쌀 도매업을 하던 평범한 가정의 3남 5녀 중 막내로 태어나 남부럽지 않은 어린 시절을 보낼 수 있었다. 그러나 그가 여섯 살 되던 해에 아버지가 사업에 실패하여 초등학교 4학년 때 학교를 중퇴할 수밖에 없었다.

마쓰시타는 열한 살 때 아버지를 잃고, 열여덟 살 때는 어머니마저 세상을 떠나는 불행을 겪었다. 그러나 그는 가는 곳마다 성실히 일하여 많은 사람들의 사랑을 받았다. 그는 자전거포에서 심부름도 하고, 어떤 때는 자전거 수리까지 하였다.

열일곱 살이 되었을 때 마쓰시타는 앞으로 전기업체가 유망하리라 예상을 하고 오사카전등회사에 들어갔고, 당시 옥내배선공사 주임의 주사가 되어 열심히 일했다. 그 회사에서 7년간 근무한 그는 조그만 사업체를 차려 새로운 소켓을 생산하기에 마음먹었다. 마쓰시타는 '아다칭 플러그'라는 다용도 플러그를 처음으로 히트시켰으며, '포탄형 자전거 램프'를 만들어 큰 성공을 거두었고, 오늘날 마쓰시타 전기회사를 세계적인 다국적 기업으로 성장시켰다.

어려움은 대기업에도 찾아온다

1929년 10월 24일 미국 뉴욕 증시의 대폭락과 함께 세계 경제 대공황이 불어닥쳤다. 그 바람에 당시 일본의 대표적인 기업인 마쓰시타 전기회사는 뜻하지 않은 위기를 맞게 되었다. 기업 경영에도 천재지변 같은 사태가 자주 일어나게 마련이다. 아무리 기업을 잘 운영하더라도 세계경제가 흔들리면 어쩔 수 없이 어려움을 겪을 수밖에 없는 것이다.

마쓰시타 고노스케는 1918년 자본금 50달러로 사업을 시작하여 순조로운 발전을 거듭해 오고 있었다.

그러나 뉴욕 증시 대폭락 사건이 일어날 당시 마쓰시타 기업은 위기에 직면해 있었으며, 제품 출하가 반으로 줄고, 회사는 부도 직전에 몰렸다.

그러나 마쓰시타는 인재 경영원칙을 고수하는 방법과 고정관념을 깨트리고 기업조직 내부에서도 항상 살아 꿈틀거리는 경영방식을 활용하였으며, 비록 실패를 하더라고 그 속에 숨어 있는 아이디어를 발굴해 내는 도전정신으로 회사를 살려냈을 뿐만 아니라 대기업으로 발전시켜 나갔다.

'기업이윤의 원천은 인간' 이라는 경영 철학

'마쓰시타는 제품을 만들기보다는 인간을 만드는 회사다'

내셔널, 파나소닉, 테크닉 등의 상표로 일본뿐만 아니라 전세계 가전 시장을 석권했던 마쓰시타전기[松下電機]의 창업주 마쓰시타 고노스케[松下幸之助]가 즐겨 쓰던 말이다.

마쓰시타는 '기업이윤의 원천은 인간' 이라는 신념을 평생의 규칙으로 여겼으며, 지금까지도 마쓰시타전기의 기업 이념으로 이어져 오고 있다.

고노스케는 창업 때부터 새로 뽑은 점원을 의무적으로 일정 기간 기숙사에서 살도록 했다. 고노스케 부부는 신입사원의 양부모가 돼 규율과 절도를 가르치고 인생 지도를 담당했다. 그의 부인은 사원의 건강까지 챙기며 몸 상태가 좋지 않은 사람에게는 그에 맞는 식사를 제공하고 뜸을 뜨는 등 어머니 역할을 대신했다. 이 전통은 나중에 회

마쓰시타 고노스케

사가 커지면서 각각의 공장에서 공장장 부부가 직원들과의 스킨십을 통해 인재 교육을 담당하는 형태로 탈바꿈했으며, 1934년 사원양성소가 세워져 3년간의 체계적인 교육프로그램 형태를 갖추었다.

마쓰시타는 항상 사원들에게 주문 같은 말을 가르쳤다.

고객이 "마쓰시타전기는 무엇을 만드는 회사입니까?"라고 물으면 "마쓰시타전기는 인간을 만드는 회사입니다만, 아울러 전기제품도 만듭니다."라고 답하도록 한 것이다.

이렇듯 인재양성과 인간 중시에 대한 마쓰시타의 철저함을 엿볼 수 있는 에피소드가 있다. 전통있는 기업 빅터가 1953년 파산위기에 처하자 일본흥업은행의 의뢰로 마쓰시타가 재건을 맡게 되었다.

마쓰시타는 단 두 명의 경영자를 파견하는 처방전을 내놓으면서 매상의 1% 지불을 요구했다. 빅터는 당혹감을 감추지 못하고 경영지도의 대가로 매상 1%를 요구하는 것은 너무하다고 불평했다.

그러나 마쓰시타 고노스케는 단호했다. 매상 1% 아니면 두 명의 경영자를 다시 데려가겠다고 하였다. 결국 빅터는 1%의 경영지도료를 지불하고 초우량기업으로 탈바꿈했다. 우수한 경영자의 가치를 매상의 1%로 책정하는 마쓰시타의 기업문화는 뒤집어 보면 매상 1%만큼 자신의 역할을 다하지 못하는 경영자는 실격이라는 무서운 역설을 담고 있다.

1997년 모든 기업이 불황에 허덕일 때 마쓰시타는 숙련공의 정년을 예순 살에서 예순다섯 살로 연장하여, 모두를 깜짝 놀라게 했다. 환갑을 앞둔 숙련공을 자연 퇴출시키기보다는 특수 기술과 노하우를 젊은 세대에 철저히 전수시키는 것이 이윤확대에 도움이 된다고 생각한 것이다.

인간 중심의 기업 문화

인간을 중시하는 마쓰시타의 기업 문화는 기업조직 내부에서도 살아 꿈틀거리고 있다. 일반회사와 같은 정기인사이동이라는 것이 마쓰시타에는 없다. 필요에 따라 인재를 발탁, 요소요소에 배치하는 것이 전통이다. 신입사원 채용 기준은 학업성적과 호탕한 성품, 스포츠맨십 등 3가지 요소다. 이 기준에 맞게 3분의 1의 비율로 인력을 뽑아 재주들을 서로 섞고 경쟁시키면서 우수한 사원으로 성장시킨다.

요즘 굴지의 대기업들이 경영혁신의 방편으로 사업부제, 팀제 등을 도입하고 사내 독립채산제를 도입하고 있으나 마쓰시타는 1933년 이미 제품사업부제를 구축, 운영해 왔다. 사업부장에게는 100% 권한이 주어지고 그 권한에 걸맞게 경영의 엄격함에는 한치의 변명도 용납하지 않는 것이 마쓰시타의 기업문화다.

첫째, 위기일수록 사원을 감동시켜라!

둘째, 고정관념을 깨뜨려라!

셋째, 실패 속에는 아이디어가 숨어 있다. 실패의 원인을 찾다보면 기발한 아이디어가 떠오른다!

1. 위기일수록 사원을 감동시켜라

옛말에 '군자는 자신을 알아주는 사람을 위해 뜻을 편다' 는 말이 있다. 이것을 요즘 말로 하면 '사원은 자신을 알아주는 사람을 위해 일한다' 는 말로 해석할 수 있다. 자기 회사의 사원을 내 몸처럼 아끼는 기업가만이 '감동경영' 을 이끌어 낼 수 있는 것이다.

마쓰시타 기업이 위기에 직면하였을 때 다른 기업처럼 라인의 중

마쓰시타 고노스케

단과 종업원 해고는 아마 상식적이며 일반적인 처사였을 것이다.

마쓰시타 고노스케는 급히 서두른다고 해서 해결될 일이 아니라면서 조급해하지 않았다. 우선 경영 타계를 위한 정책은 일부 라인의 중단과 종업원의 반을 해고해야 한다는, 회사가 우선 살고 봐야 한다는 논지를 거두고 "회사가 살아야 한다는 것은 맞는 말이지만 회사가 살아야 종업원도 사니까 내 생각은 반대다."라는 말을 하였다. 자신은 회사를 위해서 종업원이 희생되는 걸 원하지 않으므로 감원만은 절대 안 된다는 신념이었던 것이다.

그는 집안 형편 때문에 초등학교 4학년까지 다닌 것이 학력의 전부이지만, 인재경영 원칙을 고수하였으며, 스스로 종업원들을 감동시켜, 그들로 하여금 열의와 책임감을 갖게 함으로써 기업을 성공으로 이끈다는 것이 그의 경영철학이었다.

마침내 그는 결론을 내렸고 이는 중역회의 소집에서 폭탄선언을 하였다.

"공장에서는 반나절만 근무를 하고, 생산도 반으로 줄이도록 하시오! 그러나 종업원들에게는 종전대로 월급 전액을 지급하시오! 이것이 우리가 살 길이오. 다만 월급 전액을 지급하는 대신 남는 나머지 반나절은 재고 판매에 전력을 다하도록 하시오. 위기를 극복할 때까지 휴일에도 전 종업원이 세일즈를 나가야 합니다."

마쓰시타의 이러한 결단은 당장 해고가 될지도 모른다는 불안감에 휩싸였던 종업원들을 감동하게 만들었다. 그들은 가족들까지 나서서 제품을 판매하는 열성을 보였으며, 놀랍게도 두 달 만에 창고에 가득 쌓였던 재고는 바닥이 났으며, 공장은 곧 정상적으로 가동되었다.

위대한 기업가는 위기가 닥쳤을 때 그 기질이 잘 드러나는 법이다.

마쓰시타의 인재경영 원칙은 사람도 살리고 기업도 살리는 당시로서는 누구도 생각하기 힘든 고도의 경영 전략이었다.

유능한 기업가는 사원들의 능력을 존중한다. 그리고 아낌없이 그 능력에 해당하는 대우를 해준다. 위기일수록 자신보다 사원들의 아픔을 먼저 느끼고 껴안을 줄 아는 것이다. 그렇게 하면 사원들은 회사를 위해 전심전력을 다하게 되는 것이다.

"서로 감동의 교류가 이루어지면 가슴에 눈물이 흐릅니다."

마쓰시타가 남긴 유명한 말이다. 그의 이러한 경영 철학은 1981년 미국에서 『일본 경영의 예술』이란 제목의 책으로 나와 일약 베스트셀러가 되기도 하였다.

2. 고정관념을 깨뜨려라!

전기 수리공이었던 마쓰시타는 이 공장 저 공장을 돌아다니면서 전기 수리를 하고 있었는데 실내공간이 넓어 백열등 하나로 부족한 곳에서는 여러 개의 백열등을 설치하여 수리를 해야 했다. 그런데 그렇게 되면 공사비뿐만 아니라 시간 또한 많이 들어야만 했다. 그러던 어느날 장소가 넓어서 백열등을 여러 개 달아야 했던 그는 '여기저기에 달 것이 아니라, 쌍소켓 몇 개만 달면 간단히 끝나겠는 걸' 하는 생각이 떠올랐다.

그 길로 곧바로 특허층에 가서 특허 신청을 내고 쌍소켓을 제작하였다. 이 제품은 만들자마자 날개가 돋친 듯 팔려 마쓰시타는 많은 돈을 벌 수가 있었다. 이것이 계기가 되어 마쓰시타는 지금 일본에서 몇 위 안에 들어가는 마쓰시타 회장이 되었던 것이다.

마쓰시타는 고정관념을 깨뜨리고 성공한 대표적인 사례로 아직까

마쓰시타 고노스케

지도 많은 사람들에게 기억될 것이다.

3. 실패 속에는 아이디어가 숨어 있다

'포탄형 자전거 램프'를 만들어 판매하려고 할 때 판매 부진으로 2천여 개의 재고가 쌓인 적이 있었다. 이때 그가 아이디어로 떠올린 것은 당시 일본 약초 재배상들의 판매술을 응용한 이른바 '도야마 판매법'이다. 즉 약장수로 유명한 도야마 약초상들은 지방 곳곳을 직접 찾아다니며 단골들에게 미리 물건을 나눠주고 그 대금을 나중에 받아가는데, 이를 활용하기로 한 것이다. 일종의 신용거래로 지방의 자전거포에 '포탄형 자전거 램프'를 외상 판매한 것이었다. 일단 자신이 만든 제품의 품질에 자신이 있던 마쓰시타는 이 같은 도야마 판매술을 이용하여 먼저 제품을 넘겨주고 나중에 수금하는 방법으로 시장을 확장해 나갔다. 그러자 일단 제품을 써본 사람들의 입을 통하여 광고가 되기 시작하였고, 그것은 큰 성공을 거두었고, 이때 그는 '판매의 귀재'라는 명성을 얻었다.

아이디어맨은 자신의 실패를 인정하지 않는다. 그 실패를 분석하는 과정 속에서 기발한 해결 방법을 찾아낼 수 있기 때문이다.

기업의 성공 비결

마쓰시타 기업의 성공 비결은 인재 경영과 현장 위주의 공격적인 시장 개척으로 요약할 수 있다. 그는 기업가가 하지 말아야 할 것으로 여러 가지 사업을 벌이지 말 것, 탈세하지 말 것, 부동산 투기를 하지 말 것 등을 강조하였다.

마쓰시타 전기회사는 오늘날 세계 약 40여 개 국가에 350여 개의 공장을 보유하고 있는, 세계 순위 20위권을 넘나드는 다국적 기업으로 성장하였으며, 앞에서 말했던 여러 가지 경영 전략 중에서도 우리가 위기를 극복하는 성공적인 사례 중에서도 인간 존중 경영은 감동적인 성공 사례이다.

많은 사람들은 자신의 처지를 비관하고 남을 탓하면서 실패의 길로 걷고 있다. 그런데 자신의 모습과 위치를 결코 남 탓이나 불행한 환경 탓으로 돌리지 않고 성공으로 이끈 마쓰시타는 우리를 다시 한 번 일깨우게 하는 말을 들려주었다.

어느 날 직원이 마쓰시타 고노스케에게 물었다.

"회장님은 어떻게 이처럼 큰 성공을 이루셨습니까?"

그러자 마쓰시타는 자신은 하늘의 큰 은혜 중 세 가지를 받고 태어났다고 대답했다.

그 세 가지 큰 은혜는 바로 '가난한 것', '허약한 것', 그리고 '못 배운 것'이었다.

그 말에 깜짝 놀란 직원이 말했다.

"그것은 불행한 일 아닙니까? 이 세상의 불행은 모두 갖고 태어나셨는데도 오히려 하늘의 은혜라 하시니 이해할 수 없습니다."

그러자 마쓰시타가 이렇게 대답했다.

"나는 가난 속에서 태어났기 때문에 부지런히 일하지 않고는 잘 살 수 없다는 진리를 깨달았네. 또 약하게 태어난 덕분에 건강의 소중함을 일찍 깨달아 몸을 아끼고 건강에 힘썼기 때문에 아흔이 넘은 지금도 겨울에 냉수마찰을 한다네. 또 초등학교 4학년 때 중퇴했기 때문에 항상 이 세상 모든 사람을 나의 스승으로 받들어 배우는데 노력하여 많은 지식과 상식을 얻었다네. 때문에 이러한 불행한 환경을 나를 이만큼 성장시키기 위해 하늘이 준 시련이라고 생각하고 감사하고 있네."

인생

1894	일본 와카야마현 출생
1910	오사카전등 견습 공원, 간사이 상공학교 야간부에서 수학
1917	오사카 전등회사 퇴사 후 전년도에 실용신안특허를 취득한 개량 소켓의 제조·판매에 착수
1918	소규모 소켓 제조소 마쓰시타전기기구제작소 설립
1923	자전거용 전지 램프 개발
1933	오사카 가도마에 본사와 라디오 공장, 건전지 공장 설립
1946	PHP 연구소 설립
1952	네덜란드의 필립스사와 제휴, 합병회사 마쓰시타전자공업 설립
1973	마쓰시타전기산업 회장직 사임
1979	마쓰시타정경숙 설립
1989	오사카에서 사망